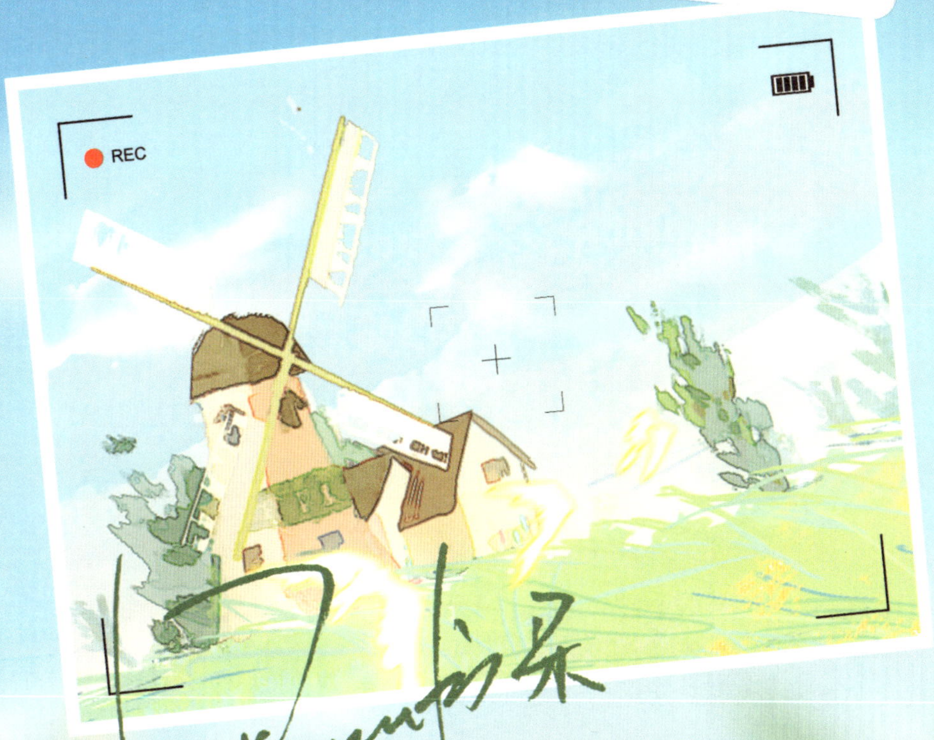

你在笑，于是我也笑了。
你难过，我跟着落寞。
你靠近，我的心跳声大的所有人都能听见。
说不出口的喜欢，像风一样四处乱窜。

酷威文化
图书 影视

何以言欢

He Yi Yan Huan

风流书呆 著

天地出版社 | TIANDI PRESS

CONTENTS

01 / 归国 · 001
02 / 助理 · 013
03 / 针对 · 025

04 / 意外 · 033
05 / 探病 · 037
06 / 心计 · 049

07 / 改变 · 057
08 / 演戏 · 067
09 / 天赋 · 083

10 / 迷弟 · 095
11 / 审美 · 103
12 / 上课 · 115

13 / 离家 · 123
14 / 入戏 · 135

15 / 投资 · 147
16 / 酒会 · 157

17 / 危机 · 169

18 / 测验 · 177   19 / 力挺 · 189

20 / 陷害 · 197   21 / 真相 · 209   22 / 兄弟 · 221

23 / 失望 · 229   24 / 试镜 · 233   25 / 闹剧 · 241

26 / 直播 · 251

27 / 上映 · 271   28 / 面试 · 283

29 / 录取 · 295   30 / 计划 · 305

31 / 演绎 · 315   32 / 惊艳 · 323

33 / 杀青 · 331   34 / 逐星 · 339

我想做演员,
而不仅仅只是明星。
接下一个角色,
我必定会全力以赴。

01 归国

肖嘉树刚回国，现在正坐在自家的客厅里，几个用人躲在楼梯间对他指指点点，不用猜也知道他们在说些什么，不外乎"二少为什么要回来？在国外不好吗？回来只会跟大少争，又要闹出很多事"等。

是啊，为什么要回来？肖嘉树也在问自己，然后落寞地扯了扯唇角。游子总要归家，这里便是他的家，为何不能回来？

楼上的争吵还在继续，那是他的父亲和母亲。几年不见，父亲苍老了很多，两鬓已经斑白，嗓音也变得沙哑不堪；母亲却还是当年的模样，光滑的皮肤、精致的眉眼、温柔的性情，岁月从来未曾在她身上留下痕迹。眼下，她正愤怒地质问："为什么不能给小树安排一个职位？你二弟三弟的小辈没毕业就能进肖氏担当要职，凭什么小树不行？他是沃顿商学院的高才生，难道还比不上他那几个普通大学毕业甚至中途辍学的堂兄弟？"

肖父无奈道："这不是学历的问题。爸不同意，谁也不能随随便便进入肖氏。爸答应给小树5%的股份，难道这还不够吗？他什么都不用干，每年光是拿分红就能舒舒服服地过一辈子。"

听到这里，肖嘉树抿紧的唇角微微有些颤抖。他不缺那点股份，也不想什么都不干便过完一辈子。在他看来，那不叫舒舒服服，而叫庸庸碌碌。他是肖家的子孙，为什么不能为家族出力？

肖母简直快疯了，感觉丈夫简直不可理喻，不免声嘶力竭起来："5%的股份难道不是小树应得的吗？你爸前几天也给了他两个儿子各5%的股份，那是肖家子孙应有的份例，都要给的，凭什么到小树这里就成了格外施恩？他不是你的儿子，不是你爸的孙子？他是我跟别人生的野种？肖启杰，你不能这么偏心，眼里只看得见定邦，完全不拿小树当回事！他那么努力地学习，只是为了能在毕业后帮帮你,帮帮他大哥。他是个好孩子,你们不能这样对他!"

"好了,你说什么胡话!他是我的儿子,我当然会照顾他。不进肖氏就是偏心了?他什么都没干就有5%的股份,说出去谁不羡慕?你别以为我不知道你在想什么,你这是想借他争一份家产,你完全是为了你自己!当初结婚的时候我们就签了婚前财产协议,你说不会贪图肖家一分钱,难道你都忘了吗?你要是不甘心,自己去跟爸说,别在这儿胡搅蛮缠!"

肖母出离愤怒,尖叫道:"肖启杰,你混蛋!当年我的确签了婚前财产协议,我嫁给你不是为了你的钱,这是真的。但我是我,小树是小树。我可以不要你们肖家一分一毫,但小树是你的儿子,他理应得到属于自己的东西!你们不能把他丢到国外便什么都不管了,他是这个家的一分子!"呜呜的哭声传来,透着浓烈的悲愤和无奈。

肖嘉树已经完全没有表情了,像一尊雕像般坐在沙发上。父亲是二婚,前一任妻子死于胃癌。两人是在父亲前妻离世后半年认识的,不存在婚内出轨,也不存在小三上位,但由于母亲的特殊职业,旁人便怎样都不肯相信她的清白,总认为她是故意勾引父亲,借机上位的。而肖家真正的掌权者肖老爷子更是对母亲误会甚深,又极其宠溺父亲原配所出的长孙,于是对肖嘉树母子极尽打压之能事。

肖嘉树原以为自己考上沃顿商学院并以优异的成绩毕业,爷爷会对自己改观,但现在看来简直是痴心妄想。肖老爷子性情十分顽固,要是喜欢一个人,恨不得对之掏心掏肺;要是讨厌一个人,便是看一眼也嫌多余。肖嘉树的异母哥哥肖定邦就是那个被偏爱的,而他自己则是那个多余的。

楼上的争吵告一段落,只有母亲隐隐约约的哭声传来。父亲的气也消了,嗓音变得和缓很多,似乎在道歉。他作为肖家的嫡长子本该扛起顶立门户的重任,但无奈能力有限,又优柔寡断毫无魄力,老爷子便越过他,择定长孙肖定邦继承家业。如今的肖家由爷孙二人说了算,别人没有话语权。老爷子不让肖嘉树进入肖氏,一是看不上他的出身,二是怕兄弟阋墙。

肖定邦对肖嘉树母子的态度并不热络,看见了点个头而已,也就更不会帮肖嘉树说话了。于是之前的问题又来了:自己为什么要回国?为什么会放弃喜欢的专业改去读工商管理?自己付出的汗水与努力就这样白费了吗?肖嘉树慢慢把头靠在椅背上,脸上一副说不出的茫然表情。

恰在此时,肖定邦提着公文包进来了,之前还对二少不冷不热的用人立刻迎过去,一个帮忙拿包,一个帮忙脱大衣,还有一个从鞋柜里取出一双拖鞋,恭恭敬敬地摆放在大少脚边——没人比他们更明白谁才是肖家真正的主人。

"大哥,你回来了。"肖嘉树立即站起来,嘴角不知不觉便往上翘。对这个大哥,他还是很尊敬的。大哥有能力,有魄力,上任没几年就把肖氏的产业扩大了两倍有余。再没有人比他更适合担任肖氏制药集团的掌舵者,他是天生的领袖。肖嘉树从来就没想过与大哥争夺些什么,他只是想让爷爷和爸爸为自己骄傲,也想为大哥分忧。有一句古话怎么说的来着?哦对了,叫"兄弟齐心,其利断金"。

但肖定邦似乎不是这样想的。他先是愣了愣,然后冷淡地点了一下头,听见楼上传来的哭声,眉心不免一皱。但他什么都没说,既不表达对弟弟归国的欢迎之意,也不关心父母之间的争吵,转身便上了二楼。

看着他高大挺拔的背影消失在楼梯转角,肖嘉树略带欢喜的眼眸暗淡下来。站在角落里的用人纷纷垂头,却在对视间交换了一个鄙夷的眼神:小三就是小三,私生子就是私生子,哪怕入了家门也讨不了好;肖家还有明白人,只要肖老爷子和大少不松口,二少永远也出不了头。

感受到这满是压迫排挤的氛围,肖嘉树难过极了。有那么一瞬间,他真想立刻购买回美国的机票,从此再也不回来,但思及楼上的母亲,又硬生生忍耐了下来。自己走了,母亲该怎么办?她与父亲的感情似乎越来越恶劣,父亲毫无根据的猜忌就像一柄尖刀,把母亲割得遍体鳞伤,而她原本能过得更好……

又一次,肖嘉树为自己的弱小感到难过,他什么都做不了,更帮不上母亲。沮丧间,肖母红着眼眶下来了,脸上却带着优雅而又温柔的微笑,仿佛什么事都没发生过。

"小树,快去洗个澡,换一套衣服,待会儿要去老宅陪你爷爷吃饭。"

哪怕知道自己不能进入肖氏是爷爷的决定,肖嘉树也不能反抗。他如果透露出一丁点儿的不满,爷爷便会大发雷霆,然后迁怒到母亲身上,当着叔叔婶婶的面用最刻薄的话语肆意谩骂母亲。他看不上戏子,认为他们是下九流的玩意儿。

　　肖嘉树内心充满抗拒，却还是乖乖站起来："好，我马上去。"

　　薛淼摸摸儿子的头，笑容温柔，眼里却有泪光闪过。她不知道自己送儿子出国是对是错，鼓励他改念工商管理是对是错，甚至自己当年嫁给肖启杰是对是错，但她知道自己做了最正确的一件事，那就是把儿子带到这个世上。他是上天给她最好的礼物，最温暖的慰藉。

　　一家四口很快收拾妥当去了老宅。肖老爷子在一众子孙的环绕下坐于主位，正朗声大笑，看见进门的肖嘉树，面色立刻冷了下来："你那穿的是什么？！破破烂烂的，成何体统！"他举起拐杖指了指孙子的裤子。

　　肖嘉树低头看看自己的破洞牛仔裤，满脸都是问号。这可是 A 牌今年新出的款，穿上又潮又酷，显得自己腿更长更直，再搭配白色 T 恤简直不要太帅，怎么就成了破烂儿了？他正想与爷爷解释几句，就听背后传来大哥沉稳的声音："爷爷，收购阳光制药的事我有几个问题要跟您讨论讨论。"

　　肖老爷子的脸色立刻和缓下来，扬手道："走，去书房谈。赵莹，让大厨开始做菜吧。"

　　"哎，我这就去让他们弄。"赵莹笑着答应一声。她是肖老二的妻子，本身出自豪门大族，又精明能干。老爷子很器重她，几乎把家里的事全交给她来管。只可惜她生的几个儿子都不争气，能力比不上肖定邦，否则肖家的掌舵者究竟是哪房还说不准。她特别嫉恨肖定邦，却又惹不起对方，只好拿肖嘉树母子出气，说话总是带着刺，专往人最痛的地方戳。

　　肖嘉树很不喜欢两位叔叔婶婶，但若是不来老宅，又会被爷爷斥责没有规矩，不懂孝顺，是个养不熟的白眼狼等，所以不得不来。肖家之于他，之于母亲，都是一个巨大的囚笼……

　　晚餐的气氛很尴尬。作为刚回国的小孙子，本该最受关照和瞩目的肖嘉树全程被老爷子忽视。其余孙辈则围在老爷子身边讨好卖乖，谈笑晏晏。两位叔叔和父亲聊起了商业上的话题，两位婶婶自顾私语，并不搭理薛淼。在老爷子面前，她们不会表露出对薛淼的鄙夷，却也不会遮掩自己的冷漠，毕竟她们都是名门之后，与薛淼压根不是一个世界里的人。

　　母子俩显然都已经习惯了这样的待遇，只安安静静地吃饭，并不曾流露出任何异样。三个小时后，一家四口终于坐上回程的汽车。眼见老宅消失在重重绿荫里，薛淼不着痕迹地松了一口气，肖嘉树则像一只猫，敞开肚皮瘫软在椅子上，一双长腿委屈地缩在夹缝中。

肖父盯着他满是破洞的牛仔裤，指责道："你穿的这是什么？我没给够你生活费？连一件像样的衣服都买不起？以后不准再穿这种破烂玩意儿，害得我丢人！"

不等肖嘉树反驳，薛淼便先炸了："你懂什么？！这是 A 牌今年新出的款式，知名设计师亲自参与设计的主打产品，小树穿上比人家首席模特还帅，哪里难看了？你跟你爸既然那么正统，干吗不穿长袍马褂？大清已经亡了，你醒醒吧老古董！这么着，你要是不满意，我以后不叫你名字了，直接叫你启杰阿哥成吗？再不然叫你王爷？"

肖嘉树面无表情，内心却默默给母亲点了一个赞。他就说自己穿这条牛仔裤很正常嘛，根本没有任何问题。

肖父气得捂住胸口："你在我跟前倒是横，刚才怎么没看见你反驳爸一个字？我这不是为了小树好吗？爸喜欢规规矩矩的人，小树就不能体谅体谅他老人家，让他看得舒服一点？"

"喜欢规矩人？别搞笑了肖启杰！他那纯粹是看小树不顺眼！无论小树穿什么、说什么、做什么，他都能挑出无数个缺点。小树还只是穿了一条破洞牛仔裤，露了个膝盖骨，你那两个好侄女一个露了大半胸脯，一个连内裤边儿都遮不住，怎么不见老爷子发话？她们穿就是时髦、潮流，小树穿倒成了破烂儿，没这么欺负人的！"

"你说够了没有？我发现你越来越喜欢胡搅蛮缠……"

"没够！我今儿就要跟你好好掰扯掰扯，你们一家子太过分了……"

父母你一句我一句地吵起来，闹得肖嘉树头疼。他劝了好一会儿都没人听，不得不叫停司机，下了车。肖定邦的汽车跟在后面，经过他时放缓了速度，却没有停下来，最终也慢慢远去了。

肖嘉树在原地站了几分钟，不知是轻松多一点还是落寞多一点。他原以为考上沃顿商学院的自己能获得父亲和爷爷的认同，但其实没有；他以为荣耀归国的自己能获得他们的认同，但其实也没有。正如母亲说的那样，无论他说什么、做什么，都是无用的，有些人永远也没办法讨好。

那自己还坚持什么？肖嘉树感觉既委屈又不忿，漫无目的地走了一会儿，看见一家造型工作室,眼珠一转便扎了进去。

"染发,奶奶灰、葱头绿、屎黄色,什么非主流给我染什么。"他想了想又补充一句,"对了,再给我文个身,扎个耳洞。"

葱头绿、屎黄色?你确定不是来砸我们招牌的?造型师心里暗暗吐槽,面上却笑眯眯地答应下来。非主流就非主流,但绝对不能丑!为了自己的招牌着想,造型师仔仔细细看了青年几眼,眼前一亮。这位顾客也长得太好看了吧?!不是时下流行的花美男,也不是硬汉型男,而是二者综合起来的俊美之人,五官既透着精致,也透着酷帅,看上去很有侵略性,鼻梁又高又挺,嘴唇又薄又红,一双桃花眼微微上挑,简直能勾魂!

就凭这副盛世美颜,染彩虹色也不会丑啊!造型师信心百倍地说道:"那我帮你做渐变色吧,根部是黑色,慢慢变成灰色。你的发质很好,非常顺滑,长度也够,把头发撩起来的时候就能看见颜色的过度和转变,很漂亮。"他边说边拿出平板电脑让顾客看效果。

肖嘉树盯着视频看了一会儿,拍板道:"就这个色。"够潮够炫,重要的是父亲绝对接受不了。

造型师显得很高兴,调试染发剂的时候还愉悦地哼起了歌。他喜欢一切美的事物,更喜欢亲手让它们变得更美。

四小时后,焕然一新的肖嘉树走出造型工作室,头上顶着渐变色,耳朵戴着黑曜石,身上却没有文身。他怕痛,造型师刚把工具拿出来他便怂了,迫不及待地刷卡付账,狼狈而逃。回到家时,薛淼正准备敷面膜,看见儿子的新造型,手中的面膜"啪嗒"一声掉在地上。

"爸呢?"肖嘉树面上很淡定,掌心却冒出许多冷汗。他从小到大都是乖乖仔,做出叛逆的事还是第一次。

"你怎么弄成这样了?"薛淼不敢置信地问道。

"喜欢就弄。"肖嘉树拨乱头发,让母亲好好看看自己酷炫的发色,状似轻松地道,"不好看吗?"

"好看是好看,就是有点痛。"薛淼无奈扶额。

"染头发不痛,我对染发剂不过敏。"肖嘉树换好拖鞋,从冰箱里拿了一张新的面膜。

"我是说,待会儿你爸拿棍子打你的时候可能会痛。儿子,你快回房躲一躲吧。"薛淼接过面膜，怜悯道。

肖嘉树："……"

在房里躲了一天一夜的肖嘉树还是挨了打，要不是肖定邦忽然跑回来跟肖父谈收购公司的事，他的屁股和小腿肚子就保不住了。但他依然顶住了巨大的压力，死活也没把头发染回来。肖父气过了便也没再强迫儿子，只是一看见他就唉声叹气，仿佛看见了纨绔界一颗冉冉升起的新星。

肖嘉树在国内没什么朋友，平时既不抽烟喝酒，也不赌博泡妞，更不喜欢飙车，唯一的爱好就是打游戏。只要给他一台配置高的电脑加一根网线，再备上充足的食物，他能足不出户地宅上好几个月。所以说，肖父的担心完全是多余的。

薛淼却受不了儿子的颓废。她知道再这样下去儿子早晚会垮掉，包括精神和身体。他活得没有一点追求，也没有一点目标，就像行尸走肉一样，这才是最可怕的。思虑再三，她把儿子的网线拔了，又押着他洗了一个澡，换上干净得体的衣服，这才带他出门。

"冠世娱乐？妈，你带我来这儿干吗？"肖嘉树抬头看看摩天大厦上的招牌，疑惑道。短短几个月他便瘦了一大圈，眼眶下面带着浓重的青黑，看上去很不健康。

"带你来上班。"薛淼走进电梯，摁了顶楼的键，等门关上才道，"我有冠世娱乐的股份，今后都会过到你名下，你也算冠世娱乐的大股东，总得来自己的公司看看。"

"妈，你还跟娱乐圈有牵扯呢？爸要是知道了……"肖嘉树为母亲担心起来，完全忘了问自己上班的事。

"他知道了又怎样？大不了吵一架。他不让你进肖氏，我总不能看着你废掉吧？你好歹是沃顿商学院的高才生，难道毕业了只能打游戏？你是不是怕进入娱乐圈后被你爸爸、爷爷骂？你要是怕了，我立马带你回去。"

"我怕什么？反正他们也不管我。"肖嘉树心里有点发虚，面上却装得很淡定，仿佛自己无所畏惧。

都说"知子莫若母"，凭薛淼对儿子的了解，她自然知道该怎么逼他走出他爸爸和爷爷为他打造的囚笼。她为肖启杰牺牲了半辈子，从此郁郁寡欢、委曲求全，绝不希望儿子重蹈自己的覆辙。老爷子再生气又怎样？难不成还能把他们母子吃了？

　　胡思乱想间，电梯门开了，一名四十多岁的中年男人迎面走过来，脸上带着惊喜的笑容。他身材十分高大，长相俊美无俦，眉宇间的轻佻与邪肆非但没能折损他的气度，反倒令他更具魅力。他紧紧抱了抱薛淼，又很快放开，喟叹道："淼淼，我还以为你再也不会回来了。最近过得好吗？"

　　"就那样。"薛淼并不想编造一些童话来诓骗好友、麻痹自己，苦笑着摇了摇头，然后对儿子说道，"小树，这是你修叔叔，快叫人。"

　　修长郁，冠世娱乐的掌舵者，也是娱乐圈呼风唤雨的人物。母亲当年就签在他旗下，被他一手捧红。两人曾经是上司和下属的关系，在长久的合作中又变成了无话不谈的好友。但母亲自从嫁入肖家后便与娱乐圈的朋友断了联系，因此，肖嘉树对这位修叔叔很陌生，不过并不妨碍他辨认出这张经常上商业杂志和娱乐杂志的俊脸。

　　"修叔叔好。"肖嘉树乖乖点头弯腰。

　　他继承了薛淼精致绝伦的长相，却与肖启杰半点不似。薛淼当年参演的第一部戏便是反串男主角，以女儿之身把一位潇洒不羁的侠客演绎得淋漓尽致，从此迷倒万千少女。她的女粉丝比男粉丝多得多，而与她像了七八分的肖嘉树在继承之中又进行了改良，容貌更提升了一个档次。

　　修长郁一下子就喜欢上了这棵精神的小树苗，更别提他还是淼淼的儿子。

　　说是来公司看看……其实也真是看看，肖嘉树刚坐下没几分钟就被母亲打发出去，被秘书带着在各个楼层参观。路过走廊时，很多人伸长脖子看他，心里纷纷喟叹老总又挖来一个潜力值超高的新人。这长相，这气质，稍微推一把就能爆红。

　　肖嘉树毕竟是肖家子孙，出席过很多大场面，这点关注对他来说并不算什么，他目不斜视就走了过去。与此同时，薛淼拿出一包香烟问道："抽一根？"

　　修长郁从善如流地抽了一根，一边吞云吐雾一边感叹："我还以为你早就戒了。"

　　"过得不顺心的人戒不掉香烟。"薛淼微微垂眸，免得烟雾熏红自己眼睛，修长的指尖夹着烟嘴，姿态既优雅又透着一股忧郁。她过得不顺心，这一点瞒得了别人，却瞒不了修长郁，不如坦然相告，更何况他俩没什么话是不能说的。沉默片刻后她继续道："刚才我说让你帮小树安排一个职务，你可别当真，我不想让他当一个朝九晚五的上班族。"

"你的意思是？"修长郁意识到了什么，不免愕然。

"对，我想让他去演戏。"薛淼徐徐吐出一口烟雾，浓艳的唇色在雾气中氤氲，"你先帮他随便安排一个职务，让他在剧组里待一段时间，熟悉熟悉流程，再帮他物色一个合适的角色。"

"你这也太乾纲独断了吧？你不问问小树愿不愿意？他可是肖氏的小少爷，你却让他进娱乐圈，他爸爸和爷爷一怒之下会不会剥夺他的继承权？这么些年都忍过来了，你何苦！"修长郁苦口婆心地劝阻。

薛淼却并不领情。在修长郁面前，她完全是另一番模样——烈性如火、强势无比，而这才是她的本来面貌。

"我自己可以忍，为了儿子我却不能忍。你知道他有多努力、多优秀吗？结果到头来他那些所谓的亲人却逼迫他掩盖自己的光芒，做一个庸庸碌碌、混吃等死的废物。这几个月他天天把自己锁在房间里打游戏，饭也不吃，觉也不睡，澡也不洗。他那么臭美的人，却把自己弄得人不人鬼不鬼，我看了就像挖心一样疼！在你们眼里，他的确很富有，一辈子不干事也有花不完的钱，可是谁又知道他真正想要的是什么？！"

"你怎么知道他想要演戏？演员可不是说当就能当的，个中艰辛你比我更清楚。"修长郁再三劝说。

"我自己生的儿子，我还能不知道？你还记得吗？他三岁那年你们公司准备投拍一部儿童奇幻剧，想要找一个合适的小演员。我把剧本当成睡前故事说给他听，他立刻就能模仿里面的情节：一会儿学乌龟爷爷拄着拐杖走路，能感受到他背上似乎真的背着一个沉重的大龟壳；一会儿学小龙人，抱着我号啕大哭，直说'妈妈、妈妈你不能死'，感情既充沛又真实。他学什么像什么，生来就是演戏的料。要不是我想带他去剧组试镜的消息被用人捅到老爷子那里，后来因为那部剧大红大紫的绝对是我儿子。我当时还给你发过视频，连你都夸他继承了我的基因，他自己也跟我说'妈妈，演戏好有意思，我将来也要像你一样当大明星'。"

说到这里，薛淼总算露出愉悦的表情，却又很快沉下脸来："但是老爷子看不起我，也连带着看不起小树，一听他说这话，便拿拐杖打他，狠狠斥责他没出息。日子久了，他越来越沉默寡言，再也不会模仿小动物、小老头、小老太太……也再不看电视。等长大以后，连他自己都忘了最初的自己是什么模样。他们就这样硬生生地扼杀了一个孩子的童真，现在连他的未来也要掐断。"

薛淼用力杵灭香烟，红着眼眶说道："长郁，我这不是乾纲独断，也不是横加干涉，我是在为自己的儿子寻找一条出路。你看看他，他注定是要大放异彩的，而不是做一个家族弃子。他们想废了他，我得救他！"

"小孩子总会有各种各样的梦想，长大了真正实现的又有几个？淼淼，我理解你的心情，但你得给小树选择的权利。"若是换成别人，修长郁早就一口答应了。不就是捧红一个新人吗？凭小树的条件并不难。但他不能因此坏了淼淼与小树之间的母子情分。万一小树进入娱乐圈后被家族除名，他不得恨死他妈？这种绝情的事肖老爷子一定干得出来！

"我知道你在顾虑什么。放心吧，小树是我生的，他怎么想我最清楚。任何人、任何事都不会破坏我们母子之间的感情。"薛淼如今也算是孤注一掷了，徐徐道，"这样，你先帮他找一个合适的角色，让他试一试。他要是真没有那个细胞，也对拍戏不感兴趣，我再来想别的办法。"

修长郁斟酌片刻，点头道："行吧。"

"那小树就拜托你照顾了。"薛淼长舒一口气。

"他是你儿子，也就是我……侄子，我当然会好好照顾他。"修长郁略略一想，继续道，"这样，我让他给季冕当一阵子助理，找到合适的本子再让他上。"

"季冕？"薛淼对这位大满贯影帝并不陌生——他脾气温和，处世圆融，是个好相处的——便也同意了，"行，在季冕手底下正好可以开阔开阔眼界。听说他准备息影了？"

"也不算息影吧，只是以后不怎么接戏了。你知道，他也是冠世的大股东，在外面还有很多投资，都是赚钱的大生意，我这个庙有点小，供不起这尊佛。要不是当年我把他救回国，他也不会在冠世待这么多年。他是个重情重义、知恩图报的人，把小树交给他，你大可放心。"修长郁拿起手机说道，"我这就把他叫上来，你跟他聊聊？"

"不了，让小树自己去处理这些人际关系。我可以为他选择道路，甚至为他铺路，但我不会手把手地教他怎么走路。"薛淼收起金属烟盒，戴上墨镜，摆手离开。修长郁把她送到地下停车场，又看着她的汽车走远，这才回到办公室。

肖嘉树在公司里逛了一圈，听说母亲丢下自己先走了，便有些不高兴。他板着脸走进电梯，发现里面有人，下意识地瞥了一眼，又缓缓移开目光，心里却暗呼一句：竟然长得比我还帅！

肖嘉树很少遇见比自己长得帅的人，心里更加不舒坦，挪得远了一些，两手往裤兜里一插便靠在了墙上。被他嫌弃的男子也瞟了他一眼，然后颔首微笑。他比183厘米的肖嘉树还要高半个头，目测身高在190厘米以上，眼眸深邃，长眉入鬓，鼻子高挺，气质更是卓尔不群，昂贵典雅的黑西装包裹着他挺拔又精壮的身躯，竟带给人一股压迫感。他身侧站着一名青年，容貌普普通通，身材也普普通通，只是眼睛特别亮，看上去鬼精鬼精的。

电梯里只有三个人，空间还很大，肖嘉树却觉得逼仄极了，不痛快的情绪全写在脸上。青年瞥他一眼，然后给身旁的男人发了一条微信："这又是哪家的纨绔？瞧那黑眼圈和小身板，肾亏得厉害啊！"要不是哪个豪门世家的小公子，也不敢对季冕这个态度。

季冕瞟了一眼手机，并不回复，等电梯门开了便退后几步伸出手，做了个"你先请"的手势。他从小在英国长大，绅士风度几乎刻进了骨子里。

肖嘉树这才舒坦了，略一点头便迈出电梯。这人不但帅，还很有风度。

修长郁看见一前一后走进办公室的三人，表情有些惊讶："你们碰上了？正好，我来介绍介绍。小树，这是季冕，今后你就给他当助理。他可是冠世一哥，国内唯一的大满贯影帝，跟着他可以学到很多东西。这是他的经纪人方坤，国内首屈一指的金牌经纪人，资源很丰富。季冕、方坤，这是肖嘉树，我挚友的儿子，前些年在国外读书，最近刚回来，麻烦你们带一带。"

咦，竟然是我的上司？肖嘉树脸有些僵，飞快扫了对方一眼，然后点点头。他根本不在乎自己的职务是高是低，只要有事干就行。等积累了足够的经验，对娱乐行业有了更深刻的了解，自己再慢慢往上爬。他从来不是好高骛远的人，更不是吃不了半点苦的富家公子。

季冕微笑颔首："修哥你放心，我一定好好照顾嘉树。"话说完，他冲青年伸出手，温和道："以后有事尽管找我，若是我没空就找小方，别怕麻烦。"

"谢谢，以后还请季哥、坤哥多多关照。"肖嘉树连忙与他握手，面上显得很矜持，心里却暗暗赞叹：原来他是大满贯影帝啊，难怪气场那么强！肖嘉树很早就去了国外，从来不看国内的影视剧，自然也不认识季冕。

双方见过面之后又一起吃了饭，眼见修长郁把人带走了，殷切的态度就像带着自己的小孩，季冕的经纪人方坤疑惑道："这人什么来头，该不会是修长郁的私生子吧？"

02
助理

既然要给季冕当助理,自然要先了解一下这个人。肖嘉树一回到家就打开电脑搜索信息,然后震惊了。

季冕是国内同时获得金马、金像、金鸡、百花、华表奖的大满贯影帝,在国外也斩获了无数大奖,且好几次与奥斯卡最佳男主角奖擦肩而过,履历简直酷炫得没朋友;人品更是没得挑剔,提携过很多小辈,对前辈也十分尊敬,谁有困难他都愿意帮一把,人缘好到爆,平时随便发一条微博,底下全是大咖回复,可以说是一呼百应;拿到手的全是顶级资源,每部戏都是经典,除了他自己,旁人根本无法超越……

肖嘉树默默看完新上司的资料,许久之后才赞叹道:"酷毙了!"

他很想把对方拍摄的影视剧全都看一遍,但无奈一晚上时间太过仓促,也只能匆匆记下季冕所有作品的名字,等到以后再慢慢欣赏,然后便开始研究明星助理这一职业。说到底,他不是给季冕当粉丝的,喜不喜欢他的作品不重要,能不能干好本职工作才是最重要的。

明星助理大致分为三类:一是普通型,像秘书一样负责日常工作;二是企宣型,负责宣传、策划、公关等事宜,还可兼任经纪人;三是保姆型,负责照顾明星的衣食起居。企宣型助理工作内容最繁杂,但也是发展前景最好的,能学到很多东西。肖嘉树自然很中意企宣助理的职位,但看过工作要求后又有点忐忑。

若想干好企宣助理,一得具备对新闻事件的敏感性,有良好的专题策划能力及组织经验;二得掌握丰富的平面媒体资源和互联网资源,要具备清晰的头脑和强悍的逻辑能力;三要有良好的人际沟通能力,能熟练运用各种办公软件和互联网操作;四是中文文字功底必须扎实,语言组织能力强,新闻稿和文案的写作能力强；五还得具备优秀的新闻策划与商务公关谈判能力。

综上所述，企宣助理并不是一个轻省的活儿，相反，从业者需要有极强的综合素质才能脱颖而出。肖嘉树一条一条比once，然后绝望地发现：要经验，自己没有；要媒体资源，自己也没有；要写作能力，早早出国的自己更没有；唯一能够胜任的大概就是谈判能力和组织能力，然而就连这两条也是不确定的，因为他毕竟没做过这方面的工作，不知道能不能开发出相应的潜力。

原来就连"助理"这样一份听上去很简单的工作，想要做好也如此艰难，那自己又凭什么一毕业就进入肖氏担当要职呢？自己能不能胜任？有没有那个能力？肖嘉树盯着电脑屏幕，郁积了好几个月的心事一下就散尽了。之前那些载誉归国，继而大展神威，最后让爸爸、哥哥、爷爷对自己刮目相看的幻想，在此时此刻全都付之一笑。

做人不能好高骛远，还是脚踏实地好一些。他一边摇头暗叹一边注册了一个微博账号，取名"小树苗"，并关注了季冕，然后关上电脑，在忐忑和期待中入睡。翌日，他早上七点半就起床，吃过早餐，换了一套崭新的西装，然后对着镜子梳头。

"妈妈，当明星助理应该注意自己的形象，不能比明星本人还帅吧？我这个发色是不是太酷炫了？要不要染回来？"他一边抹发蜡一边嘚瑟，"妈，我会不会抢了季冕的风头？我跟他一起走出去，那些记者会不会全都跑来拍我，把季冕给忘了？"说完觉得很有趣，眼睛都笑得眯了起来，像一只偷到香油的小老鼠。

儿子在外人面前向来不苟言笑、沉默寡言，看上去又酷又傲，只有在自己跟前才会展露稚气又臭美的一面。薛淼盯着儿子笑眯眯的脸蛋，心里的郁气也散了。看来给儿子找一份工作果然是正确的决定。

"就算把头发染回来也掩盖不了我儿子的帅气。"薛淼吹捧儿子一句，见他笑得更得意，自己也有些忍俊不禁，停顿片刻，状似不经意地道，"儿子，给别人当助理会不会太委屈你？要不要妈妈出钱给你开公司？"至于让肖父出钱，她想都没想过。

前些年肖老二有一个私生子在外面开了一家房地产公司，很是赚了一笔，结果被肖家人以"本金是肖氏所出"为理由，将公司的股份瓜分了，连公司大权也都收了回去。那私生子除了一个"认祖归宗"的名头，什么都没捞着。

在这种情况下，薛淼怎么可能提出让肖父给钱？儿子有多心软她比任何人都清楚，但凡肖老爷子说一句肯定的话，肖父和肖定邦给他一个温和的眼神，他就能对他们掏心掏肺。自主创业？也不知道到最后儿子累死累活一场是为了谁。也因此，薛淼从来没想过给儿子开公司，只是怕儿子怪自己不尽心，这才试探性地问一问。

肖嘉树考虑片刻后摆手拒绝："不了，我要是在外面开了公司，爷爷更不放心。"话落他用脑袋蹭了蹭薛淼的颈窝，腻歪道："谢谢妈妈。我就老老实实在公司里上班好了。明星助理其实很有趣，我昨晚查了很多资料，很有挑战性。"他对未来真的没有多大野心，顶天也就当个金领，况且有爷爷和哥哥在公司掌事，他最大的发展前景也仅此而已。

薛淼摸摸儿子硬邦邦的头发，不知该为他的纯善和体贴感到高兴还是叹息。他这么乖，这么听话，肖家人怎么就是看不见呢？不过这样也好，儿子在娱乐圈里赚的每一分钱，想来肖老爷子那种老封建肯定是不屑拿的。儿子只有进入娱乐圈才能拥有完完全全的自由和事业，而一个成功的男人绝不能缺乏这两样东西。

她薛淼的儿子，就算不被家族重视，也不能做一个失败者。

"慢点开车，好好工作，妈妈等你回来吃晚饭。"薛淼看着儿子的车开远，这才长叹一声。

肖定邦和肖启杰一大早就去了公司，所以并不知道肖嘉树已经正式成为一名上班族，还以为他在家里打游戏呢。

肖嘉树怀着万丈雄心打了卡，在热心同事的指引下踏入办公室。身为冠世一哥，季冕早就建立了个人工作室，挂靠在冠世娱乐旗下，占据了整整一层楼。修长郁本想亲自带肖嘉树去见一见同事，却被拒绝了，只好吩咐方坤私底下多照顾一点。而方坤显然误会了老总的意思，便告诉下属来的这个是"金贵小少爷"，上班纯属玩票，别真的拿人家当实习生使唤。也因此，肖嘉树一早上什么活儿都没干，只能尴尬无比地坐在自己的位子上。

有人吩咐他打印文件，他正想站起来，一名女同事连忙把文件抢走，还冲他讨好地笑；有人吩咐他写一篇通稿，他刚要答应，那头又有人说通稿早就写好了……这种事一多，肖嘉树渐渐也回过味来，人家这是拿自己当花瓶呢，只摆着好看的！他那个气啊，面上立刻表现了出来，本就酷帅的一张脸更显冷硬，这下谁也不敢沾他的边了。

方坤躲在自己的办公室里，拉开百叶窗的一扇格子偷偷往外看，呢喃道：

"这位肖少爷脾气还真是大啊,一早上什么事都不让他干,他还摆着一张臭脸,好像所有人都欠他钱似的。你说他不好好待在家里,跑来上班干什么?纯粹给我们添麻烦嘛!"

"大概是家里长辈逼的吧。"季冕正专心致志地看剧本,对新来的助理并不感兴趣。

"我看他待不了多久,你瞧瞧,这才是第一天呢,就快原地爆炸了!"方坤仔细看了看肖少爷的臭脸,不免惋惜起来,"不知道修总怎么想的,就凭肖嘉树那张脸,当助理真是可惜了,应该去当明星,一定能红。他要是家世普通一点,我一定会把他签下来。"

为什么说肖少爷家世不普通?废话,哪个小助理会穿着高定西装来上班?一套几万块呢!

"放心,你有机会。修总最近在找好本子。"季冕淡淡道。能劳烦修长郁亲自找本子,这可不容易。除了肖嘉树,他想不到谁还有那么大的面子。

"不给你当助理就好。他架子比你还大,穿得比你还好,脸也长得跟你一样帅,给你当助理才是一场灾难。"方坤正为手底下最大牌的明星要息影而苦恼,听说有机会签肖小少爷,不免来了兴趣,"这样,等会儿我们请他吃一顿饭,看看他的意向。你就算退居幕后,这间工作室照样要开下去,正好把他打造成你的接班人。"

季冕终于抬头给了方坤一个正眼,徐徐道:"当我的接班人?这可不容易。"没有真本事,娱乐圈里谁敢说这种话?他能坐到今天这个位置,靠的绝不仅仅是一张脸而已。

方坤连忙摆手:"你别较真,我就是随便一说,谁也不能取代你的位置。"

季冕这才低下头,重新看起剧本。

肖嘉树好不容易熬到下班,正准备找一间咖啡馆度过午休时间,却被方坤叫住了,说是季冕请他一起吃个饭。上司有约,肖嘉树哪能不答应,到了目的地抬头一看,脸色顿时变了。

身为影帝,季冕出入的都是隐私性和安全性很高的高级场所。这间西餐厅是国际知名品牌,三星米其林大厨亲自坐镇,味道好极了。但这不是重点,重点是摆放在眼前的五分熟的牛排……之前肖嘉树宅了好几个月,天天吃薯片、方便面、辣条等垃圾食品,嘴里起了七八个溃疡,每天喝水都是酷刑,更别提吃肉了。他已经可以想象，当这些极有嚼劲又极粗糙的牛肉进入自己嘴里，与自己破溃的伤口摩擦、摩擦、摩擦……会是一种怎样酸爽的感觉。

作为一个职场小萌新，又是在上司面前，肖嘉树勉强压下了被口腔溃疡支配的恐惧，颤巍巍地切下一块肉放进嘴里，状若平常地咀嚼。他以为自己掩饰得很好，但在季冕和方坤看来，他的表情就像是在吃毒药。

"牛排不合胃口？"季冕温声道。

"没，味道很赞！"肖嘉树连忙摆手，然后梗着脖子把没嚼烂的牛肉咽下去，眼睛和眉毛都挤成了一团儿。

季冕："……"

方坤笑着圆场："喝酒吗？这家的红葡萄酒很不错，你尝尝？"

酒？一喝进嘴里便会像硫酸一样腐蚀溃疡，从而令人痛不欲生的酒？肖嘉树心里含泪，面上却扯开一抹微笑："好啊，谢谢坤哥。"

方坤分别给季冕和肖少爷倒了一杯红酒，正准备借着品酒的间隙聊一聊签约的事，却见肖小少爷露出一个狰狞的表情，然后飞快低下头去。

"怎么？酒也不合胃口？"季冕微笑看他。

"不！口感……很赞！"肖少爷已经痛得连话都说不利索了，一张俊脸比锅底还黑。

季冕："……"

方坤哈哈一笑："喜欢就多喝一点。"话落又给肖少爷倒了一些酒。

死要面子活受罪的肖嘉树觉得自己简直是度日如年，捏酒杯的手都在打战。他发誓，只要自己能活着走出这家餐厅，以后再也不吃垃圾食品了。当他内心散发出强烈的SOS信号（紧急呼救信号）时，一名四十多岁的中年女子走了过来，先是与方坤、季冕打了一声招呼，然后亲昵无比地捏了捏肖嘉树的脸："小树苗，回国了也不来看看你苏阿姨？"

"苏阿姨！你也在这儿吃饭？"肖嘉树差点喜极而泣，连忙站起来给了女子一个熊抱。他正想替在座的各位介绍，就听苏阿姨强势道："小坤，我把人借走了，你们吃着，我已经埋过单了。"

"哎呀苏姐，这怎么好意思？"方坤还想客气几句，女子已经把人高马大的肖小少爷拉走了，只留下一个空荡荡的座位和一杯浅浅的红酒。

"肖嘉树竟然连苏瑞都认识，人脉资源很广啊！"方坤小酌一口红酒，徐徐道，"看来我未必签得下他。不过这样也好，脾气臭，演技差，管理不好表情，还难伺候，这餐饭下来，我可以打消之前的想法了。他那样的，想红容易，想红得长久却难，随便参加一档真人秀，分分钟暴露真实性格。"

季冕并不答话，只轻轻摇晃了一下红酒杯。在最喜欢的餐厅吃着最喜欢的牛排喝着最喜欢的红酒，没人打扰才是最理想的状态。

"算了算了，其实我也不是很喜欢签一个祖宗回来。你太好带了，再带别人我会不习惯。"方坤切了一块牛排放进嘴里，顿时享受地眯起眼睛，"好吃，肖嘉树的舌头一定是坏掉的。"

另一头，肖嘉树跟随苏瑞进入包厢，立马挤眉弄眼做了个痛苦的表情："苏阿姨，快给我一杯水冲冲嘴巴！"

"怎么了这是？"苏瑞连忙倒了一杯白水。

"我口腔溃疡，刚才喝了酒。"肖嘉树清洗完口腔后泪花也跟着冒了出来，看上去像只委屈的哈士奇，惹得苏瑞哈哈直笑。她曾经是薛淼的经纪人，后来二人合资开设了一家经纪公司，前些年又一起策划了一场女歌手选秀活动，打开了国内如火如荼的选秀市场，也令公司彻底在娱乐圈站稳了脚跟。论起关系，二人比亲姐妹还亲，苏瑞又是单身主义者，不结婚不生孩子，薛淼的儿子跟她的儿子没什么两样。

她是看着肖嘉树长大的，自然对他十分关心，立刻让助理去买降火的药，又把他教训了一顿，让他注意身体，这才开始询问工作上的事。

"他们压根没给我安排工作，把我当摆设。"肖嘉树有点委屈，然后龇牙咧嘴地喝了一口奶油蘑菇汤。刚才他就想点汤水来着，但季冕似乎很霸道，说是请客，其实一早就确定好了菜色，根本没给他点餐的权利。

"那我跟修长郁说一说。"苏瑞立刻拿起手机。

"别别别，"肖嘉树连忙阻止，"我是新人，他们不信任我的能力，所以才会这样。苏阿姨，你要是让修叔叔帮我出头，同事会更看不起我。我一定会努力学习，认真工作，有活儿抢着干。日子久了，大家就会明白我是怎样的人，也会慢慢接纳我。这是每一个职场新人都要经历的阶段，我能处理好的。"

苏瑞看看他透着神圣使命感的脸，忽然扶额笑起来："小树苗，你怎么这么可爱！干脆别在冠世干了，来我这里吧？"

"不了，妈妈都跟修叔叔说好了，不能不守信用。工作是一件很严肃的事，

02 助理

哪能说跳槽就跳槽。"肖嘉树一边摇头一边喝汤。

"行,咱们小树苗已经长成参天大树了。"苏瑞爱怜地摸摸他脑袋,交代道,"明天下午你来公司玩一玩吧。'SUPER 新声代'最后一场总决赛,很精彩。"

"SUPER(超级)新声代"是苏瑞和薛淼合资开设的瑞水文化经纪公司的王牌节目,国内选秀界的鼻祖,影响力很大,每两年举办一次。这一次是瑞水与冠世合资举办,盛况空前,一开播便连续打破了好几个收视纪录,火得一塌糊涂,就连肖嘉树这种刚回国的海归也知道一点"SUPER 新声代"的消息。

"就到总决赛了啊?前面好几期我都没看。"肖嘉树一点也不知道自己说的话很扎心。

好在苏瑞了解他的性格,不以为意道:"总决赛才是最精彩的。你来看,我给你弄贵宾席。这一届的歌手都很不错。"

"不行啊,我要工作。我是季冕的助理,不能玩忽职守。"肖嘉树一本正经地拒绝。身为职场小萌新,他可不能三天打鱼,两天晒网。

苏瑞扶额:"季冕也来,他是总决赛的评委。"

"哦,那还差不多。不用给我贵宾票,我就站在评委台边上好了,万一季冕有事可以随时找到我。"肖嘉树认真想了想,这才答应下来。

苏瑞:"……"

第一天就在无所事事中度过了,第二天下午,季冕果然带着肖嘉树前往瑞水总部。作为一家刚兴起不到十年的公司,瑞水的业绩已经超越很多老牌经纪公司,跻身业内前三。它的总部设立在市中心,而总决赛就在旁边的体育馆里举行,一次性可以容纳五万观众。

"季哥要上妆,你坐在这里等一等,别乱跑。"方坤对肖少爷说道,而对方正左看右看,像刘姥姥进了大观园。

"好的。"肖嘉树坐在靠门口的沙发上,脑海中依然在回味刚才看见的大舞台:好高远,好宽阔,下面人山人海,如果站上去唱一首歌会是怎样的感受?然而他只能幻想一下,这辈子都没办法知道答案。

季冕似乎很疲惫,眼睛一闭便开始假寐。化妆师的动作越发小心翼翼,连呼吸都放缓很多。半小时后,舞台准备就绪,评委也隆重上场,选手们开始了表演。

何以言欢

肖嘉树果然站在评委台下，与一众摄影师挤在一块儿。方坤则坐在评委台后方的位置，稍微往前一凑就能与季冕搭上话。能杀入决赛的选手实力都很强，表演也精彩纷呈，观众频频热烈地尖叫和鼓掌，带动了场中的气氛。

肖嘉树被气氛感染，不禁松了松领带，向来沉静的双眼发出灼热的光芒。他喜欢这种感觉，好像血液在燃烧，头脑在咕咚咕咚冒着泡泡。

最后一名选手上场了，她长得非常漂亮，外表似乎很柔弱，但唱歌时极有爆发力，嗓音蕴含着金属的质感，沉重而冷锐。她是最热门的夺冠选手，比赛还未结束便拥有了很多粉丝，就算没拿到总冠军，前途也差不了。

观众热情更高，几乎嗨翻了天。肖嘉树却愣住了，眼睛直勾勾地盯着女选手，表情莫测。透过这把独特的嗓音，他被带入了久远的、难以忘却的、不堪的回忆。

由于选手的实力都很强，比赛结果自然充满了悬念。最后一场对决时，两位选手的票数咬得很紧，几乎不相上下，但最终还是外表柔弱的女选手技高一筹，夺得桂冠。以往总会有人在选秀结束后抨击主办方有黑幕、暗箱操作、潜规则等，这次却是皆大欢喜，因总冠军的实力太强了，她能胜出是众望所归。

季冕亲手为女选手颁发了奖杯，并在舞台上拥抱了她，说了一些勉励的话。女选手眼中含泪，频频点头。

比赛就这样结束了，观众正慢慢散去，后台却聚满了人，评委、选手、记者、主办方高层都要留下来开一个庆功宴。肖嘉树艰难地穿过人群，走到总冠军身边，频频想与她搭话，却总被人打断了。作为今晚的主角，女选手周围全是人，有前来庆贺的朋友、家属，也有记者和星探。

方坤斜倚在化妆间门口，嗤笑道："我说怎么找不到肖少爷呢，原来是泡妞去了。他好像看上李佳儿了，直往人家身边挤。瞧他那样，大半天了连一句话都说不全。"

方坤似乎很喜欢欣赏肖嘉树的窘态，恨不得抓一把瓜子慢慢看。

"把他叫回来。李佳儿的情况你也了解，她应付不了这种事。"季冕靠在圈椅里假寐，化妆师正小心翼翼地替他卸妆。

"行，我这就把他叫过来。"方坤立刻让助理去叫肖嘉树，见他摆手拒绝，满脸不耐，便也来了脾气，"这些富二代就是无聊，整天只知道泡妞，半点正事不会。"

他这么说也是有缘由的。李佳儿刚进入决赛的时候方坤就看上了她的潜力，把人请出来吃了一顿饭，深入了解后，对她便更为欣赏。这孩子今年才二十出头，却在高中的时候就辍学了，原因是被学校里的富二代看上，受了欺负，不得不退学保平安。可是这样还不算，那富二代心有不甘，多方打压，致使她父母失去了工作，也令她不得不早早出来打工挣钱，经历了很多磨难。

后来她父亲受不了这种苦日子，卷了家里的钱跑了，母亲为此抑郁成疾，长期住在医院里。她一边工作一边照顾母亲，却依然没被残酷的现实打垮，整个人充满着干劲儿，特别乐观开朗。所幸那富二代一家移民去了澳大利亚，她这几年的日子才好过一点。

那次会面过后，方坤把李佳儿的情况告诉季冕，季冕心有触动，多方提携，后来还亲自与李佳儿谈了合约。虽然合约没有最终敲定，但双方都有意向，所以说李佳儿也算是冠冕工作室的内定艺人，他们自然要护着。

见肖嘉树死活不愿意过来，方坤只好亲自去拽人。

"你对李佳儿感兴趣？"关上化妆间的门后，方坤似笑非笑地问。

"这是她的艺名吧？她本名叫什么？家是哪里的？"肖嘉树连连发问。

"你查户口呢？"方坤警告道，"她今后会签约冠冕工作室，你别打她主意。要泡妞去外面泡，别在公司里乱搞。"

"我没乱搞。"肖嘉树万万没料到方坤会这样想自己，顿时委屈了。

"没这样想最好。"卸完妆的季冕站起来，温和道，"李佳儿很有潜力，我会好好栽培她，目前不想让她分心谈恋爱。你喜欢她可以，但请不要打扰她的正常工作和生活，这点要求不过分吧？"

"我没有喜欢她。"肖嘉树简直百口莫辩，同时也被恶心到了，脸上不免表露出来。

季冕深深地看了他一眼，继续道："虽然冠冕工作室挂靠在冠世娱乐旗下，但我拥有百分百的主控权。你要是觉得在我这里工作不大顺心，可以申请去别的部门。"

"不，没有不顺心。"肖嘉树更加不想跟这些人说话了。他做错什么了？不就是想套个话吗？搞得自己好像在逼良为娼一样！他觉得季冕似乎不像资料里描述的那样温和，反而有些唯我独尊的霸道。

恰在此时，有人在外面敲门，助理打开一条门缝，轻声说道："坤哥，是李佳儿。"

"让她进来。"方坤立马换上一张笑脸,"佳儿,采访结束了?别忙着走,等会儿陪我们吃个夜宵,顺便谈一谈合约。"

"好的坤哥。"李佳儿走到季冕身边,笑道,"季哥,谢谢您把票投给我。我做梦都没想到我会获得总冠军!"

"这是你应得的。"季冕微微一笑,摆手道,"走吧,去吃夜宵。这些天辛苦你了。"

"不辛苦。这是我人生中最美好的时刻,我永远都不会忘记的。"李佳儿跟随两人去了停车场,看见一同挤进保姆车后座的肖嘉树,眼里露出好奇,却没贸然询问。这人长得如此俊美,应该是准备出道的新人吧?

看见死皮赖脸跟来的肖少爷,方坤嘴角微微一抽,无奈道:"这是季哥的助理,肖嘉树。"

李佳儿甜甜一笑:"肖哥你好!"

"我今年二十岁,你呢?"肖嘉树面无表情地直视前方。

"……我今年二十一。"李佳儿的甜笑凝固了一秒钟。

肖嘉树:"哦。"

扎心了啊!会不会泡妞?不会赶紧滚下车,别在这儿碍眼!方坤简直被气笑了,回头瞪了肖少爷一眼,就连最善于表情管理的季冕都忍不住皱起眉头。

肖嘉树却一无所觉,继续道:"你是不是整容了?你的眼睛、鼻子、下颌骨都很不自然。"

李佳儿:"……"

方坤也是服了肖少爷,见过不会聊天的,却没见过聊起天来很欠揍的。要是换成自己,早一巴掌挥过去了。

李佳儿暗暗运气,然后看向坐在副驾驶座的季冕,低声道:"季哥,之前我忘了跟您说,我的脸是整过的。我不想被那人找到,所以辍学以后去做了手术……"

季冕温声道:"没关系,这种事在娱乐圈里很常见。明星的外表也是一种商品,必须好好包装打理。你把你以前的照片发给方坤,方便他以后帮你做公关。"

"好的,谢谢季哥,谢谢坤哥。整容的事情,如果有记者问起这件事,我不想隐瞒,可以吗?这样做会不会招黑?我不大想说谎话,只想做真正的自己。"李佳儿紧张道。

"都整容了还说什么做真正的自己，呵。"肖嘉树幽幽道。

李佳儿："……"这人谁啊？神经病？

方坤、季冕："……"肖少爷该不会还信奉小学生那一套，喜欢谁就可劲儿地欺负吧？

过了好一会儿，季冕才接上话："承不承认全看你自己，我不会干涉。工作室会做好相应的公关准备，被黑也不怕，总能洗白。"

"对，先黑后白再红，这也是一种成名的方式。你如果不想隐瞒，那就大方公开，现在的粉丝很喜欢耿直的明星，操作得当的话不一定会招黑。"方坤也安慰道。

"SUPER新声代"的女选手绝大部分都整过容，有些还很明显，脸削得比锥子还尖，除非观众眼瞎才看不出来，但她们偏偏不肯承认。这个时候若李佳儿站出来坦承，那相当于一股清流，非但不招人讨厌，反而很得路人缘。届时公关部再请一批水军引导舆论，李佳儿的形象很快就能扭转，顺便还能打造一个"敢说敢做、性格耿直"的人设，可谓一举两得。

方坤越想越觉得可行，暗暗把这件事记下，准备回去就让人做方案。

李佳儿彻底放心了，拿出手机点开图库，想找一张没整容以前的照片。

肖嘉树再一次开口："也给我发一张吧，加我微信好友。"话说完，理所当然地把手机伸过去，屏幕上早已调出了微信二维码。

李佳儿真是服了这位肖助理，怼完人又来加好友，他是不是忘了吃药？

"哪有一见面就跟女孩子要照片的？"季冕淡淡道，"肖助理，你家住哪儿？我先送你回去。"

方坤飞快看了季冕一眼，心里暗暗笑开了：季哥这是忍无可忍，不能再忍了？肖嘉树也是厉害，把季哥这种好脾气的人都惹毛了。

肖嘉树摆手道："我陪你们吃夜宵。"

方坤差点不顾危险地放开方向盘，为肖少爷的厚脸皮鼓掌，而季冕已经低下头，开始摆弄手机，片刻后看着屏幕念道："东城区鼎泰路新和嘉苑。"

喂喂喂，你念我家的地址干什么？生平头一次要无赖的肖嘉树觉得尴尬极了，也挫败极了，却无法阻止方坤把车开到新和嘉苑门口。这是京市有名的富人区，里面全是别墅，安保措施很严格，外来车辆根本进不去。当然，方坤也不想开进去。他回头看了看无可奈何的肖少爷，催促道："到家了，快回去吧。"

车子静静停在门口，保安走了出来，似乎想要盘问，肖嘉树这才不情不愿地拉开车门。

送走这位小祖宗，方坤、李佳儿不约而同地呼出一口气，季冕则缓缓松开紧皱的眉心。

03 针对

肖嘉树一脸郁色地踏进家门,发现母亲早已等在客厅,手里正拿着一台平板电脑看得津津有味。

"你回来啦?快回房换衣服。你爸和你哥在书房谈事,我跟他们说你跟朋友去看演唱会去了。"她头也不抬地摆手。

"妈妈,你在看什么呢?"肖嘉树挤到薛淼身边坐下,发现她正在刷新"SUPER新声代"的官网,首页就是李佳儿夺冠时的照片。

"今年的选手实力都很强,但我一开始就很看好李佳儿,她长相甜美,个性讨喜,嗓音独特,目前又积累了很高的人气,如果陆续有好作品出来,一定能大火。我让你苏阿姨去跟她谈合约,但她好像对瑞水不太感兴趣,反倒跟方坤频频接触,真是可惜了。"说到这里,薛淼遗憾地摇了摇头,可见对李佳儿十分欣赏。

本就被恶心得不轻的肖嘉树更来气,冷哼道:"妈妈,你知道吗?她有可能是我这些年一直在找的那个高中女生。如果真的是她,你别签她,我也不会让冠冕签她!"

薛淼惊讶地看着儿子:"她就是你要找的人?"

"有可能是,但我得查一查。"肖嘉树脸色很阴沉,话音刚落,便上楼联系以前的同学。这位同学是很厉害的黑客,也在美国留学深造,回国后开了一家侦探社,只要不是身份特殊的人,他通过网络便能在几小时内把对方的老底查个一清二楚。

肖嘉树支付了一笔高额费用,对方自然加快了速度,不过一小时,李佳儿的所有资料便躺在了他的邮箱里。她原名王诗琪,京市人,曾在师大附中读书,后来因卷入一起案件而退学,之后便整了容,开始在外面打工,这些年的经历很丰富。

　　肖嘉树从未在现实中见过王诗琪，只看过她的照片，却由于拍摄角度不佳，并不能一眼就认出对方。但他对王诗琪的嗓音太熟悉了，熟悉到在梦中都会频频听见。那些人，那些事，那些纷乱而又残酷的纠葛，从未在他的记忆中退去。他向来不是以权压人的纨绔，这次却极想破例一次，亲手掐断对方的锦绣前程。

　　这天晚上，肖嘉树失眠了，翌日顶着一双熊猫眼去了公司，在电梯里偶遇方坤和季冕。

　　"季哥、坤哥，早上好。"他礼貌地打招呼。

　　"早上好。"季冕微微一笑，仿佛昨晚的不愉快从未存在过。

　　方坤上上下下打量他几眼，调侃道："小树，是不是昨晚我们送你回家后你又跑出去玩通宵了？不是我说你啊，年轻人别仗着底子好就不知节制，将来老了受罪。"方坤也不是寂寂无名的人物，用不着像伺候祖宗一样伺候这位脾气大、嘴巴毒的小少爷，该怼的时候还是要怼，免得憋屈。

　　肖嘉树认真回道："坤哥，我没出去玩，我就是有点失眠。"

　　"呵呵。"方坤笑了笑，不说话。

　　季冕则在电梯门打开的一瞬间走了出去。他脾气温和，却不代表好相处。发现老板来了，一名助理连忙迎上前："季哥，李佳儿小姐已经到了，正在会客室。合同准备好了，现在就要吗？"

　　"去打印吧，今天应该能敲定，顺便把培训部的沈总叫上来。"季冕一边走一边脱掉西装外套，动作既优雅又洒脱。

　　"好的。"助理答应下来，见肖少爷亦步亦趋地跟在老板身后，一点事不用做，不免露出羡慕的眼神。

　　李佳儿听见谈话声连忙走出会客室，表情十分紧张，笑容却不失甜美。她很有礼貌地向季冕和方坤问好，看见肖嘉树时微微缩了一下脖子，仿佛有些害怕。肖嘉树瞥她一眼，轻声道："我昨天看过你没整容的照片了，很丑，但你现在更丑。"

　　李佳儿："……"

　　季冕推开办公室的门，头也没回地道："肖助理，麻烦你去总裁办公室帮我送一份文件。"

　　肖嘉树不自觉地立正站好，认真道："好的，是哪一份文件？"他目光灼灼地朝一排文件夹看去。

季冕冲方坤扬了扬下颌："把《超级搭档》的策划书给他。"

《超级搭档》是冠冕工作室准备投资拍摄的一档真人秀节目，冠世娱乐也有艺人准备参演，各项事宜工作室早与修长郁商量好了，不需要再送策划书。由此可见肖少爷是多么烦人，连季冕这样温和的人都受不了他，得找个借口把他打发走。

方坤对此心知肚明，立即把策划书递给肖少爷。

肖嘉树看看李佳儿，又看看策划书，目露挣扎。他本想留下来套一套这个女人的话，但这是自己进入公司后第一次被委派任务，又怎么能推辞？最终，敬业精神战胜了复仇之魂，肖嘉树郑重其事地接过文件夹，保证道："我马上就去。"

等他走了，方坤笑着解释道："这是公司的关系户，在我们这儿待着好玩的，你不用理他。"

"我就是刚开始的时候有些怕，但季哥和坤哥都在这里，慢慢便好了，以后应该会习惯吧。"李佳儿抱紧自己，面色惨白。自从发生那件事后，她对男人便产生了一种恐惧感，特别害怕他们的追逐与关注。

"这种事不用习惯，他要是敢骚扰你，你就直接告诉我，我来处理。"季冕嗓音温和，态度却十分强势。

李佳儿苍白的脸颊泛上红晕，感激道："谢谢季哥，最近真是太麻烦您了。您上次帮我介绍的那部戏，我……我推掉了……"她羞愧不已地低下头去。季冕如此提携她，她却不知好歹地拒绝，是个人都会不满吧？

季冕却温和依旧："为什么推掉？是有哪里不方便？"

"的确有点不方便。那部戏是封闭式拍摄，一旦进组就出不去了，得在山里待两个多月。季哥您是知道的，这些年我什么活儿都干过，不是吃不了苦，只是担心我妈的病。我要是不在她身边，她就真的无依无靠了。我想先赚些钱，帮她把身体养好，等她能走动了，我上哪儿都带着她，拍戏带她，演唱会带她……"李佳儿说着说着便快活地笑起来，眼底的阴霾消散了很多。

看得出来，她很孝顺，对未来更是充满期待。

她的经历深深触动了季冕，季冕非但不觉得她不识好歹，反而对她好感倍增。要知道，他介绍的这部戏是大制作、大导演的历史正剧，还未开拍就确定会在黄金档播出，莫说在里面扮演一个戏份吃重的女三号，即便是一个小小的配角也多得是人抢。李佳儿为了母亲推掉这部戏，等于推掉了一次爆红的机会，其间所经历的挣扎与抉择，一定非常痛苦。

亲情与名利孰轻孰重？很多人嘴上说着亲情，实则总把名利放在前面。李佳儿小小年纪就能做到绝大多数人做不到的事，真的很不容易。她的心性、毅力、情商、潜能，都远胜常人，好好培养一定能成大器。

季冕很欣赏这类人，态度不免更为温和，安抚道："没关系，推掉就推掉了，我再帮你寻找合适的机会。你的外形条件很好，演戏方面也很有天赋，可以走双栖路线。"

"谢谢季哥。"李佳儿感激不已地鞠躬。

说话间，助理把合约送来了，季冕正想递给李佳儿，让她好好看看，便接到了修长郁的电话。也不知那头说了什么，他的表情由轻松变成严肃，又从严肃变成阴沉。

"为什么？"他低声开口。

"她得罪了不该得罪的人，冠世和瑞水都没有她的位置。小冕，看在我曾经救过你的分儿上，放弃她。"修长郁从来不提以前那些事，更不会挟恩图报，这还是他第一次主动开口。

季冕能说什么呢？他对修长郁的敬重不是假的，放下电话后却也没有立刻推翻合约。他得为李佳儿找一条出路，不能让她就这样毁了。某些人自以为可以玩弄别人的命运，像上帝一样对别人的人生指手画脚甚至横加干涉，这很恶心。

"佳儿，我这里不能签你。"他并未随便找借口把人打发走，然后让人怀着满满的希冀无休止地等待，而是直言相告。

"为……为什么？"李佳儿呆住了。

"有人想要封杀你。"季冕沉吟道，"是不是以前那些人找来了？"

"不可能！"李佳儿飞快反驳，似意识到什么，连忙补充，"他们全家都移民去了澳大利亚，产业全都变卖了，不可能回来找我。季哥，您能帮我问清楚究竟是怎么回事吗？我没有得罪过什么人啊，谁要封杀我？他们怎么能这样？"她气得眼眶通红，却倔强地不肯掉泪。

"我这就去查一查。"方坤也很吃惊，立刻推门出去。冠世和瑞水一个是规模第一的娱乐公司，一个是排名前三的经纪公司，二者联合起来封杀一个艺人，那人很难再有翻身的机会，除非像季冕这样重量级的巨星不遗余力地帮忙，才有解困的可能。

李佳儿像是掉进了冰窟窿里，用双手紧紧环住自己，身体止不住地颤抖，但她很快就镇定下来，抹了把脸，然后低头苦笑。这些年她受过的磨难实在太多，早已习惯了人生的大起大落，这点挫折还不能将她的意志摧毁。

"季哥，算了吧，我的事您不用管了。天无绝人之路，这条路走不通，我再试一试别的，反正最糟糕的时刻我都顺利挺过来了，不怕的。"她站起身，郑重其事地鞠躬，眼眶依然通红，嘴角却已经带上了浅笑。

她的坚强果敢彻底打动了季冕，季冕抬手道："你先等会儿，我让人帮你打听打听，看看是谁在背后整你。如果有说和的可能，我给你做个中间人。"

"不用、不用，太麻烦您了……"李佳儿连连摆手，刚消散的眼泪又重新凝聚。被人照顾的感觉实在是太好了，她有些控制不住自己的软弱。

"不麻烦，几句话的事。你先坐一会儿，我去去就来。"季冕示意李佳儿坐回原位，又吩咐助理重新给她泡了一杯咖啡，这才往顶楼的总裁办公室去了。

方坤也在顶楼，而且似乎打听到一些消息，脸色很古怪。看见季冕，他立刻把人拉到僻静的茶座，低声道："是肖嘉树。你说这小子想干什么？他应该是第一次跟李佳儿见面吧？没仇没怨的，他图什么？修总也是，竟然问也不问就同意了，他难道看不出李佳儿的实力？李佳儿现在的人气已经爆棚了，光铁杆粉丝就有几百万，只要稍加经营就能成为新一代的歌坛小天后。这可是一棵摇钱树，凭修总的精明不应该同意肖嘉树这种无理要求啊？你说，他俩该不会真是父子吧？"

"果然是他。"季冕按揉眉心，沉声问道，"具体原因你没打听出来？"

"没呢，人家说封杀就封杀，根本不讲原因。依我看，这小子该不会想学霸道总裁那一套，先把李佳儿逼到绝路，然后再提出包养？"方坤脑洞大开。

季冕微微一愣，末了冷笑起来："不管他想干什么，我是不会袖手旁观的。"话落便推门进了总裁办公室。

方坤不敢进去，只好溜达到秘书科，找秘书姐姐们多打听一些消息。

"你来了。"修长郁并不意外季冕的到来，温声道，"坐吧。"

季冕环顾四周，发现肖嘉树已经走了，被他拿上来的策划书如今正握在修长郁手里，对方正认真仔细地翻阅。

"修总，我们公司擅长培养演员，出了好几个影帝、影后，但有影响力的歌手一个都没有。如果能签下李佳儿，刚好填补这一空白，您为什么要拒绝？她是一棵好苗子，凭您的眼光应该能看出来。"季冕不疾不徐地说道。

"在回答你的问题之前，我也要问你一个问题。"修长郁放下策划书，一字一句道，"身为一名艺人，是潜力重要还是品行重要？"

季冕考虑片刻后坚定道："自然是品行。"

"我就知道你会这样回答。"修长郁快慰地笑起来，"这个圈子太复杂了，所谓的道德底线，可以一降再降，只要不被媒体曝光，不被公众获悉，艺人便可以借助公关团队把自己打造成一个完人。但事实上呢？某些人早已经从骨子里烂掉了。我一直都跟你说，一名艺人，最重要的不是经营表面的形象，而是培养自己的品德和涵养，这才是让你们永远不过气、永远不被粉丝遗忘的关键。"

"您的意思是李佳儿品行方面有问题？您听谁说的？"季冕摇头道，"签下李佳儿这件事是我主导的，我自然查过她。她当年的确留下了案底，身份却是受害者。虽然这一点有可能影响到她的声誉，但只要把控好舆论，也能为她博取同情。她是实力派，完全可以挺过这场舆论大战。"

"你不用再说了，我已经决定了。"虽然修长郁很擅长听取下属意见，但当他认定了一件事，也很难再更改主意。

季冕不得不打消说服他的念头，思量片刻后又问："那您准备做到哪种程度？在整个娱乐圈范围内封杀她，不给一点出镜的机会？"

修长郁摆手："只是放弃签约而已。她要是想签到冠世、瑞水之外的公司，我是不管的。以后能不能出头全看她自己的本事。"

季冕明显松了一口气。修长郁在娱乐圈的名声并不好，早些年流连花丛，与很多女明星闹过绯闻，后来忽然转了性，开始认真经营公司，手段也变得越来越狠辣。谁要是得罪了他，莫说在娱乐圈出头，就是连站脚的地方都没有。这次他口里说着封杀李佳儿，实则留了很多余地，也不算把人往死里逼。

"谢谢修总手下留情。"季冕站起身准备告辞。

修长郁意味深长地道："她不值得你替她道谢。小冕，知人知面不知心，你太容易心软了，别什么人都帮。"

季冕哑声道："当初要不是您帮我，哪里会有我的今天？所以说善意是需要传递的，能帮则帮，反正我也不图什么回报。"

"你呀……"修长郁无奈极了，亲自走到门口送人。

"问出什么没有？"电梯里，方坤小声开口。

"没有。"季冕摇头。

季冕回到工作室后先去楼梯间打了几个电话，这才对等待已久的李佳儿说道："冠世、瑞水都不准备签你，却也不会彻底封杀你，只是不给你资源罢了。我帮你联系了别的经纪公司，这是负责人的名片，你可以过去看看。"

李佳儿脸色白了白，然后才接下名片，感激道："谢谢季哥。不彻底封杀我，意思是如果我签去别的公司，还是有机会？那个要封杀我的人究竟是谁？"

"不要问了，知道太多对你没好处。"想起那位小少爷，季冕的表情变得十分阴沉。

"那好吧，我不问了。谢谢季哥，您帮了我太多太多！"李佳儿觉得自己比窦娥还冤，却也毫无办法。在这娱乐圈里，不是谁有理谁就站得直、爬得高，还得看身家背景、咖位大小。她现在只是个毫无背景的新人，活该被人踩，除了季哥、坤哥，谁又会真心替她考虑？

想到这里，李佳儿再也顾不上询问真相，连忙站起来给二人鞠躬，隐忍了许久的眼泪终于大颗大颗往下掉。

方坤看得无比心酸，安慰道："别看季哥给你介绍的娱乐公司是刚成立的，没什么名气，但背后的老板是他在哈佛大学读书时认识的老友，在华尔街有很深的背景，不缺资源。他们公司有自己的播放平台，也有自己的制作团队，里面全是精英，能力很强。如今他们正准备筹拍一部古装自制剧，在他们的平台首播，前景很不错。你要是去了，立马就能当女主角。"

"是吗？"李佳儿再次鞠躬，感激涕零道，"谢谢季哥！谢谢坤哥！要是没有你们，我真不知道该怎么办了。"

"没事。说不定你拍完这部剧立马就一炮而红了呢？所谓失之东隅，收之桑榆。人活世上，谁没经历过大起大落？以后的事谁又说得准？你有实力，长得也不差，自己又肯努力，总有出头的一天。"方坤扶起她，柔声道，"回去别胡思乱想，照顾好妈妈，照顾好自己。"

"那边我已经打好招呼了，你可以跟周楠见个面，聊一聊。他很欢迎你。"季冕拉开办公室的门，准备亲自把人送到楼下。

李佳儿虽然遭受了前所未有的挫折，却也感受到了前所未有的温暖。踏出冠世娱乐的大门时，她心情已完全平复，甜甜一笑道："季哥，您等着看吧，我很快就会出现在电视屏幕上。我不会被打垮的。"

　　"加油。"季冕看着她坐上车，又默默记下车牌号码，这才走回大厅。二人再没心思工作，一同前往二楼的西餐厅吃饭。

　　"肖嘉树在搞什么？"方坤一边看菜单一边咒骂，"李佳儿原本大好的前途全被他毁了，这些富二代真是吃饱了没事干！"

　　季冕正与好友周楠发信息，并不答话。那边似乎对李佳儿很感兴趣，得知冠冕竟然没把人签下，已经摩拳擦掌准备捡漏了。李佳儿现在的人气直逼歌坛二线艺人，可说是还没出道就已经红透了半边天。外人无论如何都猜不到冠世、瑞水为何会放弃签她。

　　消息一出，估计很多网友都会傻眼。

　　看见好友连续发来的捡到大便宜的表情包，季冕锁掉手机屏幕，眉头紧皱。

　　恰在此时，肖嘉树走进餐厅，先是左右看看，发现老板也在这里，脸色青青白白地变换几瞬，然后假装没看见，鬼鬼祟祟地顺着墙根往卡座里溜。方坤目光敏锐，第一时间便发现了他，扬手道："肖少爷，过来坐啊！"

　　肖嘉树："……"

　　口腔溃疡还能不能好了？

04 意外

老板传召，肖嘉树怎能不去？他一边摸着隐隐作痛的腮帮子一边走到桌前，颔首道："季哥、坤哥，吃饭呢？"

"坐吧。"季冕指了指自己对面的座位，然后招来侍者，"再加一客黑椒牛排，五分熟。"

"好的季先生，还需要别的吗？"侍者很有礼貌地询问。

季冕拿眼去看肖嘉树，肖嘉树连忙摆手："不用了，谢谢。"又是牛排，还撒了黑椒，这回真不能好了！他算是看透了季影帝，什么脾气温和、乐善好施、慷慨大方……全是假的，他就是一个独裁者，习惯用自己的方式去对待周围的人，很少会给他们选择的权利。就拿两次吃饭的经历来说，他总会把菜点好，从来不问别人喜欢吃什么。

肖嘉树很想断然拒绝，但良好的教养不允许他这么做。

"哟，谁惹我们肖少爷了？瞧这脸黑的。"方坤故意带话题，他以为肖嘉树还在想李佳儿的事。

季冕却懒得与对方说太多废话，开门见山道："李佳儿哪里得罪你了，你要封杀她？"

"你们怎么知道？"肖嘉树面露意外。他目前还不明白，在娱乐圈里根本没有所谓的"机密"可言，只看周围的人想不想宣扬而已。

这小子不行啊，敢做不敢当！方坤心生鄙夷，面上却带着和蔼的微笑，游说道："你们是第一次见面吧？这中间是不是有什么误会？来来来，你跟我们说说，有误会大家尽早解开，别闹得这么绝。所谓做人留一线，日后好相见。娱乐圈很小，日后见面的机会还很多，不要把人往死里逼。"

肖嘉树摆手道："没什么误会，我封杀的就是她。封杀她之前我查过的，绝对不会弄错人。"

方坤："……"

这话耿直得让人没法接啊！

季冕放下刀叉，直视青年，语气温和，态度却很强硬："还是说说看吧。你那么恨她，总得有原因。"

真霸道！肖嘉树心里撇嘴，面上便露出一些不耐烦。恰在此时，侍者送来了一客黑椒牛排，咸香的味道直冲鼻管，却偏偏不能吃，令他更为光火。这些人怎么一个二个就那么眼瞎呢？被王诗琪那种女人耍得团团转，还上赶着为她说话，真气人！更气人的是这家的牛排超级好吃，自己却吃不着，只能干看着！

肖嘉树拿起刀叉，将牛排切成大小均匀的方块，徐徐道："这样吧，我给你们讲一个故事。"

来了来了，果然有故事，方坤竖起耳朵，准备搜集八卦。

季冕略一颔首，温和有礼道："洗耳恭听。"

"从前有一个农夫，他有一个哥哥、一个妹妹，他排行老二，所以不是很受父母重视。父母死的时候给哥哥留下许多良田，给妹妹留下许多嫁妆，轮到他的时候家产已所剩无几，他便只得了一块位于半山腰的旱地。他没觉得父母对自己不公平，只说这就是命，于是默默接受了。但他是个很聪明的人，利用闲暇时间学会了木工活儿，开始给周围的人打造家具，慢慢积攒了一些钱。他的哥哥、妹妹见他过得越来越好，心里很嫉妒，便找来一位漂亮的姑娘……"

肖嘉树的故事很长，听了开头，方坤和季冕暗自认为他和李佳儿的恩怨始于豪门争产，李佳儿说不定是他的哪个兄弟或姐妹找来勾引他的，没想到被他识破了。嗯，这个理由说得过去，而且很有故事性，二人听着听着便入了迷。

结果肖嘉树话锋一转："那位姑娘被农夫的种种举动所感化，真心实意地爱上了他，抛弃了以前的未婚夫……"

哦，看来不是豪门争产的把戏，有可能是上一辈的恩怨。听到这里，季冕和方坤眉头微微一皱，心道真相还在下面的故事里，不由听得更仔细。

肖嘉树用十几分钟的时间讲述了农夫如何经营家业，如何疼爱妻儿，如何友爱邻里，这才道："这天，已经成为远近闻名的大乡绅的农夫路过一块农田，看见田埂旁躺着一条冻僵的毒蛇，心里很是同情，便把蛇捡起来焐在胸口。毒蛇苏醒过来不但不知道感恩，还狠狠咬了他一口，他便死掉了。你们看，这就是胡乱当好人的下场。"

哐当！这是方坤手里的刀叉掉在地上的声音。

正准备喝水的季冕差点喷出来，所幸及时忍住了。

前面的故事那么精彩，农夫打脸哥哥、妹妹，夺回属于自己的家产，农夫与美女间谍斗智斗勇、相爱相杀，夫妻二人从贫下中农奋斗成小贵族，高潮一波接一波，不要太精彩，结果到结局的时候，你竟然告诉我们这个故事其实就是《农夫与蛇》的扩写版？

终于意识到自己被耍了的方坤感觉手有点痒，想打人。他捡起刀叉，恶狠狠地瞪向青年。

季冕用餐巾擦去嘴角的水渍，冷静道："肖助理，让你当我的助理实在是太屈才了，你其实可以去当编剧。你讲故事的能力很厉害。"

"真的吗？"肖嘉树完全没意识到对方在讽刺自己，反而颔首道，"原来我还有这种潜力。人果然是需要历练的，否则完全不明白自己擅长什么，极限在哪里。"

季冕："……"

沉默片刻后，季冕道："你是农夫，李佳儿是毒蛇？"

肖嘉树放下刀叉，坚定摇头："我还没那么蠢。"说完暗示性地扬了扬下巴，意思是：如果我不封杀她，你们就是被咬死的农夫。

季冕不会轻易相信任何人，所以他仔细查过李佳儿，也见过她的母亲和朋友，更是用好几个月的时间考察她的品行。比起这位背景成谜的纨绔少爷，他自然更偏向李佳儿。但以目前的情况来看，这位少爷似乎并不打算解释自己这样做的原因。也是，像他这种吃穿不愁、高高在上的公子哥儿，又怎么会了解奋斗在底层的小人物的心情。他只知道，自己看不惯谁就可以让谁消失。再说下去就不是为李佳儿求情，而是替她拉仇恨了。

季冕干脆利落地中断了谈话："我吃好了，肖助理还请慢用。"话落放下刀叉，拿掉餐巾，颔首离开。

方坤敷衍地笑了笑，也跟了上去。

终于不用当着老板的面把牛排吃下去，肖嘉树大松口气。他也不想说那么长的故事，但不说故事就得吃东西……那还是说故事吧。他招手唤来侍者，低声道："再给我上一份奶油南瓜浓汤。"

"好的，您请稍等。"侍者认真写下单子。

"SUPER新声代"的前十名女歌手陆续找到东家，而总冠军李佳儿却迟迟不见喜讯，甚至连回馈粉丝的演唱会也没能出席，这引起了很多人的关注。有人猜测她肯定在搞大事，说不定签的东家太牛了，得找一个黄道吉日宣布，顺便举办一个签约仪式，广邀媒体出席。凭李佳儿现在的人气，这样做完全不显得夸张。

看见各种各样有关于自己的新闻，李佳儿觉得很难受。她已经与天天娱乐的总裁周楠见过面，谈了合约，也去试镜演《冷酷太子俏王妃》里的女一号，并因为精湛的演技而得到了导演的欣赏。

临走前导演对她说："你能来我真是松了一口气，咱们这个剧组几乎没请到什么有名气的演员，经费也很有限，整部戏都得靠你来撑。你看看，我们连像样的服装都买不起，全是总裁的朋友友情赞助的，化妆品还得你们演员自己带过来，我们不给配。化妆师也不够用，你要是化妆技术不错，到时候还可以搭把手，帮男演员们化一下。"

李佳儿认真听着，然后一一应下，乖巧又懂事的模样很讨人喜欢。导演对她印象非常好，试镜过后敲定她为女一号，并打电话给周楠，对她大夸特夸。周楠也很满意，适当放宽了李佳儿的合约，然后给好友发了一条微信，告诉他事情办妥了。

季冕这才放下心来，翌日便前往武夷山拍一部大IP（具有跨平台影响力的著作版权）仙侠剧。他如今已慢慢退居幕后，很少出演主角，这次只是客串一下，几句台词、几场戏就能搞定。在剧组待了三天，完成了自己的戏份，他当晚便乘坐保姆车赶回市内，准备乘坐飞机回京市，却没料路上竟遇见了怪事。

"季哥，您看天上那个光点像不像飞碟？"生活助理指着车窗外说道。

"哪里？"季冕倾身去看，果然发现天空中有一个椭圆的光团在移动，起初速度很慢，却眨眼就到了近前。

"不好，它坠落了！"助理话音刚落，一个巨大的铁疙瘩就从天而降，正好撞上飞驰中的保姆车。保姆车冲出围栏，落到山坡下，翻滚几圈后卡在了两棵大树中间。生活助理和司机早已在剧烈的撞击中失去知觉，重伤濒死的季冕却透过眼球的血污，看见一道细瘦的、拥有硕大脑袋的人形生物正朝自己慢慢靠近。它走到破碎的车窗边，伸出指尖，点了点季冕的额头，一阵突如其来的剧痛终于令他彻底昏迷过去。

05
探病

肖嘉树强忍疼痛喝完了奶油南瓜浓汤,回到办公室却得知自己被炒鱿鱼了,几名助理正在帮他收拾东西。看见同事偷偷摸摸看过来的目光,他觉得委屈极了,却也明白自己擅作主张封杀李佳儿的行为触碰了季冕的底线,季冕会做出这种反应无可厚非。冠冕毕竟是他的工作室,他想签哪个艺人就签哪个艺人,旁人没有置喙的余地。若不是他欠了修叔一个天大的人情,这件事他未必能答应下来。

肖嘉树并没有对季冕产生任何不满,接过助理递来的纸箱子便离开了公司。

"你这就走了?"助理似乎十分意外,试探道,"你不上去找总裁帮你调职?"

"不了,再见。"肖嘉树摇摇头,直接乘坐电梯去了负一楼的停车场。这件事本来就是他做得不对,又哪里好意思去修叔那里告状?炒鱿鱼便炒鱿鱼吧,改天再去找一份新工作。怀着乐观的心态,肖嘉树回到家,继续宅在屋里打游戏。不过这次他学乖了,没敢再只吃垃圾食品,每天喝些白粥,口腔溃疡这才痊愈。

数天后的早上,肖定邦看着坐在餐桌对面的弟弟,忽然开口:"你最近好像很无聊?要不要来肖氏上班?"

"啊?"肖嘉树正专心致志地啃鸡腿,听见这话一时回不过神来,瞠目结舌的样子有些傻气。

"不了,小树刚回国,让他先玩玩。"薛淼微笑拒绝。儿子刚回国的时候,她的确想让他留在肖氏好好干,但被老爷子和肖启杰狠狠敲了一闷棍之后,她忽然就想通了,与其让儿子继续留在肖家这个牢笼里,没有自由没有骨头地过一辈子,不如放手让他去飞。

肖定邦深深看她一眼，随即盯着弟弟："你也是这样想的？什么都不干，整天玩？"

"没啊。"肖嘉树不明白大哥为何会安排自己进入肖氏，爷爷和爸爸不是坚决反对吗？但他并未被这个天上掉下来的馅饼砸晕头，认真想了想，解释道："改天我自己去找工作，不一定要进肖氏。我发现别的行业也挺有趣的。"

"是吗？"肖定邦颔首道，"一切以你的意愿为先，有什么想法记得告诉我一声。"

肖嘉树拿不准这是哥哥对自己的试探还是关心，但依然乖巧地应了。坐在主位的肖启杰没好气道："回来几个月了，天天只知道玩，什么时候才能懂事？你哥十八岁的时候……"

薛淼听不下去了，把筷子用力摁在桌上，冷笑道："小树回来的时候我想让他去肖氏上班，你说让他拿着股份老老实实在家待着。现在他老老实实在家待着，你又骂他不懂事，只知道玩。肖启杰我问你，你到底想怎样？"

肖父："我只是这么一说，你激动个什么劲儿？这孩子整天把自己关在房里打游戏，我怕他把身体熬坏了。我也是关心他。"

"你关心他？"也不知是不是到了更年期，薛淼的脾气越来越大，当着两个孩子的面就跟肖启杰吵了起来。肖嘉树赶紧扒了几口饭，然后跑回二楼的房间。肖定邦则人如其名，定力十足，认真吃完早餐才徐徐开口："还有十分钟，赶紧吵，吵完了我们还要去市政大厅参加招标会。"

脸红脖子粗的肖父："……"

薛淼拿起餐巾擦了擦嘴角，再抬头时已一派优雅贤淑："不好意思啊定邦，阿姨失态了。我看你吃得不多，招标会不知道要开多久，你再吃点，免得等会儿饿肚子。我让小李去车库拿车。"她对这个继子并没有多大意见，更没有厌恶或虐待，该关心的、该照顾的，平时都做得一丝不苟，但无奈继子早已懂事，与她亲近不起来，生活了二十年也只是面上情而已。

"谢谢阿姨，我吃好了。"肖定邦礼貌推辞，然后对肖父说道，"走吧。"肖启杰这才气哼哼地站起来。

父子俩前脚刚走，肖嘉树后脚便跑下楼，一边跑一边穿外套，看上去很焦急。

"你去哪儿？"薛淼追在后面问。

"季冕出车祸了，我去看看。"他话音未落，人已经坐上跑车开远了。

05 探病

VIP（贵宾）病房里，季冕头上缠着一圈纱布，正面无表情地看着手机。方坤走过来将手机抽走，责备道："你都脑震荡了，还看什么新闻？快躺下休息。你出车祸的事修总已经压下去了，不用担心。"

"小刘和小陶呢？他们没事吧？"季冕顺势躺下，闭上眼睛。

"他们没事，只受了一点擦伤，昨晚就出院了。"方坤满肚子话想说，看见他疲惫的模样又憋住了。小刘和小陶真是吃错药了，竟然跟交警说保姆车是被飞碟撞下山的，害得交警不但把他们拉去做酒精检测、尿检，还做了精神方面的检查。季冕也受了连累，昏迷当中做了血检，警方唯恐他吸食毒品。什么飞碟？！这个借口太扯了！如果检查出什么问题，一定要炒掉那两个糊涂蛋。

方坤满心郁闷，却没料季冕忽然开口："他们没喝酒也没吸毒，那飞碟我也看见了。"

"啊？"方坤惊骇道，"我刚才有说什么吗？"

"你没说什么吗？"季冕睁开眼，表情莫测。

"我说了？我没说？"方坤糊涂了，随即告诫道，"你可千万别再说飞碟的事了。交警现场勘查过，那地方根本没有撞击的痕迹，也没有飞碟，只有保姆车的刹车印。小刘应该是超速了，这才轮胎打滑掉下了山。"再往飞碟身上扯，明天的头条准是季影帝精神失常。

季冕定定看他一眼，沉声道："你帮我叫一个护士过来，我头痛。"

"好。"方坤连忙摁下呼叫键。

几名护士立即跑进病房，一个给季影帝检查头上的绷带，一个给他测量血压，脸都红红的，表情既激动又羞涩。她们还是头一次在现实中遇见季影帝，本人比屏幕上帅一百倍！宽肩、窄腰、大长腿，啊啊啊，要晕了！

她们拿出笔记本，结结巴巴地请季影帝签名，微微颤抖的指尖泄露了内心的激荡。季冕十分配合，既签了名，还合了影，自始至终没露出不耐烦的表情。这家医院的VIP病房保密工作一流，不怕消息外泄。

人一走，季冕便露出轻松的表情，仿佛搬掉了心头的一块大石。

方坤调侃道："你脾气也太好了，明明是病人，却得伺候这些护士，又是签名又是合照的，难怪头痛。你要是睡不着，就看部电影，我给修总打个电话。他昨天晚上一直守着你，早上五点才走。"

"不用打扰他,让他好好休息……"季冕话没说完,方坤已经出去了。这间病房在走廊的尽头,出了门左转就是楼梯间,相隔不超过五米。方坤在楼梯间里打电话,躺在病房中的季冕却能听见他的声音,偶尔一两句,不像与人交流,倒更像是内心旁白。他起初并不觉得奇怪,待意识到这家医院的隔音设施非常严密后,脸色开始慢慢泛白。

修总对季哥真是好啊!要不是年龄对不上,我都会以为季哥是修总的亲儿子。方坤一边感慨一边走进病房,却见季冕直勾勾地盯着自己。

"怎么了?我哪里不对劲?"方坤抹了把脸。

"你刚才嘴唇没动?"季冕沉声问道。

"没啊。我又没吃东西,嘴巴动什么?"方坤觉得莫名其妙,继而悚然一惊,"季哥,我待会儿让医生帮你做一个脑部检查吧。"我怀疑你脑子被撞坏了。

季冕嘴角抽动一下,似乎想说什么,却又没能开口。他取下挂在床头的病历,认真看起来。

季冕毕竟曾是自己的上司,他出了车祸,肖嘉树怎么着也要来看一眼。但他刚走到病房门口就遇上了李佳儿,对方一只手抬起准备敲门,一只手抱着一束百合花。

"是你!"看见肖嘉树,她连门都忘了敲,红着眼眶开口,"我听说是你在封杀我,为什么?我以前根本就没见过你!肖先生,我们能谈一谈吗?我想我们之间有误会。"

肖嘉树焦急的表情被阴沉取代,一字一句地说道:"我跟你没什么好谈的。我只问你一句话,你还记得何毅吗?"

"何毅?"李佳儿手里的百合花掉在了地上。她惊疑不定地看着肖嘉树,几秒钟后竟然掉头跑了。

本来还有一大堆骂人的话想喷的肖嘉树:"……"

他心里憋着一口气,既吐不出来又咽不下去,看见地上的花,忍不住狠狠踩了两脚,发现来来往往的护士正用怪异的目光看着自己,连忙把花捡起来扔进垃圾桶,随后躲进楼梯间。

他耳朵上还戴着耳机,正在听最近下载的歌曲,摇滚歌手歇斯底里的呐喊令他积压在心底的戾气一瞬间全都爆发了。他顺着墙根滑坐在地上,脑海中全是黑暗的记忆……

肖嘉树曾经有一位非常要好的朋友，那就是何毅。他们家世相当，兴趣相投，在一个小区里长大，在一个学校里念书，也曾发誓要一起闯出一片天地。在十岁那年，肖嘉树家里发生一些意外，因此被送出国，何毅则留在国内。但他们的关系并未疏远，反而一如往昔。

十六岁那年，何毅忽然发来一条得意扬扬的微信，告诉肖嘉树自己今天在酒店里开庆生宴，偶然遇见一名被人轻薄的女生，于是把人救了下来。他带女生回自己的套房洗澡、换衣，并送她回家。

这条信息就是一切噩梦的开端。

何毅很快发现女生原来是自己的校友，由于长得漂亮脾气又好，常常被男生欺负。女生感激他救了自己，每天做好便当塞进他的书桌，一来二去，同学之间就开始流传有关于两人的风言风语。何毅对此并不在乎，他是个非常专注、非常坚毅的人，从不被外物所动。但他万万没想到，在救下女生的四十天后，他会被警察从教室带走，罪名是涉嫌强奸，而女生肚子里的胎儿就是证据。

他没做过亏心事，自是不认，但他的父亲决定私了，并给了女生一百万元的精神损失费。何毅虽然没坐牢，但家人嫌他丢脸，很快将他送到了美国，之后便是那场惨烈的车祸……

刚重逢没几天的朋友，从此便天人永隔，叫肖嘉树如何能够接受？他记得自己发疯一样跑到事故现场，发疯一样抱住好友的尸体号啕大哭。他从来就不相信那些莫须有的罪名，他知道自己的好友一定是被冤枉的。

事实证明他的推测没错。他发现好友出车祸之前在打电话，并录了音，一道带着金属质地的女声冷笑道："何毅，谁让你救我？我当初根本没被人占便宜，我们喝多了，在一起玩儿呢！要不是你，我那天晚上不知道过得多开心……我肚子里的孩子不知道是谁的，给那些王八蛋打电话，他们一个都不敢认，我爸妈一定要我说出来，不然就打死我，我有什么办法……我认识的人里你最蠢，也最有钱，我不找你找谁？那晚你扶我回酒店房间的监控视频就是最好的证据……你恨我？哈哈哈哈，说你蠢你还不承认！你妈一定要我把肚子留到四个月大，方便以后验DNA（脱氧核糖核酸），好证明你的清白，是你爸说服你妈让我打胎，还给了我一百万，让我们全家搬走，不要被你妈找到……他知道你没强奸我，但他就是要让你身败名裂……你自己亲爸都想整死你，你还跑来骂我是罪魁祸首。何毅，你真可怜……"

谈话到这里便结束了，然后是一阵惊天动地的撞击声。何毅受不了刺激，心神失常之下误踩油门，狠狠撞在了桥墩上……他好不容易找到李佳儿的联系方式，本想激她说出实话并录音，然后交给对自己大失所望的父亲，却得知原来父亲一直都知道他是清白的……

肖嘉树把录音复制下来，不眠不休地听了一晚上，眼泪都快流干了。他不明白某些人为什么能坏到那种程度，可以对救助自己的好心人下手，有些人甚至残害自己的血脉。

当何毅的亲人来美国办理丧事时，他偷偷把录音发给了何母，原以为这样就能让好友瞑目，哪料何母竟心脏病发，昏倒过去，人还没醒就被送进了一家疗养院。从那以后，何母便消失了，只留下何毅的坟墓孤零零地留在异国的土地上，甚至没能迁回祖国落叶归根。

又过了几年，肖嘉树才通过母亲的人脉打听到何父移民去了澳大利亚，他在那边早就有了家室，二儿子只比何毅小几个月……

知道得越多，肖嘉树就越是不甘心。这些年他总想找到李佳儿，让她为当年的事付出代价。看见她利用受害者的身份博取周围人的同情，看见她把自己塑造成一个坚强、乐观、积极向上的新时代女性，他觉得恶心极了，也愤怒极了。

但他的教养不允许他用过激的手段报复女性，所以他只是阻断了李佳儿的前途，并没有进一步的行动。与此同时，他也不想翻出那些不堪的往事，让死去的好友受到外人评判。他生前问心无愧，死后也应该获得永恒的宁静。

这件事到此为止……到此为止……

一首摇滚终于结束，换成了舒缓的鼓点，肖嘉树才压下满心戾气，慢慢站起来。但他刚踏出一步，嗓音疲惫的男歌手便开始吟唱，歌词既沧桑又悲凉，一瞬间激起了很多回忆，有好的也有坏的，但坏的在渐渐褪色，只留下好的永远珍藏在心底。

两个小男孩手拉手一起上学；躲在高高的大树上，你一句我一句地畅想未来；高个子的男孩每天都会骑自行车带矮个子男孩回家，不小心摔跤的时候，他会把矮个儿男孩扶起来，轻轻抚摸他的头……他们不是兄弟，却胜似兄弟。

男歌手还在悠悠吟唱，肖嘉树却连站都站不起来。他缩在墙角，头埋入双膝，哭得像个孩子，哭得停不下来……

方坤发现季冕一直皱着眉头，脸色很不好看，不由问道："是不是头疼了？我叫医生来看看？"

"不，不是。"季冕摆手否认。

又过十分钟，季冕开始频频按揉太阳穴，终于忍无可忍道："你去楼梯间看看，我好像听见……"但他话只说了一半就打住，然后靠倒在枕头上，并微不可察地松了一口气。

"你听见什么了？"方坤环顾四周，莫名道，"病房里很安静啊，你该不会耳鸣吧？"

"应该是耳鸣，不过现在好了。"季冕疲惫地摆手，也不知想到什么，表情变得很难看。

与此同时，稍后赶来的修长郁推开楼梯间的门，愕然道："还真是小树啊。你怎么哭成这个样子？"

"修……修叔叔，嗝……"肖嘉树不想再哭了，却控制不住自己，一边说话一边打嗝，眼泪鼻涕糊了一脸。

修长郁吓了一跳，连忙掏出纸巾给人擦脸，沉声道："究竟发生什么事了？说出来修叔叔帮你解决。"

"没……没事，我就是听歌听哭了。"肖嘉树连忙把耳机拿掉，胡乱擦了一通脸。他现在既狼狈又羞臊，恨不得挖个地洞钻进去。

"什么歌那么催泪？"修长郁原本还有些不信，拿起耳机一听，不由笑了，"原来是这首歌，难怪。"身为也曾听哭过的听众之一，修长郁实在不好说什么，只能把惨兮兮的小子带进公共洗手间打理仪容。

"都这么大了还躲在楼梯间里哭，幸亏是让我看见了，不然别人非得笑死。小树啊，你跟你妈妈年轻的时候真像。你妈妈遇见难事，表面看上去很坚强很镇定，背地里却常常躲起来哭，有时候是天台，有时候是车里，被我发现了还死不肯承认……"想起往事，修长郁低低笑起来，眼里却满是酸涩。

"我妈妈也爱哭啊？"肖嘉树顿了顿，然后飞快改口，"不对，我干吗要用'也'字，我才不爱哭。我今天是特殊情况。"

"好,你不爱哭。你跟你妈妈真像,都嘴硬。"修长郁忍俊不禁。

肖嘉树:"……"

洗完脸,眼睛却还有些红肿,肖嘉树不得不掏出一副墨镜戴上,这才跟随修长郁去探望季冕。病房里来了几位访客,都是影帝、影后级别的大咖,正气氛和乐地说着什么。看见修长郁,他们连忙站起来打招呼,态度十分热情。肖嘉树嗓子都哭哑了,情绪也很低落,他不想说话,更不想应酬,走到床边,默默冲季冕点头。

"你来了,坐。"季冕定定地看他一眼。

"嗯。"肖嘉树挨着病床坐下,打开音乐软件,循环播放刚才那首歌。这种行为近乎自虐,让他又痛又悔,却没办法停下。如果不是他做事不谨慎,私自把视频发给何母,也不会害得她情绪崩溃。他控制住了自己的面部表情,内心却哭得像个孩子。有些事真的忘不了,也不能忘……

季冕轻轻按揉太阳穴,用前所未有的温和嗓音说道:"想吃苹果吗?我帮你削一个?"

肖嘉树隔着墨镜看他,然后摆手,像石头一样僵硬的下半张脸令他看上去又酷又傲,欠揍极了。方坤心里暗暗骂了一句死小子。

季冕仿佛听不懂拒绝,依然削了一个苹果递过去。肖嘉树不得不接下,在一口一口认真啃苹果的过程中,心底的悲伤竟然不知不觉被冲淡了。他关掉音乐,摘掉耳机,把光秃秃的苹果核扔进垃圾桶,然后坐回原位,继续隔着墨镜看季冕。这人好像没受什么重伤,只是有些脑震荡,还好。

"最近有什么打算?要是没事干就回公司。上次辞退你是我欠考虑,我向你道歉。"季冕沉默片刻后说道。

为什么要向我道歉?是我干涉了工作室的正常运作,该道歉的人是我才对。你眼瞎识人不清,那是智商问题,与对错无关。这样想着,肖嘉树便摇头拒绝了。

季冕:"……"

为避免打扰病人休息,修长郁很快就带着肖嘉树离开,各位大咖也陆续告辞。方坤把人送到电梯口,回来后开始吐槽:"你说肖嘉树究竟是什么来头?遇见岚姐、郭哥他们竟然连声招呼都不打,还一直戴着墨镜,架子摆得比修总都大。刚才他坐在你床边,慰问的话一句也不说,脸还那么臭,我真想抽他。不想来就别来，做什么硌硬人？现在的年轻人真是越来越不懂礼貌了！"

季冕拿出手机看了看，叹息道："有些人并不像表面看上去那样。人家之所以戴着墨镜，或许是因为眼睛哭肿了；不打招呼、不说话，或许是因为情绪低落。不要用自己的猜测去胡乱评定一个人，那不公平，也不准确。"

方坤很是诧异："哟，你怎么会替他说话？你不是很讨厌这死小子吗？"

季冕抹了把脸，语气无奈："阿坤，我老了，也有看走眼的时候。"

"老什么老，你才三十二岁，还有大把光阴可以挥霍。你走的又不是偶像小鲜肉路线，得靠脸和年龄来撑，你是正宗的实力派，年纪越大越有味道。我说你那么早息影干吗？就凭你的演技，再拍十年二十年电影都不成问题。"方坤惋惜道。

"我想安定下来了。"说到这里，季冕表情一变，"你没把我出车祸的事告诉乐洋吧？"

嘿，谁会告诉他？他来了顶个屁用，只会问东问西六神无主，惹得我更心烦。方坤内心很不屑，面上却没表现出来，淡淡道："我没通知他，他目前还在外省采风。"

季冕若有所思地看他一眼，颔首道："那就好。别把这件事告诉他，免得他担心。阿坤，你为什么不喜欢乐洋？"

"我哪有不喜欢他，你想多了。"方坤矢口否认，心里却想起一件往事。当初林乐洋还在工作室上班的时候，曾把财务印章随意放在桌上忘了锁回去，致使印章被人盗用。方坤审了一圈人，大家碍于季冕的关系不敢举报，最后只能辞退了当时的财务总监。后来一名女员工离职时才偷偷将此事告诉方坤，虽然没有证据，也不知道真假，但方坤从此便对林乐洋有了芥蒂。

季冕偏过头，用古怪的表情看了他好一会儿，最终叹息道："阿坤，我们多年的朋友，有些话你可以直截了当地告诉我，别闷在心里。乐洋年纪还小，做事不成熟，以后总会长大的。我会好好教他。"

"瞧你说的，我俩谁跟谁，有什么话不能敞开谈？"方坤口里打哈哈，心中却不以为然。他可以不喜欢林乐洋，却绝不会当着好友的面非议对方一句。想到这里，他对肖少爷的恶感反而减去不少。林乐洋都二十四岁了还在读大学，肖少爷才二十出头便已经硕士毕业了，读的还是国际名校，人跟人就是不能比啊。

季冕眉头微微一皱，状似不经意地道："乐洋家里环境不好，高中没毕业就辍学打工，后来又凭自己的努力回到大学读书。他其实并不比别人差，只是没有那个条件而已。我跟他有很多相同的人生经历，所以才想要多帮帮他。"

方坤尴尬地笑了笑，勉强打趣道："季哥，你脑子果然撞坏了，都开始伤春悲秋了。"话落开始反省自己是不是情绪太外露，让季哥看出点什么。

季冕适时结束这个话题，沉默片刻后忽然开口："阿坤，这首歌叫什么名字？"随即开始哼唱。

"你没听过这首歌吗？《安河桥》啊，有故事的人都爱听。"方坤喟叹道，"我跟你说，当初我头一次听见这首歌的时候就想起了我的初恋女友，眼泪哗哗的，简直哭成了狗，停都停不下来。"

"是吗？"季冕一边打开手机下载歌曲，一边调侃道，"没想到你也有多愁善感的时候，我还以为只有肖嘉树会哭成那样。"

"肖嘉树怎么了？"他最后一句话说得很轻，方坤没听清楚。

"没怎么。"季冕摆手，不欲多谈。

恰在此时，房门被敲响了，方坤走去一看，惊讶道："佳儿，你怎么来了？"

去而复返的李佳儿小声解释："我听小陶姐姐说季哥出了车祸，便来看看。坤哥您放心，我伪装得很好，记者没发现。"

"快进来。"方坤连忙把人让进屋，笑道，"你有心了。季哥伤得不重，只是有一点脑震荡，住院观察几天就能回去。"

李佳儿把新买的百合插在靠窗的花瓶里，状似担忧："听小陶姐姐说的时候我真是吓了一跳。季哥，都晚上一两点钟了，您为什么还赶回来？真要出了什么事，您的粉丝该多伤心啊。下回别再这样了，休息够了再上路，不差那几个小时。"

"就是！我说了他无数次他都不听。"方坤跟着抱怨。

季冕微笑颔首，眼底却透着审视。他想了想，故意带起话题："佳儿，你跟天天娱乐谈好合约了吗？那边的新戏该开拍了吧？"

李佳儿的笑容依然甜美，嘴上说着"正在谈，快了，周总人很好，谢谢季哥"的话，心里却满腹怨言。她最想签的公司一是冠世娱乐，二是瑞水文化……天天娱乐一个刚注册的小公司算什么？只可惜冠世总裁修长郁如今不泡女明星了，且对自己的绯闻很反感，谁要是跟他扯上关系，他就踩谁，让她不敢越雷池一步。

所幸季冕果然如网上资料上描述的那样,是个爱做慈善的老好人,只要合了他的眼缘,他都愿意拉一把,这才让她搭上了冠冕工作室的顺风车。

可是,她绝没想到在签约的过程中竟会杀出一个肖嘉树,把自己的好事全给搅和了。她那个恨啊!恨不得吃肖嘉树的肉,喝肖嘉树的血!然而在接受了季冕的帮助进而与周楠搭上线后,她连季冕也一并恨上了。周楠的天天娱乐简直就是个空壳子,刚搭起来,什么资源都没有,那所谓的剧组更是一个草台班子,演员没有,经费没有,服装、化妆品、化妆师都得自备……

李佳儿参观过公司和剧组的环境后,心已经凉透了。她无比确信,这部戏一定会成为自己一辈子都洗不掉的黑历史,更何况片酬竟然只有二十万!这是打发叫花子呢!她现在走一次穴的酬劳都不止二十万!瞧瞧导演和编剧给这部戏取的名字:《冷酷太子俏王妃》,一股浓浓的智障风扑面而来,弄得她反胃。

季冕在娱乐圈里地位那么高,如果真心想帮自己,哪里会让自己去这种破烂摊子一样的公司?什么爱才、温和、乐于助人,全都是假的!上次他介绍的那部历史正剧也是个大坑,竟然让自己去演历史上最有名的荡妇,这不是存心毁自己形象吗?!李佳儿越想越恨,面上却笑得甜美。她可不是刚踏入社会的新人,会傻傻地任人摆布。上次她能拿母亲当借口推掉那部历史正剧,这次也能推掉天天娱乐的合约。

但推掉归推掉,季冕这边不能得罪,毕竟还有个肖嘉树在一旁虎视眈眈地盯着,她总得找个靠山暂时靠靠。想罢,李佳儿眼眶微红,迟疑道:"季哥,小陶姐姐跟我说,想封杀我的人是肖嘉树。刚才我遇见他了,您知道他为什么封杀我吗?"

"为什么?"季冕面色如常,眸光却已经冷透。

"他是我前男友何毅的朋友。我没想到那么多年过去了,他们还不肯放过我。"李佳儿话音刚落,方坤便义愤填膺地开口:"你说什么?肖嘉树就是因为这个要封杀你?这些富二代真是无法无天,害了别人还要赶尽杀绝,太不是东西了……"

"别骂了。"季冕按揉眉心,状似疲惫,"这件事已经过去了,你不用担心。"

"真的过去了吗?"李佳儿露出害怕的表情,心里却十分怨恨。

在她看来,季冕对自己的安排不是帮助,而是坑害。他堂堂大满贯影帝,要是真心扶持一个后辈,哪里会把这么糟糕的角色送过来,一个荡妇、一个智障,演完前途也毁得差不多了!听小陶说他手里还有两个本子,一个《明空》,一个《使徒》,都是大导演、大制作,如果真心想帮人,就该让自己上这两部戏啊!

　　李佳儿的贪心是永远得不到满足的,别人对她好一分,她就想得十分,甚至百分。

06 心计

季冕看着坐在自己病床边笑得明媚而又忧伤的李佳儿，不由露出一个古怪的、晦暗莫测的表情。他直视她，一字一句道："这件事已经过去了，你适可而止。"

适可而止？这可不是好词！李佳儿心下微凛，想到何毅其实已经死了，何父变卖家产去了国外，何母则不知所终，自己实在无须担心什么，这才安下心来。她不敢再提肖嘉树，却又想从季冕这里得到一点保障，于是垂眸看看手机。

恰在此时，她事先定好的闹钟响了，便立刻站起来，焦急道："是医院那边打来的电话，应该是我妈出了什么事。季哥，我去接一下。"

"你去吧。"季冕略一颔首，随即闭眼假寐。

方坤叹息道："李佳儿真不容易……"

"别说话。"季冕抬手阻止他。

走廊外静悄悄的，哪里有人讲电话？李佳儿拿着手机躲在楼梯间里，用力把自己的眼睛揉红，又点了两滴眼药水，把睫毛弄得半湿，掐好时间走回病房。

方坤本就担心她母亲，见她似乎哭过，张口便要询问，却被季冕冷声打断："佳儿，我有点累了，想睡一会儿。你先回去吧。"

正打算好好演一场苦情戏的李佳儿："……"

这剧本不对啊！她还等着季冕询问自己为什么哭呢，自己就可以告诉他母亲病重需要一大笔手术费。如果他提出借钱，自己就坚定拒绝，过几天改签到极光的时候便可以拿经济拮据为借口获得他的谅解。季冕出身于单亲家庭，对母亲很孝顺，这件事全国人民都知道。

李佳儿计划得很好，这样做既可以推掉天天娱乐的邀约，又不会彻底得罪季冕，真是两全其美。而所谓"病情加重"的母亲，如今正躺在疗养院里数钱呢。只要给她足够的钱，她可以配合女儿干任何事，正如当年诬陷何毅那样。

但无奈季冕不按牌理出牌，竟然问也不问，直接撵人。这中间出了什么问题？李佳儿整个人都是蒙的，连自己怎么离开医院的都不知道。

方坤若有所思地看着季冕："你没看见李佳儿快哭了吗？她妈肯定出事了。"

"她妈出事跟你、跟我，有什么关系？我是她爸还是你是她爸？"季冕冷道。

"这话可不像是你的风格。"方坤皱眉。

"我的确爱才，但也不是什么人都帮。我真的老了，眼光不行了。"季冕由衷感慨。

"怎么又来了！你眼光很不错啊！李佳儿不但歌唱得好，演技也很厉害，有爆红的潜质。"

"把自己的人生当成一出戏，每分每秒都在表演给别人看，这样的人演技能差得了？你跟小陶说一声，以后不要再联系李佳儿，她要是不愿意，你就让她离职。"

"你这是要跟李佳儿划清界限？你不会怕了肖嘉树吧？"方坤大为意外。

季冕却不理他，拿起手机拨通了电话："周楠，你跟李佳儿的合约拟好了吗？拟好了？那你先放着吧，别急着联系她。她已经找好东家了，极光。对，已经洽谈好了。不，我不知道，不然也不会把她引荐给你。我也不明白她怎么想的……"说到这里，季冕的表情略微有些奇怪，停顿片刻后才道："这次真是抱歉，让你白忙活一场。改天我请你吃饭。行，回见。"

挂断电话后，他长长叹了一口气，脸上露出疲惫的表情。

方坤惊愕道："李佳儿不签天天娱乐，要签极光？你从哪里得到的消息？一直没听你说啊！"

"我自然有我的消息渠道。"季冕摆手，"给我一本本子一支笔。"

方坤连忙从包里翻出本子和笔，口中感慨不停："李佳儿怎么会签约极光？她怎么那么不谨慎！"

极光以恶意炒作、压榨艺人而闻名，签约极光的艺人都有一个共同点——长相好、年纪轻，一旦上了年纪颜值下滑，立刻便会被舍弃。

但与此同时，极光也有自己的优势。它的幕后老板来头很大，手里握有许多顶级资源，想捧红谁是分分钟的事。李佳儿若是为了筹钱替母亲治病，签约极光倒也情有可原，毕竟那边的签约费很高，只是可惜了这么个小姑娘……

方坤正暗自惋叹，却听季冕冷笑了一声，不由得问道："你笑什么？"

"没有。我原本以为自己眼光差,没想到你更差。"季冕边写字边摇头,眸色冷冰冰的。

方坤不服气地道:"我能把你捧成大满贯影帝,已经足够证明我的眼光。你写什么呢?看也看不懂。"

只见笔记本上列了两排人名:第一排人名有护士、岚姐、陈哥等,后面均打了一个叉;第二排人名有方坤、修总、肖嘉树、李佳儿……后面均打了一个勾。勾勾叉叉之后有点评,只两个字,不是"反感"就是"欣赏",末了重重写下"好感值、恶感值"六个字。

这都什么跟什么啊?拆开来全都看得懂,合一起就抓瞎了!方坤觉得很莫名其妙,正想询问,却听季冕勒令道:"你慢慢走出去,电话不要挂断,我让你停下你就停,然后估算一下你跟我之间的距离。"边说边拨打了方坤的电话。

方坤拿起手机,无奈地走出去,心里嘀咕道:莫非真的撞坏了脑子?这可怎么办?要不要请国内外的脑科专家来看看?他一边胡思乱想一边沿着走廊慢慢朝前走,走出去一段距离就听季冕命令道:"停,测一下你现在离我有多远。"

"大概十五米到二十米的样子。"

"行,你可以回来了。"季冕挂断电话,侧耳聆听片刻,这才在本子上写下一行字——有效距离十五米至二十米。末了,他轻轻按揉太阳穴。当方坤进来时,发现他正斜靠在病床上,表情有些颓丧。

"你怎么了?是不是发生什么事了?"方坤真有些心慌。

"你知道吗?"季冕徐徐开口,"昨天晚上我明明记得我伤得最重,一块铁皮卡进我的心脏,血不停地流,再过五分钟,不,或许只要三分钟,我就会死。但是我现在还活着,全身上下没有半点伤口。"

"你肯定记错了。"方坤打断他,"你别想了,这都是脑震荡的后遗症。活着才是最重要的,你现在应该庆幸,而不是怀疑人生。"

"对,活着才是最重要的。"这句话给了季冕极大的安慰。他似乎想通了什么,徐徐吐出一口气。

三天后,季冕乔装打扮出了院,刚回到家就接到周楠的电话。周楠似乎很无奈:"李佳儿果然推掉了我的合约,也不准备参演我的戏。现在的年轻人真是现实,只看重钱。"

"抱歉。"季冕语带愧疚。

"你有什么好道歉的,那是她自己的选择。得啦,我继续物色人选,先挂了啊。"

"别急着挂。我听说你那部戏很缺投资?"

"别别别,你千万别投。我老实跟你说吧,那部戏是川川在拍,他纯粹拍着好玩呢,请了杰斯当艺术总监,演员的造型可雷人了,配色眼花缭乱看得我头晕!他请演员还只看脸,不看演技,长得好就往剧组里扔,别的都不管。我已经做好赔钱的心理准备了,不能再坑你。"说起小男友赵川,周楠真是哭笑不得。

很清楚赵川的不靠谱和杰斯耐人寻味的审美,季冕立刻打消了投资的念头,颔首道:"那我只能为你祈祷了。但愿你少赔一点。"

周楠无奈道:"川川高兴就好,赔不赔的无所谓。李佳儿那事不算啥,你要是还有好人选,继续给我推荐啊,我现在极度缺人!"

季冕满口答应下来,挂断电话后不禁摇头失笑,笑容未敛,又有一个电话进来,屏幕显示"李佳儿"三个字。

"喂,季哥?我……我很抱歉,我已经签约极光了。"她的嗓音听上去很沉重,似乎压了很多心事。

"是吗?那恭喜你。人往高处走,水往低处流,我能理解。没什么事我先挂了,以后你好自为之。"季冕挂断电话后直接把人拉黑。

正准备演一出"被逼无奈"戏码的李佳儿:"……"

她立即回拨电话,但那头已经接不通了,发微信也石沉大海,再登微博,系统提示她季冕已取消了关注,曾经发过的几条赞赏她的博文也都删得一干二净。

很快便有网友发现了这一点,纷纷在微博下面留言,说李佳儿是不是得罪了季大神。由于季冕名声非常好,粉丝团又庞大,一时间所有的责难都朝李佳儿这边涌来。

李佳儿急得满头是汗。季冕这些年越来越低调,虽然他很少在微博上发表动态,但每一条有关于他的消息都会蹿上热搜榜。这件事要不能尽快解决,热搜榜头条肯定会变成"季冕取关李佳儿",对她的人气影响很大。要知道,当初之所以很多人粉她,都是看在季冕曾多次夸奖她的分儿上。真是成也萧何,败也萧何。

李佳儿联系不到季冕，只好拨打小陶的电话，但曾经与她闺蜜相称的小陶却直接把电话掐断了，最后还发来一条消息，告诉她不用再打了，季哥已经完全不想搭理她了。

"为什么？"李佳儿简直要疯了，发信息的时候牙齿咬得咯咯作响。

"我也不知道。你别再联系我了，要是让季哥发现，他会辞退我的。"小陶说完这句话，也把李佳儿拉黑了。

李佳儿的经纪人板着脸坐在沙发上，冷道："你不是跟我打包票，说与季冕的关系很好吗？现在是怎么回事？我们下一步的宣传计划怎么办？"

李佳儿拿着手机满脸无助："欧姐，您再等等，我找别人问问看。我之前真的跟季哥关系很好，他还亲自跑去疗养院探望我妈，新闻也报道过的……"她一边解释一边不停地打电话，但曾经的圈内好友现在都不理她了，像是商量好的一般。

她和经纪人原本是这样计划的：签约极光后便联系季冕，让他发一条表示祝贺的博文。由他带头，一众大咖多多少少会有响应，而他庞大的粉丝团就是最好的水军，定然能把这件事炒热。但她们方方面面都考虑到了，唯独没料到季冕会在这个当口儿取消对李佳儿的关注，于是接下来的所有宣传动作都被迫中断。

欧姐盯着已经报废的策划书，心里那叫一个恨，没好气道："他之前为你牵线天天娱乐，你给推了。是不是因为这件事他对你有些看法？签约哪家公司是你的自由，他凭什么干涉？季冕也不像传言那样好说话嘛，气量小得很。你之前不是说一定能获得他的谅解吗？现在是什么情况？你做事能不能靠点谱？公司还准备在签约的时候用力推你一把，现在看来是不用了，干脆冷处理吧。所有的推送、采访都取消，在官网上悄悄把你的资料更新一下得了。"

"欧姐，您再等一等好吗？我让我妈给季哥打个电话。"李佳儿实在无法，只能利用季冕的同情心。季冕的母亲身体也不好，常年住在疗养院，他为了照顾母亲，早些年什么活儿都干过，也吃过很多苦，应该最能理解她的处境才对。

"你妈的电话他能接？"欧姐简直被气笑了。季冕是什么人？阿猫阿狗的电话能打进他的手机？但她料错了季冕的品行，他之前对李佳儿母女是真的关心，还曾亲自去医院探望过几回，送了很多礼物，如果不出意外，李母的电话他会接的——他唯恐老人家在医院里出了什么事，李佳儿照顾不过来。

但现在情况不同了，李母拨了好几个电话，都没能顺利接入，看来也被拉黑了。找不到观赏的人，母女俩演技再好也没处施展，只得偃旗息鼓。

欧姐扔掉策划书，冷笑道："之前你准备签约冠冕工作室的消息早在网络上传遍了，他的粉丝都拿你当自家人看待，整天'小师妹、小师妹'地叫着。现在你忽然改签极光，如果没有季冕站出来帮你说话，他的粉丝一定会认为你是叛徒，大骂你忘恩负义、急功近利。你要是不想被黑得太惨，现在就给我低调点，等这件事过了再说。你最近的通告我都帮你取消了，你每天去公司上课，多学点东西。"

李佳儿好不容易签了一个背景强大的东家，正准备一飞冲天呢，哪里舍得沉寂下去，于是连忙开口："不是我要背叛他，是他先放弃签我的。要不我们拿他封杀我的事炒作吧，反正都是实锤，不怕网友查证！"

欧姐不禁对李佳儿的狼心狗肺刮目相看，却也没升起多少戒备。人既然落进了她手里，她自然有的是办法让对方乖乖听话，更何况公司还帮她把曾经的黑历史都消掉了。

"你想让我们直接跟冠世、瑞水杠上？你是哪根葱？有那个价值吗？莫说你现在只是一个新人，还没爆红，就算你红透了半边天，也不要贸然去挑战季冕。他在娱乐圈的影响力不是你能想象的。"欧姐站起来，警告道，"你好好在家待着，别惹事，过了这阵我自然会给你安排工作。你要是不听话，我手底下也不缺你一个。"

欧姐是极光的金牌经纪人之一，资源很不错，李佳儿自然不敢忤逆对方。她连忙点头应下，又把人送到停车场，回到家后才露出一个狰狞的表情。辛辛苦苦打拼了那么久，眼看就要红了，现在却一朝回到解放前。季冕、肖嘉树，你们给我等着！

肖嘉树正躺在床上刷微博，边刷边笑呵呵的，似乎十分得意。薛淼走进房间，将他卷到肚皮上的T恤拉下来，笑问："小树，看什么呢？"

"季冕取关李佳儿了。妈妈，你看，"肖嘉树把手机屏幕面向母亲，"刚才极光更新了他们的艺人资料库，把李佳儿的照片悄悄放了上去，结果被网友发现，大家现在全都拥入李佳儿的微博，大骂她见利忘义、背叛师门。她现在可惨了，粉丝一开始涨了几十万,全都是跑去骂她的,骂完便取关,原本几百万的关注量,现在只剩下一百万出头了。真解气。"

"是吗?我看看。"薛淼把手机拿过来认真翻看,又与儿子东拉西扯一会儿,这才说到正题,"小树,你想不想演戏?我这里有一个本子你先看看?"

"我不想演戏。"肖嘉树笑容微敛。

"怎么,怕被你爷爷、爸爸骂?怕被他们赶出家门,继承不了财产?"薛淼用上了激将法。

肖嘉树果然中招了,断然否认:"我才不怕呢!我好歹是沃顿商学院的高才生,就算不靠家里也不会饿死。我自己能赚钱养活自己。"

"那你就去演戏吧。演员也是一份正当职业,不偷不抢的。"薛淼循循善诱,"这次你想封杀李佳儿,结果她依然到处蹦跶,什么事都没有。但你看看,季冕什么话都不说,只是取关了她,她现在就得老老实实趴着,这就是大咖的影响力。当年我可比季冕风光多了,若不是你爸爸,我也是大满贯影后……"提起往事,她不禁眉飞色舞起来,眼里散发出罕见的、璀璨夺目的光彩。

肖嘉树定定地看着她,忽然感到一阵心酸。母亲之所以想让自己进入娱乐圈,是不是为了延续她未完成的梦想?她嫁入肖家真是一个巨大的错误,不但失去了梦想,还失去了自由,而唯一能让她获得安慰的,大概就是自己了吧?

这样想着,他忍不住把母亲抱进怀里道:"妈妈,你别说了,我去拍戏。"在母亲面前,他从不会叛逆,他乐意帮她实现所有愿望。

薛淼大感欣喜,这才把早已准备好的剧本拿出来。

"这是冠世和冠冕合资投拍的《使徒》,导演罗章维,编剧周丹丹。里面有一个角色特别适合你,就是反派的弟弟凌峰,也是国际名校毕业,回国准备接手家族企业。你先把剧本好好看看,我这些天教你怎么走位,怎么念台词。这个角色和你很贴近,演起来不难,有不懂的地方妈妈可以教你。我们先试试,你要是不喜欢拍戏,以后再干别的,妈妈绝不会逼你。"

肖嘉树接过剧本翻了翻,心里不由得忐忑起来。

薛淼见好就收,吩咐儿子好好揣摩人物形象,便出去了。回到卧室,她立刻给修长郁打电话:"长郁,凌峰那个角色定给小树吧。我看过剧本,基本上小树只要本色出演就够了,几个冲突性强的场景我私底下可以教他,不会让他拖剧组后腿。"

修长郁向来不会拒绝她的要求,二话不说便答应了,连试镜那关也一并省掉了。

与此同时,肖嘉树正对着剧本犯愁。他不懂演戏,忽然让他接受这样一份特殊的工作,实在有点强人所难,但只要一想到母亲充满渴盼的眼睛,却也说不出拒绝的话。

哎呀,好烦!他在床上打了几个滚,又哀号几声,这才爬起来查资料,查着查着忽然想到父亲和爷爷如果在电视屏幕上看见自己,会如何惊讶、如何暴怒,竟"扑哧"一声笑起来。

他舍不得伤母亲的心,但如果能让爷爷和爸爸暴跳如雷从而正视自己的存在,似乎也是一件很有趣的事。活了二十年,他才堪堪进入叛逆期,而这叛逆似乎只针对肖父和肖老爷子。

07 改变

季冕已经出院好几天了,最近只接了两部戏,一是《明空》,二是《使徒》,但都不是主角。入圈时他曾跟粉丝们说过,不管红不红,他都将在三十五岁之后淡出娱乐圈。这并非一句空话。《明空》他只是客串,在《使徒》里他将担任男二号,也就是最大的反派。这个角色很有深度,需要仔细揣摩人物心理。

正当他看剧本看得入迷时,一名长相俊秀、气质阳光的青年破门而入,拎着一个沉重的旅行包走进来,大声质问:"季哥,你出车祸为什么不告诉我?!"

来人名叫林乐洋,曾是季冕的生活助理,和季冕关系很好,如今在传媒大学播音系念大四,性格十分开朗乐观。但现在,他像一只喷火的龙,正恶狠狠地瞪着季冕。他打死也没想到,自己不过是出门玩几天,季冕竟然出了这么大的事,要不是司机小刘说漏嘴,他可能到现在还不知道实情。

他从小到大没过过几天好日子,所以比任何人都明白"天有不测风云,人有旦夕祸福"的道理,如果季冕真的出了意外,而自己却一无所知……一路上他都在设想种种有可能发生的情况,结果心里越来越害怕,越来越不安,恨不得插上翅膀飞回来。

"怕你担心。"季冕反省道,"我错了,以后改正。你是知道了这件事才提前结束行程?"

林乐洋嘟囔道:"是啊,我提前回来了。你以后无论发生什么事都要告诉我,还有,以后再不能赶夜路了,尤其是在偏僻地方拍戏的时候。"

"好,我一定吸取教训。"季冕轻笑道,"快去洗个澡,等会儿我带你去吃大餐。"

林乐洋做出开心的样子，心里却有些不情愿。季冕从小在国外长大，习惯了吃西餐，又由于身份特殊，去的都是一般人不能进的高档场所，一定得正装出席，进食中必须严格遵守礼仪，旁边还有侍者目不转睛地看着，那感觉真是一言难尽。

　　每次与季冕吃西餐，林乐洋就没吃饱过，一举一动似乎都在别人的监视之下，闹得胃疼。如果可以，他很想大声告诉对方：吃什么西餐啊！咱们随便找一家火锅店都比这些米其林餐厅吃得痛快！

　　最初，他不好意思表露出对西餐的反感，还得假装喜欢以博得季冕的认同，后来，他又怕说出来惹季冕难过，于是就这样忍耐了下来。

　　他想起了俄国作家安东·巴甫洛维奇·契诃夫创作的一篇小说，名叫《装在套子里的人》。用完美的礼仪吃西餐的时候，他感觉自己就是那个装在套子里的人，每一个细胞都在叫嚣中窒息。

　　季冕盯着水雾氤氲的推拉门，眼底的笑意慢慢收敛，改为沉思。良久之后，他忽然摇头叹息，脸上透着既无奈又庆幸的表情。

　　一个小时后，洗去一身尘埃的林乐洋和乔装打扮的季冕坐在一家火锅店的包厢里，面前摆放着许多小碗碟，有牛肚、鸭肠、粉丝、土豆……也有麻酱、辣酱、蘑菇酱……红艳艳的汤底在锅中翻滚，散发出霸道的香气。

　　林乐洋用力闻了闻这香气，表情有些恍惚："季哥，你怎么忽然想吃火锅？你能吃辣吗？"

　　"我点的是微辣，应该没问题。"季冕笑道，"以后你喜欢吃什么一定要说出来，别将就我。"

　　林乐洋脸颊慢慢涨红，嗫嚅道："季哥，你看出来我不喜欢吃西餐啦？"

　　季冕无奈摇头："你的演技很好，我都被你瞒过去了。你以后喜欢什么、不喜欢什么，一定要说出来，别闷在心里。当然，我也会对你坦诚以待。"

　　林乐洋连连点头："好，我以后一定不会骗你。"

　　季冕再次笑道："快吃吧，我听见你的肚子在咕咕叫。"

　　林乐洋捂了捂脸，然后拿起筷子开吃，想吃什么煮什么，不够再叫，两片嘴唇辣得通红。季冕吃得不多，绝大部分时间都在照顾林乐洋，一会儿帮他递纸巾，一会儿帮他夹菜。

07 改变

吃到半饱以后，林乐洋舒爽地叹了口气，感觉今天比以往任何一天都开心。

"再过几个月你就毕业了，打算去哪里上班？我有朋友在电视台，可以帮你推荐一下。"季冕替他倒了一杯茶水。

"到时候再看吧，我先把毕业论文写好。"林乐洋习惯性地低下头，掩饰自己的表情。他其实并不想当主播，反倒更喜欢演戏，却又怕季冕误会自己借他上位，所以一直不敢提。

季冕喝茶的动作微微一顿，末了无奈叹息。他放下茶杯，似在斟酌，却最终什么都没说。林乐洋害怕他果真帮自己找播音主持的工作，也就没再继续这个话题。两人沉默地用完餐，季冕送林乐洋回家。

分别前，季冕叮嘱道："乐洋，记住之前我说过的话，想要什么只管告诉我，别闷在心里。工作的事你好好考虑一下，能帮的我一定帮。"

林乐洋应下后下车回了家。

季冕到家后打了个电话。

"修叔，我想推荐一个人进《使徒》剧组，他不是专业演员，但是演技很不错，您能给他一次试镜的机会吗……"挂断电话后，季冕盯着摆放在书桌上的剧本，长长叹了一口气。

翌日，听说季冕想推荐林乐洋进剧组的方坤简直快疯了："我的季大影帝，你不是在开玩笑吧？"

"我相信乐洋，愿意给他一个机会，赢了皆大欢喜，输了从容接受，这就是我的态度。"

方坤气得浑身发抖，好半晌才道："行，我看你俩能折腾多久！"

结果林乐洋顺利通过了试镜，眼下正坐在季冕的办公室里，脸上带着恍惚的表情："季哥，来试镜的要么是当红巨星，要么是人气小鲜肉，导演怎么就选中我了呢？你不会帮我开后门了吧？"

想到这个可能，他内心的喜悦顿时消减很多。他想进入娱乐圈，一是因为喜欢演戏，二是因为这个行业能挣钱，可以大大减轻他的生活负担。

总之一句话，他想凭自己的努力在娱乐圈站稳脚跟，而不是借季冕的势。

季冕认真解释道："我的确给你提供了一个机会，但并没有让制片人和导演一定得选择你。你是凭自己的实力进去的。石宇这个角色乐观、开朗、重情重义,与你的形象非常贴近;并且他刚参加工作没多久,在各个方面都很青涩,而你试镜的时候也带着一种青涩感,正是因为这一点,导演才放弃了那么多人气高的明星而选中了你。乐洋,你要相信自己,你在表演这方面很有天赋,稍加磨炼一定能更上一层楼。我很看好你。"

林乐洋被夸得脸都红了,刚才那点芥蒂早已烟消云散。他用力点点头,郑重其事道:"季哥,我一定会努力的,绝不给你丢脸。"

"也别给自己太大压力。"季冕笑着揉揉他的脑袋,紧接着拿出一份合同,"我准备签下你,你看看还有哪些条款要改?"

"咱俩谁跟谁啊,直接签了得了,还看什么!"林乐洋拿起签字笔翻到最后一页,却被季冕阻止了。

两人正说着话,方坤叼着一根烟进来:"季哥,你找我有事?"边说边把烟杆灭在烟灰缸里,假笑道,"哟,乐洋也在?听说你去《使徒》剧组试镜了?结果怎么样?"然而不用问他也知道,有季冕在,林乐洋无论演技多烂都能拿到自己满意的角色。

林乐洋笑容变浅很多,颔首道:"坤哥好,我拿到一个男三号的角色。"其实他更喜欢男四号,那个角色虽然挂得早,但在戏里与季哥是亲兄弟,有很多对手戏。

"那恭喜你了,男三号的人物设定很适合你。"方坤坐在沙发的另一头,眼睛不时瞟一瞟茶几,发现上面放着一份 A 级合约,不禁露出"果然如此"的表情。

季冕等两人寒暄完才道:"阿坤,以后麻烦你带一带乐洋。"

"什么意思?让我当他的经纪人?"方坤瞬间绷直了身体。若是给他选择的权利,他绝不会去带林乐洋。这人耳根子软,没担当,没主意,偏偏自尊心奇高,总以为别人都看不起自己,所以行事别别扭扭,又敏感得不行,一句话说不好就变脸。带他一个比带一群练习生还累!但眼下季冕都开口了,他无论如何都得答应下来。

同样的,林乐洋心里也充满了抗拒。他很不喜欢方坤看自己的眼神,审视,怀疑,戒备,甚至是轻蔑。不用想他也知道,这人一定很看不起自己,认为自己不配与季冕为伍。未来将与方坤朝夕相处，那感觉比装在套子里还让他窒息。

当然，这些问题其实他都可以克服，但早在试镜之前他便与陈鹏新说好了，如果自己当了艺人，一定会请他当经纪人。陈鹏新与他是高中同学，两人家境都很困难，于是相约来京市闯荡，最开始的时候他们连住的地方都没有，还曾挤在同一个桥洞里，互相取暖，互相勉励，互相扶持，最终才有了今天的一切。陈鹏新交际能力非常好，赚得总是比他多，所以常常接济他。若是没有陈鹏新的劝说，他也不会重拾课本考上大学。

毫不夸张地说，在这世界上，对林乐洋帮助最大的人非陈鹏新莫属，连季冕都得靠后，他们毕竟是从小一起长大的朋友。如今陈鹏新也在冠世娱乐工作，但由于入职时间短、资历浅，只能打打杂，也不知道什么时候才能出头。

季哥给了自己一个机会，林乐洋也想给好友一个机会。他犹豫片刻后坚定道："季哥，能不能让我自己选择经纪人？"

方坤绷直的身体慢慢放松下来。他知道季冕很宠这小子，但凡这小子提出要求，季冕都能答应。

果然，季冕连思考都没有便点头道："你想选谁？把人叫来我看看。"

"好的，季哥，你等等，我马上给他打电话。他叫陈鹏新，是我发小。"林乐洋喜出望外，连忙掏出手机联络好友，得知他正在外面给同事买咖啡，连声催他回来。

"季哥，你是不是答应我了？"挂断电话后，林乐洋确认道。

"只要你的朋友能力不错，品行端正，我就答应你。"季冕打开电脑，调出一份经纪约，正色道，"但朋友归朋友，公事归公事，你跟他之间还得签一份正式的合约，明确一下双方的权利与义务。"

"那当然。"林乐洋喜滋滋地保证，"季哥，陈鹏新能力很强，品行也端正，我跟他从小一起长大，我最了解。当初我进入冠世实习也是因为他。他很厉害，只是没有机会而已，我俩以后一定会努力的！"

三日后，《使徒》正式开机，肖嘉树带着一名经纪人和一名助理来到片场参加开机仪式。上完香后，导演请大家一块儿吃饭，互相认识认识。

看见肖嘉树的经纪人和助理，方坤眼睛都快鼓出来了，凑到季冕耳边说道："肖嘉树究竟是什么来头，连黄氏双剑客都能请来？"

黄氏双剑客指的是黄美轩和黄子晋，这姐弟俩一个是冠世娱乐的金牌经纪人，一个号称造星大师，专门为艺人上形体课、演技课、舞蹈课等，收费贵得离谱，但效果好得出奇，在圈里可说是人人趋之若鹜。他们手里捧出的巨星至少有十几个，实力非常雄厚。前几天方坤还听说这两人打算效仿苏瑞出去单干，怎么今天就屈尊降贵来带小新人了？肖嘉树的背景有那么强大吗？

季冕从来不会主动去打听这些事，于是摆摆手，示意方坤别多问。

与此同时，传说中背景强大的肖少爷虽端端正正坐在自己的位子上，看上去很沉稳安静，放在桌面下的双手却搓来搓去，兴奋得很。为了降火，他已经连续喝了半个月的白粥，好不容易离母上大人的视线，怎能不大吃一顿？那道铁板鳜鱼颜色好漂亮……想吃；那道菠萝鸭片好香，应该是咸甜口的……想吃；那道三色蛋好特别，看上去比米其林餐厅的大厨做出来的魔鬼蛋还好吃……饿了……

肖少爷正襟危坐，表情淡定，却正默默地、努力地将早已分泌了一大堆的口水往回咽。见导演站起来，似乎要说开场白，他连忙在心里呼吁：导演，一定要长话短说，咱们不来形式主义那一套啊！

罗章维是《使徒》的总导演，也是圈内有名的话痨，一段祝酒词硬是讲了二十多分钟，从影片立意到后期宣传再到票房目标，拉拉杂杂一大堆。但他在圈内很有声望，曾经拿过好几个影响力颇大的国际电影节的最佳导演奖，于是各位在场人员只能乖乖听着，时不时还报以热烈的掌声。

但在众多或崇拜或恭敬或谄媚或微笑的面孔中，却有一张脸越来越臭，那就是刚入行的肖嘉树。为了赶上吉时，开机仪式定在十二点半举行，正好是饭点；仪式结束已到了下午四点钟，大家互相熟悉熟悉，聊聊天，增进感情，然后赶赴饭店，时间已经过了晚上七点半。而肖嘉树习惯在中午十二点半和下午六点半吃饭。也就是说，今天一整天，他除了早上那碗白粥什么东西都没吃，肚子早就饿瘪了。

他也想微笑着、从从容容地等待开餐，但在胃里空空，而面前又摆满美味佳肴的情况下，实在是做不到啊！他看了看不远处的一盘烤鸡，想象自己忽然站起来，把烤鸡塞进导演嘴里，让他停止叨叨的场景。嗯，这样似乎舒服多了，还可以再忍五分钟。

他点点头，然后捂住肚子，并未注意坐在对面的季大影帝忽然看了自己一眼，表情有点古怪，仿佛想笑，又控制住了。

"……祝影片大卖。"导演总算下了结语，众人陆陆续续站起来。

肖嘉树几乎是迫不及待地举起酒杯，与身边的黄美轩和黄子晋碰了碰，然后夹起一块鸭肉放进碗里。黄美轩悄悄拉扯他衣袖，他不理，连吃了几口饭才看过去，低声问道："黄姐，导演不是已经说完话了吗？可以吃了吧？"

"跟导演、季哥、衡哥喝一杯，快去。"黄美轩边说边给肖少爷倒酒。

施廷衡、季冕分别是这部电影的男一号、男二号，也都是影帝，后辈理当敬他们一杯，而他们喝不喝则是另一回事。肖嘉树拿起酒杯敬了导演、施廷衡和季冕，除了一句"多多关照"，再没有别的话。

与之相对的，别的新人陆陆续续走到三人身边，又是敬酒又是讨好，恭维的话一句接一句层出不穷，越发显得肖少爷性格高傲，不知礼数。

黄美轩有些头疼，却也无可奈何，狠狠瞪了埋头苦吃的肖少爷一眼，然后低问："你这吃的是什么？"

"辣子鸡丁啊。"肖嘉树抬起头，嘴唇通红，眼眶还挂着几滴亮晶晶的泪。

"谁准你吃辣的！薛姐说你口腔溃疡才好，火气还没降下去呢！吃青菜！"黄美轩边说边夹了一大堆青菜，放进肖少爷碗里。

肖嘉树把青菜挪到一边，继续吃辣子鸡丁，吃完把筷子伸向水煮肉片。连续喝了半个月的白粥，他现在只想吃些重口味的东西。黄美轩见他不听话，拿起干净的勺子敲他手背，他哎呀低叫，却依然坚强地把水煮肉片夹回来，一口吃掉。

"你这孩子怎么不听话？小心我告诉薛姐！"黄美轩恐吓道。

肖嘉树冲她讨好地笑了笑，然后继续把"罪恶"的手伸向不远处的香辣虾。黄美轩那叫一个气啊，拿勺子连连敲他手背，却都无法阻止。两人的互动十分亲昵，不像经纪人与艺人，倒更像长辈与家中小辈。众人看在眼里，对肖嘉树摆谱的行为也都不怎么介意了。

没有强大的背景，传说中的大魔王黄美轩能像伺候小祖宗一样伺候肖嘉树？不可能的！既然有背景，那就得罪不起，他爱摆谱便随他去吧。这样一想，几名主创人员开始寻肖嘉树说话，却只得到他"嗯嗯啊啊"几声敷衍，心里恨得要死也不敢表露出来。

肖嘉树很能吃，还专往辣菜伸筷子，气得黄美轩直瞪眼。她的弟弟黄子晋忽然低笑起来，主动给肖少爷舀了一勺麻婆豆腐，凑到他耳边说道："吃，只管放开了吃，明天早上大号的时候你就舒坦了。"

"啊？"肖嘉树呆呆地看向他。

"明天早上，大号。"黄子晋重复一遍，不过音量放得很低，除了肖少爷和姐姐黄美轩，谁也没听见。

肖嘉树有一个异于常人的地方，那就是想象力特别丰富，别人随随便便说一句话，他能够利用想象力将它构造成色彩最丰富的画面。眼下，他脑海中不自觉地浮现自己坐在马桶上的场景……

肖嘉树慢慢放下筷子，慢慢捂住嘴，用控诉的眼神看向黄子晋。

黄子晋揉乱他酷炫的灰发，笑道："乖，继续吃，哥帮你夹。"

"哥，我错了，我吃清淡的东西。"肖嘉树连忙低下头，老老实实吃青菜。

黄子晋单手托腮，笑盈盈地看着他，眼里满是宠溺。他长相极其俊美，甚至可以用妖异来形容，唯一的缺点便是少了一点阳刚气，年少时也曾大红大紫过一段时间。但正是因为这张脸，他后来被某个涉黑团伙控制。要不是薛淼及时赶到，他可能早就疯了，死了，或生不如死。

这么多年过去，他退出舞台改做幕后，姐姐也从勤杂工升到了金牌经纪人，但他们一刻也不敢忘记究竟是谁将他们救出了地狱，又给了他们美好的明天。莫说薛淼只是让他们暂时带一带肖嘉树，就是让他们一辈子给肖嘉树当保姆，也没什么不可以的。

当黄子晋陷入回忆时，季冕的脸色却有点古怪。他先是用餐巾捂住嘴，然后猛灌一杯酒水，末了摇头失笑，低不可闻地斥了一句"活宝"。方坤注意到他的反常，凑过去问道："怎么了？是不是头疼？"

"没，我很好。"季冕放下酒杯，又回过头看了看坐在另一桌的林乐洋，发现他与周围的人谈笑晏晏，十分融洽，这才放心地出去了。

肖嘉树吃饱以后想上厕所，也出去了，洗完手回来时，看见季冕站在走廊尽头的窗户边抽烟，不禁走过去："季哥，能给我一根烟吗？"

"你也抽烟？"季冕有些意外。

"我抽得少。"肖嘉树不敢在母亲面前抽烟，一旦被她发现，挨揍的就不是烟，而是他自己。所幸他烟瘾不大，回国之后也没暴露。

季冕低笑起来，然后将整包烟递过去，语重心长道："中国人聚餐往往不是为了填饱肚子，而是交际。别人都在说话，唯独你埋头吃东西，谁也不理，这就太扎眼了。背景再强大的人也需要人脉，尤其是在娱乐圈。与别人多多交流，结个善缘，对你只有好处没有坏处。"

"这个我知道，谢谢季哥。"肖嘉树一点也没觉得季冕多管闲事。他是个明白人，知道季冕是真心为自己好才会说这些话。在这个圈子里，地位决定一切。为了往上爬，谁都可以踩上一脚。像季冕这种既不践踏同行，还能设身处地为后辈着想的人，已经太少太少了。

季冕果然像网上资料里说的那样，是个大好人！肖嘉树对季冕的好感度噌噌上涨。虽说他曾经护着李佳儿，但他所做的每一件事都出自本心、出自善意，实在是不可多得的好前辈。

面对他，肖嘉树忽然有了倾吐的欲望，低声道："季哥，其实我一点也不会演戏，我不知道自己能不能把凌峰这个角色塑造好，所以我不敢跟剧组里的人套近乎。你想啊，我要是整天在剧组里上蹿下跳，让大家都认识我了，结果因为演技烂，不得不退出，那得多丢脸！还不如我一开始就谁也不搭理呢，安安静静地来，安安静静地走，好歹还能为自己留些面子。"

他用力吸一口烟，继续道："我早就想好了，我要是能把这个角色演下来，就演，演不下来就趁早走人，把位置留给真正有演技的艺人，所有的损失我来赔偿。有一句俗话叫作'占着茅坑不拉屎'，我感觉自己就是那种'占着茅坑不拉屎'的人，特别亏心。"

季冕深深看他一眼，劝慰道："说什么傻话？你可以赔偿剧组金钱上的损失，但你能赔偿时间上的损失吗？因为你，剧组临时换角，所有戏份重拍，档期就耽误了，这是金钱无法弥补的。你先别想着自己演不好该怎么办，而要想着自己拼尽全力也得把它演好，这才算成功跨出了第一步。凌峰这个角色我看过，设定跟你本人很像，难度并不大，你只要本色出演也就差不多了。"

"真的吗？"肖嘉树果然被安慰到了，原本灰暗的眸子变得亮晶晶的。这种话薛淼也曾说过很多次，但肖嘉树总以为那是一个母亲对儿子的偏爱，是带着滤镜的。然而现在连季冕也这么说，他一下子就放心了，感觉自己得到了很大的鼓舞和肯定。

08 演戏

肖嘉树只在郁闷的时候抽烟,现在心情好了,自然不需要尼古丁的安慰。他把烟杵灭,关心地叮嘱季冕少抽一点,这才走人。季冕盯着他乐陶陶的背影,不免摇头失笑。

"你怎么跟他聊起来了?"施廷衡从包厢里走出来,手里同样拿着一包烟,"刚才灌了罗章维几杯酒,打听到一点事。这位肖公子家里巨富,背景很不得了,连试镜都没去就直接把凌峰这个角色拿下了。怪不得酒桌上他谁都不搭理,连导演说话也敢摆脸色。"

"罗章维的老毛病还没改?"季冕不以为意地笑了笑。罗章维这人平时虽然话多,但什么该说什么不该说心里还是有数的,然而一旦喝多了,那张嘴就成了大喇叭,问什么答什么,只管往外爆料,也因此,他还曾被不明人士套过几次麻袋。

"现在比以前好多了,专门雇了一个助理帮他挡酒。"施廷衡点燃香烟,继续道,"听说肖嘉树今年刚毕业,读的是工商管理,一点表演基础都没有。剧组里跟他对手戏最多的人就是你,你可得做好心理准备。"

"都是一个公司的,就当带一带后辈,没什么。"季冕摆手道。

"你果然好脾气!我最怕的就是带新人,麻烦忒多!一个大学刚毕业的、读工商管理的公子哥儿,自己有没有演技心里没点数?要不是他背景太强大,罗导根本不会同意用他。难怪今天谁给罗导敬酒他都喝,这是心里憋着一股火呢。"施廷衡似想到什么,不免摇头,"这些富二代真是……读书读书不行,工作工作不行,听说娱乐圈赚钱多就想来混口饭吃。他们以为当演员很容易?靠一张脸就能红?啧啧……"

季冕沉默了片刻,然后杵灭烟,认真道:"他演技好不好,自己心里还是有数的。你难道没打听清楚?他是沃顿商学院毕业的,硕士文凭。对了,他今年刚满二十。"话落迈步离去。

施廷衡呆愣良久才吐出一口烟圈:"既然能考上沃顿商学院,又是硕士毕业,还来混什么娱乐圈?太想不开了!"

肖嘉树回到包厢,发现导演已经喝高了,被两名助理左右架着,正准备离场,余下的主创人员还在应酬,似乎并不打算早退。要知道施廷衡和季冕都没走,谁要是放过攀交他们的机会,谁就是傻瓜。

黄美轩好不容易等到肖少爷回来,连忙把倒满的酒杯推过去,低声交代:"去,跟剧组里的演员认识认识,每人敬一口,不用喝多。"

"我不喜欢喝酒,"肖嘉树把酒杯推开,加重语气,"也不想认识剧组里的人。我拍完戏就走,谁知道我是谁?"

"你这孩子……"黄美轩话没说完就被黄子晋打断了。

"姐,你别逼小树。他刚入圈,得先适应适应。"

"这有什么好适应的,都是基本的交际……"姐弟俩因为敬不敬酒而起了争执,好在声音不大,表情也不难看,并未引起旁人的注意。

肖嘉树暗松口气,赶紧拿起筷子吃菜。还没开始演戏,他已经厌倦了这个圈子。难怪外人都管娱乐圈叫名利场,这里不看出身,不重学历,更不在乎品德,似乎只要你有一张倾倒众生的脸庞,便能扶摇直上。在这个圈子里,你可以爬得很快,攀得很高,但跌下来的速度同样惊人。

肖嘉树不喜欢这个圈子的浮华与喧嚣,自然也就不喜欢演戏。好在他的戏份不多,顺利的话一个月便能搞定。当他埋头吃东西时,隔壁桌的演员们正频频往这边看。

既然是名利场,便有主次、尊卑之分。在安排酒宴时,主创人员和可有可无的普通员工自然不会在一个包厢,导演、主演、制片人、投资商和戏份不多的演员也不会在同一桌。如果按咖位来编排位置,肖嘉树绝不可能坐在导演和季冕那一桌,但他偏偏坐了,态度还那么嚣张,不得不令人关注。

剧组的女一号苗穆青原本应该坐肖嘉树那个位置,却在开宴前一刻发现自己的名牌竟然被放在了隔壁桌,肚子里早就憋了一团火。她双手抱胸,脸色铁青,只等抢座的人来了便发难,结果人是来了,难却发不了,只因对方的经纪人是黄美轩，助理是黄子晋。这是何等顶配？用膝盖想也知道肖公子的背景绝对不简单。

苗穆青满肚子火气刹那间变成了火热，根本没心思与同桌的人应酬，只专心等待接近肖公子的机会。

"苗姐，我敬你一杯。听说你也是传媒大学毕业的，我是你的学弟……"林乐洋满上一杯酒，恭恭敬敬地递给苗穆青，但对方并不领情，甚至有些不耐烦，一把推开酒杯，冷道："你自己喝吧，我最近皮肤有些干，不能多喝。"

泼出来的白酒洒了林乐洋一身，他却不得不按捺住脾气，温声道："那苗姐你一定多多注意身体。这杯酒我喝了，你随意。"话落将剩下的酒一饮而尽。他做足了姿态，苗穆青却看也不看，手里端着一杯红酒朝隔壁桌的肖嘉树走去，脸上带着明媚的笑容。她俯下身凑到肖嘉树耳边说话，肖嘉树举起酒杯与她碰了碰，然后小酌一口，态度冷淡，甚至渐渐露出不耐的神色。她似乎感觉到了，又说了几句话便悻然走开，与几名投资商说起话来。

林乐洋看着这一幕就仿佛看着一面镜子，只不过自己和苗穆青的角色互换了而已。他忽然感到很不平，隐隐还有股无处宣泄的怨气，这怨气憋得他眼眶都开始发红。但他很快就看见大步走进来的季冕，英俊，优雅，浑身散发着非凡的气场，令人瞩目。四处勾搭投资商的苗穆青也经不住诱惑，朝他走了过去，却被他抬手挡开了，态度十分冷淡。

季冕不疾不徐地走到次桌，低声对林乐洋道："走，我带你转一圈，认识几位前辈。"

"好，谢谢季哥。"林乐洋拿起酒杯跟随在他身后，态度看似拘谨，实则正努力憋笑。

当别的演员忙于拓展人脉时，肖嘉树已经吃饱喝足拍屁股走人了。反正他也不打算在这圈子里混，人不人脉的实在无所谓。

翌日，《使徒》剧组正式开工，导演刻意把难度小的戏份集中在这天拍摄，以免太多的NG招来晦气。

肖嘉树捧着一杯咖啡站在外围，脸上透着漫不经心。黄子晋则指着正在拍摄中的场地说道："你看，那是主摄影机，拍的是全景，那是副摄影机，拍的是特写。你得从那边走过去，在靠墙的地方站定，几台摄影机才能拍摄到你的表情。这就是走位，走位走不好，演技再好也是空的，因为画面上找不到你的人。还有，你站位的时候得注意灯光往哪边打，尽量不要让自己背光……"

黄子晋一边指点一边演示，末了安慰道："不用紧张，这一幕戏很简单，你能拍好。"

肖嘉树智商本来就不低，又有人手把手地教，自然很快便学会了，点头道："你放心吧子晋哥，我都明白了。"不就是刚归国，与哥哥见个面，聊聊家常，谈谈公事吗？本色出演完全可以搞定。

当他志得意满时，站在不远处的方坤摇头道："从没见过哪个艺人演戏的时候请老师来现场教的，肖少爷果然是独树一帜。"

季冕笑了笑没说话。林乐洋看向肖嘉树，满心都是羡慕。他也不是科班出身，也要边拍边学，但他没有肖嘉树那样的条件，能请到造星大师现场指点，只能凭自己努力。自己以后在片场勤快一点，与导演和几位副导演搞好关系，多看，多问，多钻研，自然能学到很多东西。这样一想，他那点轻微的不平衡就消失了，只余坚定的信念。

季冕却在这时拍了拍他肩膀，轻笑道："你说在演技方面是黄子晋厉害还是我厉害？"

"当然是季哥厉害。"林乐洋目露崇拜。

"肖嘉树有黄子晋当老师，你有我，没什么好羡慕的。"

林乐洋没想到自己的小心思竟被季冕看出来了，脸颊不免涨红，嗫嚅好半天才低声道："谢谢季哥。以后有不懂的地方请季哥多多教我。"

"OK，这条过了。肖嘉树、季冕准备上场！"罗章维的大嗓门打断了这温馨的一刻。方坤立刻把季冕推上前，催促道："快去，快去，好好体验一下肖少爷的演技。"如果他真有那玩意儿的话。

肖嘉树扮演的角色凌峰是一位归国学子，主修工商管理，而他的哥哥凌涛就是这部戏里的最大反派。凌氏兄弟生于黑道家族，父亲是当地最大的贩毒团伙的头目，死于仇杀，母亲也被凌辱。更可怕的是，当父母遭遇灭顶之灾时，兄弟俩就躲在父亲秘密打造的安全屋里，借由监控器看着这一切。

毫无疑问，这给他们带去了终身难以磨灭的心理阴影。获救后，兄弟俩做了一个决定——此生永不入黑道。舅舅霍华德收养了二人，并帮助他们争夺家族财产。但他们不知道的是，霍华德也与贩毒集团有牵扯，在凌涛尚未长成时，他慢慢将凌氏集团变成了毒品贩子洗钱的工具。

凌涛十八岁后继承公司，发现自己如果不入黑道，弟弟就会遭遇毒品贩子的报复，只得上了贼船。他的身体里流淌着狼性的血液，又由于儿时的遭遇，手段特别狠辣，渐渐打下一片天地，到最后连霍华德也不是他的对手，不得不离开集团以避锋芒。

凌峰比凌涛小五岁，一直活在哥哥的保护之下，又常年在国外读书，对集团事务一概不知。如果说凌涛是黑暗的使徒，那凌峰就是白日的行者，他的一切都是阳光的、积极的，身上凝聚着凌涛所有的向往与寄托。

肖嘉树认真研究过剧本，发现这个角色对自己来说果然不是太难，于是对接下来的拍摄充满了信心。他的渐变式灰发已经染回纯黑，完美的五官配上年深日久蕴养出的高贵气质，与自小便家境优渥又被保护得很好的凌峰十分相像。更妙的是，他的眼眸非常澄澈，身上还带着一股刚入社会的青涩感，与季冕所扮演的凌涛站在一起时，一个沐浴着阳光，一个隐藏在阴影里，形成了一种十分古怪的张力。

导演喊了一声"Action（开拍）"，两人手搭着手互相看看彼此，脸上均带着久别重逢的微笑，然后拥抱在一起，随即在花园坐下，聊一聊彼此的近况；谈话中段，霍华德的扮演者加入进去，三人由花园走入别墅，这一幕戏就算完了。

老实说，肖嘉树真没用上多少演技，他只要拿出平时与肖定邦和肖启杰说话时的状态就好。反正他总是被排除在外的那一个，笑得像个无忧无虑的傻瓜准没错。

"OK，这条过了！"罗章维盯着显示屏看了好一会儿，这才摆了摆手。原本他对肖嘉树的加盟是极其不满的，若非修长郁打了包票，又追加了投资，他绝对不会点头。好在第一条顺利拍完，倒是没闹出连走位都不会的笑话。

要知道，凌峰虽然戏份不是很多，这个角色却最终导致了凌氏家族乃至整个东南亚贩毒集团的覆灭，他的戏份能不能拍好，直接关系到整部电影的质量。

黄子晋和季冕也都盯着显示屏，好检验刚才的拍摄效果。见肖嘉树一空闲下来就往懒人椅里躺，黄子晋无奈道："小树，快过来看一看你刚才的表演。"

"可以看吗？"肖嘉树连忙关掉手机上的游戏界面，走了过去。天哪，这是我吗？拍出来竟然这么帅？他偏头看了看季大影帝，又看了看屏幕上的自己，暗忖道：嗯，比起季哥也不差呢！就是身高差距有点大，下回可以让导演给我脚底下垫一块砖头。

季冕恰在这个时候看了他一眼，嘴角似乎有些上翘："拍得不错，继续保持。"

"好的，季哥。"肖嘉树下意识地站直了。

"嗯，情绪很到位，台词说得也不错。不过后面的戏份会越来越难，回去以后好好研究剧本，不懂就问。"罗章维勉励了几句。

"好的，导演！"肖嘉树挺得越发直了，像面对教导主任的小学生。

黄子晋一面忍笑，一面拍了拍肖少爷僵硬的后背，然后把他带下去。别人都以为他给一个新人当助理是迫于权势、忍辱负重，但谁又知道这其中的乐趣呢？肖嘉树是一个非常聪明的学生，几乎一教就会，而且仿佛天生就懂得该如何念台词，他的现场收音几乎不用做后期处理。假以时日，他在娱乐圈一定能获得成功。

然而遗憾的是，他对演戏似乎毫无兴趣，只把这次拍摄当成一个不得不完成的任务。黄子晋摇摇头，心道自己一定得想个办法激发一下肖嘉树对电影的热爱，免得他拍完走人，白费了薛姐的安排。

这天的拍摄顺利完成，接下来的一个星期都没有肖嘉树的戏份，但黄美轩压根不给他偷懒的机会，每天早早便把他送到片场，叮嘱他认真学一学别人是怎么演戏的。

"你给我清醒一点，别睡了。"黄美轩一巴掌拍在肖公子迷迷糊糊的脸蛋上，恨铁不成钢地道，"你看看娱乐圈，有哪个新人能像你这样，出道的第一部戏就与国内最负盛名的两大影帝合作？别人求爷爷告奶奶都得不到的机会，你竟然不知珍惜，说出去会被天打雷劈的你信不信？快把咖啡喝完，然后给我滚下车！"

肖嘉树被迫快速喝完咖啡，申辩道："美轩姐，我昨天开黑开到凌晨四点，你看看现在才几点。四个小时的睡眠哪里够啊？再说了，刚出道就跟大影帝搭戏的人不止我一个，那个林乐洋也是。"

"人家的事与你有什么关系？明知道今天有你的戏份，你还玩通宵游戏，你想死是不是？"黄美轩更怒了，正准备炮轰小树苗，黄子晋却把人直接拎下车，圆场道："别骂了，越骂他越没精神。今天的戏份不难，我帮他看着呢，你放心。"

"你能一直教他吗？你能代替他上去演吗？不能就别惯着他！"黄美轩把脑袋伸出车窗大声吼叫，却只换来两人头也没回地摆手。她兀自生了一会儿闷气，这才踩下油门绝尘而去。

季冕也在同一时间赶来片场，正好看见这一幕，不禁皱了皱眉。方坤摇头道："就这态度，再给他一百年也学不会怎么演戏。现在的年轻人真是越来越浮躁了，一点职业道德也没有。"

"乐洋呢？"说起年轻人，季冕自然而然便想起了他。

"哦，他早上七点就来了。"方坤对林乐洋的印象大为改观，赞许道，"我听王导说他最近每天都来这么早，帮忙布置片场、检查道具，空闲下来要么站在一边看别人怎么演戏，要么坐在角落背台词、研究剧本，很勤奋。"

"乐洋很能吃苦。"季冕微微一笑，似乎与有荣焉。

两人边说边聊，走到片场后发现林乐洋正准备与施廷衡演一场对手戏。施廷衡扮演的何劲表面上是贩毒集团的一个小头目，实际上是警方派遣的卧底，已经顺藤摸瓜查到凌氏集团。凌涛在警局里也有眼线，获悉了何劲的身份和动向，便给何劲透露了一个假消息，致使警方在一次查封行动中遭受伏击，死伤惨重。

何劲因此被警方认定为叛徒，不但被开除了警籍，还遭到全国通缉，贩毒集团也发出了江湖追杀令。同时被黑白两道追击的何劲一边逃命一边想办法为自己洗刷冤屈，最后不得不冒险潜入警局寻找内奸。

林乐洋所扮演的石宇是初入警局的新人，也是何劲的儿时玩伴，两人志同道合，意气相投，感情非常深厚。石宇一直不相信何劲会出卖同事，所以在何劲被警察发现并遭受围追堵截时故意放走了他。眼下正准备拍摄的就是这一幕。

施廷衡满脸胡楂儿，表情憔悴，身上穿着一件清洁工制服，正站在场边等待拍摄。林乐洋则穿着笔挺的警服，手里拿着剧本，时不时低头看几眼，念叨几句，似乎很紧张。

季冕正想走过去安慰他几句，便听导演大声喊道："Action！"两人迅速入场准备表演，又听导演急喊："Cut（停）！林乐洋你走过了，副摄像机根本拍不到你的脸，重来一遍！"

"对不起导演！"林乐洋双手合十，表情愧疚。

"没事,你走到这个位置就差不多了。"施廷衡与季冕关系很好,自然会指点季冕旗下的艺人。

"不好意思啊衡哥,连累你跟着吃NG。"林乐洋再三道歉,发现站在一旁观望的季冕,脸色不由白了白。他这才后知后觉地意识到,与季冕一块儿拍戏固然很开心,但NG的时候被他看见也糟糕透顶!他避开对方的视线,再次回到准备出场的位置。

"Action!"导演一声令下,两人互相揪住对方的衣领,迅速躲入无人的楼梯间。林乐洋一把扯掉施廷衡脸上的口罩,低声道:"果然是你!"

施廷衡正准备接下面的台词,导演又是一声"Cut",林乐洋的表情顿时僵住了。

罗章维拿起大喇叭对林乐洋喊道:"怎么又是走位的问题?刚才施廷衡没教你?你自己过来看看!"

林乐洋尴尬极了,连忙走到罗导身边看监控器,发现自己最初的确在有效拍摄区域,但与施廷衡一拉一扯,又往后退了几步,人就出了镜头,只留下一只胳膊。这一条又废了。

"对不起导演,下一条我会注意。"他真诚道歉,发现季冕走了过来,似乎有话要与自己说,连忙回到施廷衡身边做出准备拍摄的样子。连肖嘉树那种不学无术的公子哥儿都能一条过,而自己却总是吃NG,这太给季哥丢脸了,还是等拍摄结束后再与他说话吧,压力也会小一点。

有些人在困难的时候或许会需要亲人、爱人、朋友的安慰,这样能使他们动力满满,林乐洋却恰恰相反,越是难堪的时刻他越想一个人面对,因为只有这样才不会让自己显得更狼狈。

他再次向施廷衡道歉,然后没话找话地瞎聊,生怕季冕真的走过来安慰自己。季冕已经跨出去的脚步慢慢收回,表情略显无奈。这时,肖嘉树挤到他身边,踮起脚尖看向拍摄场地,悄悄问:"刚才怎么了,谁吃NG了?"

连续在片场待了一个星期,肖嘉树发现自己对表演依然没兴趣,却很爱旁观别人吃NG的场景。众位演员吃NG的理由各种各样,NG后的表情千姿百态,而导演的谩骂则滔滔不绝,气势汹汹,构成一幅极其生动有趣的画面,叫他百看不厌。他还想着要不要把这些场景截取下来做成视频,留着以后慢慢欣赏呢。

见季冕不搭理自己,他自说自话:"一定是林乐洋,他和我一样也不是科

班出身，没什么功底。"

季冕依然不答，只是眉头紧皱地看着对面。

第三条开始拍摄，场记刚打完板，准备就绪的林乐洋和施廷衡就互相揪住对方的衣领躲进楼梯间。这次走位很成功，两人都进入了摄像机的拍摄范围，而且表情和动作均很到位。林乐洋扯掉施廷衡的口罩，说出"果然是你"的台词，施廷衡嘴巴微张，似要说话，却立马顿住，并把林乐洋推进更阴暗的角落，只因外面传来凌乱的脚步声，是全局的警察在这栋楼里搜捕通缉犯。

当然，这"凌乱的脚步声"在拍摄时是完全没有的，得靠配音师后期制作。所以这个时候，两人虽然做出侧耳倾听的模样，实则得靠想象力才能让自己进入紧张的状态。

施廷衡对节奏把握得很好，林乐洋却慢了一拍，直到被施廷衡推入角落才露出紧张的表情，看上去不像在躲避追捕，反而像是被吓傻了的小姑娘。

随着拍摄的不断深入，罗章维渐渐变得严厉起来，甚至有些吹毛求疵。看到这里他果断喊了"Cut"，并拿起大喇叭吼道："林乐洋，又是你！之前我是怎么跟你说的？这里是警察局，而全局警察都在抓捕何劲，你把他拽进楼梯间就算完事了？你以为这里是你的秘密空间，别人都看不见？你得紧张、警觉，同时还要经受剧烈的心理挣扎！你的表情随时随地都得绷着，不能有丝毫放松！想象一下这栋楼里全是抓你们的人，想象一下，OK？"

"对不起导演！"林乐洋脸颊涨红，神情尴尬。走位顺利通过后他心里松了一口气，面上就带了出来，于是便没把握住节奏。到底还是让季哥失望了。

"下一条一定要注意把自己代入场景！你先休息一会儿，调整调整状态。"罗章维没有继续骂下去。

林乐洋立刻走出拍摄场地，却没往季冕那边去，反而与经纪人陈鹏新聊起来。

"别紧张，你不是没演技，只是还没进入状态而已，喝点热饮放松一下。"陈鹏新塞给他一杯咖啡，末了压低音量，"季总在对面，咱们过去跟他打个招呼。"

"不了，表现这么差，我有什么脸跟他打招呼！等这条拍过了再说。"林乐洋立刻推辞。

"越是这种时候越是要跟他打招呼。你可以向他请教拍戏的问题，话题一旦带起来，关系也就近了。你是他旗下的艺人，他多多少少会关照你。"陈鹏新很热衷于攀交大咖，一再催促发小过去。

　　林乐洋死活不同意，两人正拉扯着，罗章维已经拿起大喇叭："下一条准备……"说是让新人调整状态，实则只过去短短三分钟时间，他就是这样一个风风火火的导演。

　　林乐洋吓了一跳，连忙撇开陈鹏新跑回施廷衡身边。季冕的目光始终在他身上，脚步却半分没动，而站在他身边的肖嘉树则偷偷拿出手机，准备拍摄接下来的对手戏。他有预感，林乐洋还会吃NG。

　　果然，这次林乐洋的走位、表情、动作、节奏都把握得很好，但新的问题又出现了，他扯掉施廷衡的口罩时将他的衣领揪得太紧，导致施廷衡不得不压低脑袋配合，于是镜头中只出现了林乐洋一个人的脸，而施廷衡只有一个黑漆漆的发顶。

　　若非林乐洋是一个实打实的新人，此前没有任何拍摄经验，导演都要以为他在故意抢戏。是想自己露脸却把男一号压住？

　　"Cut,Cut,Cut！这条重拍！"罗章维举起大喇叭，脸红脖子粗地吼道，"林乐洋，你士力架吃多了是吧？都快把施廷衡的脑袋拽下来了！你看看他脖子！"

　　林乐洋之前没把自己带入场景，这回又用力过猛。他往施廷衡领口一看，果然有一条红红的勒痕。他既难堪又惶恐，连忙向对方道歉，好在施廷衡脾气温和，并不在意。

　　看着林乐洋躲进角落捂头懊悔，季冕的眉心越皱越紧。

　　"要不要过去看看？"方坤压低嗓音问道。林乐洋毕竟是冠冕工作室的签约艺人，身为老板的季冕好歹得过去关心几句。

　　"不了，我过去他情绪会更糟。让他自己调整吧。"季冕摇了摇头。

　　站在两人身旁的肖嘉树正聚精会神地盯着手机，然后捂住嘴，眼睛弯成月牙状。哎呀，林乐洋吃NG的表情特别精彩。别的演员都是老油子，经历的事情多，吃NG后要么大方一笑，要么摆手致歉，要么无所谓，唯独林乐洋脸颊、脖子、耳根全都红透，表情从尴尬到难堪再到惶恐，很有层次感。

　　肖嘉树最喜欢看这种类型，把视频反复看了很多遍，心里乐不可支。听见导演喊了"各就各位"，他连忙举起手机准备偷拍更精彩的画面，却没发现季冕深深看了自己一眼，眸光有些冷。

这回还得 NG！见林乐洋脚步虚浮、眼神飘忽，肖嘉树默默预言道。

接下来果然被他言中。林乐洋的自信心已经在三番五次的 NG 中消耗殆尽。他战战兢兢入场，战战兢兢地演，紧张的状态反倒贴合了剧情，表现竟然很不错。拍到两人躲进角落隐藏后，施廷衡哑声低语："不管你信不信，我没有背叛警队。"说完挣脱林乐洋的钳制，往楼下跑。

这时候，林乐洋必须紧追上去，从后面拉住施廷衡的衣领，施廷衡反手擒拿，两人在狭窄的楼道里打了起来。眼看同事快要搜到这层楼，林乐洋终究选择了相信好友，脱掉警服让他穿上，敲晕自己，一头栽倒在垃圾箱里。

这段戏的武打部分并不难，两人也都磨合过很多次，但由于之前勒伤了施廷衡，林乐洋这回不敢下重手，打斗时难免缩手缩脚，像个老太太。罗章维一手扶额，一手举起大喇叭："Cut！林乐洋你今天没吃饱饭？要不要先给你订几个盒饭过来？"

林乐洋手足无措地站在原地，脸颊苍白，神情惶恐，像一个迷失方向的孩子。他看了看周围的人，又看了看季冕，眼里慢慢沁出泪水，却又倔强地憋回去。

不能哭，要坚持！季哥在看着呢！他是如此信任你，别给他丢脸！这样想着，林乐洋渐渐平静下来，再次向众人道歉，然后找了一个安静的角落，闭上眼睛酝酿情绪。

季冕脚步微挪，却到底没过去。

肖嘉树把刚才拍下的视频看了一遍，心里乐呵呵的。他神经比较粗，又从小被肖老爷子和肖父骂到大，并不觉得吃几次 NG 有多难堪。说到底，脸皮厚不厚还得靠练，时间长了也就习惯了。当林乐洋回到拍摄场地时，他默默举起手机，准备等待下一次 NG。

但令人意外的是，林乐洋表现得非常好，一进入拍摄区域就拽住施廷衡，将他拉扯到楼梯间，两人发生了短暂的争执和打斗，最终林乐洋选择了放走好友，并打晕自己。他看着好友匆忙离去的背影，半闭的眼睛里有光芒在熄灭，怀疑和想要信任的情绪在剧烈交织，最终化为释然。无论如何，他不能眼睁睁地看着好友步入绝路。

灯光师慢慢移动，阴影也随之将他笼罩，只余一个垃圾箱堆放在角落里，等待着警察去发现。这一幕结束了……

罗章维反复查看这段视频，拍板道："不错，这条过了。最后那个充满挣扎的眼神很好，栽进垃圾箱的时候一点也不掺假。这'咚'的一声巨响你们听听，多逼真？做演员的就该有这种敬业精神。"

林乐洋大大松了口气，脸上终于露出一点笑容。施廷衡拍拍他肩膀赞许道："我还以为吃多了NG，你的心态会崩，没想到你能这么快调整过来。你的表演很有灵气，要对自己有信心。我头一次拍戏的时候NG了二十多次，比你多多了。"

"谢谢衡哥一直配合我。要不是你这么包容，我的心态肯定会崩。"林乐洋双手合十真诚道谢。但谁也不知道，真正让他度过这次危机的人不是施廷衡，而是站在不远处的季冕。他一再告诫自己不要给季冕丢脸，这才把濒临崩溃的情绪拉回平稳的状态。季冕是他的精神支柱。

一想到那人，林乐洋连忙抬头搜寻对方的身影，却发现他早已走到自己身边，眼里溢满温柔："演得不错，不愧是我旗下的艺人。罗导，以后还得麻烦你多教教他。"话落抬起手，极其自然地摸了摸林乐洋撞红的前额。

"不麻烦，小林挺聪明，一教就会。"罗章维说的并不是客气话。像林乐洋这种没有表演功底的新人只NG几次就过，已经算很不错了。有一回他碰见一个当红小鲜肉，一场哭戏拍了一个多小时也没有眼泪，最后只能滴眼药水蒙混过关，他那天差点抡起大喇叭打人！

季冕低低笑了两声，又拍了拍林乐洋的肩膀，紧皱的眉头总算彻底舒展开来。

肖嘉树不知何时挤到罗章维身边，弯腰看向显示屏，暗忖：怎么就过了？如果这回也NG，林乐洋一定会哭出来。这场戏不难嘛，扯一扯，打一打，最后往垃圾箱里一栽，完事了。要我来拍，保准一条过。话说回来，我好像一次NG也没吃过，真是天才！他摸了摸自己下颌，眼睛弯成月牙状，忽然觉得侧脸有些冷，转头一看，发现是季冕正盯着自己。

"季哥，你有事？"他语带迟疑。

"你过来。"季冕把人拉到一旁，伸手道，"手机拿出来，把刚才拍的视频删掉。"

"为什么？"肖嘉树连忙把手机藏在背后。

"进入剧组之前你没签保密协议？片场禁止演员拿手机偷拍视频或照片，更禁止外泄。"

08 演戏

"我不会外泄的……"肖嘉树还想争辩几句,见季冕板着一张脸,微带冷意的眸子直勾勾地盯着自己,严肃的表情实在有些吓人,只得把手机交出去。

季冕把视频删光,沉声道:"按理来说我不该管你,但你还记不记得开机仪式那天你跟我说过的话?你说你要好好把这部戏演完,不会浪费公司的资源。现在呢,你又在做什么?每天磨磨蹭蹭、不情不愿地来,来了什么也不下,只管打游戏。早知如此,我那天就该劝你早点退出剧组,不要浪费彼此的时间。"

肖嘉树很不服气,争辩道:"我拍戏拍得很好啊,从来没吃过NG,哪有浪费公司的资源?"

季冕深深看他一眼,没说话,递还手机后便离开了。肖嘉树对准他后脑勺挥舞了几拳,内心吐槽道:狗拿耗子多管闲事!偷懒咋啦?又没吃你家大米!却没料季冕忽然回头,吓得他左脚绊右脚,差点跌个狗吃屎。

季冕看着踉踉跄跄的青年,不免失望摇头。

这段插曲过后,罗章维又拍了几条警局里的戏,末了举起大喇叭喊道:"季冕、肖嘉树、周复……前往会客厅拍摄《使徒》第八十六镜第一场第一次!"被叫到名字的演员连忙赶往目的地。

会客厅也在同一栋大楼里,剧组为了省钱,只租借了郊区的一栋闲置写字楼,分区域进行布置。警局的戏、凌氏集团的戏、国际警察署的戏……几乎所有需要实景的内场均在这栋楼里拍摄。

道具组早已将空荡荡的会客厅布置妥当,真皮沙发、羊毛地毯、紫檀木茶几,每一个细节均彰显着两个字——奢华。这便是凌氏集团的总裁办公室,也是集团元老们召开秘密会议的地方。

今天要拍摄的一幕戏是凌峰在凌涛的推荐下正式进入公司就职并负责一个大项目。该项目表面上是与欧洲某个跨国公司合作,扩大集团的进出口数额,实则暗地里还有一条进出口线路专门用来运送毒品。

凌氏集团的各位元老浸淫黑道多年,自然不嫌这些带血的钱脏手,但凌涛有弟弟需要照顾,多少还保留着一点人性,对这桩生意难下决断。凌峰只看见明面上的企划书,对集团背地里的交易一概不知。这次会议只有他一个人被蒙在鼓里,其他元老则打算用他的性命威胁凌涛就范。种种争锋都掩藏在暗潮之下……

何以言欢

前一天晚上,肖嘉树已经把台词背得滚瓜烂熟,所以一点紧张感都没有。在座的都是狠人,只有凌峰一个是傻白甜,挺好演的。

各位演员在自己的位置上坐定,导演一声令下,场记便打了板子。肖嘉树拿起企划书认真翻阅,季冕侧过身子看他,嘴角挂着温柔的微笑,三位元老却都面沉如水。

道具组自然不会真的拿一本企划书给肖嘉树看,上面虽然印满了字,却都是道具师随便在网上下载的,没什么意义。肖嘉树为了表演更真实,不免定睛看了看,然后发现了这样一则笑话——

请用 ABCDEFG 造句。

一位来自东北的熊孩子举起手:A 呀,快看那个小 BB,C 家的呀?光脚站在 D 上,EF 也不穿,G 岁了呀?

噗!不行了,要喷!肖嘉树想笑又不敢笑,只能拼命忍着,表情反倒越来越严肃,眼看快忍不住了,眉头狠狠一皱,随即便举起食指压住了自己的两片唇瓣,并做了一个摩挲的动作。

他时间掐得太巧,原本在这一个节点,凌峰已经看完企划书,并对集团盲目扩大经营规模的行为感到忧虑。而肖嘉树忍笑的表情和动作竟完全吻合了凌峰忧虑的心理状态。于是罗章维非但没喊"cut",还欣慰地点了点头。

肖嘉树好不容易把笑意压下去,这才徐徐开口:"哥,这个项目太冒险了,我建议你再考虑考虑。据我所知,欧洲那边……"

季冕做出倾听的姿态,扮演元老的一名艺人却阴阳怪气地插话道:"小峰啊,你才刚毕业,什么工作经验都没有,一来就插手集团这么重要的事务,是不是有些轻率?"

又一名元老冷冷开口:"凌涛,你好不容易把弟弟平安养大,可不能让他犯错。有些错误可以改,有些错误却是要命的。我们都把身家性命押在这次的项目上,你可不能坑我们。"话落用满带戾气的眸子扫了凌峰一眼,这是在暗示凌涛,如果他不听话,欧洲那边会拿凌峰开刀。

凌涛自然听懂了,表情温和,眸子里却满是寒冰,徐徐道:"正因为项目太大,我才更要慎重考虑。各位叔伯,你们放心,我心里有数。"

接下来，几人围绕凌峰的性命说了些暗潮汹涌的话，而身为矛盾的焦点，凌峰却浑然不知，还当大家在为项目争执，几次出言调停。肖嘉树作为肖家多余的那个儿子，在父亲和哥哥面前总是扮演类似的角色，只要傻乎乎地坐着，偶尔说几句场面话就可以，完全无法插手家里或公司的事，所以这一场戏对他而言同样没有难度。

其他几位演员都是老戏骨，更不可能出错，八九分钟后，导演拍板道："OK，这条过了，下一场准备。"

又过了？演戏不要太容易！季哥这回总算亲眼看见了吧，我哪有浪费资源？我明明演技一流！肖嘉树心里沾沾自喜，面上却故作淡定，还似有若无地瞟了季冕一眼。他走到懒人椅旁边，准备玩几把游戏，似想到什么又匆匆跑回去，把企划书拿了过来。里面全是搞笑的段子，蛮好看的。

"子晋哥，你发现没有，我从开拍到现在一次 NG 都没吃过。"他忍了又忍，还是没忍住，把自己的成就宣扬出去。

黄子晋笑眯眯地拍他脑袋，勉励道："咱们小树苗是演戏的天才！加油干，哥看好你！"

站在不远处的季冕忽然朝他们看过来，眸光闪了闪。

09
天赋

上午的戏份拍完后,季冕走到罗章维身边,状似不经意地道:"罗导,趁大家来齐了,干脆把弑亲那场戏一块儿拍了吧。"边说边递过去一根香烟,并拿出打火机。

罗章维凑过去点燃香烟,略吸几口后颔首道:"也行,那场是重头戏,早拍早好。我看肖嘉树这几天皮子太松,不拿咱们这部戏当回事,来了只知道打游戏,剧本不看,台词也不背,我得给他拧拧紧。"

季冕没接话,自己也点燃一根香烟,慢慢抽着。

肖嘉树今天只有一场戏,刚才已经拍完了,这会儿正准备走人,却听罗导大声喊道:"肖嘉树、周复、吕浩……等会儿先别急着走,吃完盒饭继续拍《使徒》第一百零八镜弑亲。"

"好嘞罗导!"

几位老戏骨早已习惯了导演临时换场次,陆陆续续答应下来,唯独肖嘉树心里有些发虚,揪住黄子晋问道:"子晋哥,第一百零八镜是什么内容?剧本拿来让我看看。"

黄子晋心里咯噔一下,心道坏了,第一百零八镜是一场重头戏,戏剧冲突非常强烈,不太好演,凌峰就是在这场戏里领了便当。他最近正准备收集资料,私底下给小树苗补补课,好歹让他对这场戏有个概念,却没料导演竟会把时间提前。

"剧本在这里,我画了重点,写了批注,你趁吃饭的时候好好看看。"黄子晋严肃道,"我跟你说啊,这场戏……"

他话没说完便被缓缓走来的季冕打断了:"黄子晋,教人不是这么教的。你要么放开手让他自己去体会演戏究竟是怎么一回事,要么劝他早点改行。"

黄子晋正想反驳几句，罗章维也过来了，脸色有些难看："黄子晋，这是我的片场，演员该怎么演戏只有我能教，你不能插手。你要是再多嘴，信不信我让保安把你架出去。"

一部电影，凝聚的是导演的思想，体现的也是导演对剧本的理解，最忌讳别人指手画脚。黄子晋也知道自己的做法欠妥，所以只是教肖嘉树怎么走位、找光、念台词等，对剧情的部分并未多说。但这场戏不同，这场戏太重要了，他要是一点也不指导，估计肖嘉树一整个下午都在 NG 中度过。

但眼下罗导动了真怒，显见已忍无可忍，他只好做了一个嘴巴拉拉链的动作，以免真的被架出去。

肖嘉树又不是傻子，哪能不知道情况不对，连忙接过剧本，还没翻开就被罗章维拽进了休息棚："午饭你跟我一块儿吃，季冕也来，我给你们说说戏。这场戏是所有矛盾爆发的焦点，谁要是演不好，谁就给我走人！"

休息棚里聚满了正在吃盒饭的演员，方坤早已把几人的盒饭准备好，并整整齐齐地摆放在桌上，一脸幸灾乐祸。

"都把剧本拿出来看一看。黄子晋，你站远点，我不想看见你！"罗章维炮轰道。没有哪个导演能够容忍一个外人越俎代庖去指导自己的演员该怎么表演，那是对这部作品的亵渎和冒犯！

黄子晋举起双手做了个投降的动作，然后递给肖嘉树一个自求多福的眼神。坐在一旁的施廷衡笑着喊道："子晋，过来陪哥吃饭，别去惹罗导，罗导今天吃了火药。"

罗章维没搭理他们，虎视眈眈地盯着肖嘉树："这段戏你研究过没有？"

"研究过……吧……"肖嘉树伸长脖子盯着剧本，一看就很心虚。

罗章维手有些痒，抬头看了看，发现自己的大喇叭放在远处的高脚椅上，只得按捺住打人的冲动。

"你看过剧本就应该知道，这是凌峰最重要的一场戏。如果换作是我，拿到剧本的第一时间就会重点研究这场戏该怎么演。你倒好，竟然连一点印象都没有，你真心大啊！看剧本，现在就看，没把这场戏看透就别吃午饭！"

说到演戏，罗章维一秒钟化身暴君，把肖少爷吓得一愣一愣的。他心里满是不服气，暗忖不就是领个便当嘛，有那么难？然后他拿起剧本翻了翻，一点也没有紧迫感。

罗章维暗暗运了一口气，等他看完便问："有什么想法没有？"

"我应该有什么想法？"肖嘉树对演戏一窍不通，哪能看出门道，一边回答一边偷偷观察罗导的神色。

"你觉得这场戏最难表演的是哪个点？"罗章维循循善诱。

"都挺难的……"肖嘉树这回不敢吹牛了，小心翼翼地答道，"要不罗导您给我好好说一说？"

罗章维手都抬起来了，正想抽人，却被季冕轻轻按住肩膀："他是新人，什么都不懂，你慢慢教。你越暴躁他越迷糊，等会儿那场戏干脆先不拍了。导演和演员都不在状态，肯定拍不好。"

罗章维一想也是，这才按捺住脾气，徐徐道："肖嘉树，我跟你详细说说这场戏，你照着演就成。依葫芦画瓢你会不会？"

"那太容易了。"肖嘉树对自己充满了信心。

罗章维眼角微微一抽，继续道："等会儿开拍以后，你会被保镖抬进办公室。由于之前你被注射过毒品，动过刑，来到办公室后就开始犯毒瘾，起初感觉并不强烈，只是有点冷，所以身体很僵硬，最好微微带一点颤抖。你的心理状态是十分恐惧和绝望的，这一点在看清凌涛的真实面目后更甚；但你们是亲兄弟，你又对他抱有最后一点希望，这两种情绪是互相矛盾的，你都得表现出来，先恐惧，后希冀，还得控制住犯毒瘾的生理反应，必须有层次感。"

肖嘉树认认真真听着，还频频点头，似乎已经明白了。

罗章维不放心地追问一句："你最害怕什么东西？"

肖嘉树其实早就蒙圈了，下意识地答道："我最怕两样东西，怕这怕那。"这是他刚才在企划书上看见的段子。

罗章维："……"

罗章维默默卷起剧本，默默举起来，噼里啪啦猛敲肖嘉树的脑袋，怒吼道："老子跟你说戏，你跟老子说段子，还是十年前的段子！你以为老子不敢打你是不是？"

肖嘉树捂住脑袋躲避，等罗章维被季冕拉开后才委委屈屈问道："原来这段子早就过时了啊？"

罗章维脑袋一仰，差点气晕过去。这是重点吗？

周围的演员看得连连喷笑，对肖少爷的冥顽不灵和不负责任的态度惊讶不已。这些富二代不会演戏还占着大把的好资源，简直气人！

施廷衡跟黄子晋关系很好，看见这一幕摇头道："子晋，我建议你回去继续当你的造星大师，别把招牌砸在肖嘉树身上。到目前为止，他的表演中规中矩，没有出彩的地方，靠那张脸顶多红几年，之后难说。都是一个公司的新人，跟他一比，林乐洋的天赋要好得多，人也勤奋，值得栽培。"

林乐洋就坐在两人不远处，听见这话脸颊微微一红，然后低下头去。如今，他对肖嘉树真是一点羡慕都没有了，就他那吊儿郎当的样子，再教一百年也提升不了演技，只适合当个花瓶。

另一头，罗章维抽完人，继续道："你最害怕什么就在脑海中想象什么，把恐惧的情绪带入进去。你被带入办公室，交还给凌涛，凌涛为了给你脱罪，让另一个叛徒为你顶包。等他把叛徒干掉后，会把你拉进怀里，细细给你擦脸。但其实在这个时候，他才得知你染上了毒瘾，而这东西是戒不掉的，他已经决定杀掉你，为你保留最后一份尊严。你被他抱入怀里后毒瘾渐渐加深，身体的颤抖越来越强烈，却被这点温情感染，试图劝说他自首。说完台词后，凌涛会在你后背捅一刀；感受到后背被戳了一下，你就停止颤抖，整个人先僵硬，后放松，眼睛失去焦距，瞳仁开始涣散，却又不能太散，因为我要在这里安插一段回忆，你得做出回忆的表情，就仿佛视线穿透时空，看见了你们兄弟俩一起躲在安全屋里，发誓说永不入黑道那一幕。然后你的眼珠子不动了，却还残留着浓浓的悲哀，这个时候，你已经彻底没气了。这样说你明白了吧？"

肖嘉树越听越迷糊，小心翼翼地颔首道："导演，我都听明白了。"才怪！什么叫瞳仁涣散又不能太散？什么叫眼珠子不动了却还残留着浓浓的悲哀？罗导你在说天书吗？

罗章维知道他没听懂，咬牙道："吃什么饭，不吃了，开拍开拍！"今天一定要让肖少爷明白什么叫作天高地厚，要不然他还以为拍戏是闹着玩呢！听不懂就从实践中学吧！

剧组人员连忙站起来准备器材，几名年轻演员聚在一起低语："来来来，咱们开个盘，赌肖嘉树 NG 几次。"

"我赌十次。"

"我赌十五次。"

"我赌二十次。"

"我赌今天整个下午都 NG。"

最后这句话是施廷衡说的,完了冲黄子晋挤了挤眼睛。

黄子晋心里虚得很,嘴上却道:"肖嘉树很有天赋,一教就会,你看走眼了。"

施廷衡哈哈一笑没说话。其他演员见施大影帝都加入了赌局,越发无所顾忌,全都聚在片场周围准备看肖少爷的笑话。没办法,谁叫肖少爷从来不拿正眼看人,这种态度早就该抽了。

方坤紧走几步,悄悄对季冕说道:"你是不是故意让罗导提前拍这场戏?"

季冕瞥他一眼,轻笑道:"我是在教熊孩子怎么做事。"

林乐洋走在季冕身边,自然也听见了这段对话,觉得季哥会要求导演提前拍摄这场戏,肯定是为自己出头呢。别以为他不知道肖嘉树刚才在偷拍自己 NG 的画面。这回好了,you can you up(你行你上),看你能拍成啥样。

怀着这种心态的人还不少。一听说肖嘉树要拍重头戏,片场周围便聚满了人,都等着看他出丑,由此可见他在剧组里的人缘有多差。不过这也难怪,他的穿着、谈吐、行为,都与同剧组的人格格不入,不像是来演戏的,倒像是来玩的。别人求也求不来的顶级资源,他轻轻松松便能拿到,拿到还不珍惜,这也太招人恨了。

当大家猜测他会 NG 几次时,罗章维开始第三遍说戏。他的确想给肖嘉树紧紧皮子,可也不会为了他平白浪费胶卷。

"我给你几个关键词,你记住了:一是恐惧,二是克制,三是期盼,四是绝望,五是悲哀。恐惧什么呢?因为你把集团的犯罪证据交给警方,而集团却率先截获了这些证据,你不知道自己接下来会遭遇什么,更何况你之前还被凌涛的死对头抓住动了刑,注射了毒品,你已经没有未来了,你说你怕不怕?克制什么呢?你毒瘾犯了,但你不能在你哥哥面前表现出来,而你从小到大接受的教育方式不允许你在人前露出狼狈的姿态,所以你要克制。期盼什么呢?你期盼你哥哥还有一点良知,能够改邪归正。绝望什么呢?你唯一的亲人要杀你,你说你绝不绝望?悲哀?你是被自己亲哥杀死的,你不悲哀谁悲哀?这样你明白了吧?"

"明白明白。"化好妆、穿好戏服的肖嘉树连连点头,眼睛里却满是疑惑。他本来就没有一点表演功底,又哪里知道该怎么把如此复杂的情绪表现出来?

罗章维定定看他一眼,交代道:"你要是还不明白,就结合现实把自己带入戏。你想象一下季冕是你亲哥,他要杀你,你是什么心情?"

"那我肯定会崩溃。"肖嘉树干巴巴地笑。季冕和他亲哥完全是两类人,根本没有共同点，怎么联想？他顿了顿，又问："导演，我还有最后一个问题。毒瘾犯了是什么样子？你一直说骨头里面痒，恨不得把自己挠死，可我骨头从来没痒过啊。"

罗章维压了压心火，然后大吼："王导，找一段视频让他看，赶紧的！"

王副导演立刻找来一段真人视频让肖少爷观摩。肖嘉树捧着平板电脑认真观看，心里则暗暗松了口气——又能再拖延一段时间了。罗导那些话他短时间内根本没法理解，更遑论上去表演。不过毒瘾犯了是这种样子？满地打滚、哀号、哭求、撕扯头发、涕泗横流，简直辣眼睛啊！难怪凌峰要克制这种生理反应。

肖嘉树刚看完这段全程高能的视频便被罗章维推进一口大箱子里，然后让扮演保镖的两名演员把箱盖盖上，准备开拍。

剧本里有过描述，凌峰是被凌涛的死对头抓住，用以争夺新型毒品的代理权。凌峰被当成谈判的筹码，装进一口大箱子里带入会场，与此同时，他出卖集团利益的事也被各元老知晓，这些人准备借此来逼迫凌涛同意这次合作。而凌涛早就为弟弟准备了一个替罪羊，眼下正坐在办公室里，等着各方人马找上门。

肖嘉树被推进箱子里时已经傻了，整个人蜷缩起来，陷入了深深的恐惧。由于幼时的遭遇，他曾患上非常严重的幽闭恐惧症，经过好几年的治疗才有所好转。但谁也不知道，他依然害怕黑暗，害怕身体被狭窄的空间困住的窒息感。他一动不动地躺在箱底，脑子、喉咙、耳朵、眼睛，堵着一团又一团寒冰，呼出来的全是寒气，别说挣扎，连叫都叫不出来。

他吓蒙了！

而罗章维对此却一无所知，等演员各就各位才慢吞吞地喊了一声"Action"。两名扮演保镖的壮汉把大箱子抬入办公室，掀开箱盖，拽出肖嘉树，逼迫他与扮演替罪羊的演员跪在一起。凌涛、死对头、众元老围坐四周，准备就此展开谈判。

肖嘉树哪里还记得怎么演戏，整个人都是僵硬的，脸色白得像纸一样，过了好一会儿才感觉耳朵有了知觉，听见一道低沉的嗓音唤道："小峰？"他顺着声源看去，季冕的脸由模糊变得清晰，眼里溢满关切和心疼。

肖嘉树想回应一声"季哥"，喉头的寒冰却未化去，只能做一个口型，双膝微微往前一挪，想靠近自己唯一熟悉的人，又因为腿脚的麻木感而顿住。他这才回神，低头看看满是血污的衣服，又看看四周，末了才意识到自己是在演戏。

围观群众原以为他一出场就会NG，却没料他将一个饱受酷刑，并因此而陷入恐惧麻木的贵公子扮演得惟妙惟肖,不禁有些傻眼,连罗章维都轻轻"咦"了一声,脸上满是诧异。

意识到自己是在演戏,肖嘉树不敢乱动,但心底的恐惧感太强烈,一时半会儿还摆脱不了,肢体便有些僵硬,但这种僵硬的状态恰恰吻合凌峰遭受酷刑后的处境。

季冕所扮演的凌涛不敢表露出对弟弟的在意,喊了一声后便沉默下来。他把一支手枪摆放在茶几上,徐徐道:"方铭,道上的规矩你明白,自己看着办吧。"

作为替罪羊,方铭自然心有不满,拿起手枪对准自己的太阳穴,却在扣下扳机的一瞬间掉转枪头,冲凌涛射击。连扣几次扳机后,枪声并未响起,而凌涛也毫发未伤,因为弹夹里根本没有子弹,方铭的表情从狠戾变成了不敢置信,然后便是深深的恐惧。

季冕将抽了一半的雪茄烟吐在方铭的脸上,趁他闭眼躲避火星的一瞬间从袖子里滑出一把锋利的匕首,割断了他的喉管。恐惧的表情就这样凝固在了方铭的脸上。道具师藏在他脖子附近的机关处喷出许多鲜血,溅落在四周,也溅落在肖嘉树侧脸上。

季冕的镜片上也溅了几滴血液,他不得不取下来用手巾擦拭干净。全部梳理到脑后的发丝散乱了几根,微微垂落在鬓角,使他儒雅的脸庞平添了几分野性。他隐藏在眼镜之后的真实面貌终于在这一刻展露无遗。他的表情又冷又狠,瞳仁散发出凶残至极的光芒,像一头正在撕扯猎物的狼,身上没有一点人类的气息。

他完全不像是在演戏,而是活生生的凌涛从虚幻来到现实。他是东南亚最大的毒枭,心狠手辣,杀人如麻,但当他戴回眼镜看向肖嘉树时,所有的凶残瞬间退去,只剩溢于言表的关心与疼爱。

"小峰,过来。"他伸出手,语气竟有些小心翼翼。

肖嘉树打了一个激灵,忽然之间就明白了罗章维的意思。什么叫入戏,什么叫把季冕当成自己的亲哥哥?不,不是那样的,他现在和季冕的关系不是肖嘉树与肖定邦,也不是肖嘉树与凌涛,而是凌峰与凌涛,一对血脉相连的亲兄弟。

"哥?"他不由自主地唤了一声,脸上却满是迷茫,仿佛无法确定之前那个像狼一样凶狠的人是自己的亲哥哥。因为季冕的一个眼神,他入戏了。

季冕将他拉到沙发上,掏出手绢仔细给他擦脸。在场的几个人都被季冕狠辣的行为镇住了,一时之间不敢开口。两名保镖把尸体拖了下去,又有一人凑到季冕耳边低语:"大哥,他们给二少注射了毒品。"

季冕眸光狠狠一颤,握帕子的手背爆出条条青筋,下颌角以肉眼可见的速度紧绷起来,连腮边的肌肉都抖了抖,这样的演技已达到出神入化的程度。肖嘉树看得目不转睛,却在下一秒被季冕用力抱入怀中。季冕用一只大手压住他的后脑勺,迫使他把下颌磕放在自己肩头,另一只手勒紧他的腰,让他完全无法动弹。季冕垂眸,轻而易举便发现了隐藏在弟弟后颈的一个针眼。

肖嘉树不知道犯毒瘾是什么感觉,但他完全能够理解凌峰的心情。凌峰之所以要克制生理上的反应,不是怕丢人现眼,而是不想让哥哥更担心。他保留的不是自己的尊严,而是哥哥的尊严,哪怕他是一个杀人如麻的魔鬼。

吸毒非他所愿,恰恰相反,他比任何人都渴望摆脱毒品的控制。但他又明白,这种毒品是摆脱不掉的,就像肖嘉树永远也摆脱不掉对黑暗和箱子的恐惧。把这种恐惧感转换过来,那就是凌峰的心情。肖嘉树闭上眼睛,强迫自己陷入黑暗,然后把季冕的双手想象成禁锢自己的逼仄空间,埋藏在心底最深处的恐惧感便汹涌而来。

他开始不受控制地发抖、抽搐、脸白如纸,大颗大颗的泪水顺着脸颊滑落,鼻涕拉成丝,慢慢掉下来。他看上去狼狈极了,双手却始终握成拳头,僵硬地摆放在身体两侧,不敢去回抱哥哥,因为颤抖的指尖会暴露他的现状。

他上下牙齿互相碰撞,发出轻微的咯咯声,却努力控制住嗓音,平稳、缓慢而又满怀悲哀地开口:"哥,你说过,这辈子,永不入……黑道。你忘了,爸妈……是……怎么……死的吗?"不规则的断句中,偶尔有破碎的气音流泻。

季冕哑声道:"我没忘。但是小峰,你不明白,人的手一旦染黑了,永远都洗不白。"

话音刚落,肖嘉树就感觉自己的后背被戳了一下,那是凌涛将匕首捅入了自己的心脏。他立刻咬破藏在舌下的血袋,鲜血混合着眼泪和鼻涕,慢慢滑落在季冕的西装外套上。他的眼睛直勾勾地看向前方,却没有焦距,眼前仿佛出现了幼时的那一幕——他和哥哥躲藏在安全屋里,父母正遭受惨无人道的折磨,而哥哥自始至终都捂住他的眼睛,不准他看上哪怕一眼。他说:"别怕,哥哥在,哥哥会保护你。"

如今,他们长大了,但他直到此时才发现,他们一直被困在那个黑漆漆的屋子里,永远没有办法走出来。想到这里,他的眼眶终于干涸,再也没有眼泪滚落,也没有光芒放射,涣散的瞳仁里却久久残留着一抹悲哀。他死了。

镜头顺着他的后脑勺滑到后背,一只骨节泛白的手握住一把扎进他的心脏的匕首。

这一幕结束了。

现场安静得落针可闻,罗章维盯着显示屏,久久回不过神来。

在此之前,罗章维并不看好肖嘉树。这样一个不知人间疾苦的贵公子,能把凌峰跌宕起伏的短暂人生演绎出来吗?凌峰前期的开朗单纯、中期的痛苦挣扎、后期的悲哀绝望,每一段心路历程都是复杂无比又层层递进的,需要极其纯熟的演技和十分丰富的生活经验才能把控。

而罗章维原本以为,肖嘉树顶多演好前期的凌峰,中、后期绝对会出现很多问题。他已经做好了跟肖嘉树死磕,甚至必要时重新换人的准备,却没料肖嘉树竟然表现得这么……不行,这段视频还得再看看!这样想着,罗章维把视频倒回去检查第三遍。

黄子晋看看异常沉默的众人,又看看还被季冕抱在怀里,哭得眼泪鼻涕糊一脸的肖嘉树,憋在心里的一口气终于吐了出来:"我说过,小树很有天赋。"

施廷衡叼在嘴里的烟早已掉在地上,好半晌才道:"没想到我真的看走眼了。你确定他以前从来没学过表演?"

黄子晋似笑非笑地瞥他一眼,然后回到保姆车烧热水,等会儿小树回来还得洗脸。

施廷衡踩灭地上的烟蒂,感慨道:"现在的年轻人真可怕啊,我还没老呢,就感觉自己快要被拍死在沙滩上了。"

方坤心有同感地点头,而林乐洋则直勾勾地盯着拥抱中的两人,目光说不出的复杂。不明不白的,他心里竟恐慌起来。

肖嘉树还没从恐惧感里走出来。要不是为了演好这场戏,他绝不会把埋藏在心底最深处的记忆挖出来,那与挖他的心没有任何区别。他一边抽搐一边流泪,根本停不下来。

季冕将他抱在怀里,缓慢而又温柔地抚弄他的头,不断劝慰:"嘘,别怕,睁开眼看看,你只是在拍戏,没人能伤害你。"另一只手一点也不嫌脏地擦掉肖嘉树脸上的眼泪、鼻涕和假血。

被眼泪糊住眼睛的肖嘉树总算视野清明了,发现周围打着几盏聚光灯,一切都亮堂堂的，这才停止了抽泣。

"好点了吗？"感受到怀里的人安静下来，季冕问道。

肖嘉树第一眼看见的是季冕西装外套上的一摊可疑液体，第二眼看见的是目光炯炯的人群，脸颊瞬间爆红。我的天，我刚才在干什么？我竟然抱着季冕在大庭广众之下哭得稀里哗啦！

他立刻退出季冕的怀抱，撒丫子朝保姆车跑去，刚洗完脸就听罗章维拿着大喇叭喊道："肖嘉树死哪儿去了？来看看你刚才的表演！"

"来了来了！"肖嘉树立刻跑回来，并未发现大家看自己的眼神已经完全不同了。显示屏上正在播放刚才的画面，被打得遍体鳞伤的青年双膝跪地，表情惊恐，身体却偏偏麻木不堪，仿佛裹着一层寒冰，整个人都动不了。看见坐在面前的男人时，他嘴巴微微一张，却喊不出声，膝盖往前挪了半寸又僵住，随即露出迷茫之态。

这一段表演正是罗章维想要的，但更精彩的还在后面。青年被毒瘾控制后的生理反应和他最后那个光芒散尽的眼神堪称经典，将整部影片所要呈现的黑暗、压抑、痛苦、绝望，并最终走向灭亡的感觉刻画得淋漓尽致。

斯坦尼斯拉夫斯基曾经说过："如果没有使用心理技术，那么即使依靠灵感获得瞬间的本色演技，其余时间也会使得表演没有生气。"

罗章维不知道肖嘉树从哪里获得的灵感，但他进入办公室后所表现出来的迷茫和恐惧是真实的、精彩的、本色的，可如果只是这样，他绝对演不好后面的戏，因为这份恐惧应该属于凌峰，而不是肖嘉树。但只在一瞬间，他竟领会了表演的心理技术，并将自己由无意识状态导入有意识状态，这种转变发生得十分迅速且流畅自然，如此，便有了接下来的表演。

罗章维拍过不少戏，也见过不少演员，但这段毒瘾发作又极力克制的表演足以排入前三，台词也无可挑剔。

他默默把视频倒回去，试图找出一丁点不满意的地方，但没有，一切都很完美。

当罗章维准备在鸡蛋里挑骨头的时候，肖嘉树也在观摩季冕的演技。他被季冕的一个眼神带入了戏，但之后他把下颌磕在季冕肩头，只能看见一个后背，等于在拍独角戏，季冕究竟是什么表现他完全不清楚。

但现在，季冕的表演正以特写镜头的方式出现在屏幕上。他抱住凌峰后看见了那个针眼，瞳孔剧烈收缩一瞬，极端的愤怒与极端的疼惜在眼里反复交织，最终化为一片泪光，但这泪光也只出现一瞬便干涸了。当他举起匕首杀死凌峰时，一股浓黑如墨的情绪蒙住了他的眼睛，让他的瞳仁像两个黑洞，再没有一丝一毫的人性。

季冕只用一双眼睛就完美演绎出凌涛由理智陷入疯狂的全过程，而他的脸庞从始至终都像石头那样坚硬。镜头向下移动，开始拍摄他的手，但即便如此，他的演技依然能通过这只手体现得淋漓尽致。手背的青筋、泛白的骨节、微微颤抖的手腕，无一不在诉说此人的痛苦。

肖嘉树盯着显示屏，连眼珠子都忘了转动，好半晌才偏头去看季冕，心里"啊啊啊"地叫嚷开了。这是他头一次体会到原来演技是一种有形的、有神的、充满了生命力的东西。如果有人说它们是虚无缥缈的，看不见抓不着的，那是因为他们从未遇见过像季冕这样的演员。他把凌涛演活了，他的演技富有灵魂！

肖嘉树完全不在乎自己演得怎么样，几乎是如饥似渴地把季冕的表演看了一遍又一遍，心里的震撼难以言喻。

与此同时，季冕也在观摩肖嘉树的表演。起初，他的眸光很专注，但渐渐开始飘忽，紧接着耳根子有点发烫，手握成拳抵住嘴唇，轻轻咳了两声，似乎有些尴尬。他隔一会儿便看肖嘉树一眼，反复几次后见对方一无所觉，目光始终盯着屏幕上的自己，只得默默走开。

他在旁边站了几分钟，便听罗章维拊掌笑道："OK，这条过了！肖嘉树、季冕，你俩抓紧时间吃饭，等会儿继续拍弑亲的第一场第二镜。"

周围的人一哄而散，虽然面上都带着笑，心理活动却一个比一个复杂。开赌盘的那位演员不得不把赌金还回去，肖嘉树一次都没NG，输的是他们所有人。什么没用的、只知道抢占资源的、没有演技的富二代，这话谁说的？脸肿不肿？

肖嘉树对自己的大获全胜一无所知，他正沉浸在季冕神一般的演技里，见对方遥遥看过来，脸上还带着温柔的微笑，他脸颊一红，竟然转身跑了。他忽然发现，屏幕上的季冕与现实生活中的季冕完全不一样。一旦登上银屏，他的魅力就像一个黑洞，能吸引所有人的目光。

季冕被肖少爷羞涩的举动弄得微微一愣，末了摇头失笑。

方坤拿来盒饭让季冕去保姆车上吃。林乐洋下午没戏，正躺在后排假寐，听见开门声连忙爬起来："季哥，饭菜是不是冷了？要不我去外面帮你买？"

"不用，待会儿还得接着拍戏，没时间。"季冕叮嘱道，"你不用管我，继续睡。"

"我睡不着。你的外套脏了，换一件干净的吧？反正西装外套都一个样式，观众看不出来。"看见季冕后背上的湿痕，林乐洋的眸光暗了暗。

"不用换，第二镜接着第一镜的剧情拍，凌涛的衣服上若是没有泪痕，不等于穿帮了吗？如果开拍的时候泪痕干了，我还得把它弄湿。这些拍戏的小细节你以后也得注意，不管导演和剧务有没有提醒，你自己都要记在心里。"季冕拿起筷子却迟迟没开动，沉默片刻后喟叹道，"方坤，我记得邓老曾经说过这样一句话：'一流的演员可以从最难堪、最悲伤，甚至最恐惧的人生经历中去挖掘表演的艺术。'肖嘉树将来一定能成为一流的演员。"

方坤在一旁听见后，不由感慨道："我总算认同了一句话，作为一门艺术，表演更看重天赋而不是勤奋。有的人生来就会演戏，有的人奋斗一辈子，水平只在中游，这就是命啊！"

林乐洋眸光微闪，不禁忖道：那我属于哪种类型？有天赋还是没天赋？为什么有的人生来就拥有一切，有的人却一无所有，只能靠自己打拼？不，这句话肯定是错的，只要勤奋刻苦，所有的梦想都会实现的。

季冕偏头看他："乐洋，你既有天赋，人又勤奋，将来一定能获得成功。"

林乐洋精神一振，连忙道谢。

10

迷弟

季冕吃完饭后拿起一瓶矿泉水小口小口地喝,喝完便躺在前座上,眉头深锁,双眼紧闭,不知在想些什么。

林乐洋有心找他说话,刚开口就被方坤打断:"不要吵他,他在心里排演接下来要拍的几场戏,这是他的习惯。"

话说回来,方坤已经很久没见过季冕这副模样了。最初入行的时候,季冕总会认真对待每一场戏,开拍之前必定会反复思考并酝酿情绪,然后以最饱满的精神状态投入进去。正是靠着这份认真和执着,他的演技才会提升到今天这种程度。

但也正是因为他提升得太快,爬得太高,近几年来,他对演戏早已失去兴趣,再也没有以前那种全情投入的热切,一场戏能不功不过地拍下来就好。他在原地踏步,而且完全没有继续前行的动力,所以才会转到幕后。

方坤对他的现状感到焦虑和痛心,却没料到他再次认真起来,竟会是因为一个新人。肖嘉树的天赋有那么可怕吗?可怕到连季冕都受了刺激?

林乐洋只给季冕当了几个月的助理,之后便进入大学读书,并不知道他还有这个习惯,于是安静下来。休息二十多分钟后,车外传来罗章维的喊声:"开拍了,开拍了,大家各就各位!"

季冕立刻睁开眼睛,放下袖子,穿上西装,大步朝片场走去,其间不看任何人也不说一句话,表情十分严肃。林乐洋被这样的季冕吓住了,愣了好半晌才追上去,身后依稀传来方坤的嘀咕:"果然受了肖嘉树的刺激,搞这么大阵仗。"

受了肖嘉树的刺激?这话怎么说?林乐洋想到了一个可能,脸色微微发黑。

肖嘉树吃完饭重新化了一个妆,站在罗章维身边等待开拍。接下来他的戏份很少，只要扮一扮尸体就好，大部分时间都没事干。若在以往，他早就搬来一张懒人椅，躲到哪个安静的角落打游戏去了，现在他却目光炯炯，跃跃欲试。

看见季冕走过来让化妆师弄湿他的西装外套，肖嘉树的视线立刻黏上去，季冕走到哪儿他的脑袋就转到哪儿，像一只锁定目标的小狼狗。

季冕飞快瞟他一眼，目光有些复杂。当导演喊了一声开机后，他脸上的柔和迅速退去，变为冷酷。

下面的戏份讲的是凌涛的死对头屠彪并不知道凌峰被注射了新型毒品，他也是受人陷害，成了别人报复凌涛的一把刀，否则也不会大摇大摆地跑到凌氏集团来谈判。但凌涛并不管这些，无论如何，弟弟是在屠彪手里出的事，他就要屠彪付出代价，于是在地下停车场杀死了屠彪。

场记打了板，演员们开始表演。之前试图用凌峰背叛集团这件事作为筹码威胁凌涛代理新型毒品的一众元老不敢再说话，陆续告辞。当他们的车子开走后，屠彪才骂骂咧咧地从电梯里出来。

"凌涛简直就是个疯子，连自己的亲弟弟都杀！走走走，赶紧走！"他知道自己要倒大霉，却已经晚了，刚走出电梯，一群黑衣人就拿着机枪对准他们扫射，所有保镖均被打死，唯独留下他毫发未伤。

季冕从阴影里走出来，慢慢解开领带，表情看似平淡，眼底却透着疯狂。屠彪吓尿了，扑通一声跪下，又是磕头又是求饶，眼泪鼻涕糊了一脸，模样比犯了毒瘾的凌峰还狼狈。

看到这里，肖嘉树不禁目瞪口呆。我的天！这个剧组简直是藏龙卧虎啊！连一个不起眼的小配角都有这种演技！他碰了碰身边的黄子晋，悄悄比画一下大拇指。

黄子晋用手机打了一行字：这位是付明磊老师，专业反派，在业内有"金牌配角"之称。不光他，之前扮演元老的几位也都是演技一流的老戏骨，你以后多跟他们学学。

肖嘉树拿出手机回道：我似乎明白什么叫作演技了。演什么像什么不叫演技，演什么是什么才叫演技。

黄子晋笑眯眯地揉了揉小树苗的脑袋。

肖嘉树还想说说自己的感受，却在看见季冕的表演后完全失去了反应能力。只见季冕绕到屠彪身后，用领带死死勒住对方脖颈，牙齿用力咬合，以至于下颌角突出两块肌肉，显得他面目狰狞，状如恶鬼。屠彪剧烈挣扎起来，他也不断施加力道，额头、脖子、手背暴出许多青筋，像是某种濒临变异快要发狂的野兽。屠彪的挣扎越来越无力，不断踢蹬的双腿终于瘫软，在地上留下许多凌乱的划痕。

季冕这才松开领带站起来。

"Cut！"罗章维干脆利落地喊道，"这条过了。情绪很到位，保持住！道具师在哪儿，上血包，趁季冕还没出戏赶紧拍下一条。"

道具师答应一声，然后抬了一个人偶上来，外面套着屠彪的衣服，胸腹等处藏着许多血包。扮演屠彪的付明磊老师连忙爬起来，看了看自己暗中抵住领带的几根指头，感叹道："季冕，你刚才是动真格的啊？你看看我这手，都快被你勒断了。"

"抱歉付哥，拍完请您喝酒。"季冕揉了揉太阳穴，表情有些复杂。刚才那场戏他太认真了，但感觉似乎不错。

"那还差不多。你快别说话了，免得情绪跑掉。"付明磊打趣几句也就算了，哪里会真的与他计较。

肖嘉树目光炯炯地盯着季冕，心脏狂跳。我的天，刚才吓死个人了！比来比去还是季冕的演技最厉害，足以吊打这些老戏骨。他才三十出头啊！怎么能这么优秀？

季冕似有所感，飞快看他一眼，然后走远了一些。

人偶准备好之后，罗章维再次喊"Action"。季冕就顺着上一镜的剧情，站起来猛踹已经被勒死的屠彪的尸体。一群黑衣大汉站在他周围，纷纷低下头不敢乱看。他的脸庞很平静，找不出半点愤怒或悲伤的情绪，一脚接一脚，仿佛只是在重复一个简单的动作，但仔细看就会发现，他的瞳仁早已被黑暗占据，再也没有一丝一毫的人性可言。因为这个人已经死了，伴随着弟弟早已冷掉的尸体死透了。

藏在人偶衣服里的血袋被踢破，流出许多鲜血，洒在地上，也溅洒在季冕的鼻梁和额头，令他俊美无俦又冷酷至极的脸庞显得邪戾无比。

站在一旁观望的工作人员噤若寒蝉，而付明磊则摸摸自己的脖颈儿，感觉皮肤有点发凉。这哪里是在演戏？这是实打实地虐尸啊！季冕的演技似乎更厉害了，放眼娱乐圈，还有谁能与他相比？

施廷衡定定看了好一会儿,然后无奈叹息。季冕不愧是季冕,这场戏里表达出的疯狂和绝望能把观众吓哭。他身上散发的恨意几乎能透屏而出。

肖嘉树悄悄往黄子晋身边靠了靠,并搂住他一条胳膊,却被罗章维石破天惊的"Cut"声吓得差点跳起来。罗导,说话之前能不能先打个招呼?快吓死了啊!

罗章维:"好,这条过了!季冕,你回来了你知道吗?"

这句话旁人听不懂,季冕和方坤却一清二楚。什么回来了?曾经那个把表演当作生命去看待的季冕回来了。他巅峰状态下的演技莫过于此。

"入戏了而已。"季冕淡淡摆手。

"保持住啊!千万保持住!肖嘉树,赶紧把你的脸弄脏,下一条准备!"罗章维风风火火地喊道。

工作人员立刻调整几台摄像机的位置。化妆师把假眼泪、假鼻涕和假血涂抹在肖嘉树脸上,打趣道:"你看看你,哭就哭,干吗要流鼻涕?弄得我们还得给你调制假鼻涕。你恶不恶心?"

"自己流的鼻涕不恶心。"肖嘉树摆摆手。等妆容化好之后他便走到季冕身边,不好意思地说道:"季哥,我有点重,你没问题吧?"以前不觉得如何,但现在,他一靠近季冕就耳根发烫、脸颊发烧。季冕让他好好演戏他不听,还自诩演技一流,真是太不要脸了!与季冕的演技一比,他之前那些本色出演算什么?根本连一丝一毫的技术含量都没有!

被季冕带入戏之后,自己面对他总有种局促感,隐隐还有些激动。美轩姐说得对,与季冕同台飙戏果然是求也求不来的机会,他太厉害了!

季冕定定看他一眼,眸光有些闪烁,好半响才道:"我没问题。"

肖嘉树揉了揉通红的耳根,这才去了。扮演保镖的壮汉将他抱起来,默默走到一边。

扮演尸体只要闭上眼睛就可以,似乎没什么难度,但肖嘉树刚体验到拍戏的乐趣,又哪里会松懈?他想:就算是扮演尸体,我也必须拿出百分百的演技,不能呼吸过重导致胸膛起伏,也不能胡思乱想导致眼珠子乱颤。万一我没演好,不得连累季哥出戏?不行不行,一定不能拖他后腿,他可是神坛上的男人!

徐徐朝人偶走去的季冕脚下一个趔趄,差点摔倒。他捂住脸低声叹息,然后莫名其妙地笑起来。

罗章维顿时急了,连忙喊道:"季冕,快别笑了,保持住情绪!弑亲这场戏眼看就要无 NG 收尾了,你们再努把力!"

季冕走远了一些,等笑意收住才在浑身染血的人偶旁站定,冲罗章维打了一个 OK 的手势。

"Action!"罗章维一声令下,几台摄像机同时开始运作。

季冕原本梳理得一丝不苟的头发已经全乱了,脸上沾满血点,目光也森冷无比。之前他总爱戴着一副金丝眼镜,外表看上去儒雅又俊逸,现在的他则煞气冲天,状若癫狂。一众保镖被他的气势镇住,连头都不敢抬。

他扔掉领带,又抹了抹头发,这才拿出手机,语气平静地开口:"来给屠彪收尸,这次的大买卖我分你三成。"

接电话的正是屠彪的得力属下,也是一名野心家,他立马就赶过来给凌涛善后。有了凌涛的支持,他既能接手屠彪的位子,又能获得巨额利益,何乐而不为?

季冕挂断电话后朝抱着凌峰尸体的保镖走去,正想把人接过来,看见凌峰脸上的污迹,连忙拿出手绢去擦。他的动作十分温柔也十分小心,但泪痕和血迹早已凝结成块,怎么擦都擦不干净。他愣住了,许久之后才把帕子折叠整齐放回西装内袋,然后抱着凌峰的尸体慢慢往前走。

地下停车场里光线十分昏暗,四周笼罩在阴影中,唯有出口的位置亮着一盏灯。季冕就迎着这盏灯,一步一步前行,沉重而又缓慢的脚步声在空旷静谧的地下停车场里回荡,哒、哒、哒……

镜头慢慢拉远,他抱着凌峰尸体的身影也在长长的通道里消失不见,弑亲这场戏彻底结束了。

"Cut!"罗章维激动地站起来,"这条过了!"

扮演保镖的壮汉们齐齐松了一口气,肖嘉树却半点反应都没有。他眉目安详,表情宁静,甚至连眼皮子都没乱颤,像真死了一样。还未开拍,他就反复催眠自己,结果成功让自己睡了过去……

季冕怕吵醒他,只好把人抱到黄子晋身边,低声说道:"给他搬一张懒人椅过来,他睡着了。"

黄子晋嘴角微微一抽,但见小树苗睡得实在是香甜,又不忍心吵醒他,只好去搬椅子。

围观的工作人员纷纷忍笑,心里却不得不对肖少爷表示敬佩。扮演死尸的时候能把自己整睡过去,这心理素质得多好?他完全进入了死尸的状态——没有状态。

罗章维抡起大喇叭,似乎想抽肖少爷,却只是高高抬起轻轻落下,脸上露出哭笑不得的表情:"让他睡,别吵他。你过来看看视频。"他刻意放低了音量,语气中饱含对优秀后辈的宽容与欣赏。

最后这一镜依旧没得说,季冕的演技镇住全场,尤其是他抱着凌峰的尸体走向那盏微弱灯光时,竟无端令人心酸。他一句台词也没有,只是简单地行走,却把一个穷途末路的暴徒演绎得淋漓尽致。

罗章维把今天拍摄的几个镜头按照顺序播放一遍,颔首道:"不错,拍出了我要的效果。今天提前收工,大家收拾收拾回家去吧。黄子晋,这是小树的红包,你待会儿别忘了拿给他。他今天的表现让我惊叹,是一棵好苗子,你和黄美轩要好好栽培啊!"

"谢谢罗导,他现在在您手里,要栽培也是您栽培。"黄子晋接过红包真诚道谢。罗导对小树苗态度的转变他已经看出来了,之前一口一个"肖嘉树"地叫着,语气十分不耐,现在却改为"小树",一言一行都透着几分亲昵,可见起了爱才之心。如此,小树苗总算是在《使徒》剧组立住了,他也不负薛姐所托。

"我肯定要栽培他的。"罗章维指了指睡得香甜的青年,正色道,"只要他自己不松懈,将来绝对能成为国内顶尖的演员之一。"

"罗导您谬赞了。"黄子晋心里乐开了花,面上却谦虚摆手。当他们交谈时,季冕已走到肖嘉树身边,默默看着他。刚设定自己是一具尸体,下一秒就陷入深度睡眠并摒除一切心理活动,这样的天赋的确可怕。

方坤走过来想叫他,却被他抬手阻止,只得比画着让他上车。二人路过林乐洋时季冕故作客气地问道:"一起走吗?"

林乐洋灰暗的眼眸微微一亮,本想答应,但看见周围还有很多工作人员,只得摇头。

季冕递给他一个稍后再约的眼神,这才上车走了。在几名副导演身边溜须拍马的陈鹏新跑过来,责备道:"你怎么不跟季总一块儿回去?路上一个多小时的车程,够你们说很多话了。他是你的老板,你得跟他处好关系懂不懂?"

"我懂,但是太上赶着了给人感觉不好。"林乐洋朝自己的保姆车走去。

陈鹏新跟着他一路碎碎念，关上车门后才正色道："肖嘉树跟咱们一个公司，又是同时期出道，拍的第一部戏还撞上了，简直像冤家对头一样。我有预感，以后别人少不了拿他跟你比较，你必须想办法盖过他的风头，否则得被他压一辈子。"

"被他压一辈子，有那么严重吗？我俩根本不搭界，不去管他就好。"林乐洋状似轻松地笑了笑。

陈鹏新急了，压低嗓音说道："是你想得太简单了。你俩一个公司，一个时期出道，都以拍电影为主，粉丝不拿你俩比较拿谁比？远的不说，就说这部电影，你们一个扮演初入社会的贵公子，一个扮演初入职场的小警察，角色设定本来就有类似的地方，放映之后肯定会有观众注意到。你要是能在演技方面碾压他，或者与他旗鼓相当也就算了，你要是被他的演技吊打，你自己想想丢不丢人？一出道就败了，以后还能好？"

林乐洋的笑容勉强起来："你是说我的演技不如他？"

"没，怎么会！"陈鹏新赶紧摆手，"你的演技也很好，但是不能松懈，一松懈就糟糕了。那个肖嘉树还是有两把刷子的。我告诉你，罗章维这回聘请的演员都是娱乐圈里以演技著称的老戏骨，他想玩一票大的，既要卖座还得拿奖，你要是表现得稍微逊色一点，一定会被他们秒杀得连渣都不剩。前段时间播放完毕的《孽海》你看了吧？里面那个女一号是个流量小花，人气高得离谱，就因为给她配戏的全是老戏骨，《孽海》刚播完她的粉丝数就掉了几十万，只因她的演技被那些老戏骨衬得不能看。而你的情况比她更坏，单你一个也就算了，表现差点还能用刚出道这个借口来搪塞，但如果有了肖嘉树的对比，你说你尴不尴尬？"

林乐洋拿出手机看了看，"邬倩倩演技被一众老戏骨秒杀"的新闻依然占据热搜榜第一位，不禁觉得压力倍增。肖嘉树今天的表现确实给他敲响了警钟，但更令他无法释怀的是季哥的反应。季哥似乎很欣赏肖嘉树，甚至被他激起了斗志。

能让日渐淡漠的季哥重新变得热切并专注，没人比林乐洋更明白这有多难。

"鹏新，就算你不说我也不会松懈的。"他表情凝重地关掉手机。

肖嘉树一路睡回了家，醒来后发现自己躺在沙发上，母亲薛淼正坐在一旁喝茶。

"醒啦？今天感觉如何？拍戏辛不辛苦？"薛淼放下茶杯，状似不经意地问道。儿子表现如何，她早已从黄子晋那里得知，但并不妨碍她听儿子再说一遍。别人眼里看见的东西，并不会比儿子亲身感受到的更深刻。

肖嘉树连忙爬起来，兴致勃勃地说道："妈妈，你不知道，我今天入戏了，我终于明白把自己代入角色是什么样的体验。演戏真的很有意思，它甚至能把你生命中原本很沉重、很可怕的东西转化为一种艺术，并且变得生动有趣。妈妈，我决定了，我要当演员，我喜欢拍戏。"

"你的幽闭恐惧症根本没治好是吗？"薛淼忧心道。

"要是不把我锁进箱子里，我就不会害怕。"肖嘉树避重就轻道，"我被罗导推进箱子里的时候的确很恐惧，但是我看见了季冕扮演的凌涛，然后意识到我在拍戏，那种恐惧感就自然而然地转移到凌峰身上，而我正是凌峰，我得用他的身体去说话、去行动。一旦我出戏了，恐惧感也随之消失。这就是表演最奇妙的地方，它使人忘我！"

薛淼看着眼睛发亮的儿子，不知该笑还是该哭。儿子一定不知道，他现在所说的这番话，正是体验派大师斯坦尼斯拉夫斯基最为推崇的一种表演方式，即"从自我出发并最终达到忘我"。但这只是他第一次拍戏啊！他还那么年轻，心性未定，如果入戏太深，会不会终有一天走不出来？

生了一个天才儿子真是甜蜜的苦恼！

11 审美

这天晚上，肖嘉树照例被肖启杰骂了一顿，说他整天就知道在外面玩，不务正业，无所事事……但肖嘉树一点也不像往常那般觉得伤心委屈，反而很平和，因为他找到了愿意为之奋斗终生的事业，将来的每一天他都会过得很充实。

他十岁便被送出国，很少关注国内的新闻，更没看过几部国产电影，对季冕、施廷衡等大咖的了解仅限于听过，从不关注。但现在，他决定把季冕参演的所有电影都看一遍，好好了解一下这个人。

打开电脑没多久他就陷了进去，直到凌晨四点才草草睡了一觉。第二天七点他起床，八点赶到片场，拿着一个小本本跟在罗章维身后转悠。

"你跟着我干吗？"罗章维哭笑不得地回过头。

"我想跟您学戏。"肖嘉树认真答道。

"哟，你小子开窍了？不玩游戏了？"罗章维很意外，但更多的是高兴。

"拍戏比较有趣，我喜欢拍戏。"肖嘉树晃了晃小本子，上面写满了罗章维不经意间说出口的话，譬如"演员以自身为创作的手段与工具""没有丰富想象力的人做不了演员"等，闹得罗章维挺不好意思的。

他咳了咳，正色道："你小子别整这些虚头巴脑的东西，在片场，最好的老师就是实践，你多拍几部电影比记录我说话有用得多。你要是真有时间，就找个安静的地方看看剧本，背背台词，把自己的角色研究透，理论上的东西闲暇之余再学。你们公司有开设演技班，黄子晋就是老师，你去报个名，上几堂理论课，知道演戏是怎么一回事也就差不多了。真正的演技得从生活中去学，平时多看点书，多去外面走一走，丰富自己的生活经历。"

肖嘉树边听边点头，怕自己忘了还在本子上写道：下午去公司报名参加演技班，买几本理论书。

罗章维笑看他一眼，摆手道："体会到表演的魅力了吧？去去去，一边儿研究剧本去，别跟着我转，待会儿我给演员说戏的时候你再过来听，从别人那里吸取一点经验。"

"好嘞罗导。"肖嘉树乖乖走到一边，拿起剧本苦读。

九点多，黄子晋匆忙赶到片场，把肖少爷拉到无人的角落询问："今天怎么不等我？早餐吃了没有？这是后天你要拍的戏份，我帮你分析好了，你先看看，有不懂的地方再问。"

肖嘉树盯着资料，脸颊慢慢涨红："子晋哥，我想跟你说个事。"

"什么事？"

"你以后不用给我当助理了，回去上课吧。我想试着自己去研究台词该怎么说，角色该怎么演。我想塑造属于肖嘉树的凌峰，而不是黄子晋的凌峰。子晋哥，我以前很怕黑，更怕被锁在箱子里，昨天我以为自己会崩溃，但是没有，当我脱离凌峰这个角色的时候，我也脱离了恐惧。表演让我获得了一种强大的力量，那力量源于现实，又超越现实……"肖嘉树绞尽脑汁想了半天，这才拍着脑门说道，"我不知道该怎么形容，总之谢谢你这段时间的照顾，以后我会自己学着去表演，谢谢子晋哥！"

他边说边鞠躬，感激之情溢于言表。

黄子晋定定看他，忽然笑起来："不用谢。那我就在电影院里等着《使徒》的首映式了。加油，小树苗。"他目送肖嘉树走远，然后把精心准备的资料扔进垃圾箱，嘴角挂着一抹既无奈又欣慰的笑容，刚转身就见季冕站在不远处，表情有些复杂。

"季哥，来这么早？"他率先打招呼。

"被解雇了？"季冕略一颔首。

"是啊，"黄子晋不以为意地耸耸肩，"虽然被解雇了，但不知道为什么，心里觉得很高兴。"

"或许是因为看见他就会想起年轻时候的自己。"季冕下意识地接了一句。

但黄子晋并未听清，追问道："什么？"

"没什么。我还要拍戏，先走了。"季冕摆手离开，来到片场后不由自主地环顾四周，发现肖嘉树正坐在休息棚里看剧本，这才朝罗章维走去。

他今天的戏份不多，前面还有苗穆青和施廷衡的两场对手戏，至少得等到十一点才能开拍。施廷衡似乎被他激起了斗志,态度特别认真,抓住苗穆青反复对戏,有衔接不顺畅的地方便去询问罗章维的意见,三人讨论得热火朝天。

季冕同他们打了招呼,走到休息棚吃早饭。

肖嘉树已经放下剧本,正戴着耳机看季冕主演的一部电影,发现正主来了,噌地一下站起来,道:"季哥早上好!"

"坐下吧,别紧张。"季冕嗓音里带着笑。

肖嘉树正想问他吃早饭了没有,没吃便等会儿,自己已经让生活助理去买御膳轩的早餐了,再过十分钟就能送到。没错,他今天之所以来得这么早,一是为了学习,二是为了跟季冕套套近乎,拉拉关系。身为新出炉的迷弟,他怎么能放过与偶像交流的机会?

但不等他开口,陈鹏新推搡着表情腼腆的林乐洋走了过来,谄笑道:"季总,我们早餐买多了,您要不要跟我们一块儿吃?包子、饺子、馒头、花卷,什么都有。"

季冕微不可察地瞟了肖嘉树一眼,颔首道:"那就多谢了。"

"不用谢。您要是不嫌我碍事,以后我专门给您送早餐过来。"陈鹏新是个会来事儿的,脸皮也厚,二话不说就往季冕身上贴。

林乐洋臊得要死,好半天才抬起头,低低喊了一声"季哥"。

"都是一个公司的,别那么生疏,坐下吃吧。"季冕不忘招呼肖嘉树,"你吃早饭了吗?要不要来一点?"

肖嘉树好好的计划被打乱,心里别提多郁闷,扫了食品袋一眼,摇头道:"这是在片场外面买的早餐吧,面点怎么发黄了?季哥,外面的餐馆都不干净,要不……"

他话没说完,停好车的方坤走过来,嘲讽道:"片场几百个工作人员,天天都在外面买早餐也没见出什么事。正宗的面粉本来就是黄的,雪白的面粉都经过二次加工,没有老面健康。你们这些公子哥就是事多,一点苦都吃不了。季哥有一回去甘肃拍戏,连续半个多月没水洗澡,要换成是你,你不得发疯?"

他拿起一个肉包子塞进嘴里,含糊道:"好吃,我就爱这家的香菇肉包!"

陈鹏新大为舒坦,谄笑道:"坤哥,您爱吃就多吃点。"

林乐洋偷偷瞟了季冕一眼,不知道自己该不该主动把对方最爱吃的千层饼递过去。

拍戏要吃很多苦,这一点肖嘉树自然明白,见方坤当着季冕的面怀疑自己的职业素养，他立刻拿起一个发黄的馒头吃起来。接近偶像的第一步，看他演的电影，第二步，吃他爱吃的东西。嗯，这样季哥总不会觉得自己矫情事多了吧。

他也不解释自己刚才无意冒犯，只是想请季哥吃早餐而已，低下头给生活助理发了一条微信，让助理把豪华早餐送给罗导和施廷衡几人。解释多了人家不但不领情，还以为你炫富，又何必呢？

季冕瞥他一眼，温声道："别发微信了，吃吧。"

"好嘞，谢谢季哥。"肖嘉树嘴里啃着老面馒头，心里却乐陶陶的。

方坤忍不住怼他一句："早餐是小陈买的，你谢季哥干吗？"

"谢谢你啊小陈。"肖嘉树也不生气，自然而然便转过头向陈鹏新道谢，表情依然乐陶陶的，末了低下头看电影，想着等人散了再与季哥搭讪。

陈鹏新心里嫌弃他，面上却笑得很客气。林乐洋瞥一眼他的手机，惊诧道："你在看《乱世流离》？"像肖嘉树这样的怎么会看文艺片？他看得懂吗？

"是啊，季哥第一次获得影帝就是凭借这部电影，可好看了！"肖嘉树晃了晃手机，脸上全是炫耀，仿佛季冕的成功也是他的成功，完全忘了正主就在对面。

林乐洋颔首赞同，心里却满是不屑：又一个借电影话题来巴结季哥的新人。他打死也不相信肖嘉树这种从小在国外长大的香蕉人能看懂民国时期的文艺片。那些家族兴衰、国家败亡、乱世流离，他真能理解？真能入眼甚至入心？

与林乐洋想法一致的人还有方坤。他似笑非笑地道："那你说说这部电影哪个镜头拍得最好？"

肖嘉树一时之间说不清楚，干脆把影片倒回去，让方坤自己看："我觉得这个镜头最好——孔荀的两个儿子都战死了，他收到噩耗的第二天照常起来喂鸡喂鸭、打扫屋子，扫到儿子空荡荡的房间时，他站在窗户边发愣，太阳照在脸上，眼里却全是浑浊与空寂。这一幕我特别喜欢！"但他不好意思说的是，每次重放这一段，他就会哭一次，心里酸涩得厉害，却偏偏说不清道不明。

这部电影方坤看过不下三次，却没有一次注意到这个镜头，不免呵呵笑起来。新人就是新人，什么都不懂还喜欢装。

林乐洋虽没有方坤表现得那么明显，心里却对肖嘉树的眼光表示怀疑。这个镜头在电影里一晃而过，莫说季哥，连导演都从未提及，可见它不过是一种情绪的渲染而已，没什么特别的。想到这里，他徐徐开口："我最欣赏孔荀的妻子被日本人打死时他抱着尸体号啕大哭的片段。这一段把季哥对角色的掌控力和感染力表现得淋漓尽致,我看一遍哭一遍。"

说完他满怀期待地看向季冕,却发现季冕正直勾勾地盯着肖嘉树,眼里闪烁着亮光。

林乐洋正想说些什么来拉回季冕的注意力,就听方坤赞同道:"我也最喜欢这一幕。而且季哥之所以能拿到华表奖,凭借的也是这一幕的精彩演出。当时的几位评委把这段视频反复看了很多次,并最终将之定义为年度最佳演绎。电影正式放映的时候,每到这一幕,台下的观众就哭得稀里哗啦,连大男人也不例外。"

陈鹏新立即附和:"没错,当年我去看这部电影的时候是红着眼眶出来的。我本以为会丢人,没想到大家都一样,那场面现在想起来还有点好笑。"

肖嘉树环顾四周,见大家都这么说,也就没再争辩。管他什么华表奖最佳镜头、最权威评委,他认定打扫空屋那一幕才是最打动人心的就行,不需要别人的认同。既然话不投机,他便不想再待下去,吃掉一个馒头,与季冕打了一声招呼,就躲到旁边的休息棚看剧本去了。

方坤摇头道:"这位少爷才演多久戏,就以为自己是专业影评人,敢在季哥面前评论他的电影,也是勇气可嘉。这个马屁拍到了马腿上,我给他打一分。"

陈鹏新连连点头:"是啊,要真想伪装季总的影迷,好歹把功课做全,别张口就来。我们乐洋才是真的崇拜季总,微博里全是季总的消息和照片。这部《乱世流离》他看了得有十几遍,所有台词都会背了。"

林乐洋连忙去瞪发小,表情十分窘迫。他的确爱看这部电影,但也没有十几遍那么夸张,陈鹏新这才是胡乱拍马屁呢!整一个大写的尴尬!

季冕把最后一口馒头吃完,徐徐道:"大众的审美往往与艺术家的审美相悖,这似乎是一条定律。为了拍好那场哭戏,我准备了两小时,但为了拍好打扫空屋那场戏,我准备了足足一个月。拍哭戏我是一镜就过,拍打扫空屋的戏,万学东导演cut了我二十六次,我们一直讨论到半夜一点多钟才互相告辞,第二天继续拍,又cut了十几条才算是过了。"

他掏出纸巾擦了擦嘴,起身朝肖嘉树走去。

方坤过了好一会儿才反应过来,惊愕道:"他这话是什么意思?"

林乐洋心里乱成一团麻。什么意思还不明白?能让季哥耗费一个月时间去准备的戏自然是重头戏，而万学东导演卡了他那么多次，也足以证明这幕戏在整部电影中的地位……

当他胡思乱想时，季冕已走到肖嘉树身边，张口道："你大概并不清楚，打扫空屋那出戏才是万学东导演原定的《乱世流离》的大结局。"

听见这话的林乐洋脸色白了白，胸口竟有些透不过气。枉费他认识季哥好几年，却连他最喜爱的一部电影都无法理解。不理解也就算了，他偏偏还拿自己的无知去抨击肖嘉树的审美，这不是上赶着给人当垫脚石吗？

以季哥的脾气，他当然不会计较这个，但林乐洋还是觉得很丢脸。因为他看出了肖嘉树的潜力，也看出了自己与对方的差距。他其实算不上什么新人，这些年时时刻刻都在研究电影，为出道做准备，跟在季哥身边也学到了很多东西，按理来说应该比肖嘉树这种学金融专业的强出百倍。

但现在，他忽然发现，肖嘉树无论是在天赋还是审美方面，都比自己厉害得多。他能瞬间理解并演绎一个角色，也能领会导演隐藏在电影中的所要表达的思想和艺术语言。这都是一个顶尖演员必须具备的素养。

与之相反，自己并不具备这些素养，未来会不会被肖嘉树碾压？有他在旁，自己会不会显得越来越平庸？林乐洋不敢深究，明明很想，却又不能在众目睽睽之下打断两人的谈话。

季冕回头看了林乐洋一眼，眉头微蹙。

肖嘉树被季冕这句话弄蒙了，过了好一会儿才恍然道："难怪我总觉得后面那些戏份很多余！万导演为什么要改结局？孔苟经历了那么多大起大落，最后妻子、儿子全走了，只留下一片心酸难抑的空寂，这种感觉才是最抓人心的。"

季冕被这番话吸引，不再看林乐洋，转头道："孔苟的两个儿子立场敌对，还在战争爆发时互相厮杀，最终都死了，这个剧情有些不合适，所以万导不得不删掉了很多戏份，又补拍了一个结局。为了拍好打扫空屋这一幕，我准备了一个多月，还 NG 了四十多条，也算是史无前例。"

肖嘉树愣了愣，然后迟疑道："季哥，你的意思是……你也最喜欢这幕戏？"

"没错。"季冕颔首。身为一名演员，对艺术拥有精准而又独特的审美是一种极其难得的天赋，而他绝不会眼睁睁地看着肖嘉树的天赋被所谓的大众审美扼杀掉。说一句不中听的话，艺术这条路从来都是小众的，不是大众的。

由于临时更改结局，使这部电影狗尾续貂，硬生生被毁掉了艺术性，万导郁恨难平，之后的很长一段时间都没再执导过任何影片，也不在媒体面前谈论此事，所以外界并不知道《乱世流离》背后还有这样的故事。

肖嘉树抿着嘴唇笑起来。他并不因为自己的眼光胜过方坤等人而沾沾自喜，只是觉得季哥认真演绎的角色自己看懂了、理解了，与他的关系仿佛拉近很多，心情也跟着飞扬起来。

他摸摸鼻子，又翻翻剧本，兴奋道："季哥，我有一个问题想问你。凌涛为什么要杀掉凌峰？他应该很爱这个弟弟才是。"

"正因为爱，所以才会杀掉他。你看过剧本就应该知道，凌涛和凌峰的父母被人折磨而死，凌涛紧紧捂住了凌峰的眼睛，所以凌峰并没有看见这一幕，长大后才能保有阳光和正直。但凌涛从头看到尾，血腥和杀戮留给他很深的心理阴影，他的性格在那一刻已经扭曲了，所以他绝不会看着凌峰活受罪。他杀死凌峰也是一种爱，只不过这种爱很疯狂，很决绝。"

肖嘉树恍然大悟，感慨道："季哥，当演员真不容易，还得学好心理学。"他边说边在小本本上写道：买几本心理学的书籍。

"那是当然。"季冕瞟了一眼他做下的笔记，嘴角不禁带了一丝微笑，"这本子不错。当年我刚入行的时候也像你一样，总把感悟写下来，拍完戏回去翻一翻，想一想，不知不觉就睡死过去。"现在想快速而又香甜地入睡，似乎已经成为不可能的事。经历得太多，人也就不纯粹了。

肖嘉树笑得眼睛都弯了，把小本本塞进口袋，又拍了拍，慎重道："我会一直记笔记，然后把它们保存下来。等我老了我就把它们整理成回忆录，名字叫《一位演员的创作与生活》。"

季冕愣住，看向肖嘉树的目光极其复杂。曾几何时，他也有过同样的想法，但后来，他渐渐对表演失去了兴趣，那些笔记本也被忘到了脑后。他张了张嘴，却一时无言，只得生硬地转移话题："那是你的助理？他买了御膳轩的早餐？"

"对，我今天请大家吃早餐。"原本是请季哥的，却被小陈抢占了先机。

"你有让助理买蟹黄包吗？御膳轩的蟹黄包很出名。"

肖嘉树噌地一下站起来："当然有买。季哥你等着，我去给你拿。"

"拿两个就够了……"季冕话没说完，肖嘉树已经像一阵风卷了出去，觍着脸从罗章维的筷子底下抢走一笼蟹黄包，又飞快跑回来，眉开眼笑的模样像一只朝主人飞奔的小狼狗。

"季哥，快趁热吃。"他掰开一次性筷子递过去。这顿早餐本来就是为季哥准备的，只有进入季哥的肚子才算实现了它的价值。都说吃人嘴软，拿人手短，自己以后应该可以经常与季哥讨论演技方面的问题吧？

季冕夹包子的动作微微一顿，失笑道："肖嘉树，以后你在拍戏中遇见问题可以随时来找我。"

肖嘉树眼睛一亮，立刻拿出手机："那季哥我们加一个微信吧？我扫你还是你扫我？"

"我扫你。"季冕打开微信。

肖嘉树喜滋滋地加了偶像微信，为避免打扰他吃东西，便坐到一旁戴上耳机，把《乱世流离》再看一遍。瞅瞅季哥饰演的孔荀多生动、多形象。

这演技简直神了！最顶尖的演员就该这样，放得开也收得住，痛哭的时候撕心裂肺，悲哀的时候沦肌浃髓……肖嘉树的心理活动不断刷屏，对季冕的赞誉足以凑成一篇万字长文。

季冕吃包子的动作越来越僵硬，几分钟后无奈道："肖嘉树，你坐远一点。看见罗导没有？他在给人说戏，你快去听一听。"

肖嘉树掏出小本本朝罗章维跑去。季冕盯着他的背影摇头失笑。年轻人果然有冲劲儿，只不知能保持多久。

方坤等两人说完话才走过来，埋怨道："季哥，你竟然专门去跟肖嘉树说他的观点才是对的，我们都错了，你不够意思啊！他要面子，我们就不要面子啊？一个镜头而已，有什么好争的，你当没听见不就得了。"

"你们在讨论我的电影，我还不能发表一下看法？"季冕慢慢放下筷子，"你总跟一个小孩计较，不觉得丢人？肖嘉树招你惹你了，你要处处针对他？"

"那你跟我说说为什么要帮着他封杀李佳儿，这里面有什么我不知道的内幕？"一说起这事，方坤就挠心挠肺的，特别想挖出真相。

"既然是内幕，我又怎么能告诉你？你直接去找肖嘉树问。"季冕不会胡乱曝光别人的隐私，擦完手正想与林乐洋好好谈一谈，却见他已经走到罗章维身边，也跟肖嘉树一样，手里拿着一个小本本记笔记。

他摇头失笑，冲陈鹏新招手："我听说乐洋每天早上七点就来片场帮忙？"

"是啊季总，我们乐洋可勤快了，一大早就来帮场务搬道具、布置场地和灯光，忙活完了便躲到一边去背台词，时刻不敢松懈。季总，乐洋是您旗下的艺人，往后还得请您多关照。他一个人出来打拼不容易,早年还住过地下通道……"陈鹏新说着说着就红了眼眶,煽情的功力不比一线演员差。

季冕有些头疼,抬手打断他:"行了,我知道乐洋这些年过得不容易。以后你别那么早带他来片场,他是演员,不是勤杂工,那些活儿用不着他干。"

陈鹏新连忙点头,心里却琢磨开了。季总这话是什么意思?心疼乐洋还是嫌弃乐洋?他还没琢磨清楚,季冕已经站起来朝化妆间走去。待会儿他有一场打戏要拍,得事先在衣服里面绑上安全带,这样才好吊威亚。

为了节约成本,赶上档期,制片主任往往会安排某些镜头集中在一段时间内拍摄,譬如临时租借一栋别墅,所有在这栋别墅里发生的剧情都得在租借期内拍完,否则便会多花钱。而今天,罗章维要拍摄的镜头大多是打戏,因为吊威亚的设备搭建起来很麻烦,能集中拍完就避免了人力资源的浪费。

打戏比文戏难拍,这是众所周知的,既要演员将感情传递到位,又要让动作流畅又逼真,没有事先排练过几十甚至上百次,绝不可能一镜就过。肖嘉树没学到什么演戏方面的技巧,却认识到了作为演员的艰辛。若要演好每一个角色,他们必须方方面面都学,说一句"十八般武艺样样精通"也不夸张。

而之前留给他不堪印象的苗穆青,拍起打戏却十分拼命,被施廷衡连续踢了好几脚都没皱过一下眉头,只要导演说再来一次,她就能立刻爬起来再打,半句抱怨也没有。

肖嘉树看得一愣一愣的,对每个人的观感都在不断刷新。

两段打戏拍了两个多小时才算通过,苗穆青带着浑身青紫离开了,施廷衡却站在场边等待下一场戏。

"咦?今天季哥也要领盒饭?"肖嘉树看了看罗章维的笔记本,上面记录着下一场打戏的内容,竟然是凌涛被何劲杀死的一幕。

"没错,先把重头戏拍了,剩下的戏份我可以慢慢来,这样比较没压力。"罗章维正色道,"你待会儿好好看看季冕是怎么拍戏的。能与他同台飙一场戏,比你上一年的演技课都有用。"

肖嘉树连连点头,深表认同。

说话间,季冕走了过来,一边绑威亚一边听罗章维说戏。这场戏的标题叫"末路",说的是凌涛利用男主何劲和女主安妮捣毁了凌氏集团和东南亚贩毒圈,甚至抓捕了欧洲一名大毒枭,于是准备搭乘直升机前往家乡安置弟弟的骨灰盒,却没料何劲收到线人提供的消息,赶来抓捕;两人在天台发生打斗,最终何劲击毙了凌涛,并发现他胸前佩戴的铭牌雕刻着两个花体英文字母"T&F",而这正是暗地里给何劲提供线索的神秘人的代号。

这场戏很不好拍,一是打斗动作太难,二是感情冲突太激烈,文戏、武戏掺杂在一起,不能这头轻了那头重了,得相得益彰。若是能顺利把这场戏拍下来,罗章维敢打包票,二十年内必定没有哪部警匪片能超越它。

"季冕、施廷衡,你俩给我打起精神来,要知道我们不是在拍戏,而是在创造经典,别给老子拖后腿!"罗章维挥了挥手里的大喇叭。

季冕和施廷衡也不废话,绑好威亚便上了场。

肖嘉树双手插兜,站姿潇洒,实则心里的小人早活跃开了,一边蹦跶一边高声呐喊:季哥加油!林乐洋却满脸担忧,生怕吊威亚途中发生什么意外。

罗章维聘请了国内最著名的武术指导团队,设计的动作透着一股狠劲,却偏偏很飘逸,打斗起来十分赏心悦目。季冕和施廷衡私底下排练过很多遍,可说是配合默契,两人一拳一脚气势万钧,偶尔腾挪跳跃宛若游龙,竟只 NG 八九次就过了,乐得罗章维哈哈大笑。

第二镜接着第一镜的动作拍摄。施廷衡不敌季冕,便去抢夺他紧紧抱在怀里的木盒子,却不小心将木盒踢翻,才发现里面装的不是现金或珠宝,而是凌峰的骨灰。天台上风大,骨灰被吹得满天都是,季冕沉稳的表情瞬间扭曲,几乎是往死里揍施廷衡。他眼珠子一片血红,额头和脖颈的青筋一鼓一鼓的,像一只狂兽。

周围的工作人员都被他忽然爆发的情绪吓住了,更何况是直面他的施廷衡?施廷衡被打得连连后退,眼看快要掉下天台,一股大风吹过来。发狂中的季冕微微一愣,下意识便松开了勒住施廷衡脖颈儿的手,改去看骨灰盒。施廷衡抓住这个机会将他踢开,翻滚两圈后捡起一把手枪,从背后打中了他的心脏。

季冕嘴里吐出一口鲜血,人也应声倒下,却用力抠住地面,一寸一寸爬到骨灰盒旁边,用沾满鲜血的手将散乱的骨灰拢起来,一点一点,一遍一遍,拢到一处的时候终于不动了,血红的双眼始终睁开,缓慢扩散的瞳孔里再没有一丝一毫的疯狂,唯余平静。与弟弟死在一块儿,这是他穷途末路中的最好归宿。

副摄像机给他的双眼来了一个长达一分钟的特写，完全不用化妆，他的眼眶便能因为疯狂而呈现出病态的猩红。

这一幕摄住了罗章维的心，更摄住了肖嘉树的魂。他盯着显示屏，满脸都是崇拜。

这是一种什么样的感情？生时唯一在乎的人是弟弟，将死时唯一记挂的东西是弟弟的骨灰。直到目睹了这场戏，肖嘉树才真正理解季冕之前所说的话——凌涛不是不爱凌峰，恰恰相反，他的爱比任何人都深沉，几乎刻入了骨髓；凌峰是他的命，凌峰死了，他的命也没了，作为电影最大的反派，他能为凌峰干尽一切疯狂的事，包括摧毁自己辛苦创下的基业。

季冕凭借高超的演技，将这种彻骨之爱演绎得淋漓尽致。厉害！实在是太厉害了！肖嘉树在心里疯狂为季冕叫好，看见他解开威亚走过来，腿脚不禁有些发软。啊呀我的天哪！季哥被汗水打湿的头发虽然凌乱，却超级有型！贴身的白衬衫将他健硕的肌肉线条勾勒出来，再加上略显猩红的眼珠和唇边的一抹血迹，简直是行走的荷尔蒙，野性十足！

季哥不但人长得帅，演技好，连气质都这么超凡，不行了，我要给季哥跪了！肖嘉树不由自主地往前走了两步，过快的心跳令他呼吸困难。季冕原本想避着他，看他这副表情又走过来，扶住他的胳膊。

被偶像迷得五迷三道的肖嘉树瞬间清醒，道："季哥，你有事？"

"没事。"季冕放开他，表情有些哭笑不得。

躲在人群中的林乐洋看见这一幕，脸色灰败地走开了。十分钟后，季冕回到休息室卸妆，似想到什么，对方坤说道："你去把乐洋叫过来，我有话跟他说。"

"什么话？"方坤有些不情愿。

"你去叫。"季冕语气微冷。

方坤悻悻地去了，找了一大圈才把人带回来。

林乐洋刚调整好的心态在看见季冕的一瞬间又崩了。

12 上课

季冕原本有很多话想说,看见这样的林乐洋却一时无言。他疲惫地揉了揉太阳穴,唤道:"过来坐,我们谈谈。"

林乐洋下意识地露出开朗的笑容。无论内心多么慌乱不安,又产生多少纠结,他总会习惯性地在季哥面前保持阳光的一面。因为他知道,季哥抗拒不了这样的人,季哥喜欢纯粹的东西。

季冕先是一愣,然后眉头越皱越紧,继而用审视的目光打量林乐洋,仿佛不认识他一般。几分钟后,他叹息道:"我听陈鹏新说你每天大清早就赶来剧组帮忙?以后不用了,你是来当演员的,不是当勤杂工的,演好自己的角色才是你的本职工作。"

"好的,季哥。"林乐洋满口答应下来,心里却难受得厉害。他一个没背景、没资源、没资历的刚出道的新人,进了剧组当然要多做事,否则日后怎么立足?他难道爱干那些杂活儿?他还不是为了拓宽人脉,给剧组留下一个好印象?如果他像肖嘉树那样有强大的家世背景,或像季哥这般已经爬到高处,他也可以什么事都不干,什么人都不理。

但他现在一无所有,不得一步一步往上爬?剧组里那些人哪一个能得罪?化妆师、灯光师、剪辑师……随便一个都能给他找麻烦,季哥根本理解不了他的处境。

林乐洋满心都是委屈,却不能在季冕面前表现出来,还得笑得毫无芥蒂、阳光灿烂。

季冕摇头扶额,更显疲惫,斟酌半晌才道:"乐洋,我明白你急于拓展人脉的心情,也明白你想好好表现,给罗导留一个好印象。但我要告诉你,我就是你的人脉,我拥有的资源也是你的资源,你完全不用委屈自己去做不愿意做的事。你喜欢演戏,那你有既定的目标吗?"

林乐洋愣怔片刻后说道:"我想成为大满贯影帝,与你站在同样的高度。"这才是他不想倚靠季冕的真正原因。他是男人,如果只能处处倚仗季冕的照顾,就算成功又如何,对他来说完全没有意义。

季冕摇摇头,竟不知该怎么继续这个话题。

"既然你想成为大满贯影帝,那就认真演戏,盯紧这个目标往前走,不要看脚下的路,也不要看周围的人。我给你报了演技班,等会儿送你回公司上课。你的演技还很青涩,需要磨炼。"至于肖嘉树,季冕不想多谈,日后疏远些也就是了。

林乐洋点点头,似乎很感激,但心里终究有些不得劲。季哥竟然说他的演技还很青涩,为什么?之前不是说他很有灵气吗?是因为看过肖嘉树的演技有了比较?不知不觉间,陈鹏新的那番"不是东风压倒西风就是西风压倒东风"的言论在他心里扎了根,不知什么时候就会冒出头来。

季冕狠狠皱眉,却已无话,眼底满是无奈和疲惫。

恰在此时,化妆间的门被敲响了,肖嘉树礼貌的声音传来:"季哥,你在吗?"

季冕迟疑半秒,回道:"进来吧。"

林乐洋嘴角的笑容凝固住,又很快恢复正常。

肖嘉树推开门走进来,见季冕神色间有些疏离,立马放下手里的东西:"季哥,这是跌打损伤药,你收着。听说吊完威亚身上会很疼,你用这种药膏揉一揉会好很多。"

他虽然崇拜季冕,但也只是圈地自萌而已,还没疯狂到时时刻刻都想黏在人家身边的程度。薛淼也当过明星,而且是超一线那种,所以肖嘉树自然比任何人都明白他们最需要的是私人空间,而不是无休止的追逐。拍戏已经很累,能不打扰对方还是不打扰为好。

怀着这样的想法,肖嘉树飞快补充道:"季哥,我待会儿还有事,先走了。你好好休息。"话落摆摆手,还冲林乐洋笑了笑,并未注意季冕紧绷的脸庞柔和了很多,眼底的疏离也淡去不少。

"好的,谢谢你。"季冕把人送出门,转过身却见林乐洋正拿起药盒打量,并惊讶道:"是肖氏制药厂出产的跌打损伤专供特效药,一般的药店很难买到,只提供给国家队的运动员。季哥,肖嘉树真有心。"

  话虽这么说，但他心里更不舒服。季哥本就因为肖嘉树的表现对他态度扭转，如今肖嘉树也来讨好季哥，再这样发展下去，季哥会不会有一天再也不帮自己了……明知道自己的想法只是空穴来风，毫无根据，林乐洋却根本停不下来。

  季冕抹了把脸，无奈道："你去换一套衣服，我带你回公司上课。"

  "好的。季哥，我把药放进你包里。"林乐洋恨不得把药扔掉，却偏偏自虐一般将药收起来。

  两人坐车回到公司，一路上没怎么说话，倒是陈鹏新不停地套近乎，聒噪得很，弄得方坤都有些烦了。

  "你们先去十二楼报到，我待会儿就来。"季冕按了"12"，又按了"26"。十二楼是培训中心，二十六楼是冠冕工作室。

  "好的。"林乐洋和陈鹏新在十二楼下了电梯。等两人走后，季冕靠在电梯壁上，用力抹了把脸。

  "怎么了？看上去很沮丧的样子。"方坤回头看他。

  季冕也没过多解释，只是悠长地叹了一口气。能在那么严重的车祸中活下来，并不完全是一件好事。

  两人回到工作室处理了几份文件，这才前往十二楼。

  与此同时，林乐洋正坐在教室里等待开课。由于这个演技班的导师是黄子晋，圈内有名的造星大师，所以来听课的也不是一般人，其中两个学员是刚从韩国回来的、已经很有知名度的小鲜肉，正凑在一起用韩语聊天，并不搭理旁人，看见林乐洋时还讥讽地笑了笑，然后一边使眼色一边叽里呱啦地说着什么，让本就情绪低落的林乐洋憋了一团火。

  更不巧的是，林乐洋看见了肖嘉树。他谱摆得比两位当红小鲜肉还高，目不斜视地走进来，身边跟着大魔王黄美轩。黄美轩坐定后拿出一沓合约给他讲解，怕他有不懂的地方还会追着问几句，声音压得很低，旁人根本听不清。

  林乐洋坐得近，忍不住瞟了一眼，发现那是一份 S 级合约，几乎对肖嘉树没什么限制。两个小鲜肉不说话了，连忙站起来鞠躬，他们的经纪人一口一个"黄姐"地叫着，态度恭敬得不行。

  这就是人跟人的区别，这就是捧高踩低的娱乐圈。林乐洋心里满是不平，却被陈鹏新拉起来，恭恭敬敬地打招呼。

黄美轩随意摆手，然后把合约收进公文包。不多时，黄子晋来了，谁也不看，先去观察肖嘉树的状态，发现他眸光清亮，朝气蓬勃，便笑开了。

"过来坐。"

谁都看得出来，他眼里只有肖嘉树，没别人。

四位学员连同经纪人围坐在黄子晋身边，相继上交资料。一位秘书走进来，礼貌地问道："请问各位想喝什么？咖啡还是果汁？"

有人想喝咖啡，有人想喝果汁，林乐洋只要了一杯白水，肖嘉树什么都没要，拿出手机刷微博。

黄子晋趁这空当把他们的资料看了看，心里好有个数。能交到他手上的新人大多是公司重点培养的对象，他得在最短的时间内让他们脱胎换骨。看完之后他指着林乐洋说道："你这长相说丑不丑，说帅也不是特别帅，在娱乐圈一抓一大把，实在是太普通，唯一的优点是笑起来阳光……"

他话没说完，从国外回来的一个小鲜肉竟"扑哧"笑了一声，另一个挤了挤眼睛。

林乐洋不自觉地握紧水杯，却没料杯壁太滑，又加上手心汗湿，把水全洒在了裤子上。难堪与怒火从心底攀爬上来，烧红了他的脸，但他不但不能宣泄，还得忍着，因为这里是公司，而对面的人是黄子晋。他僵硬地站起来，哑声道："对不起黄老师，我去洗手间清理一下。"

陈鹏新正准备带他离开，却见季冕斜倚在门口，目光晦涩。他大步走进来，把林乐洋按回座位，沉声道："你不是女人，打湿裤子而已，不用急着清理。坐下把话听完。"

林乐洋被按回座位，满心都是抗拒与羞愤，却又无可奈何。这些人在羞辱我，难道季哥没看见吗？为什么不帮我出头，还让我继续待在这里？

一瞬间，他想了很多，却听黄子晋继续道："但这正是你最大的优势。你这张脸可塑性很强，只要造型对路，既可以扮演正派，也可以扮演反派，老、中、青三个年龄段的角色也完全没问题，戏路比别人宽很多。有了这张脸，你天然就可以驾驭很多角色，我给你的外表打九分，满分十分。这是一张适合大荧屏的脸，只要配上相应的演技，成名不难。"

话落，他看向其中一名小鲜肉杰西："我给你的脸打五分。为什么？因为你脸太嫩，而且今年已经二十六岁，没有再长开的可能，只能参演青春电影或校园偶像剧，基本上驾驭不了别的角色。再好的演技配上这张娃娃脸也会违和，戏路太窄了，除非你有神一般的演技。"

杰西脸上的讥笑凝固了，表情如遭雷击。

黄子晋指着另一名小鲜肉金世俊说道："你长得比较成熟，也帅，但你脸上动过，笑起来不自然，很多表情也做不出来，演面瘫勉强可以，演有笑有泪的人就难了。我建议你少打点玻尿酸或肉毒杆菌，那会毁掉你脸上的肌肉。没有肌肉你怎么做表情？外表这一项我给你打四分，太假。"

末了他看向满脸期待的肖嘉树，温柔地笑了笑："小树，我给你打七分，扣掉三分全是因为你太帅，帅得很有攻击性。你这张脸如果单纯当偶像肯定迷死人，但你若是要拍戏，很多角色根本驾驭不了。今年刚得到奥斯卡影帝的那位演员你知道吧？正是因为长得太帅，早些年他一直被奥斯卡拒之门外，这些年来不断拼命才有了今日的成功。你和他一样，都被容貌拖累了。电影圈和别的圈子不同，太帅有时候反而不是好事。"

肖嘉树瞟了季冕一眼，争辩道："季哥也很帅，但他已经是大满贯影帝，他什么角色都能驾驭。"

"这正是我要跟你说的。和杰西一样，你也需要神一般的演技才能让观众忽略这张脸，注意到你本身的实力。别人努力一分，你得努力十分；别人努力一倍，你得努力百倍；别人轻松就能驾驭的角色，你得全身心地投入进去，你能做到吗？"

肖嘉树非但没被问住，眼里还燃起两团火焰。越是艰难他越是不想放弃，全身心地投入表演对别人来说或许很难，对他而言却是一种享受。他喜欢那种经由想象进入另一个世界并演绎另一种人生的感觉，它太奇妙了。

"我能做到。子晋哥，我准备跟公司签约，以后就是一名正式的演员了。"他指了指黄美轩的公文包。

黄子晋笑起来，颔首道："那你以后加油。我再分析一下你们的形体和气质，这有助于你们确定自己今后该走什么路线，各位经纪人也可以参考参考……"

接下来的话林乐洋已经没心思再听，他低头看看裤子，又抬头看看季冕，表情羞愧难当。如果他刚才愤然走了，会给黄子晋留下多么恶劣的印象？当然，哪怕他没走，对方对他也肯定没有好感了。话没听完就先变脸继而失态，实在是太沉不住气，结果说来说去反而是他的分数最高，简直尴尬！

　　季哥已经把自己糟糕的表现全看在眼里了吧？他一定很失望。林乐洋越想越沮丧，若不是大家都在，他恨不得把脸捂住。

　　季冕敲了敲椅子扶手，低声道："认真听课。"

　　林乐洋赶紧把心思收回来，却发现两名小鲜肉正用羡慕嫉妒恨的目光看着自己。经历了太多世态炎凉，他当然明白他们为何会有这种转变，无非是因为自己是季哥旗下的艺人，而他亲自来陪自己上课，仅凭这一点，他的起点就比他们高很多。

　　原来有人仰赖，有人关照，甚至有人撑腰的感觉竟是这样。林乐洋心神恍惚了一下，又立刻把这个念头甩开。当他集中精神听课时，黄子晋已经说完了，并把书单分发下来。

　　季冕不停敲击椅子扶手也没能唤回林乐洋的心神，眉眼间已透着一股沉郁。

　　他看了看追在黄子晋屁股后面不停问问题的肖嘉树，又看了看拿着书单神游的林乐洋，提醒道："明天正式上课，你拍完戏什么时候过来都行，黄子晋没有固定的上课时间。他会根据你们每个人的时间来排课，学得快还是学得慢全看你们自己。总共只有六十节课，抓住机会，别浪费了。"

　　林乐洋如梦初醒，脸红道："季哥你放心，我一定会努力的。"

　　季冕打发走陈鹏新，又把人带回办公室，这才徐徐开口："乐洋，我今天才发现你有一个毛病，那就是太容易胡思乱想，一胡思乱想就钻牛角尖，怎么都走不出来。作为一名演员，你需要的是专注，不要因为外界的评价把自己困住，因为成名之后你将面对更多评论，好的坏的都有，甚至还有恶意中伤。你想想，以你现在的心态，你能应对吗？"

　　林乐洋迟疑片刻，不得不摇头。他连黄子晋的几句评价都受不了，更何况普罗大众的评头论足？但身为演员，这些都是避免不了的。

　　"季哥，我明白了。以后我会专心拍戏，像你说的那样紧盯着目标往前走，不看周围的人。"

　　"嗯，把演技提升上去，你的路自然而然就宽了，目标也近了，被周围的人或物迷惑只会绕更多弯路。"季冕摆摆手，"好了，你先回去吧。以后专注点，把心思放在演戏上面。"

　　"好的，季哥。"

季冕看着跑得比兔子还快的林乐洋，不禁摇头苦笑。

反观另一头，肖嘉树完全没有林乐洋那样的困扰。他只管演戏，别的根本不担心，反正兵来将挡，水来土掩，没什么大不了的。正式与公司签约后，他拿着合同回到家，宣布道："爸、哥，我跟冠世娱乐签约了，我要当演员。"

"你说什么？"肖启杰又惊又怒，脸色眼看着就黑了，"你要当演员？可以，先从肖家滚出去！我们肖家没有你这种丢人现眼的玩意儿！好好的肖家二少爷不当，跑去当戏子，你爷爷要是知道了非得把你逐出家门不可！"

肖启杰娶了薛淼已是离经叛道，生的儿子要当戏子更是反了天。肖老爷子若是知道肯定会暴跳如雷。

肖嘉树正想分辩，薛淼已冷冷开口："当我们多稀罕肖家？儿子，去楼上拿行李，我和你一块儿走！"

"妈妈，真走啊？"肖嘉树傻眼了，万万没料到母亲能这么干脆。

"你一打电话过来我就知道会这样，早就做好准备了。你爸和你爷爷是说不通的，咱们直接走人。"薛淼看向肖启杰，一字一句道，"你要离婚，或是剥夺小树的继承权，都随你。我们当了几十年丢人现眼的玩意儿，也当够了，以后不再给你肖家抹黑。小树，你舍不舍得肖家的财产？"

肖嘉树想也不想："反正那些也不是我的东西，有什么舍不得？爷爷给我的股份我早就转给哥了，转让合同放在我的床头柜里，哥你记得收好。"

肖启杰被肖嘉树母子俩气得话都说不出来，手指抖啊抖的，像中风一样。一直沉默的肖定邦这才徐徐道："转让合同我不签，股份还是你的。你要当演员随你，你要出去住也随你，爸和爷爷我来劝。老李，去帮薛阿姨和二少拿行李。"

肖嘉树没想到大哥这么快就放自己离开，不免有些发愣。薛淼却并不觉得奇怪，肖定邦心思虽深，却也不坏，他害怕小树争夺家产是真，但也不会昧着良心抢走原本属于小树那一份。小树若是当了演员，对他来说反而是好事，他不会不同意。由他出马安抚肖启杰和老爷子更不成问题。

管家很快提着两个行李箱下来，又尽职尽责地把人送走。肖定邦站在门口看着远去的车，久久没动。肖启杰这才回过神，暴跳如雷地道："你就这么让他们走了？你们合起伙来想气死我啊！我们肖家几百年都出不了这么一个丢人的玩意儿……"

"够了爸爸,人已经走了。"肖定邦穿好西装外套,淡淡道,"我回老宅一趟,爷爷那里我去说,你不用管。"

也不知肖定邦用了什么手段,原以为肖老爷子大半夜会派保镖来抓人,却平平安安过去了。第二天醒来,肖嘉树还有些不敢相信,但看了看面积不大却非常温馨的公寓,又呼吸着格外自由的空气,他整个人都雀跃起来。

13 离家

离开肖家后，肖嘉树反而每一个毛孔都舒畅了。薛淼与他的心情也是一样，这会儿正穿着一件碎花围裙在厨房里做早餐，嘴里哼着当下最火的流行歌曲。

"妈妈，今天早上吃什么？"肖嘉树一边刷牙一边晃进厨房。

薛淼拿起不停振动的手机看了看，发现是肖启杰的来电，立马摁掉，愉快道："西红柿鸡蛋面。妈妈很久没做饭了，不知道手艺退步没有。"

"好香，绝对的大厨级别。"肖嘉树用力闻了闻面汤的香气，然后竖起大拇指。这才是他想象中的家庭生活，没有奢华的别墅和庭院，也没有觥筹交错的宴会，只有一个妈妈和一个儿子，外带一间洒满阳光的小套房。

薛淼被儿子逗笑了，催促道："快去洗脸，再过几分钟面条该坨了。"

肖嘉树用最快的速度洗漱完，回到餐厅后感慨道："妈妈，要是我们早点搬出来就好了。"

薛淼揉揉他脑袋，苦涩道："我一直想给你一个完整的家，却反而害了你。小树，妈妈想跟你爸离婚，你怎么看？"

肖嘉树早就想开了，无所谓地摆手："只要你开心就好，我没意见。"

"那行，我这就去联系律师。"薛淼话音刚落，一直打不通电话的肖启杰竟发了一份文件过来——离婚协议书，上面注明若是薛淼同意离婚，她一分钱都得不到。这是打定薛淼舍不得肖家的富贵，想借此拿捏她。

薛淼冷笑起来，一字一句回复："我同意了。你把签好的离婚协议书寄给我的律师，我委托他全权办理。"然后把该律师的名片发送过去。

肖启杰满以为她是嘴硬，很快也联系了一名律师，将离婚协议书打印出来并签好字，按照薛淼提供的地址寄过去。肖家是一等一的豪门，他就不相信薛淼舍得放弃肖家夫人的宝座。

"舍不舍得你等着瞧吧!"薛淼盯着手机屏幕,淬了冰的目光能冻死人。有一句话说得好,谁年轻的时候没遇见过几个浑蛋?她要是早知道肖启杰是这么一个玩意儿,当初打死也不会嫁过去。她的事业、她的梦想,全都被他毁了!

肖嘉树发觉母亲情绪不对,连忙把人搂进怀里,像哄孩子一般说道:"妈妈,我们不生气。既然搬出来了,我们就好好过自己的小日子。你看看你,容貌一点没变,走出去别人还以为你是我姐呢。你离婚以后行情肯定比我爸好。"

"真的没变老?"薛淼拿出手机照了照,发现自己明艳逼人、风采依旧,这才笑开了。

肖嘉树暗松口气,告别母亲后去御膳轩买了几份早餐打包带去剧组请罗导他们吃,刚走进片场就见修长郁也在,正与季冕站在一起说话。

"修叔、季哥、罗导,我给你们带了早餐。"他和生活助理把几大包早餐放到桌上,笑容比晨光还灿烂。

罗章维是个吃货,立马走过来抢包子,并好奇地问道:"连着两天请我们吃早饭,肖嘉树你遇见什么好事了,这么高兴?"

肖嘉树心里快活得不行,下意识答道:"我被我爸赶出来了。"

罗章维一口包子呛进气管,差点咳死,这是什么鬼答案?被自己亲爸赶出来很开心?

修长郁原本笑眯眯的,听见这话目光微冷,沉声道:"肖启杰把你赶出来了?你妈妈呢?"边说边拿出手机打电话,却发现薛淼那头始终占线。

刚缓过气来的罗章维听见"肖启杰"三个字又开始剧烈咳嗽,他一直知道肖嘉树来头大,却不知他是肖氏制药的二少爷。

肖氏制药生产的好几种特效药都属于国家级保密配方,国外那些制药公司哪怕把成药买回去分析也做不出一模一样的产品。而且,肖氏有政府支持,旗下还有好几家世界顶尖的生物研究所和养生机构,实力之雄厚非常人可以想象。

如果自己生在肖家,死活也不会出来当演员,真不知肖嘉树是怎么想的。罗章维摇摇头,对肖少爷的感观更为复杂。

"我妈妈也跟我一块儿出来了。修叔,您别打了,我妈妈肯定在跟她的律师通话。"肖嘉树拿出一笼蒸饺,催促道,"快吃,再不吃该凉了。"

跟律师通话,为什么?修长郁想到一个可能,心下不禁一颤,却又很快按捺住。他哪里还有心情吃早餐,把蒸饺递给季冕,匆匆交代道:"我有事先走了,你帮我照顾一下小树。小树,你别伤心,我去肖家问问肖启杰究竟想干什么。"

修长郁的背景比起肖家也不差,所以才能一口一个"肖启杰"地叫。

"修叔,您不用问,我和我妈妈好着呢……"肖嘉树话没说完,见修长郁已经跑没影了,只好去劝季冕,"季哥,这里有你最爱吃的蟹黄包,你尝尝。"被父亲逐出家门、把股份转让给哥哥,他真的一点也不伤心。他能拍戏,能一心一意地实现梦想,这才是最有价值的事。比起刚回国时迷茫的他,现在的他才是真正为自己而活。

季冕认真看他几眼,表情由凝重变为轻松,接过蟹黄包后鼓励道:"既然离开家独立了,那就好好拍戏。"

"哎,那是当然。"肖嘉树眼里没有一点阴霾。只要能继续拍戏,他什么困难都能克服。

季冕再次打量他,表情说不出的复杂,似乎有些诧异,又有些感慨。

肖嘉树已经吃过早餐,于是走到外面的休息棚研究剧本。他一会儿念念有词,一会儿手舞足蹈,一个人也能折腾出一场大戏。罗章维透过窗户观察他,感叹道:"我起初很看不惯肖嘉树,觉得他眼睛长在脑门上,调子摆得高,演技也不好,人还懒,纯粹是来剧组捣乱的。没想到啊没想到,他只是不开窍而已,一开窍真是比谁都用功刻苦。我要是有他那身家背景,除非脑子坏了才跑来娱乐圈混!看得出来他是真爱演戏啊!"

季冕没接话,只摇头笑了笑。

也不知修长郁怎么跟肖启杰谈的,原本打算默默推出新人的黄美轩竟全网发了一个通稿,用最大版面放送了几张肖少爷的美照,全是穿着高定西装、贵气逼人的样子,那张极具侵略性的脸比聚光灯还夺目,镀了一圈银白光晕的虹膜定定注视着你,几能摄魂。

通稿一出,网友们兴奋极了,到处都是夸赞的声音。

与肖少爷的高调相反,林乐洋也在同一时间宣布出道,工作室却遵循季冕的盼咐,并未大肆宣传,只等《使徒》公映再带他出去参加活动,免得过早消费他的人气。他的几张照片默默挂在工作室的官网上,新造型比以前帅很多,笑得也阳光灿烂。若在以往,林乐洋肯定能吸引不少人注意,但有了肖嘉树做对比,竟显得格外平庸。

不少粉丝在网页下留言,说季神怎么会看上这样一个新人,随便在街上抓一个路人甲都能把林乐洋秒杀掉。还有好事者将刚出道的两名艺人放在一起比较，然后从颜值、年龄、身高、学历、身材、穿着、气质等各个方面进行评分，结果自然是惨不忍睹。

有人幸灾乐祸——

也不知道冠世怎么想的，把相差悬殊的两个人放在一起出道，一个像贵公子，一个像小跟班，特别搞笑好吗？

也有粉丝忧心忡忡——

季神，要不你再考虑考虑吧？你的工作室加上你总共才三个艺人，为什么要让林乐洋占掉如此宝贵的资源？我真的看不出他的潜力在哪里啊！

没人看好林乐洋，他阳光俊朗的长相在普通人里算是出色，放在娱乐圈却平平无奇。更悲剧的是，他与肖嘉树的照片被网友拼接在一起挂上论坛，这种对比就显得更强烈，而公司对两人的不同态度也令人浮想联翩，一个力捧，一个漠视，怎么看都有猫腻。

林乐洋死死盯着手机，好半晌才问："肖嘉树也是今天出道？"

陈鹏新愤愤不平地点头："我也是刚收到消息，否则一定会花钱给你买几个通稿。冠冕也挂靠在冠世旗下，大家都是一个公司的，凭什么一个出道大张旗鼓，一个出道默默无闻？这是典型的区别待遇！这样太欺负人了！不行，我得找季总商量商量，不能让你一出道就被别人压下去。"

"不，你别去找季哥。"林乐洋强笑道，"季哥早就跟我说了，让我先拍好戏，有了名气之后再慢慢发展。像肖嘉树这样还没有作品就开始高调宣传，热度起得快也降得快，我们不回应就行了。"

"他这是拿你当垫脚石，情况怎么能一样？我让季总想想办法，你别操心。"陈鹏新心里暗暗骂了一句，眼里透着阴鸷。

林乐洋许久没说话，等保姆车抵达片场才斩钉截铁地道："听我的，别去麻烦季哥。"

肖嘉树的微博"小树苗"被公司拿去做了认证，从今以后这就是他的大号，有照片和宣传信息都可以往上发，关注栏目前只有季冕，还得把罗导、施廷衡、苗穆青等人加进去。

他刚滑开手机屏幕，铃声响了，定睛一看却是很少给自己打电话的父亲。他走进化妆间，接通了电话。

"爸，你有事？"按照以往的经验，没事的时候肖启杰绝不会主动给小儿子打电话，哪怕儿子在国外碰上了解决不了的麻烦，也多是交给秘书处理，他这个当父亲的似乎只具有权威和象征意义，并不需要承担相应的责任。但对肖定邦，肖启杰却是一个无微不至的好父亲，几乎把该给的关爱都给了他。

"你妈在哪里？快让她回来！她要是不愿意，你就问问她当初为什么要处心积虑嫁入肖家。不要以为生了儿子就可以有恃无恐，我随时能找个比她更年轻、更漂亮的。"肖启杰气急败坏地说道。

"爸，妈妈为什么要嫁给你，你还不明白吗？因为她真心爱你啊。她当年要钱有钱，要名气有名气，身边还环绕着那么多追求者，有些人条件不比你差，你还结过婚，有一个儿子，妈妈嫁给你得帮你照顾儿子，照顾家庭，甚至因此退出娱乐圈，牺牲多大你心里没数？你扪心自问，真不知道她为什么嫁给你吗？你只是仗着她爱你才会对她如此苛刻。有恃无恐的那个人一直是你。"肖嘉树越说越难受，低下头擦了擦眼角才继续道，"一段感情的维系需要两个人的努力，妈妈一直在努力，可你一直在心安理得地享受她的付出，再多的感情也都被你的冷漠消耗干净了。昨天妈妈睡得很好，没吃安眠药，早上起来一边哼歌一边给我煮面条。离开你之后她过得很快乐，你知道为什么吗？"

肖启杰的气息有些不稳，沉默许久才哑声开口："为什么？"

"因为她不爱你了。她能为你签下婚前财产协议书，你就应该明白，她爱一个人有多义无反顾，不爱的时候就有多干脆。爸，你……"肖嘉树话没说完，那边竟匆忙挂断了，再打过去就一直占线。

他不知道的是，有恃无恐的肖启杰果真把离婚协议书寄给了薛淼的律师。他满以为这是妻子威胁自己的手段，听了儿子的话才如梦初醒，火急火燎地去拦截。

"闹了半辈子，也该闹够了。"肖嘉树挂断电话后摇头叹息，却并不觉得多么伤心。父母都是成年人，他们有足够的能力主导自己的生活。

肖嘉树推门准备出去，却听隔壁传来隐隐约约的说话声。

苗穆青的经纪人抱怨道："青青，你看你胳膊又紫了一块，明天有一个化妆品的广告要拍，这可怎么办啊？"

苗穆青："用遮瑕粉盖一盖不就得了。"

"你这青一块紫一块的，得用多少遮瑕粉才盖得住？我早叫你请一个替身，你不听，要是惹恼了广告商，说不定会被解约的！"

"请什么替身？衡哥和季哥那么大的咖位都没请替身，我能请吗？"

"那不一样，他们是男人，你是女人！"

"在剧组里，男人、女人都是演员，没有区别。好的女替身很难请，就算请到了，打戏未必拍得比我好。我是舞蹈演员出身，拍打戏完全没问题。要是请了男替身，那粗壮的身材能看？一到露正脸的时候还得停下换我上，得浪费多少胶卷？罗导烦都能烦死我！我当年为什么走红你不是不知道。我的口碑是靠我自己的汗水甚至血水拼下来的，不能坏！"

经纪人似乎被说服了，好半晌才无奈地叹了一口气。

肖嘉树喜欢上拍戏之后就把同剧组的演员都查了一遍，自然知道苗穆青的背景。当年她只是一个普通演员，没人脉，没背景，是真真正正的草根出身，由于敢拼敢干，无论是爆破戏还是打戏都亲自上阵，这才闯出一片天地。

她有如今的地位，正如她自己所说，是用汗水和血水换来的。当年她拍一部飙车戏的时候还差点死在车祸里，出了院继续拍，从未退却过。虽说她爱周旋于一众制片人、投资商里，却也是没背景的无奈之举，可以理解。

在这娱乐圈里，人人都披着两张皮，一张皮蒙在外，一张皮藏在内，谁都有无法言说的心酸和秘密，所以看人真的不能只看表面。刚来剧组的时候，肖嘉树对苗穆青很反感，不喜欢她总来巴结自己，现在则感慨万千，心中动容。他给生活助理发了一条微信，让他去肖氏制药的研发部拿些活血化瘀的特效药过来，这才悄悄离开化妆间。

今天依然拍打戏，施廷衡和林乐洋已经绑好威亚，认真听罗导说戏，只等苗穆青来了就可以开拍。苗穆青扮演的安妮也是卧底，在凌氏集团担任会计师，却来自国际刑警组织，与施廷衡扮演的何劲不是一个系统。他们互不认识，又在调查过程中发现彼此踪迹可疑，于是打了起来。

今天要拍的正是这场戏，三人一阵打斗，完事了互相表明身份，然后结成攻守同盟。何劲负责调查外围毒枭，安妮负责调查凌氏集团，林乐洋扮演的石宇负责找出警局的内奸。

肖嘉树赶紧走过去听罗导说戏。每一次的拍摄都是一次教学，他像海绵一样，正以惊人的速度吸收着表演技巧。

"苗穆青准备好了吗？准备好了就开拍。"说完戏的罗导举起大喇叭。

"准备好了。"苗穆青竖起大拇指。

"OK，各单位注意，开拍了啊！"罗导做了一个 Action 的手势，场记立马打了板子。

肖嘉树搬来一个小马扎，蹲在罗导身边津津有味地看着显示屏，没过多久发现自己被一片阴影笼罩，抬头一看却是季冕。他一只手夹着烟，一只手插进兜里，正眉头紧皱地盯着场上。他身高足有 190 厘米，从下往上看满满都是大长腿，挺直的腰背和梳理得一丝不苟的头发令他显得格外冷漠严肃。但平时的季冕又春风化雨，儒雅俊逸，尤其在戴上金丝眼镜后，不像一名演员，倒像大学的知名教授。他自然而又多变，能把握好每一个角色。

肖嘉树盯着他看了老半天，不得不承认季哥是真的帅！每一个造型、每一个表情、每一个动作都帅！然而这都不算什么，当他认真投入表演时，那种强烈的个人魅力简直无与伦比！

季冕绷了好一会儿才去看他，无奈道："你看什么？"

看你帅。肖嘉树在心里默默回答，外表却若无其事，立马看向场上，轻轻地道："没有，我就是发会儿呆。"

季冕轻轻勾了勾唇角，表情不似之前那样严肃。

场上的打斗停下来，林乐洋再次吃了 NG，气得罗章维差点把大喇叭摔坏："Cut,Cut,Cut！武术指导在哪儿，把他带下去再练！踢腿都不会，你体育课是语文老师教的吗？"

连带这次，林乐洋已经吃了二十六个 NG，再带上施廷衡和苗穆青的几条，这场打戏拍得很不顺利。看得出来，林乐洋本人也很尴尬，却又难以集中注意力，而他的经纪人则一直躲在休息棚里刷微博，指尖狠狠戳着屏幕，不知在忙些什么。

林乐洋连连向罗章维、施廷衡、苗穆青道歉，然后脸色通红地看了看季冕，又看了看蹲在他脚边的肖嘉树。再拍的时候林乐洋照样吃 NG，不知不觉几小时就这样耗过去了。

"啊！"苗穆青的一声尖叫彻底结束了上午的拍摄。她被林乐洋一脚踢中左脸，很快红肿起来，看上去有些严重。

她的经纪人急得直跳脚，在罗导喊"Cut"之后连忙跑过去察看，然后逮着林乐洋骂个不停，甚至连"滚出娱乐圈"这样的话都吼了出来。林乐洋起初还乖乖受着，到后面已是眼中含泪，极力忍耐。

季冕杵灭香烟，走过去亲自给苗穆青道歉。

苗穆青捂着脸颊，表情愤恨，但季冕的咖位放在那里，她不得不息事宁人："看在季哥的面子上这次就算了。年轻人不要太浮躁，拍戏的时候认真点。"

"我知道了，穆青姐，真的很抱歉！"林乐洋连忙鞠躬，弯腰的时候两滴泪珠从眼眶里掉下来，落在了地面，却没在脸上留下痕迹。

苗穆青咬咬牙没说话。要是可以，她真想给林乐洋一个永生难忘的教训。她明天还得拍化妆品广告，现在伤了脸颊算是违约，如果广告商要终止代言，她的损失谁来赔？

季冕很无奈，正准备跟她谈赔偿问题，肖嘉树走过来，关切道："穆青姐，你擦点药，睡一晚应该能消肿。"

苗穆青接过药盒一看，竟是肖氏制药的特效药，铁青的脸这才缓和过来。她赶紧让经纪人给自己敷上，每隔一分钟就问对方有没有消肿。

肖嘉树怕她希望越大失望越大，不由浇了一瓢凉水："穆青姐，虽然这药效果很好，但是肿成这样，一天能消肿，却肯定会留下青紫。"

苗穆青刚消下去的怒火又开始熊熊燃烧，用眼刀狠狠剐了林乐洋一下。她的经纪人急得不行，连忙打电话联系皮肤科的专家。那专家也没有特别有效的办法，到最后竟然跟她说："要不你托关系买一盒肖氏制药厂生产的特效活血化瘀药吧。"

经纪人看看手里的药瓶，当真快哭了。

肖嘉树特别见不得别人哭丧着脸，安慰道："穆青姐，你别担心，消肿之后留下的瘀青很浅，能用遮瑕膏盖住。要不你干脆让广告商改策划嘛，直接让他们拍你脸青的样子，然后当着镜头的面上一个完美无瑕的妆容，更能彰显化妆品的威力。"

他原本只是开玩笑，没想到苗穆青竟眼睛一亮，拿上手机走了。她的经纪人连忙跟过去，临走还冲肖少爷比了一下大拇指。

肖嘉树满脸莫名其妙，林乐洋则心绪翻涌，久久难平。他很感激肖嘉树为自己解围，却也明白他是看在季哥和苗穆青的面子上，自己在他眼里或许什么都不是。他拿出手机，翻了翻网友嘲讽的留言，心里备受煎熬。虽然陈鹏新及时购买水军引导舆论，但效果并不显著。如果只看外表，他的确没有哪一点能比得上肖嘉树。

当他准备关掉手机，来个眼不见为净时，季冕伸出胳膊将他搂住，柔声道："笑一笑。"

他习惯性地仰起脸，露出阳光灿烂的笑容。两人头碰头、肩并肩的样子定格在照片上。季冕登录微博发送照片，并如此写道——

@林乐洋 这是我亲自签约的小新人，很有潜力，请大家多多关照。

他的粉丝有几千万，且忠心无比，之前有多嫌弃林乐洋，现在就有多拥护，短短时间全都冒了出来。

展开我们的小翅膀把洋洋抱住！

相信季神的眼光，小新人其实长得很阳光可爱，笑起来的时候还有两颗小虎牙！

超可爱！把小萌新举高高！

诸如此类的言论还有很多，几乎一下就扭转了林乐洋被肖嘉树比到泥里的处境。虽然还有人不肯罢休，却也很快被小皇冠们挤对下去，微博上顿时一片和谐。

林乐洋还在发呆，季冕又朝施廷衡招手："过来合个影，顺便推一下。"

施廷衡秒懂，与林乐洋拍了一张比较亲密的照片，然后在微博上@林乐洋，并赞叹小新人演技不俗，前途光明。两大影帝相继出来保驾护航，林乐洋的微博自然被慕名而来的粉丝挤爆了。他们纷纷加关注，十分钟不到，林乐洋的微博粉丝量就过了百万。

季冕把林乐洋带进休息棚，亲自给他打来盒饭，叮嘱道："吃饭吧，吃完饭认真拍戏，别多想。"

林乐洋这才回过神，微红的眼眶蓄满泪水。他很想跟季哥说些什么，却又觉得任何语言在此时此刻都显得贫乏无力。季哥总是如此，在他最需要帮助的时候出现，并轻轻松松带他走出困境。

他点点头，慎重道："谢谢季哥，我会努力的。"

这样的话季冕最近经常从林乐洋嘴里听见，几乎快没有感觉了。他深深看了林乐洋一眼，到底没再说什么。

陈鹏新刷了刷微博，满脸都是得意。季总果然给力，一分钟不到就把他一早上都解决不了的麻烦解决了，这就是巨星的影响力。如果哪天乐洋也能混到这个程度就好了。

然而下一秒，他得意的笑容就僵在脸上，只因肖嘉树拿着盒饭走进来，自然而然地道："季哥、衡哥，跟我也合个影呗？"

明星合影之后最喜欢干什么？当然是发微博啊！陈鹏新差点把一盒凉拌皮蛋盖在肖少爷脸上。怎么哪儿都有你？人家发微博，你也发微博，人家蹭热度，你也蹭热度，你没完没了是吧？

林乐洋的脸色也很不好看。他明白，若是肖嘉树发微博并在微博上给季哥和衡哥打招呼，两人一定会回应，他们跟他的关系可一点也不差。若是罗导看见了，说不定也会勉励几句。这些天下来，罗导对肖嘉树的欣赏和喜爱已是尽人皆知。

施廷衡夸自己那句"演技不俗"真的有些言过其实，但若安在肖嘉树头上却正合适。这些大咖一个接一个地冒出头来响应，肖嘉树的热度很快就会超过自己。眼看好不容易反转的局面又要失控，林乐洋竟暴躁起来，他是真的有点讨厌肖嘉树了。

肖嘉树对众人的心思一无所知，眼巴巴地看向季冕。季冕犹豫两秒后颔首道："在哪里拍？这里摆满盒饭，拍出来不好看。"

"这样拍才真实。"肖嘉树笑弯了眼睛，立马捧着盒饭凑到季冕身边，对助理说道，"就拍我们吃饭的样子。"

"好嘞。"助理"咔咔"拍了几张，正要给肖少爷看一看，他已经跑到施廷衡身边，捧着盒饭摆好造型。施廷衡很配合，一个新人是推，两个新人也是推，反正都是一个公司的，不得罪人。

拍完照片后季冕和施廷衡都等着肖嘉树发微博，却没料他只是拿着手机看了看，然后扒起饭来。肖嘉树常年待在国外，回来之前连微博都没有，又哪里会发照片宣传自己。他拍照只是单纯地为了留念，存在相册里而已，发什么微博！

饭才吃了两口，苗穆青回来了，笑嘻嘻地说道："妥了，广告商对我的建议很感兴趣，正在重新弄方案。小树，待会儿姐请你吃晚饭啊。"

"不用了穆青姐，我妈妈买了排骨和冬瓜，现在肯定炖上了。我要是不回去吃饭，她能把我吃了。"

苗穆青也不强求，发现施廷衡和季冕联起手来推林乐洋，冷笑一声后说道："小树，跟姐姐合个影。来，茄子。"拍完直接把照片发送给肖少爷，就等着他发完微博自己再回应，给他增加一点热度。

若非黄美轩早就警告过她不准纠缠肖少爷弄出绯闻，她一定会自己把照片发到微博上。

她一边吃盒饭一边刷新微博，只可惜等了十几分钟也不见肖少爷有动静，回头一看才发现他又添了一碗饭，正吃得香呢。拍照不发微博，你怎么回事？懂不懂营销啊？苗穆青真是恨铁不成钢，却拿神经粗壮的肖少爷没有办法。

林乐洋和陈鹏新则暗暗松了一口气，却不敢全松，生怕肖嘉树吃完饭后再把合影发出来。眼下，网友们已经从合照中猜到林乐洋与季冕和施廷衡在拍摄《使徒》，正用力夸他资源好、起点高，眼看快要盖过肖嘉树的风头。若肖嘉树这边也发了同样的照片，那简直是打脸现场啊！

肖嘉树哪里能想到拍个照而已，众人会产生这么多的内心戏，一顿饭吃得香喷喷的。其间，季冕频频抬眸看他，他也回视过去，毫不吝啬地赠送一枚灿笑。

季冕脸皮绷了绷，终是忍不住低笑起来。是不是所有专注的人都活得比较无忧无虑？不，或许用没心没肺来形容更贴切！

肖嘉树吃完饭后果然拿起手机摆弄，却没发微博，而是注册了一个小号，专门用来窥屏。他想了想，把昵称取为"别低头，小皇冠会掉"。季冕的粉丝自称"小皇冠"，这名字摆在那儿，是个人都知道他粉的是谁。

关注了季冕后，他开始浏览今天的消息，发现季哥推送了林乐洋，连忙切换大号给这条微博点赞，又给施廷衡点了一个赞。他完全不知道林乐洋被网友拿来与自己比较的事，就算知道了也不会多想。他只管拍戏，粉丝多不多、人气高不高、影响力大不大等种种完全不在他考虑范围之内。

他始终相信一句话——对演员来说，好的作品才代表一切。

用完大号后他切换回小号继续窥屏，发现网友竟拿季哥和施廷衡比较起来，从长相到身材，从身材到气质，从气质到演技……吵得不可开交。肖嘉树很少关注国内娱乐新闻，又哪里见过这等大戏，不免看得津津有味，看完手痒，不辞辛苦地写了一段话——

不是我吹，季神的演技目前在国内无人能敌，拿到国际上也鲜有对手。他每一部电影都堪称经典，《乱世流离》中的孔苟、《最后一片海洋》中的贺云雷……

洋洋洒洒、有理有据地夸了一大堆之后，他骄傲地说道——

季冕的发展比施廷衡好。为什么？因为他够全面，几乎没有他掌控不住的角色。反观施廷衡，这些年来一直在重复自己，说起硬汉、英雄、正派，大家首先想起的就是他扮演的角色。如今的他已经定型了，戏路很窄，这是他最大的不足之处。

我看过他拍摄的《黑山》，讲的是一个性格窝囊的小职员在上司的欺压和妻子的背叛下黑化却复仇失败的故事，结局很惨，也带着一点黑色幽默，是他票房最烂、口碑最差的一部电影。但是我要说，摆脱掉英雄形象的施廷衡完全发挥出了自己最高超的演技。他是一名被严重低估的演员，他其实可以驾驭更多角色，只是没人能认识到这一点而已。如今的他，不是败给了自己，更不是败给季冕，而是败给了影迷。

打完字后，肖嘉树偷偷摸摸瞟了施廷衡一眼，这才点击发送。
季冕一边吃饭一边打量肖少爷，满目复杂。

14 入戏

施廷衡吃完饭，习惯性地打开手机刷微博，然后就看见一条引起热议的评论。这条评论来自"别低头，小皇冠会掉"，洋洋洒洒一大堆，说的是自己和季冕在演艺事业上的不同发展。下面有很多网友留了言，有表示认可的，有嗤之以鼻的，还有粉丝追着骂，说小皇冠在侮辱施影帝，太可恶了。

施廷衡抱着好玩的心态看了两行，然后表情越来越严肃，眉头也越皱越紧。几分钟后，他徐徐道："这小皇冠是谁啊？简直是……"

坐在一旁的肖嘉树瞟了他一眼，随即悄悄溜走。虽然这样说有些对不住衡哥，但季哥的发展是真的比他全面啊，自己不能昧着良心说话。

施廷衡并未注意到肖少爷的异常，咬了咬牙根才继续道："简直是说到我心坎上了！老子的演技差？不是！老子的戏路被严重限制了！公司和影迷不让我演别的角色，我有什么办法？我最喜欢的一部电影就是《黑山》，但每次记者问我类似的问题我都不敢回答，我心里苦啊！这个小皇冠很有眼光嘛，不行，我得给他点个赞。"边说边用力戳了一下手机。

他的粉丝原本还在喷小皇冠，看见偶像竟然站出来点赞，顿时安静如鸡，还有人傻乎乎地问："怎么回事？施影帝被盗号了？"

盗个屁！施廷衡心里默默回了一句，然后乐呵呵地点开小皇冠的微博，发现这是一个刚注册的小号，只关注了季冕一人，不禁有些酸溜溜的。都说季冕的粉丝是数量最多，素质最高的，这话果然没错。从字里行间可以看出来，小皇冠应该是一个专业的影评人。如果不是把自己和季冕的电影全部看完并理解透彻了，他绝对说不出那番话。

季冕盯着评论看了好一会儿，指尖停留在点赞上，终究没按下去。网友本就爱拿他和施廷衡比较，若他也站出来响应，这事就闹大了。

"你该转型了。"他看向好友徐徐开口,"三十四岁,年纪正好。"

"我也在考虑。"施廷衡笑呵呵的,"下一部电影我想演一个反派,坏得流油那种。"

季冕莞尔:"如果有好本子我推荐给你。长着正派脸的反派,应该会很有意思。"

林乐洋一边吃饭一边听两人聊天,被网友拿来与肖嘉树比较的郁气早就散了。苗穆青小睡了二十分钟,醒来后红肿果然消退,只留下一些青紫,拿遮瑕膏盖一盖勉强能看,她便也没之前那么恼怒了。

于是,下午的拍摄在一片和谐中开始,那场打戏只 NG 了几条就过,终于让罗章维的棺材脸缓和了一点:"OK,这条过了,下一条准备。"

剧组转移到摄影棚外的篮球场,继续拍摄凌氏兄弟的日常。

肖嘉树已经换好休闲服,正与几名群众演员聊天。他们年纪都很轻,最大的二十岁,最小的不满十六,拍一场戏拿一百块钱,带台词的话有二百块。

"你们爸妈同意你们出来拍戏?十五六岁的年纪应该还在读书吧?"

"不同意,我们自个儿偷跑出来的。"

"那多不好啊,还是得跟他们说一声,要不然他们都不知道你们在外面干什么,安不安全。"肖嘉树正准备苦口婆心地劝一劝这些小演员,却见季冕慢慢走过来,身上穿着一套休闲服,头发并未像往常那般用发胶固定到脑后,而是蓬松柔顺地垂落于耳旁,看上去年轻了好几岁,气质也格外柔软。

而电影中的凌涛在面对凌峰时也是如此。在人前,他是威严的凌氏集团总裁,说一不二;在人后,他是贩毒集团的头目,残忍无情;在弟弟面前,他却是最睿智、最温柔的兄长。他的生活被切割成了两面,黑暗的一面留给自己和整个世界,光明的一面只留给弟弟。

看见他的新造型,肖嘉树眼睛一亮,完全不担心自己待会儿找不到感觉。为了贴合人物形象,季冕已考虑到了方方面面,从外表到眼神再到气质,无一不妥,与他对戏实在是一份轻松的工作。

"罗导,我准备好了。"肖嘉树很有自信地冲罗章维比了一个 OK 的手势。

季冕也点点头,走到场边站好。

"Action!"罗章维一声令下,两人沿着篮球场开始散步。

小演员们扮演社区里的小孩在打篮球赛,等两人走到近前便要不小心把篮球拍飞。按照剧本，肖嘉树应该接住飞来的篮球，然后抛回去，并得了一个三分。小孩们纷纷拍手叫好且邀请他一块儿玩，他把凌涛也拉上场，兄弟俩一边打篮球一边回忆幼时的快乐时光。散场后，凌涛便做下一个决定——拒绝新型毒品流入东南亚的计划，因为他不想毁掉弟弟眼里的美好世界。

但真实的情况是……肖嘉树是个运动白痴，明明篮球正对着他飞过来，他硬是接不住，还一个头朝下差点栽倒。所幸季冕飞快拽了他一把，这才拯救了他的俊脸。

"哥，还好有你！"肖嘉树站稳之后抬起红通通的脸，明亮的眼里满是感激和崇拜。

手已经举起来的罗章维看见他崇拜指数满分的表情又慢慢放了下去，并未喊"Cut"。

专业的演员都具备一流的临场应变能力，只要导演不喊停，哪怕台词和剧情全演脱了，他们也能照常发挥。季冕揉了揉肖嘉树的脑袋，轻笑道："在国外没好好锻炼吧？接个球都接不住。"说完捡起球，远远扔进篮筐。

原本这个镜头不会拍全，不管进没进，剧组都会补拍一个投进的特写，后期再进行剪辑。但季冕是个运动高手，站在场外几米远的地方也能投进一个空心三分球，动作非常完美。

小演员们真心实意地鼓起掌来。肖嘉树呆了呆，随即热切地说道："哥，你怎么什么都会？我这个留美高才生在你面前真是一无是处。"

"说什么傻话呢？哥哥不会读书，但我弟弟是学霸。"季冕满脸骄傲，然后在小演员们热情的邀请下卷起袖子，把肖嘉树拉入篮球场。

肖嘉树这个废柴不是打篮球，是被篮球打，好在有季冕帮他出头，否则输惨了。兄弟俩一个狼狈万分，一个游刃有余，进球之后击个掌、抱一抱，场面比剧本中描写得更妙趣横生，也表现出了凌涛更为柔软、温情、生活化的一面。若是把这副面貌与他后期的残忍疯狂做对比，剧情会更有矛盾性和冲突性。

肖嘉树认认真真地打篮球，完全忘了在演戏，直到季冕退到场边，用温柔的目光看着自己才清醒过来。季冕的表情十分复杂，似乎很欣慰，又似乎透着几分沉重。但无论怎样，在面对弟弟时，他嘴角始终挂着一抹微笑。那微笑很温暖、很轻柔，像雨露一般洒在肖嘉树身上。

肖嘉树不知怎的竟想起了"末路"那场戏，凌涛用沾满鲜血的手一遍一遍拢着凌峰的骨灰,最终平静地死去;转念又想起"弑亲"那场戏,他抱着凌峰的尸体,用绝望的语气一字一句说道:"小峰,你不明白,人的手一旦染黑了,永远都洗不白。"

为什么洗不白?不是他不想洗,是不能洗。他如果变得软弱,第一个受害的绝对是弟弟凌峰。他这一生都在呵护着凌峰,把最美好、最光明的一切都留给他,却最终失去了所有。

肖嘉树的心一下子就被这种义无反顾的亲情占满了。他把球扔给别人,站在篮筐之下冲哥哥微笑。他并不知道自己此刻的笑容有多温暖、多纯粹,他只是热切地期盼自己唯一的亲人能获得幸福。他小跑到季冕身边,真心实意地道:"哥,你是不是该结婚了?你别总顾着我,也该为自己考虑考虑。我长大了,从今往后换我来照顾你。"

季冕拍拍他肩膀,柔声道:"我等你结婚之后再考虑个人问题。还玩吗?不玩我们就回去?"

"不玩了,我去喝口水。"肖嘉树摆摆手,朝场边的饮水台跑去。

季冕盯着他的背影,笑容由深变浅,最后定格为凝重。他拿出手机,沉声道:"终止计划。"由于弟弟的存在,他不想把灾难带来,而此刻的决定正是一切悲剧的开端。

"Cut!"迟迟没动静的罗章维大吼一声。

肖嘉树喝了两口水,又在篮球场边坐了坐,等强烈的心疼感过去才慢吞吞地走到导演身边查看视频。季冕却站在原地许久没动,然后以手掩面缓缓摇头。

方坤见势不对,连忙走过去询问:"你怎么了?"

季冕放下手,哑声道:"我刚才入戏了。"

"啊?"方坤惊讶极了,将他上上下下打量了好几遍。别人不知道,他还能不了解?季冕属于典型的表现派演员。

什么叫表现派?用法国著名的表演艺术家老科格兰的话来说:"演员必须能够自制,尽管他扮演的人物热情如火,但他本身却必须冷若冰霜,他必须像个无情的科学家似的解剖每一根颤动的神经,剥露每一条跳动的脉管,任何时候都要使他自己像一个古希腊神一样,以免心里的热血冲上来破坏他的表演。"

季冕正是这样一个冷若冰霜又无情无欲的表演者。他可以轻易让别人入戏,但他自己哪怕已化身为角色本身,内心也毫无波动。他的理智永远在操控他的身体和情感，使他外在的表现无懈可击。

但此时此刻，他竟然说……他被带入戏了？那个人还是刚入行的肖嘉树？

方坤对季冕的话表示严重怀疑："不能吧？刚才那场戏情节很简单，你们什么也没干，就打个球、说几句台词而已，怎么可能入戏？"

季冕摇头苦笑："你不明白，他回馈给我的感情太真挚了，没有一丝一毫的虚假。他的外在表演或许有所欠缺，但他迸发出来的情感是真实的。有那么一瞬间，我竟然真的把他当成了我的弟弟。"

那种被温暖的祝福、热切的期盼所包围的感觉，季冕一时间不知该如何形容，更糟糕的是，他竟然完全没办法立刻摆脱掉这种包围。他的人生从未被祝福过，也没有人对他抱有期盼，所以他很不习惯。

"这么厉害？"方坤还是有些不相信。季冕看似温柔随和，但其实只是表象，真正的他总是过于理智，从不会让情感支配自己的行为。他觉得应该立业，于是便成了影帝；他觉得应该停下，于是便有了退居幕后的决定。

他的人生一直在他的掌控之内，所以他更喜欢表现派的表演方式，那会让他始终保持清醒。谁也不知道，当他塑造一个又一个经典的人物形象时，在银屏之外，他经过了多长时间的准备和练习。他能为了演好精神病患者专门跑去精神病院住几个月，也能为了演好农民去乡下种地。他的演技靠的是历练、经验和模仿，而不是所谓的"共情"。

但谁也不能否认，他高超的表现能力和丰富的人生经验使他塑造的每一个角色都栩栩如生。忽然之间从一种表演方式跨越到另一种截然不同的甚至可以说完全相反的表演方式，他肯定很不好受吧？

想到这里，方坤不免紧张道："你还好吧？要不要回休息室独处一会儿，让自己出戏？"

"不用了。"季冕思忖片刻后忽然摇头低笑，"其实这种感觉并不坏。"

"那就好。来，喝点水。"方坤松了一口气，把一瓶矿泉水递过去。

肖嘉树也被强烈的心疼感影响着。如果他是编剧，一定会把凌峰和凌涛的结局改一改，哪怕破产，哪怕坐牢，哪怕一起逃亡海外，也比现在双双惨死的结局好一万倍。唉，人真的不能走错路，错了一步，等待自己的将是万劫不复。

他一边感慨一边盯着显示屏，想要看看刚才的拍摄效果，然后才迟钝地意识到：咦，他好像完全没按照剧本来演吧？台词也一句没对，罗导怎么不喊"Cut"啊？

　　罗章维为什么不喊"Cut"？答案全在肖嘉树的眼睛里。他差点摔倒之后看向季冕的眼神里充满了弟弟对哥哥的依恋，只这一瞬间的感情流露便足以说服导演，继而说服观众。

　　肖嘉树或许没有感觉，但在摄像机里，他黑白分明的眼眸忽然显现一种亮泽，这亮泽迎着黄昏的日光微微颤动，里面饱含着心疼、温暖、敬爱与感激。他是多么热切地希望为自己付出一切的哥哥也能找到最终的幸福，而他在球场上的笨拙表现也让哥哥意识到弟弟还像幼时那般需要自己照顾，所以他不能在泥潭中越陷越深。

　　"演员工具论"在如今的电影圈大行其道，很多导演认为电影演员是实现导演意图的活道具，只需机械地听从导演的任意摆布，在气质和形象上符合角色设定就好，有没有演技完全无关紧要；更有人提出"没有不会演戏的演员，只有不会拍戏的导演"，把一部电影的成功与失败完全归结于导演的能力。

　　但罗章维并不认同这个说法。某些重要的镜头，他会要求演员按照自己的意图去原原本本地展现，但某些日常剧情，尤其是那些需要很多感情才能成功铺垫的镜头，他会放任演员去发挥。

　　很显然，肖嘉树就具备这种自行参悟并创造角色的能力，与他配戏的季冕也有足够的能力配合他。若是换个人来，这场戏一定毁了。

　　"很好，这条过了。"他看向乖乖坐在小马扎上的肖嘉树，赞许道，"小树，你的优点是感情丰沛，容易入戏，缺点是肢体动作不够协调。你平时可以多做一些肢体动作的练习，然后多看看书、旅游旅游，积累一些生活经验。肢体动作协调，感情流露真挚，生活阅历丰富，你的演技才算是成熟了。"

　　"好的，罗导。"肖嘉树认真点头，看见季冕走过来，脸一红，连忙拎着小马扎跑了。不行，他现在还无法面对季冕，总想抱抱他、拍拍他，劝他改邪归正。

　　季冕盯着他的背影看了好一会儿，末了扶额失笑。改邪归正？什么鬼？

　　林乐洋走到季冕身边，悄悄扯了扯他衣袖："季哥，你能跟我来一下吗？"

　　季冕眼底的笑容微微凝固，把人带进专属化妆间后问道："什么事？"

　　"季哥，我想再招一位生活助理。"

　　"两个助理不够用？"

"够用,只是陈鹏新的妹妹高考失败,又不肯复读,想来京市闯一闯。她学历不高,别的活儿干不了,来给我当生活助理正合适。"毕竟是好兄弟的亲妹妹,林乐洋哪能不管。

"我如果不同意呢?"季冕沉声道,"你要明白,她是陈鹏新的妹妹,你平时不好让她做事,只能供着。还有一点,她和陈鹏新若是有了不轨的意图,联起手来就能把你控制得死死的。你最好不要招太多亲戚或朋友,办不了事,麻烦还多。裙带关系会毁了一个优秀的团队。"

因为林乐洋已经答应了陈鹏新,不免有些着急:"季哥,工资我自己来出,不会麻烦你的。等她干完这个暑假,我给她联系学校复读。再说我和陈鹏新一块儿长大,对他们兄妹很熟悉,他们不会害我。"

"别的不提,我只问你一点,你怎么给她联系学校?没有京市户口和京市学籍,哪个学校肯收她?"

林乐洋哪里会不知道外地人来京市求学有多难,他当初能重新上大学也是多亏了季哥的帮助。他满以为这次不用自己开口季哥也会把事情包揽过去,却没料自己被季哥一句一句问蒙了。季哥不是很乐于助人吗?

季冕脸色微僵,末了叹息道:"行,你先让她来,来了之后我再看看。如果是个靠谱的,我就给她联系一所学校。"

"谢谢季哥!"林乐洋高兴地跑走了。他得把这个好消息告诉陈鹏新,还要给他妹妹买最近一天的机票。

下午,扮演幼时凌涛和幼时凌峰的两位小演员前来报到。肖嘉树原本已经走了,看见小演员又转回来,准备看看他们怎么演戏。

罗章维认认真真、详详细细地给他们说了一遍戏,趁他们酝酿情绪的时候对坐在小马扎上的肖少爷说道:"别看他俩年纪小,一个十三,一个六岁,却已经有两三年的表演经验,演技不比你差。待会儿你好好观摩观摩,多学一学。"

"两三年啊?那小的那个不是三四岁就出来拍戏了?"肖嘉树瞠目结舌。

"他们出身演艺世家,父亲开了一个儿童剧团,母亲是唱京剧的,自然入行早。"

"难怪。"肖嘉树恍然大悟。

接下来要拍摄的是凌父、凌母被仇人虐杀的戏,兄弟俩躲在安全屋里逃过一劫，而凌涛却通过监控器全程目睹了父母的惨死，自此黑化。两位小演员穿着脏衣服，脸上和手臂等处抹了一些血迹。

要表现出极致的恐惧和刻骨的仇恨可不容易啊！肖嘉树刚想到这里，罗章维便喊了一声"Action"，两位小演员躲在安全屋的角落里，哥哥抱住瑟瑟发抖的弟弟，满是惊恐的双眼死死盯着监控器。

监控器上正在播放王副导演事先拍好的凌父、凌母被残杀时的画面，为防吓着两个孩子，像素有些低，音效也不逼真，后期还得靠剪辑师重新剪辑。

但弟弟入戏很快，一下子就抖起来，一边哭泣一边把头埋进哥哥胸膛。哥哥将他的脑袋按了按，然后意识到什么，立即用手捂住他的眼睛，自己却无论如何也无法将视线从监控器上移开。

他眼睛睁得极大，说是目眦欲裂也不夸张，漆黑的瞳仁里先是布满恐惧，然后恐惧又变成了汹涌的仇恨。他紧紧咬住牙齿，以免自己哭出来。他的眼眸越来越暗沉，最终变成了两口深潭，把一切光明吞噬。

是弟弟的颤抖将他从魔怔中唤醒，他用力圈住弟弟瘦小的身体，扭曲的面容缓缓恢复平静，眸子里却再也没有光。这一幕结束了⋯⋯

罗章维嘶嘶吸了几口气，这才举手说道："OK，这条过了！"

围观的工作人员纷纷鼓掌叫好，肖嘉树已经惊呆了。他原以为这么难的一出戏，又是由两个小孩来演，怎么着也得NG个二三十条，却没料这二位一次就过，感情还那么到位，简直是让人震撼啊！

等小演员手牵着手走下来，他连忙迎上去，笑眯眯地问道："你俩长得真像啊，是亲兄弟吗？叫什么名字？"

"哥哥你好，我叫魏博容，他叫魏博艺。"大点的少年很有礼貌地做着自我介绍。被他牵在手里的小男孩奶声奶气地叫"哥哥"，眼眶和鼻头红红的，身上还满是血，一看就很招人疼。

"哥哥车里有浴室，水是热的，带你们去洗一洗好不好？"肖嘉树决定认真拍戏后便把保姆车换成了房车，里面什么设备都有，随便在哪儿拍戏都跟在家一样方便。

兄弟俩看向保姆，保姆又看看肖嘉树的穿着打扮，最终同意了。这么贵的房车，这么贵的行头，应该不会拐带小孩吧？

肖嘉树乐呵呵地把兄弟俩带上车，又从各个柜子里翻出很多零食，然后卷起袖子问道:"阿姨,要我帮忙吗?"

保姆受宠若惊地摆手:"不用不用,博艺很乖的,自己就能洗。"

"那行,您随便坐。大热天的,出来拍戏真不容易,片场没有空调,孩子们还得化这种满身是血的妆,不赶紧洗洗怎么受得了。"肖嘉树把一个果盘摆在桌上,又招呼拘谨的魏博容吃东西,"来来来,喝点冷饮。冰箱里还有冰激凌,我给你们拿。"

他打开冰箱拿出三盒冰激凌,凉爽又甜腻的食物立刻收买了保姆阿姨和魏博容的心,就连浴室里的魏博艺也探出半个脑袋,脸红红地说道:"肖哥哥,我也想吃冰激凌。"

"好,给你留着呢。"肖嘉树乐得不行,然后便开始向魏博容讨教演戏的问题。

魏博容对热情爽朗的哥哥印象很好,见他只是单纯地询问演技方面的事,不免放松很多,说着说着话题便拉开了:"……所以说,我们小孩子演戏全靠模仿,多看经典的电影,多接触各种各样的人,去认真观察他们的行为举止、眼神、表情,就能逐渐完善自己的演技。"

"没错,说得很有道理,哎,你等等啊,我记个笔记。"肖嘉树一边思索一边拿出小本本"唰唰唰"地写着,看得魏博容捂嘴直笑。

魏博艺飞快洗完澡,然后眼巴巴地等着肖哥哥给自己拿冰激凌。魏博容半点也不拘谨,脱掉外套进了浴室。

肖嘉树写完笔记才发现魏博艺的眼睛快瞪直了,连忙从冰箱里拿出一盒冰激凌递给他。魏博艺是个小话痨,叽叽喳喳地说起自己拍戏的趣事,然后指了指不远处的一个摄影棚:"看,我爸爸也在那边拍戏,我在里面演世子,我哥哥演我爹。"

"你说啥?"肖嘉树怀疑自己幻听了。这是两个小屁孩没错吧?怎么一个扮演儿子,一个扮演父亲?

保姆阿姨笑起来:"你没听错。魏先生拍的是儿童剧,里面的演员全是小孩,可好玩了。哦对了,他们翻拍的剧目叫《一梦百年》。"

肖嘉树掏了掏耳朵,更加怀疑自己的听力。《一梦百年》是古典巨著之一,说的是某个古代大家族的兴衰荣辱,里面人物众多,剧情复杂,至今拍摄过八个版本,却只有最初那一版最经典,号称不可超越的经典。

如今魏爸爸不但要翻拍,还要请一众小演员来演,胆子真大啊!肖嘉树立马来了兴趣,摸摸魏博艺的脑袋说道:"等你哥哥洗完澡,咱们一起去看看你爸爸拍戏?"

"好啊。"魏博艺乖巧点头。

魏博容自然不会拒绝肖嘉树的请求,洗完澡便把他带去了摄影棚。魏爸爸正在拍摄一场宫宴大戏,小演员们穿着古装坐在长桌后,铺着红地毯的空地中有几位小女孩在跳舞,目测年龄在十岁左右,表情和动作认真得很,一会儿甩袖一会儿扭腰,自带反差萌。饰演贵族的小演员们各自斟酒、聊天、摇头晃脑,捋着胡须,如果忽略他们的年龄,简直是经典重现。

肖嘉树忍不住了,连忙背转身捂住嘴,怕自己笑出来,好不容易收住笑,这才悄悄走到魏爸爸身边,盯着他跟前的显示器。

"好,这条过了!"魏爸爸拍拍手,小演员们这才站起来松活筋骨,安静的片场瞬间闹腾起来。

"你是?"魏爸爸转头看向肖嘉树。

"我叫肖嘉树,在隔壁的摄影棚拍戏,跟魏博容和魏博艺有合作。"肖嘉树指了指显示器,"魏导,我能看看您最近拍的片子吗?"

"当然。博容,给肖哥哥搬张椅子来。"魏爸爸调出以往的视频,兴致勃勃地道,"我已经拍了七八集了,还有十集就能拍完。毕竟演员都是一些小朋友,很多情节不方便拍摄,精力也跟不上,得压缩剧本。"

"对,像最早的版本那样一下子拍八十集,小演员们受不了,观众也没耐心看。"十岁之前的每一个暑假,肖嘉树都会被薛淼带着重温这部连续剧,又怎会对它不熟悉?他看着看着就入了迷,魏爸爸的导演水平和小演员们的高超演技简直让人叹为观止。

他们虽然年龄小,却善于模仿,几乎把初版的精髓吸取了十之八九,一张张娃娃脸做出或悲壮或泼辣或无赖的表情,简直能萌化观众的心。肖嘉树有些受不了,觉得自己如果把所有剧情看完,一定会忍不住要一个宝宝。

当他看到第二集时,一群大汉走进来,骂骂咧咧道:"魏江,跟你说了三点钟滚蛋,你怎么还在这儿?剩下的租金什么时候交?再不交我们把你这些破烂玩意儿全给砸了!"

小演员们吓得瑟瑟发抖,几名女工作人员连忙围过去阻止。双方拉扯起来,撞坏了几个道具箱,衣服、鞋子、仿古首饰撒了一地。魏爸爸一边疏散小演员,一边跑去保护自己的女员工，场面混乱不堪。

肖嘉树连忙把魏博容和魏博艺带去安全的地方，低声问道："怎么回事？他们是干什么的？"

"这间摄影棚是我爸爸租的，到期了那些人让他还。我爸爸不是不还，但要等到宫宴那场戏拍完。"魏博容脸都吓白了，还频频往摄影棚里看，生怕爸爸被打。魏博艺紧紧拽住哥哥衣摆，眼眶通红。

"到期了再续约啊。"肖嘉树心疼地拍拍兄弟俩。

"没钱怎么续约？我们连摄像机和道具都是租来的，爸爸跟别人借了很多钱，再不还钱，这部戏就拍不了了。这几天爸爸正准备联系买主把我家的房子卖了，以后我们就没地方住了。"懂事的魏博容低下头抹起了眼泪。

这么好的戏竟然拍不成，那多可惜！经过三秒钟的思考，肖嘉树拍板道："你俩待在这儿别动，我进去跟他们谈。我来投资，咱们一定得把这部剧拍完。"话落大步走了过去。

他的生活助理赶紧跟上，还不忘给薛淼打了一个电话说明情况。

薛淼不以为意地道："你说小树想投资拍摄儿童版本的《一梦百年》？行，让他投，钱不够我来出，拍戏之余做点投资也好。什么？怕他赔？不怕，眼光都是练出来的，慢慢就好了。你不说我差点忘了，片场乱得很，我得给他找两个保镖，十分钟内一定赶到，你别让那些不长眼的伤到小树。"话落匆匆挂断了电话。

15 投资

肖嘉树没想到,不过是一家租赁摄影棚的公司而已,请来的工作人员整得跟黑社会一样,身上文龙、文凤、文关公,还敢冲小朋友下手,真是没有王法了。

但他也知道凭自己的小身板肯定讨不了好,于是一边走一边掏出支票本,大喊道:"闹什么闹!剩下的租金我来付,多少钱报个数!"

四处打砸的大汉们纷纷转过头,见他手上戴着一只金晃晃的腕表,衣服和鞋子也都是名牌,这才慢悠悠地停手。其中一名壮汉报了个数,他"唰唰唰"几下填好支票,潇洒地甩过去:"快滚,不然我报警了。"

几名壮汉本就是老板雇的,能拿到钱谁愿意在大夏天里打打砸砸,又热又累,当下便捡起支票走人,一句多余的话都没有。

被掀翻在地的魏江这才在两名员工的搀扶下站起来,捂着有些擦伤的额头说道:"小肖,刚才真是多亏你了。我给你写一张借条,保证七天之内把钱还给你。"他那房子已经找到买主,七天之内应该能到账。

说完他看看四周,担心道:"孩子们没事吧?"

负责照顾小朋友的工作人员连忙摆手:"魏导您放心,孩子们都在外面,没受伤。只是砸坏了三台摄像机,您看……"

魏江神色愣怔,然后颓然叹息。那些摄像机也都是租来的,一台几万块,砸坏三台至少得赔小十万,也是一笔不小的开支。但无论如何,《一梦百年》都得拍下去,因为这不仅仅是他的梦想,也是小朋友们的心血。

肖嘉树见他脊梁骨都弯了,立刻征询道:"魏导,刚才我看了样片,觉得你们这部剧很有潜力,想给你们投点钱,您觉得怎么样?"

"啊?"魏江好半天才意识到肖嘉树在说什么,搓着手道,"这,肖先生,您得知道,咱们这部剧是儿童剧,还是翻拍的,目前娱乐圈还没人这么干过,能不能卖出去很成问题。您若是投资这部剧，就不怕血本无归吗？"

他也曾四处拉过投资，但人家一听说拍的是儿童剧，先就摇头，再听说翻拍的还是《一梦百年》，头便摇得跟拨浪鼓一样。像肖先生这样主动找上门来的投资人还是第一个，他无论如何也得把情况交代清楚。

肖嘉树不以为意："我看过，觉得好，所以才会投资。您和小朋友们只管拍戏，能不能卖出去是我的事。这样，您给我一份策划书、一份预算表，我先拿回去看看。"

魏江佝偻的脊背一点一点挺直了，搓着手在摄影棚里转了几圈，这才想起策划书放在自己的车里，连忙去拿。

肖嘉树一把拽住他，关切道："您别急，先把额头的伤处理一下。小朋友们就在外面，您别把他们吓坏了。"

"哎，好好好！"魏江立即坐下，让两名道具师帮自己处理伤口。

恰在此时，一群人拿着棍子冲进来，领头的大声嚷嚷道："谁他妈来砸场子？这是不把我赵川放在眼里啊！我告诉你们，我已经报警了，再不走，把你们全抓进局子吃牢饭！老魏、老魏，你怎么样了？博容和博艺在我那里，你别担心。"

薛淼派来的保镖也刚好赶到，却被赵川一行人当成流氓围了起来。

"各位，误会，误会！我们不是来砸场子的，我们是肖先生的保镖。"肖嘉树的助理满头大汗地解释。保镖们也不与普通人动手，只是做出防备的姿态。

领头的青年上身穿着花衬衫，下身套着破洞牛仔裤，脚上蹬着人字拖，半长的头发因为太久没洗油腻成条，看着更像流氓。他用食指点了点生活助理，痞里痞气道："肖先生？哪个肖先生？忽悠你爷爷呢？"

"赵导，误会！这位就是肖先生。刚才收账的人来，是肖先生帮我疏散了孩子们，还帮我付清了租金，肖先生是好人。那些流氓早就走了。"魏江挤到领头的青年身边，急切道，"他们是肖先生的保镖，刚赶到，还没了解情况呢。误会，都是一场误会，麻烦大家了！"

名叫赵川的青年看看狼狈的魏江，又看看肖嘉树昂贵的行头，这才把带来的人遣散。他们也在附近的摄影棚拍戏，一接到消息就赶来了。

"刚才真是不好意思啊。"赵川爽朗地笑起来。

"没事，你们也是好心帮忙。"肖嘉树看一眼手表，沉吟道，"魏导，要不您把策划书发到我邮箱里吧，我给您留一个联系方式。"

他犹豫片刻,又补充道:"您的房子最好别卖,卖了,**魏博容**和**魏博艺**住哪儿?后续的投资我来负责,您不用担心。"说完便想走人。

魏江感动得眼泪都出来了。头一回见面的陌生人,谁管你卖不卖房?谁管你怎么照顾孩子?肖先生真是大好人啊!他一边点头一边把人送到摄影棚门口,却没发现赵川的眼睛像两盏探照灯,唰地一下亮起来。

"肖先生您等会儿,来都来了,干脆去我的摄影棚看一看?不远,就几步路,我跟您说,我们也在拍摄一部古装大戏……"他像猴儿一般蹿到肖嘉树身边,凭着三寸不烂之舌和子弹都打不穿的厚脸皮,终于把财神爷忽悠到了百米开外的另一个摄影棚。

肖嘉树只听见他嘚吧嘚、嘚吧嘚,脑袋都被他嘚吧晕了,手臂还被他死死拽着,想走都走不了,好不容易到了摄影棚,定睛一看,越发晕乎了。古装剧的女演员可以穿抹胸超短裙的吗?那件白色嵌珍珠的是婚纱吧?还有那鞋!我虽然读书少,但你别骗我,我们的古人会穿罗马绑带凉鞋?

肖嘉树正想坚定地推开赵川递来的剧本,却听对方愤愤不平地说道:"我们这个剧组简直是良心剧组,聘请的造型师是闻名国际的新锐设计师杰斯,获得过美国时装设计师协会颁发的年度最佳女装设计师奖、年度最佳饰品设计师奖,在国外抢手得很。您看看我们演员的造型,漂不漂亮?有没有创意?我也是想不通,怎么会有人说我们的造型辣眼睛,真是太没水准了!"

"您再看看这些场景,全是按照我的构想搭建的,综合了各大朝代的建筑精髓,低调中透着奢华,奢华中又兼具典雅,不要太完美!演员们穿着精致的戏服往那儿一站,就是一幅梦幻般的油画!"

他又指了指正甩开膀子吃盒饭的几名演员,继续道:"这些演员虽然都是还没正式出道的新人,但颜值一个赛一个,不用说话也能迷死人!说到演员我就来气,前阵子有一个姓李的女艺人来面试女主角,嗓音带着金属质感,相貌也英气,很适合扮演太子,于是我就准备录用她,结果她转头就毁约,还说什么母亲病重需要钱,但我给的片酬不够。我就说那行啊,我给你分成,她也不干,还是走了,背地里跟别人嚼舌头,说我这是草台班子,拍不了戏,差点没把我气死!我这部剧场景梦幻,演员漂亮,造型新颖,情节有趣,日后肯定大火特火,到时候我看她后不后悔!"

肖嘉树推开剧本的手不自觉地改为握住,试探道:"李姓女艺人,李佳儿?"

"您认识她啊？"眉飞色舞的赵川瞬间变得小心翼翼，生怕这位肖先生跟李佳儿有什么瓜葛。

"不认识。"肖嘉树收好剧本，认真道，"我先看看你这个项目对不对我胃口，明天再给答复。这是我的手机号，你记一下，要是打不通可以来6号摄影棚找我，我白天在那儿拍戏。"

赵川脸皮厚归厚，却不是胡搅蛮缠的人，见肖先生表情慎重，不像是忽悠人的，连忙高高兴兴地记了电话号码。

肖嘉树原本是一个做事认真、目标坚定的人，否则也不会在短短四年内完成本科和硕士学业。说要投资，他便耗费了一晚上时间把《一梦百年》的剧本和策划书研究透彻，并制定了新方案。《一梦百年》剧组随时面临停拍的危险，他不抓紧点怎么行？

他略休息了两小时，这才前往《使徒》剧组，还不忘把《冷酷太子俏王妃》的策划书和剧本带上，准备在拍戏间隙看。照例为罗导等人买好早餐，他一边搅拌海鲜粥一边翻开厚厚一沓资料，眉宇间满是疲惫。

"昨天没睡好？"季冕在他身边坐下。

"昨晚熬夜了。"肖嘉树老老实实交代，并招呼道，"季哥，蟹黄包在靠左第二个食品袋里，你自己拿。"

"你喝的是什么粥？"季冕吸了吸鼻子。

肖嘉树把粥碗往季冕的方向推了推，介绍道："海鲜粥，很鲜。"

"里面有虾仁？"

"是啊，好多大虾仁，你看。"肖嘉树用勺子把碗里的虾仁捞出来给季冕看。

季冕眉头微皱，似在犹豫，大概两三秒后才从兜里取出一瓶药，干脆道："还有吗？给我来一碗。"边说边倒出一粒药塞进嘴里。

随后赶来的方坤睁大眼睛呵斥："你怎么又作死……"见肖少爷抬头朝自己看来，脸上还带着探究的神色，他不得不把余下的话咽回去。

肖嘉树从保温箱里取出一碗粥递给季冕，然后继续看剧本。方坤瞟他一眼，顿时笑了："你怎么也有《冷酷太子俏王妃》的剧本和策划书？该不会是赵川拉投资拉到你这儿来了吧？我跟你说啊，你可千万别听他忽悠，他那个剧组太奇葩了，明明是古装剧，造型整得比现代时装剧还潮，请的也都是些没毕业的学生去拍，只要长得足够漂亮就能上，根本不看演技……"

吐槽起赵川的新剧，方坤可以连续不停地说上几小时。

　　肖嘉树根本没听，注意力全集中在剧本上。这部戏的剧情真是神了！太子是女扮男装，太子妃是男扮女装，两个各有苦衷的奇葩就这样凑成了一对，婚后发生了很多事，女太子要争皇位，太子妃要打仗，最后一个当了皇帝一个当了将军，还生了一大群孩子。开头天雷滚滚，中间狗血倾盆，结局恶俗无比，简直是挑战人类的三观！

　　但更神奇的是，这样雷的剧情，肖嘉树竟然觉得很有趣，好几次都差点笑出声来。他抽出一张纸巾捂捂嘴，这才继续翻看剧照，末了开始沉思。该怎么说呢，这部戏像极了在恶搞，但它轻松，有趣，打破常规，而赵川也是采用打破常规的手法在拍摄。他采用了全新的造型、全新的演员、全新的场景，初看令人眼花缭乱，再看却又能品出一些特别的味道。

　　他的构图技巧、色彩运用、情感渲染都很独特，一点也不像第一次拍戏的新人导演，审美或许有些小众，但绝不是毫无生气的。

　　肖嘉树翻完剧照，沉吟道："谢谢坤哥提醒，但我觉得这部剧很有意思，值得尝试一下。"

　　他正准备把资料放回文件袋，季冕已伸手过来，低笑道："让我看看。"

　　"好嘞。"肖嘉树把两个文件袋一块儿递过去，解释道，"季哥，这是《一梦百年》剧组的策划书，你也看看。我觉得这两部剧都很有潜力，准备投资。"

　　"魏导的《一梦百年》？那好像是儿童剧？"季冕徐徐开口，"这些年的儿童剧不好卖，市面上大卖的儿童剧题材都很奇幻，要么是超人，要么是怪兽，要么是各种小动物，像这种历史正剧，受众面不太好定义。"

　　"我做了一份新的策划，受众面主要是成年人。"肖嘉树把自己花费一晚上时间弄好的方案找出来，让季冕先看。如果说昨天晚上他还对这两个投资心存疑虑，现在则下定了决心。他相信自己的眼光和判断。

　　季冕翻了翻投资方案，再看向肖嘉树时眸光有些闪烁。他只能给出两个评价：一、超出想象的专业策划；二、异乎寻常的精准定位。

　　"不错，很可行。"他中肯道。

　　"季哥，你不是在开玩笑吧？"方坤快笑抽了，"就那两个破剧组，还投资？一个用小孩来拍历史剧，一个用奇葩造型来拍古装剧，不把内裤赔掉算不错了。肖嘉树，季哥是在安慰你呢，你千万别当真。"

季哥是不是安慰我,我能看不出来?要知道,季哥当年可是获得了哈佛大学数学系的全额奖学金入学资格,虽然由于家庭原因没能毕业,智商也足够甩开你几十条街!我能不听季哥的听你的?肖嘉树心里很不以为然,面上却并未表现出来,笃定道:"季哥说行,那就是真行。"

"你季哥要是真的看好这两个项目,你让他也投一笔啊!"施廷衡缓缓走过来,调侃道,"季冕,光说不练假把式,你的支票本呢,快拿出来。"

季冕果真掏出支票本,认真道:"你是想独资还是合资?我也很看好这两个项目,但剧本是你带来的,策划书是你写的,我能不能分一杯羹还得问问你的意见。"

大家全都以为他在逗弄肖嘉树,玩笑开过之后肯定会全力阻止对方把钱扔水里,顿时挤眉弄眼,捂嘴偷笑。

林乐洋也来了,正坐在一旁静静地听两人说话,面上愉悦,心里却很不舒服。

当林乐洋胡思乱想时,肖嘉树兴高采烈地点点头:"好啊,季哥咱们一块儿来做这两个项目。我一点经验也没有,可以跟你多学学。分成什么的咱们晚上再谈,我把魏导和赵导约出来一起吃个饭。"边说边打开微信邀请两人。

方坤见季冕玩笑开大了,连忙去抢肖少爷手机:"哎,你先等等……"

"不用等了,就约中午,我晚上还有事。"季冕收起支票本,语气淡淡,"别看热闹了,吃你们的早饭去。"

众人虽面带惊奇,却也没再说什么,拿了早餐一哄而散。人家爱往水里扔钱听个响,关你什么事?

肖嘉树这才甩开方坤,给魏江和赵川各自发了一条微信,约他们中午去附近的饭店吃饭,顺便谈一谈投资的事。

林乐洋觉得,季冕这笔投资注定打水漂,于是趁肖少爷跑去洗手间的空当,偷偷拉了拉季冕的衣袖,规劝道:"季哥,你真的要投资这两部剧啊?我休息的时候去附近的摄影棚看过,发现他们的剧组真的很简陋,剧情奇葩,导演和演员也都不专业,根本就是胡拼乱凑的!你是不是、是不是……"

余下的话他没说完,也不敢说。

你是不是看在肖嘉树的面子上才准备投资?

季冕揉了揉太阳穴,似乎很疲惫,紧皱的眉心昭示着他正在忍受某种情绪。但他终究没发作出来,反而心平气和地解释:"这两部剧各有特色,很适合现今的娱乐市场,也迎合了观众的口味。现在的人生活节奏越来越快,生活压力越来越大,回到家再看那些抗日神剧、宫斗戏、宅斗戏,肯定会产生疲劳感。这两部剧能使人放松,甚至开怀一笑,如果拍摄质量不差,那么它们就是有受众面的,能树立起良好的口碑,哪怕不赚钱也亏不了多少。如果后期再宣传一下,做一个推广,要火不难。"

林乐洋点点头,笑容真挚:"季哥做了那么多投资都没失败过,这次肯定也能行,我支持你。"但事实上他一个字也不信。儿童剧本就冷门,再加上一部毫无逻辑性可言的古装雷剧,能火才怪!什么迎合观众的口味,季哥只是在迎合肖嘉树而已。

季冕定定地看着他,完全无法从他的眼里找出一丝一毫的虚伪,眸色不禁加深。乐洋的演技比肖嘉树差?不,乐洋拥有完全不输肖嘉树甚至远超于肖嘉树的演技,但这一点并不能令他感到高兴。

林乐洋被看得头皮发麻,正准备说些什么缓和气氛,肖嘉树却回来了,同来的还有苗穆青。她一边走一边照镜子,急切地问道:"小树,你看看我这脸上的瘀青淡了没有?"

林乐洋正为得罪苗穆青的事发愁,这会儿抢先开口:"穆青姐早,我看你脸上的瘀青好像比昨天淡了很多。"

苗穆青脸色立刻变黑了,正要开怼,肖嘉树却拧眉道:"穆青姐,瘀青一点没淡,你昨晚是不是忘了擦药?"

生活助理小周又是挤眉又是弄眼,却没料肖少爷依然给出最实诚的答案,不免扶额。肖少爷在国外待久了,完全不知道该怎么处理国内的人际关系。面对一个女人,尤其是女明星,你能拿她的脸说事?你这答案不是加分而是送命啊!

苗穆青逐渐变黑的脸色立刻转晴,笑嘻嘻地晃了晃镜子:"没淡就对了!昨天我去了莱雅总部,他们对我脸上的青紫很满意,一再要求我保持住颜色和形状,今天好拍摄一段完美变身的视频。我要是把瘀青揉淡了才真是弄砸了这份工作。现在的人越来越虚伪了,就喜欢睁着眼睛说瞎话,还是小树最可爱。"

她冲肖少爷挑了挑眉,这才走进化妆间,全程没给林乐洋一个正眼。林乐洋下意识地往季冕身后躲,满心都是委屈。他只是想给苗穆青一个安慰而已,怎么就虚伪了?

苗穆青担心在脸上留下青紫影响莱雅化妆品的代言,所以拍戏的时候很注意保护自己，现在没了顾忌，自然是放开手脚去打，拍摄效果很逼真。

罗章维特别喜欢她那股狠劲儿，几个镜头下来已是大为满意，抚掌道："穆青今天表现得很好，不比男演员差！林乐洋你看好了，待会儿轮到你的时候也照着这股劲儿去演，得真打，和你对戏的都是专业武术师，身上做了保护，不会被你那些花拳绣腿弄伤。"

林乐洋笑呵呵地答应下来，仿佛丝毫不介意罗导的直言直语，等真上场时却频吃NG。一旦心里藏了事他就很难再集中注意力，除非能把烦恼解决。

连NG几十条后，罗导有些不耐烦，让他躲一边凉快去，让别人先拍。他尴尬地捂了捂脸，瞥见季冕正朝自己招手，连忙跑过去解释："季哥，我运动神经不太发达，很多动作学不会。"

季冕掏出一支香烟点燃，徐徐道："学不会就多下些苦功，武术指导不是摆在那儿好看的，你得多跟他们练习。"

林乐洋"嗯嗯"两声，表情很乖巧。

季冕透过薄薄的烟雾看他，继续道："中午的饭局你跟我一块儿去。赵川其实并不是新人导演，他拍摄的一部短片曾获得过国际新锐导演奖，只是他一直待在国外，名气没传回来。我介绍他给你认识认识。"

林乐洋点头答应，心里也舒服很多。能不能认识什么新锐导演都无所谓，不过那两部剧一看就是烂片，季哥的钱若是投进去肯定会亏，还得想办法让他打消主意才是。看见不远处的方坤，他眼睛亮了亮。

本打算再安抚他两句的季冕忽然掐灭香烟，语气略沉："好了，去找武术指导练习吧。"

"那我去了。"林乐洋笑得十分开朗，仿佛完全没受之前那几十条NG的影响。与武术指导对练过后，他把方坤拉到角落说了一会儿话，再上场时已变得非常专注，几个很难的武打镜头几乎一条就过，令罗章维刮目相看。

季冕全程站在一旁观察他，狭长的双目微微眯着，表情有些莫测。

临到中午，方坤忽然找上季冕，直言道："季哥，我刚才和工作室的几位总监通过电话，都不看好《一梦百年》和《冷酷太子俏王妃》那两部剧。你看你要不要先回去跟大家开个会再做决定？赚了固然好，亏了损害的是全体员工的利益，你不能一意孤行啊。"

季冕正欲开口，走过来邀请他的肖嘉树却尴尬地咳了咳。若是不来这一趟，他还不知道方坤是这样想的。也是，在一般人看来，《一梦百年》和《冷酷太子俏王妃》的制作团队的确很不靠谱，赚了是撞大运，亏本才是正常。他可以拿钱出来试水，因为他不用向任何人负责，但季哥不一样。季哥是有公司的，他做出的每一个决定都关乎很多人的利益。

这样一想，肖嘉树满心都是羞愧，摆手道："季哥，你要是不方便，这事就算了。我和魏导、赵导已经约好了，先走一步。"

季冕正准备挽留，他已经脚底抹油溜得没影了。

方坤大松口气，暗暗忖道：肖嘉树挺识趣的嘛，知道不能拖累咱们公司。

季冕眉眼冷峻："方坤，你跟我几年了？"

"季哥你失忆了？你刚出道我就开始跟着你，到现在已经差不多十三年了。"

"那你应该了解我这人最恨什么。"

方坤顿时不敢开腔了。季哥最恨什么？像他这种掌控欲极强的人，自然最恨别人干涉他的决定。他可以被劝服，却不能被挟持。而方坤刚才所做便是以公司的名义在挟持他。

"公司不同意，我可以以个人的名义进行投资，我不会拿员工利益当儿戏。跟在我身边太久，顶着金牌经纪人的光环也太久，你已经失去了基本的职业素养。正好前几天公司签了一个新人，你去带一带她吧。"季冕的薄唇吐出几句话，轻飘飘的。

方坤却觉得压力倍增，嗫嚅道："季哥，你该不会赶我走吧？我刚才说错话了，我道歉。"

"我只是想让你重新体会一下该怎么做好一名经纪人。"季冕语气平淡，"行了，你回去吧。"话落转身离开。

方坤懊悔无比，却又不敢去追，只恨自己为什么要多那个嘴。季哥要投资就让他投呗，如果风险太大，自然会有公司元老去阻止，轮不到他去当这个恶人。

"季哥呢？"拍完戏的林乐洋兴冲冲地跑过来，却发现休息室里只有方坤一人。

"季哥先走了。"方坤没好气地说道。若不是林乐洋怂恿，他能干刚才那种蠢事？

"他怎么先走了，不是说好要带我一块儿去吃午饭吗？"

"我怎么知道？你自己打电话问他啊。林乐洋我告诉你，以后别在背后使坏，拿老子当枪使。"方坤冷笑道，"季哥生意上的事不是你能插手的。"

方坤愤愤不平地走了,却到底没敢去季冕面前说什么。

林乐洋脸色惨白,心绪纷乱,好半天才回过味来。什么叫背后使坏?季哥是不是也是这样想的?他心里咯噔一下,连忙拿出手机给季冕打电话,没打通又跑去找陈鹏新,让他赶紧开车送自己回公司。

季冕把手机调成静音模式,回到公司后小睡了片刻,再睁眼却发现林乐洋正坐在对面的沙发上看着自己,满脸都是忐忑不安。

"你怎么来了?"他抹开额前的发丝,嗓音透着沙哑。

没等林乐洋解释,季冕直接道:"你下午还有几场打戏要拍,回去好好休息吧。"直接将人赶走了。

林乐洋有些发蒙,等走到外间才如释重负地松了一口气。

三天后,肖嘉树已经与魏江和赵川谈妥投资的事。他虽然出身豪门,但能动用的钱并不多,满打满算,两个剧组分一分只能说勉强够用。

魏江和赵川并不打算另请大牌演员,而是把钱全用在打磨剧本,改进摄像机、道具、场景和特效上,准备拍出两部精益求精的佳作。而肖嘉树也明确表示不会干涉他们的任何决定,更不会对演员指手画脚。

有了这么好的投资人,魏江和赵川顿时迸发出百分百的热情,在后期拍摄中灵感频现,进展迅速。肖嘉树却遇见了新的麻烦,这麻烦还不是他能解决的,得去找林乐洋投诉,因为问题出在林乐洋刚聘请的助理身上。

16

酒会

该助理名叫陈鹏玉，是林乐洋的经纪人陈鹏新的妹妹，高考失利来京市闯荡，人长得挺清秀，看着也很斯文，却总爱往肖嘉树的化妆间跑，一会儿问东问西，一会儿摸摸这个碰碰那个，一点也不拿自己当外人。

肖嘉树忍了好几天，终于在陈鹏玉偷拍自己脱衣服时忍无可忍。

"林乐洋，我有话跟你说。"趁大家都在午休，肖嘉树把林乐洋叫到自己的化妆间。

"什么事？"林乐洋左右看看，羡慕道，"你的化妆间真大，还有独立的浴室。"

肖嘉树给他倒了一杯水，然后拿出手机说道："你看，这是陈鹏玉昨天偷拍的照片。要不是我的助理及时发现，她还准备发到网上去。"

林乐洋瞟了手机一眼，发现那是一张肖嘉树换衣服的照片。他双手卷起T恤，露出一截细腰和一片雪白的胸膛。T恤挡住了他的脸，像素也不是很高，除非熟悉他的人，否则根本认不出这是谁。

林乐洋觉得问题不严重，正准备为陈鹏玉求情，便听肖嘉树继续道："如果她真的把照片发到网上去了，我有权控告她侵犯我的隐私。作为一名助理，她这种行为很没有职业道德，也令我非常生气，我要求你解雇她。"

小玉是我的助理，你有什么资格要求我解雇她？这是林乐洋下意识的反应，但他并未表现出来，而是软着声调解释："小玉刚从我老家过来，年纪又还小，很多规矩都不懂。小树，你能不能再给她一次机会？"

"这是我要跟你讨论的第二个问题。她还是个未成年人，你不应该让她工作。"肖嘉树认真说道。

"我明白，所以过完暑假我会给她联系一所学校让她去复读。也就两个月的时间，你原谅她这一次吧？"林乐洋面上笑呵呵的，内心却极不舒服。肖嘉树高高在上的语气令他反感。自己不是他的下属,没必要听他的指挥。

听说陈鹏玉只是打临时工,肖嘉树严肃的表情才缓和下来,颔首道:"那好。她年纪还小,读书才是正途。你告诉她以后别再那样干,是犯法的。"

"好,我一定教育她。"

林乐洋刚走出化妆间,开朗的笑容立马阴沉下来。他回到自己的休息室,没发现陈鹏玉的身影,想了想便往外面的大棚走去。

大棚里坐满了正在吃盒饭的工作人员,季冕一点架子都没有,也混迹其中。陈鹏玉果然蹲在他身边,正仰着脸兴致勃勃地说着什么。季冕偶尔回应她一两句,表情看似温和,眸光却是冷的。

林乐洋心里咯噔一下,连忙跑过去吩咐道:"小玉,帮我打一盒饭来。"

陈鹏玉噘噘嘴:"乐洋哥你自己没有腿啊?饭棚就在那里,二十米都不到。"

"死丫头你还不快过来!三个人的盒饭我怎么拿?"站在饭棚里的陈鹏新不耐烦地吼道。

陈鹏玉满脸不情愿,又担心哥哥骂得更凶让自己没脸,这才勉勉强强地跑过去。

"肖嘉树找你说什么?"季冕随意问了一句。

林乐洋笑着摇头:"没说什么,就跟我对几句台词。"他可不能让季哥知道小玉干的那些事,否则季哥一定会责备他公私不分,更有可能让他解雇小玉。不过偷拍一张照片而已,脸还看不清,有什么关系?

季冕夹菜的手顿了顿,吩咐道:"把陈鹏玉辞退了。"

"为什么?"林乐洋笑不出来了。

"她来了三天,有干什么正经事吗?让她待在家里看书比什么都好。"

"那我等会儿跟她说。"林乐洋想也知道陈鹏玉不会答应,她刚来那天就曾说过,死也不会再回学校复读。

念头一转,他开始帮陈鹏玉解释:"是不是别人说她什么了?她年纪小,又刚来京市,还有很多地方不懂……"

"十七岁的人什么都懂,解雇她,否则以后你会很麻烦。"季冕语气慎重,见陈家兄妹端着盒饭走过来,立刻放下筷子离开。说实话,他也对陈鹏玉的纠缠感到厌烦。

"乐洋哥,季哥怎么走啦?他还没吃完呢。是不是饭菜不合胃口?我去外面的餐厅给他买一份送过去。"陈鹏玉状似热心地说道。

"对对对，乐洋你赶紧问一问。季总下午还要拍戏，吃这么少可不行。"陈鹏新怂恿道。

林乐洋怎会看不出他们急于巴结季哥的心思，顿时有些恼了："季哥有助理，不用你们多事。小玉你明天别来上班了，待在家里好好看书。肖嘉树找我投诉你，说你侵犯了他的隐私，还要告你。"他可不会让季哥背这个黑锅，自然是甩给肖嘉树。更何况这事也是真的，不是他说谎。

"什么，不就是一张照片吗，有必要大惊小怪？"陈鹏玉气极了，却不敢得罪肖嘉树，毕竟人家是豪门公子。她眼珠一转，而后朝季冕的化妆间跑去："我找季哥帮我求情。"

"你快回来！"林乐洋大惊失色，想去阻拦已经晚了，陈鹏玉早就跑没影了。

陈鹏新还优哉游哉地说道："季总才是我们的老板，要解雇小玉得季总开口才行，他肖嘉树算什么。"

林乐洋被这突如其来的变故弄蒙了，好半晌才回过神，连忙去追，刚走到化妆间门口就听季冕一字一句地说道："要解雇你的人是我，不是肖嘉树。从现在开始，你已经不是冠冕工作室的员工，这是你的工资。"

陈鹏玉面如火烧，却忍不住盯着桌上的一沓钱看。她来自一个贫穷的小县城，又只是一名高中生，何曾一次性得到过两千块？两天的工资就有两千块，一个月会有多少？想到这里她越发不甘，正想说些什么，季冕已经没有耐心了，冲两名助理摆手："送她回去。"贪婪、自私、虚荣、懒惰，这样的人根本不适合做任何工作。

林乐洋眼睁睁地看着陈鹏玉被送出去，又看着她挣脱束缚跑回来拿走两千块，临走还狠狠瞪了自己一眼，仿佛自己才是害她被赶走的罪魁祸首，心中真不知是什么滋味。

随后赶来的陈鹏新慌忙去追妹妹，一个劲儿地追问："你们这是干什么啊？快放开小玉……"

吵闹的声音渐渐远去，季冕点燃一支香烟，沉默地抽着。

"是我让你解雇陈鹏玉的，你为什么要说是肖嘉树？"季冕锐利的目光牢牢锁定他。

林乐洋瞬间尴尬起来，小声道："我怕小玉记恨你，所以才说是肖嘉树。

鹏新还得在冠冕工作室上班，关系闹僵了不好。"

"我无法理解你的逻辑，但我必须告诉你，做人，尤其是作为一名男人，得有责任心和担当，不要把自己的责任推卸给别人。陈鹏新如果记恨我，他也可以一块儿走。我开的是公司，不是家庭小作坊。"季冕一字一句说道，"乐洋，你最近让我很失望！如果你觉得我这里你待不下去，你随时可以离开冠冕。"

林乐洋彻底慌了神，哀求道："季哥我错了，你别赶我走。"

季冕眸子里的冰霜略微融化，却始终残存着一丝阴霾。过了好一会儿他才对林乐洋疲惫地道："等会儿去给肖嘉树道个歉。"

这是原谅自己了？林乐洋点点头高兴起来。

第二天，陈鹏玉没再出现，肖嘉树从林乐洋那里得知事情经过简直无语。你解雇就解雇吧，拿我说什么事？我是冤大头吗？但他到底没说什么，还接受了林乐洋的歉意。陈鹏新也变得很奇怪，总会趁他不注意的时候用仇恨的目光剜他一下，见他看过来又露出礼貌的微笑。

肖嘉树下意识地远离此人。两面三刀、阴险诡诈，是最危险的那一类人。

又过了三天，罗导拿出一个大红包晃了晃："小树，看见没？你要是能无NG拍完最后这个镜头，红包就是你的，反之一分钱也拿不到。"

最后一幕说的是凌峰从安妮那里得知凌氏集团真正赚钱的渠道是贩卖毒品，而非对外出口，不敢置信，忍不住黑进公司网络查了查秘密账簿，然后三观破碎，差点崩溃。凌涛恰在此时出现，凌峰不得不收起汹涌澎湃的情绪，把这件事掩盖过去。

罗导说了一遍戏，然后强调道："凌峰是个正义感很强的青年，肯定接受不了这个事实。小树，好好利用你脸上的每一块肌肉，尽量还原他复杂的内心感受。他很不想相信眼前的事实，却又不得不信，同时还有恐惧、失望、焦躁等。"

肖嘉树琢磨片刻，点头道："罗导您放心，我肯定不会让您浪费钱。"他之所以如此自信是因为他忽然想到，如果把凌涛换成哥哥肖定邦，把凌氏集团想象成肖氏制药，而自己忽然有一天发现，最优秀、最有能力的哥哥竟然靠贩卖毒品赚钱，自家公司生产的不是药，竟是毒品，自己会有什么样的心情？

只一瞬间，肖嘉树全身的血液都冻结了。

16 酒会

  罗章维看见肖嘉树的表情变化，立马抚掌："OK，就是这种状态。各部门注意，准备开拍了啊！三、二、一，Action！"

  肖嘉树的指尖在键盘上飞快移动，几秒钟后又僵硬地停下，目光微凝，眉头紧皱。电脑屏幕上出现一份秘密账簿，记录着凌氏集团最近半年的毒品买卖，业务范围几乎囊括了整个东南亚，毒品种类更是多达数百种。

  毫无疑问，凌氏集团正如安妮说的那样，是一个大毒窟，凌涛也不是什么民营企业家，而是东南亚地区实力最强的毒枭。找到确凿证据的凌锋简直不敢相信自己的眼睛，却又不得不信。他盯着电脑屏幕，视线仿佛被什么可怕的东西攫住，根本移动不了，片刻后竟连眼皮都开始颤抖。他完全忘了这是在演戏，更无法按要求做出惊恐的表情。他如坠深渊，不敢面对，只能死死捂住自己的脸，仿佛不去面对，眼前的一切就都不存在一般。

  捂脸的动作违背了罗章维的初衷，这样一来，观众还怎么去领会凌峰此时此刻的绝望感？但是，当罗章维准备喊"Cut"时，却看见了肖嘉树青筋暴突的手背，还有他越咬越用力、已完全紧绷到快要变形的下颌骨，最后，他修长的脖颈也开始染上紫红色，青筋一条一条浮出来，似乎快要撑裂。

  只有极端的恐惧和焦躁才能让一个人出现这样的生理反应，它是如此逼真，动作表达出来的情绪远比一个表情更强烈。罗章维举起的手慢慢放下了，示意季冕上场。

  季冕立刻收起满心震撼，推门进入办公室。

  肖嘉树身体微微一僵，然后迅速调整好心态。他并未立刻放下捂脸的手，而是继续靠在椅背上，似乎只是在闭目养神，另一只手却握住鼠标微微一动，将账簿关掉。当季冕走到他身边时，他才自然地放下手，露出满是血丝的眼睛。

  "这么晚还没走？"季冕状似不经意地扫了一眼电脑。

  "在做计划书。这次的项目风险太大，我没有把握。"肖嘉树疲惫地叹了一口气。屏幕上显示的不是账簿，而是一份正在完善中的企划方案，堆叠在他手边的也都是相应的数据资料，进一步佐证了他的话。

  季冕不动声色，眸光却柔和下来，拍拍他肩膀说道："别做了，跟我去吃夜宵。还记得城南那个烧烤摊吗？现在还开着呢。"

  "现在还开着？"肖嘉树疲惫尽扫，状似轻松地道，"那你等等我，我给文件存个档。"

"好，我等你。"季冕站在办公桌对面，肖嘉树存好文档关上电脑，这才站起来露出后背。他淡蓝色的衬衫早已被冷汗湿透，一大片水渍印在背部，显得非常扎眼，而室内开着空调，温度只有二十摄氏度左右，别说穿着衬衫，就算再加一件外套也不会觉得热。

若是季冕注意到这件衬衫，或许他能猜到一些端倪。但肖嘉树一点也不慌，拿起搭放在椅背上的西装外套，自然而然地穿上，掩盖住了唯一的破绽。

他走到季冕身边，笑容爽朗，季冕则将手按在他后背上，轻轻拍了拍。兄弟俩走出办公室，感应灯在几秒钟之后开始一个接一个地熄灭……

这只是一个情节再简单不过的镜头，但演员所要表达的情绪是强烈的、慑人的，甚至是颠覆性的。为什么？因为凌峰的整个世界就在这一刻尽数崩塌，不留灰烬。而肖嘉树若是不能表现出他的无助和恐惧，这一幕便彻彻底底失败了。但当季冕走进办公室后，他又要及时掌控住这种无助的情绪，让它既在体内翻腾，又不能显露于表面，这就很考验演员的演技。

罗章维原本还担心肖嘉树不能演绎出自己所需要的那种感觉，但他做到了，而且做得很好。当他站起身露出被汗水湿透的后背时，这一幕的效果几乎可以用完美来形容。

越是不起眼的细节越能表现出深层次的情感，一名优秀的演员不仅肢体动作要带着戏，眼里要带着戏，连身体的每一个细胞都要参与到表演中。

"Cut！"罗章维掏出红包，故作不情愿地道，"拿去，拿去，这条过了！"

"谢罗导打赏！"肖嘉树接过红包，然后蹲坐在自己的专用小马扎上，准备回看拍摄效果。季冕也走过来，眼睛盯着显示器。

罗章维将之前的视频回放一遍，季冕这才看见肖嘉树汗湿的后背，眸光不禁闪了闪。作为搭档，他当时一点也没发现这个破绽，相信电影中的凌涛也是一样。这不是在演戏，而是实打实的恐惧、无助、焦躁，所以才会产生这样的生理反应。

肖嘉树可真是……季冕垂眸去看他，却发现他沉着一张脸，嘴唇也微微泛白，状态极其不好。

肖嘉树入戏很快，出戏却很慢。他完全没法从凌峰的感情中抽离，甚至有点怀疑人生。凌氏集团那么赚钱是因为贩卖毒品，那肖氏制药呢？要知道肖氏制药本来就靠生产药物起家，合成几种毒品简直轻而易举！如果他们私底下也搞几条毒品生产线，然后把成品混在一大批药物中运送到国外……

他越想越害怕，连身体都发起抖来。

季冕隐忍了片刻，最终弯下腰，拍了拍他冷飕飕的后背。

肖嘉树没有反应，他已经完全被莫须有的想象吓蒙了。

季冕抹了抹头发，表情似无奈又似好笑，然后蹲下身与肖少爷平视："想什么呢？"

肖嘉树打了个哆嗦，差点从小马扎上掉下去。他没有焦距的眼睛渐渐映照出季冕的身影，这才从虚幻中抽离，艰难道："没想什么，就是在发呆。"

"去化妆间休息休息，喝杯热饮。"季冕拉他起来，见他不忘带上小马扎，嘴角飞快划过一抹笑意。什么时候狂霸傲的肖少爷变成了走哪儿便把小马扎带到哪儿的穷小子了？

肖嘉树木愣愣的，被季冕一路拖着走，直到一杯热牛奶下肚才稍微好点。

"入戏太深时最忌讳一个人待着，越待越爱胡思乱想。你手机呢？给家里人打个电话。"季冕提议道。

肖嘉树睁大眼睛，似有所悟，然后飞快跑到门外，悄悄地给肖定邦打电话："哥，你在哪儿呢？"

肖定邦严肃的声音从听筒里传来："在公司。有什么事吗？"

"哥，咱家到底是干什么的？"

"制药的。"

"没干什么违法犯罪的事吧？"

肖定邦沉默良久，似乎在暗暗运气，过了好半晌才咬牙切齿道："晚上回家一趟，我给你洗洗脑子。"

"不不不，我不回去。没干就好，哥，你千万不能走错路啊！"肖嘉树赶在大哥暴怒之前挂断电话，这才狠狠舒了一口气。他推开房门，探进去半个脑袋，感激道："季哥，谢谢你的牛奶，我已经没事了。"

季冕随意地摆手："不用谢。拍戏归拍戏，别和现实弄混了。"

"我知道了。"肖嘉树点头答应，然后关上房门，走出去十几米才想起小马扎还留在季哥化妆间里，连忙跑回去拿。敲开房门之前，他好像听见一阵低沉的笑声，但开门之后，季哥的表情很严肃："还有什么事？"

"我忘了我的小马扎。"肖嘉树奇怪地看他一眼。

季冕嘴角不自觉地往上勾了勾，又迅速抿直，将小马扎递给他，调侃道："喏，你的专属宝座。"

肖嘉树脸颊微微泛红，再次道谢后便一溜烟儿地跑了。他前脚刚走，林乐洋后脚就到，压下满心不适，状似不经意地问："季哥，肖嘉树找你干什么呢？"

"他入戏太深，我让他缓缓。"

缓缓可以，就不能在外面缓，非要带进化妆间？林乐洋止不住这样想，却又不敢多问。好在肖嘉树的戏份已经全部拍完，今后不用再看见他。

季冕把杯子洗干净，并不过多解释什么。有时候解释得越多，情况反而会越复杂。

"我有一笔投资要谈，得跟罗导请三天假，"他徐徐道，"你好好拍戏，别分心，也不要跟不熟悉的演员或导演去吃饭。"

"我知道。"林乐洋乖巧地答应下来。

季冕嘱咐他："我先走了，你中午多吃点再好好睡一觉，下午还要拍几场打戏。拍之前让道具师多检查几遍威亚，注意保护自己的安全，实在拍不了就用替身，别怕丢人。"

林乐洋连连点头。把季哥送上车后，他走到大棚吃饭，却见陈鹏新正与一名副导演凑在一起嘀咕着什么，表情有些神秘。副导演走后，他端着两盒饭飞快跑过来，兴奋道："乐洋，晚上我带你去参加一个酒会。"

"我不去。"林乐洋下意识地拒绝。

陈鹏新恨铁不成钢地斥责道："你知道是什么酒会吗就说不去？告诉你，是丁震组的局，还邀请了很多大导演，我好不容易才帮你打通关系！你知不知道自己会错过多少机会？你傻啊！"

丁震是创维娱乐公司的老总，可说是跺一跺脚就能让娱乐圈抖三抖的人物。他性格豪爽，出手大方，时不时便举办一次酒会，邀请许多大导演或人气偶像出席，不图炒作，就图一乐呵。

能受邀出席他的酒会，对目前毫无人气的林乐洋来说不啻于一种荣耀。他迟疑了，但很快就想起季哥的吩咐，再次拒绝："我不去。"

"为什么啊？你给我一个正当的理由！"陈鹏新怄得要死。

"季哥不让。"

"季总要是知道我们能拿到丁震的邀请函，不定得夸我们能干呢！季总是老板,每天要应付很多事,他不能把全部的精力都用来栽培你,你得自己想办法,找出路。那么多好资源都是天上掉下来的?不是!是靠咱们自己去争,自己去抢的!你现在还不红,季总不会多关照你,等你红起来,他才会把好资源给你。你得先靠自己努力啊!"

陈鹏新的话触动了林乐洋的心弦。是啊,他走上这条路,不就是想凭借自己的努力追赶上季哥的步伐吗?他怎么现在反而对季哥越来越依赖?这样下去他恐怕连自我都会失去吧?

"行,我去。酒会几点钟开始?"林乐洋咬牙答应下来。

"晚上七点。六点半我来你家楼下接你。"陈鹏新飞快道,"我跟你说,汤戈就是在丁震的酒会上认识了张导,而后主演了张导拍摄的《梨花雨》。他去年还一点名气都没有,今年就大火特火,成了一线明星。你想想,从十八线到一线,就一个酒会的距离,你能不好好抓住机会吗?娱乐圈里什么最重要?人脉最重要!"

"知道了,我会好好把握机会的。"林乐洋心头火热,很快就把季冕的嘱咐忘到脑后。

与此同时,肖嘉树也从黄美轩那里得到一张请帖:"丁震?不认识。"

"没必要认识,就过去吃个饭。主要是胡铭导演也会去,他最近在筹拍一部悬疑恐怖片,购买的是国外很有名的一部恐怖小说的影视版权。那小说全球发行量高达几千万册,粉丝都在关注。你过去跟胡导熟悉熟悉,我准备让你去试镜演男一号。"

"不会是《逐爱者》吧?"肖嘉树瞬间来了兴趣。《逐爱者》是国外著名恐怖小说,一版再版,发行量已接近八千万册,拥有全球众多粉丝,影响力巨大。能拿下它的影视版权,足以彰显胡铭导演的实力。

"没错,就是《逐爱者》。你去不去?"黄美轩挺看重这次机会。

"去吧,我挺喜欢看《逐爱者》的。"肖嘉树很快便答应下来。

"去之后跟胡导谈一谈咱们就回来,不多待。你怕是不知道,那个丁震是出了名的色中饿鬼,男女不忌,手段下作得很。"

肖嘉树摸摸自己的俊脸,忧心道:"美轩姐,我这长相应该很危险吧?"

"哼,他敢动你试试!不提你爸妈和你大哥,就是修总也能扒掉他两层皮!"

肖嘉树摇摇头,满脸复杂:"美轩姐,娱乐圈真乱啊,我不想踏进这个圈子太深,咱们就好好拍戏吧,别的都不管。"

"好,你只管好好拍戏,其他事全交给我。走,我带你去买两套西装。"黄美轩发动汽车扬尘而去,临到六点半才从商厦里出来。

肖嘉树左右手各提了五六个包装袋,黄美轩则清清爽爽,满脸愉悦。这么乖的小孩上哪儿去找?不但主动拎东西、刷卡,还能给出建设性意见,审美没有一点直男毛病,简直是妇女之友啊!

"走,去饭局。"黄美轩抚平崭新的裙摆,昂首阔步地朝停车场走去。

肖嘉树像个移动置物架一般艰难地跟在后面,好不容易才把一大堆袋子全部塞进后备厢。两人准点来到会馆,在服务生的带领下走进宴客厅。

看见俊美无俦的肖嘉树,丁震眼前一亮,却没有立刻过去搭讪,而是悄悄询问助理:"黄美轩带来的人是谁?什么背景?"

"丁总,那是肖定邦的弟弟。"助理压低音量说道。

丁震指尖一麻,似乎能想象到自己的双手被肖定邦剁掉的场景。那位可是个狠角色,人脉更是通了天,跟自己完全不是一个层面上的人物。只不过他的弟弟怎么会来混娱乐圈?难道是私生子?以前可从来没听说过肖家还有个二少爷!

"私生子?"他满怀希冀地问道。

"不是,正房生的,十岁那年送到国外去了,今年才回来。"

肖启杰的正房不就是薛淼吗?丁震彻底打消了龌龊的念头。别提肖定邦和肖启杰,就是一个薛淼他也招惹不起。人家可是同时拥有冠世、瑞水、嘉禾三大娱乐公司股份的人,比他的实力还雄厚。

他遗憾地摇摇头,转眼却看见一名男艺人走进来,二十六七的年纪,穿着简单的白衬衫和牛仔裤,容貌清秀,笑起来非常阳光。他一下子就喜欢上了,低声问道:"那是谁?"

"我也不认识。丁总您等等,我去打听打听。"

助理很快离开,丁震毫无异样地说了祝酒词,然后宣布宴会开始。

林乐洋发现了肖嘉树,肖嘉树却没看见林乐洋,因为他正与一名矮胖的中年男人站在一起聊天,黄美轩时不时凑个趣,逗得男人哈哈大笑。

陈鹏新冲那边努努嘴,低声道:"看见没?肖嘉树也来了,和他聊天的就是胡铭导演,刚拿到《逐爱者》的影视版权。我敢拿我的脑袋打赌,肖嘉树想

16 酒会

演《逐爱者》的男一号,这是攀关系来了。我没骗你吧,在丁震的酒会上,你能认识很多牛人,也能拿到很多机会。走,咱们四处转转。"

林乐洋第一次见识到何谓名利场,顿时有些眼花缭乱。他漫无目的地走在大厅里,由于没人引见,那些大导演并不搭理他,甚至连一个正眼也不给,这叫他很挫败,却也激起了斗志。他没有肖嘉树那样的家世背景,但他可以比肖嘉树更努力。

当他尝试着去结识某些人时,一名身材健硕的中年男子走过来,笑容和蔼地问道:"第一次来我的酒会?"

我的酒会?难道他是丁震?林乐洋心下一跳,面上却不卑不亢:"丁先生您好,我的确是第一次来。"

"以前没见过你?"丁震边说边递给他一杯香槟。

"我刚出道,目前还没什么名气。"

刚出道啊,那就很容易上手了。丁震的表情更加热切,开始利用自己丰富的经验去引导这场交谈,顺便探探林乐洋的底。他的助理走到他身边,附耳说了几句话,他点点头,再看向林乐洋时已没有半分谨慎,而是抓捕猎物的势在必得。

林乐洋对此却一无所觉,甚至还有些欣喜。

"那是你们剧组的演员?看着有些面熟啊。"黄美轩指了指肖嘉树背后。肖嘉树回过头,表情立刻紧绷起来。肖嘉树对林乐洋原本还有些好感,觉得他拍戏很认真,天赋也好,但自从上次甩锅事件后便对他敬而远之,觉得这人表里不一,没担当,不值得深交。

但关系好不好都在其次,关键是他不能眼睁睁地看着认识的人掉进火坑里。他把酒杯递给服务员,慢慢走了过去,黄美轩则跟随胡铭导演去外面的大厅聊天。

而他们并未注意到,方坤也带着一名女艺人出席了今晚的酒会,看见林乐洋被丁震盯上了,经过几番挣扎才拿起手机通知季冕。季冕刚谈完一个很重要的项目,正是身心俱疲的时候,收到消息头都快炸了。他沉默了好一会儿才吩咐道:"我就在附近,你先帮我看着他,我马上过来。"

方坤连连答应,正准备把林乐洋带在身边,却发现肖嘉树走过去,先是冲丁震点头,然后找了个借口让林乐洋跟他走,两人一前一后出了宴会厅。陈鹏新看见之后连忙去追,也很快没了踪影。

"你没请司机吗？"电梯里，林乐洋耐着性子问道。

"请了，但今天是美轩姐载我来的，她现在还有事，我喝了酒不能开车，只好麻烦你。"肖嘉树盯着不断下降的楼层。

"我也有事不能离开，你可以找代驾啊，下面多的是。"

"代驾不安全，我毕竟是个明星。"肖嘉树摇摇头。

你算什么明星？粉丝才一百万出头，目前一部作品也没有，谁认识你？知名度还没我高呢！林乐洋很不高兴，等电梯下到一楼，周围的人少了之后才提出抗议："肖嘉树，我跟你真的不熟，你要回家另外找人送你好吗？我不是你的下属或小弟，需要时刻听从你的盼咐。"

"你先跟我去停车场，这里不方便说话。"肖嘉树看看来来往往的宾客，终究不好开口。

但林乐洋似乎被他惹恼了，说什么也要回宴会厅。两人正僵持着，一名戴墨镜的高大男子走过来，沉声道："你们这是在闹什么？"

17 危机

"季哥？"肖嘉树和林乐洋异口同声地喊道。

不等季冕说话，肖嘉树继续道："季哥你也来参加酒会？"

"嗯。我在对面的酒店谈生意，谈完顺便过来看看。你们这是在干吗？"季冕目光沉沉地瞥了林乐洋一眼。

肖嘉树摆手道："没干吗，就是我喝了一点酒，林乐洋说要送我回去，我不让。外面都是代驾，我随便找一个就行了。季哥，我有事先走了，你和林乐洋上去参加酒会吧。"

既然季哥来了，他也就放心了，哪怕全天下的老板都能卖了自己旗下的员工，季哥也不会，他相信季哥的人品。这样一想，肖嘉树真准备回家了，他本来就很讨厌这种浮华吵闹的场合。

与三人挥挥手，肖嘉树走出会所，叫了一辆计程车，等车开出一段距离才给季冕发了一条微信：季哥，丁震好像看上林乐洋了，你们小心一点。

末了他又给黄美轩发送一条：美轩姐我先走了，把车留给你，你回去不要太晚。如果喝酒了不能开车就给我打电话，我让司机去接。你一个女孩子半夜别找代驾，不安全。

都奔四的"女孩子"黄美轩看见这条微信，整颗心都是暖的。而季冕的心情则完全相反。他把林乐洋带到地下停车场，一路沉着脸不说话。幸好这家会所是丁震开的，为了招待娱乐圈的朋友设置了最严密的安保措施，否则他们明天准得上八卦头条。

陈鹏新老老实实地跟在后面，一会儿看看发小，一会儿看看老板，总觉得他们之间的气氛不太对，但究竟哪里不对他又说不清楚。正恍惚着，他就听季冕勒令道："你先回去吧，我送林乐洋。"

"好的季总。"陈鹏新下意识地答应,再回神时,那辆低调的SUV(运动型多用途汽车)已经开走了。

季冕全程没说话,弄得林乐洋非常忐忑。他盯着飞快倒退的霓虹灯,小心翼翼地开口:"你怎么来了?是专门来接我的吗?"

季冕依旧沉默,甚至连个眼角余光也没给他。

林乐洋头皮发紧,为了凸显自己的无辜和可怜,顺便缓解季哥的怒气,便抱怨道:"你说肖嘉树是什么臭毛病?刚才我与他拉扯根本不是因为我想送他回家,是他硬把我从酒会上带出来的。他说他喝酒了不能开车,让我给他当代驾,我说我有事不能离开,他偏不听,活像我是他的小弟,应该被他呼来喝去一样。他怎么那么不尊重人啊?不对,他其实也懂尊重人,只不过对象不一样而已。你一来他立马就改口了,说要自己坐车回去,弄得自己多通情达理一样。你说他是不是两面派?"

季冕越听眉头皱得越紧,终于沉声道:"够了,不要每次发生什么事就给自己找一堆理由或借口。知道肖嘉树为什么要把你拉出来吗?因为丁震盯上你了,而上一个被他看中的艺人现在还在疗养院里。一杯加了料的酒灌下去,你能想象你今后将过上什么样的日子吗?"

意识到差点发生什么,林乐洋浑身上下都冒了一层冷汗,再想起自己抱怨甚至憎恨肖嘉树的行为,更是羞愧欲死。季哥一定是听肖嘉树说了这件事才赶过来的,他却在季哥面前诋毁肖嘉树,这是典型的恩将仇报啊!

林乐洋哆哆嗦嗦地拿出手机,给肖嘉树发了一条致谢的信息。

季冕瞥他一眼,继续道:"是方坤通知我来的,他也在酒会上。要是没有他,没有肖嘉树,你想想今天晚上你有可能发生什么?"

林乐洋不敢想,涩声道:"季哥我错了。"

"你为什么不听我的,非要自己跑来参加什么酒会?"季冕直视前方,语气冷硬。

"我……我只是想靠自己的努力去争取一些东西而已,我不能总依赖你。"林乐洋终于把埋藏在心底深处的话说了出来,他不想一辈子活在季哥的羽翼下。

季冕冷笑一声,毫不留情地戳破这些话:"不依赖我,你大学怎么上的,学费怎么交的,娱乐圈怎么进的,电影怎么拍的?你是我旗下的艺人,我为你提供最好的资源和进阶的平台,这没错吧?你不能一边享受我的资源一边去外面谋求发展,你这是吃着东家想西家。林乐洋,你自己好好想想,于公于私,我有哪点对不住你?而你回馈我的又是什么?你要真觉得是我限制了你,当初完全可以不签约我的公司,凭自己的实力去娱乐圈闯荡。"

林乐洋转头看他,满脸都是不敢置信。说出这些话的人真是季哥吗?季哥从来没对他如此冷酷、刻薄、绝情过!

季冕看也不看他,继续道:"我与你说过的每一句话,你表面答应,转头就能忘到脑后。我让你专注,让你安心,让你可以什么都不用管,只管好好拍你的戏。我把能给你的都给了你,把能考虑到的都为你考虑周全了,但你呢?你回赠给我的又是什么?疏远、猜疑,甚至是抗拒。林乐洋,你到底想要怎么样?"

林乐洋忽然意识到,季哥是气得狠了才会说这些话。

"季哥对不起,我真的知错了。以后我再也不去参加酒会,拍完戏就老老实实待在家。"他哽咽道。

季冕沉沉看他一眼:"你最近认错的次数有些多。你回答不出我的问题是吗?那我告诉你你究竟想要什么。你想让我为你提供最好的一切,却又不想我管束你,干涉你。你享受着我和公司的付出,却不满足。你所想要的一切不过是为了维护你那可笑的尊严。林乐洋,我从来没有侮辱你的意思,我一直把你放在平等的位置上,是你在看轻自己。尊严的确很重要,但过分在乎自尊,何尝不是自卑的体现?"

他把车停靠在公寓楼下,疲惫道:"该说的我都说了,你回去吧。"

林乐洋慌了神,死活不肯下车:"季哥你再给我一次机会吧,我今后都听你的还不成吗?"

季冕揉了揉太阳穴:"那我让你辞掉陈鹏新你愿意吗?"

林乐洋僵住了,斟酌半晌才道:"季哥,除了这件事,别的我都答应你。正如你忘不了修总的恩情,我也忘不了鹏新的恩情。丁震的事他是真不知道,否则绝对不会把我推进火坑。如果我发达之后转头把他扔了,季哥不会觉得寒心吗?"

季冕盯着他看了一会儿,摆手道:"随你吧。我希望你好好调整一下心态。如果你再这样下去,这条路你走不长。"

"我知道,所以我一直在调整。"林乐洋还以为自己掩饰得很好,季哥一定看不出来。

"你能尽快调整过来自然很好，调整不过来我也不会勉强你。"季冕真的累了，再次说道，"你先回去吧。"

林乐洋盯着他看了很久，确定他已经不生气了，这才推门下车。

黑色的SUV已经消失在街角，林乐洋却还站在原地发呆。陈鹏新比他晚到一步，隐在黑暗中看了老半天才走过来，挤眉弄眼地问："你和季总关系很好吗？"

"没有。"林乐洋缓缓回过神来。

"骗谁呢？关系不好你俩能在车里聊那么久？"

林乐洋瞪了他一眼。

"好好好，我不说。你要是早告诉我你和季总关系这么好，我哪里还用累死累活去帮你找资源，直接跟季总要不就得了？难怪你第一部电影就能和两大影帝一起合作，原来是这样！"陈鹏新兴奋地笑起来，"乐洋，你有这么好的靠山还愁不红？哥们儿能不能飞黄腾达全指望你了！"

"胡说什么，我不想靠季哥……"话没说完，林乐洋便哑巴了。他现在已经完全没有底气再说出不靠季冕的话，因为他一路走来，依靠的人确实是季冕——给他安排了学校，为他付了学费和充足的生活费，还给他铺就了光明的前程。没有季冕就没有现在的他。

"我要好好拍戏，像今天这种酒会以后不再去了。你知道吗？那个丁震不是好人。"林乐洋及时改了口。

陈鹏新也不在乎："不去就不去，反正季总可以带你去参加更高级的酒会。"

两人乘坐电梯回到家，却发现陈鹏玉还没回来。这栋楼的十层到二十二层全被冠世租下给艺人住，林乐洋利用季冕的关系给陈鹏玉弄了一个单间，就在他对面。陈鹏新担心妹妹一个人住不安全，每天都会过来看一眼。

他打开房门没找到妹妹踪影，却在沙发上发现了一个L家的新款包，少说也要三四万块钱才能拿下。

"乐洋你来看一看，这是正品还是A货（仿冒品）？"陈鹏新举起包包喊道。

"小玉哪来的钱买正品，肯定是A货。"林乐洋根本没把这包当回事，疲惫道，"我先睡了，你等她吧。"

"去吧去吧。"陈鹏新现在完全把发小当成摇钱树看，一迭声地嘱咐他好好休息。等到晚上一点多钟，陈鹏玉总算回来了，身上还带着浓烈的酒气。所幸陈鹏新心情好,没怎么骂她,反而把林乐洋和季冕的事跟她说了。

"我没听错吧?林乐洋和季冕关系这么铁?"陈鹏玉立马清醒过来,脸庞微微扭曲一瞬,又兴奋道,"那哥哥你不是发了?有季冕在,乐洋哥一定能红,到时候你就是金牌经纪人,还有好多好多的抽成!"

"没错,哥哥一定让你过上好日子。"陈鹏新拍拍妹妹的脑袋,与她坐在一起畅想未来。

酒会风波后,林乐洋的心态放平很多,每天只在家、公司、片场三个地方活动,拍戏的时候也很专注,令罗章维大感欣慰。他认为在新生代的男艺人里,最有潜力的两个非肖嘉树和林乐洋莫属,只要他们坚持走在正确的道路上,未来一定能成大器。

这天,林乐洋的戏份全部杀青,他与剧组道别过后便回公司上演技课。经过一段时间的系统性训练,黄子晋给四位学员布置了一次小考,题目就藏在暗箱里。

"来,你们轮流上来抽签,抽到什么扮演什么,还得把过程拍摄下来交给我,我会根据你们的表现给出相应的评价。注意啊,你们有三天的准备时间,如果测验中有人识破了你们的伪装,这次考核就算不及格。"黄子晋招手道,"小树,你第一个来抽,看看你运气如何。"

肖嘉树跑上台,把手伸进箱子里搅了搅,然后拿出一个小纸团,展开后看见上面写着三个字——流浪汉。

"这个不算太难,回去好好准备。"黄子晋忍笑道。

肖嘉树认真点头,回到座位后便拿出手机查资料。

第二个抽签的是娃娃脸杰西,第三个是整容脸金世俊,两人分别抽到了老人和残疾人。林乐洋最后一个上,抽到的是女人。

"哟,运气有点差啊。不过你这张脸,随便上什么妆都容易,应该没问题。好了,都回去准备吧。"黄子晋把抽签过程拍下来做成视频,以便日后存档。

杰西和金世俊嘻嘻哈哈地散了,林乐洋转道去了形体室,肖嘉树则乘坐电梯往下走。电梯门打开后他头也没抬地走进去,一边翻手机一边思忖:流浪汉该怎么扮演?首先肯定要外形贴合,其次要注重精神上的一致,只有外表和内在都扮演到位才能达到形神兼备的效果。但怎样做才能形神兼备呢?光凭想象力肯定是不行的,每一个流浪汉背后都藏着一段心酸往事,你没具体感受过是无法理解他们的,这就得靠最原始的方法——体验。

对的,体验。找一个流浪汉最多的地方待三天三夜,好好观摩一下他们的生活,不是去表演,而是去融入。想到这里,肖嘉树在网页栏里写下一行字:京市哪个地方能见到流浪汉?

不等网友给出答案,一道低沉的嗓音便从他身后传来:"你可以去汽车西站,还有南门广场。"

"哎?"肖嘉树回过头,这才发现季冕站在侧后方,由于身高优势,一垂眸就能看见自己的手机屏幕,"谢谢季哥!"他乐呵呵地收起手机,完全不再考虑网友的回答。季哥说的还能有错?!

两人在停车场分开,一个原地等人,一个直奔汽车西站。又过片刻,林乐洋下来了,爬上车后笑嘻嘻地说道:"季哥,三天后我有一个堂妹想来公司应聘练习生,你有空去见见她?"

这主意还是陈鹏新出的,他说既然要考就挑最难的等级,瞒过别人不算什么,瞒过季总才是真演技。林乐洋觉得这番话很有道理,于是立马来给自己做铺垫。

季冕笑看他一眼,毫不犹豫地答应下来:"行,你让她来。但丑话说在前头,她要是不够优秀,我不会手下留情的。"

"好,你绝对不要手下留情。"林乐洋想笑,又及时忍住了。

三天后,公司来了一位美女,魔鬼般的身材配上天使般的面孔,简直是个聚光灯,走哪儿都能吸引众人的注意。陈鹏新跟在"她"身后,领口的位置别了一个迷你摄像机,专门用来拍摄美女的表现和周围人的反应。

"鹏新,我胸口闷得慌,是不是硅胶贴得太紧了?等会儿我们先去卫生间调整一下。"林乐洋满脸通红地走进电梯,见四周没人,又道,"你为什么要做直播?不是说好了只拍我走在路上的画面,不拍公司吗?季哥不喜欢炒作,更不喜欢别人拿他炒作!"

"你化妆的时候我就开了直播,到现在已经有十几万粉丝在关注,还给了很多打赏,你说不录就不录,他们能同意?"陈鹏新低声道,"反正季哥是你朋友,配合你炒作一下有什么关系?别说不该说的话,我马上要直播了。"为了不暴露地址,出了家门陈鹏新就关掉了直播,还告诉粉丝半小时后再进直播间,有更精彩的内容放送。

　　林乐洋化了女妆之后颜值直线飙升，从一个长相清秀的男孩变成了肤白貌美大长腿的女神，令粉丝们直呼不可思议。当然，为了不让粉丝误会，林乐洋事先也说明了原因，还把抽签当天的视频发给大家看，以证清白。

　　大家都表示理解，并且非常期待他接下来的表现。他果然没让人失望，一举一动都柔美又清纯，连逛了好几家服装店，硬是没有半个路人看出他的不妥，甚至还有一名男生跑上来跟他搭讪，试图要他的微信号码，叫粉丝们差点笑抽。

　　林乐洋原本以为拍完逛街就结束了，却没料陈鹏新竟然告诉大家他们还得回公司看一看老板的反应，敬请大家期待。林乐洋的老板是谁？是季冕啊！消息一放出来，小皇冠们激动了，差点没把直播间撑爆。

　　看着直播间里不断飙升的人数，林乐洋真是骑虎难下。播吧，对不起季哥；不播吧，对不起粉丝！

　　"行了，别犹豫了。你不是都跟季总约好了吗？再说这又不是什么大事，不过让季总出个镜帮你拉拉人气而已。他本来就想捧红你，还能因为这个跟你生气？"眼看楼层到了，陈鹏新果断道，"笑得自然一点，我要开直播了。"

　　林乐洋立刻扯出一抹微笑，然后踩着高跟鞋稳稳当当走了出去。

18

测验

季冕与林乐洋约好在十一点钟面试他的"堂妹",眼看时间快到了,就听门外传来高跟鞋的噔噔声。他挑高一边眉梢,表情似笑非笑。

"季总您好,我是林乐洋的堂妹林乐乐,今年二十岁,大学在读生,还有一年才毕业。我来面试贵工作室的练习生。"林乐洋进入办公室后状似手足无措地做着自我介绍。秘书给他和陈鹏新各倒了一杯咖啡。

季冕按照正常的程序来,该说什么说什么,一点不留情面。

林乐洋瞄了一眼手机,果然发现直播间里炸开了锅,有人吐槽他取的名字太随便,有人吐槽他举止不自然,但对季神都是追捧。现实中的季神果然与屏幕中的他没差别,总是那么认真严肃、一板一眼,面对颜值爆表的美女连眼睛都不眨一下,工作态度不能更赞。打赏打赏!拼命给季神打赏!

看见极速上升的打赏数额,林乐洋目光微闪。季哥的号召力果然很可怕!不行,不能再看手机了,他会怀疑的。他要是知道我在直播,不会生气吧?这样一想,他立刻把手机放进包包里。

同一时间,季冕眼底的愉悦正在慢慢消散。他继续道:"虽然年龄有些大,但你颜值在线,如果有比较突出的才艺,还是值得培养的。你今天过来应该有所准备吧?"

林乐洋硬着头皮说道:"我自弹自唱一首歌。"陈鹏新立马把吉他递给他。

"你可以开始了。"季冕漫不经心地摆手。

林乐洋吉他弹得很不错,这是一个亮点,但他为了扮女人不得不尖着嗓子唱歌,效果实在不敢恭维。季冕听得眉头直皱,直播间里的粉丝们则笑倒一大片,并且对季神报以万分的同情。这年头,果然有人唱歌是要命的。

一曲结束,季冕直白道:"我劝你不要在歌坛发展,没什么前途。除了唱歌,你还有别的才艺吗？譬如跳舞？"

林乐洋穿着高跟鞋怎么跳舞？他羞愧地摇头："季总，我不会跳舞。"

"那你会演戏吗？"

"这个我会。"林乐洋立刻挺起胸膛，整个人显得很自信，但看见高耸的"胸部"后又佝偻下去，瞬间便怂了。他这个举动让粉丝笑得不行，而陈鹏新则不断在办公室里移动，只为了拍摄出最好的效果。

季冕瞥了陈鹏新一眼，终究没发作，沉声道："那你演一段哭戏吧。"

哎？林乐洋蒙了，然后坚定摇头："不行，我不能哭。"

"为什么？"季冕耐着性子问。

"妆会花。"妆花了我不就露馅了吗？

很好，这个理由很强大，我给101分！多1分不怕你骄傲。

粉丝们笑抽了，然后更期待季神的反应。

季冕走到门口，伸出一只手礼貌地说道："唱歌不行，跳舞不行，演戏又怕毁形象，你这样的我们真没办法培养。如果你一定要进入娱乐圈，我建议你去当平面模特。"

乐洋，季神在暗讽你是花瓶啊！

哈哈哈哈，不愧是季神，损人不带脏字的，面对这种级别的美女也能淡然处之、公事公办，不要太有原则和定力！给季神点一万个赞！

诸如此类的弹幕把直播间画面全都覆盖了，打赏金额瞬间创造了历史纪录。

陈鹏新盯着手机屏幕看个不停，整个人差点兴奋得晕过去。只这短短几分钟的面试，他就赚了一笔巨款，老话果然说得没错——背靠大树好乘凉啊！

林乐洋却一点也高兴不起来，走到门边停了停，咬牙道："季哥，其实我是乐洋。我在考核。"他突然用正常的男声说话，前后反差又叫粉丝们笑个半死。

季冕挑高一边眉梢，表情显得很惊讶。

林乐洋干脆扯掉假发，再次申明："我是乐洋啊季哥。黄老师让我们磨炼演技，我抽到的题目是女人。"

季冕这才收起惊讶的表情，扶额笑道："原来是这样。"

看见他的笑容，林乐洋紧张的心情立刻放松下来，冲陈鹏新摆手道："好了，把直播关掉吧，考核结束了。"

陈鹏新在粉丝们的哀号中关掉直播，先去后台查了一下收益，又登录微博看了看林乐洋的粉丝数，发现涨了几十万，心里别提多得意了。林乐洋搓着手，忐忑不安地问道："季哥，黄子晋老师让我们把考核过程录下来，所以我开了直播，你不会生气吧？"

"没事，不过下次你要先跟我说一声。"季冕回到办公桌后，摆手道，"我还有一份文件要处理，你回去吧。"

"我可以坐在这里等，中午我们一块儿吃饭？"

"穿成这样去跟我吃饭？"季冕上下看他一眼。

林乐洋这才发现自己手里拎着一副假发，胸前贴着硅胶，下身穿着短裙和高跟鞋，别说出去吃饭，就是多待一秒都难受。他立刻跑出去，活似后面有鬼在追一样。陈鹏新乐呵呵地向季总道别，也跟了出去。

两人一走，季冕脸上的笑容便消失了。又过片刻，方坤敲门进来，指着手机上的热搜头条说道："你和林乐洋一起做直播？你是什么咖位啊，竟然去做这种直播，而且从头到尾被蒙在鼓里。代言商差点把我的手机打爆！虽然你的粉丝很乐呵，但你的格调全都没了。他这是借你上位，拿你炒作！"

"行了，偶尔接一次地气也好，事情没你想象的那么严重。"季冕语气淡淡。

他一没有被美色迷惑，二没有大开方便之门，全程认真严肃、公事公办，所造成的影响也都是正面的。网友对他的评价很不错，少数黑粉也没抓到把柄，后果的确不严重。方坤坐在他对面，一时无言。

"我就不明白了，"方坤斟酌良久才徐徐开口，"你对待自己都如此严苛，为什么会对林乐洋纵容到这种程度？要是别人偷偷拿你做直播，你还会这么气定神闲？你就不怕把他的胃口养大了，他爆红之后反过来踩你？"

季冕杵灭香烟，嗓音低沉："你放心，我有自己的底线。"

"你自己心里有数就行。"方坤拿出手机看了看，冷笑道，"现在的年轻人越来越懂得炒作和营销自己。林乐洋的直播刚结束，杰西和金世俊就开始跟风。这家快餐店不是老赵他媳妇开的吗？"

季冕根据网上的评论找到两个直播间，就见杰西假扮的老头儿在一家快餐店门口转悠，说是得了健忘症，找不到回家的路。快餐店老板娘立刻放下生意帮他寻找亲人，弄得粉丝十分感动。但事实真相是，快餐店是冠世娱乐内部员工开的，老板娘根本不是行善，而是配合演戏。

这究竟是弘扬正能量还是欺骗大众，季冕说不上来，心里有些厌烦。

金世俊那边的套路也一样，残疾人搭乘地铁，遇见一位好心小姐姐帮他买票，送他回家。小姐姐不但人美，心更美，获得大众一致点赞。但不为人知的是，这位小姐姐是公司的练习生，再过不久便要出道了。

"现在的炒作手段真高明，像真的一样。"方坤翻了翻网络上的评论，好奇道，"他们一个班总共四个人，有三个都放出了考核视频，现在就差肖嘉树了。他的团队那么厉害，应该会炒得更凶。"

季冕立刻翻找娱乐新闻，发现没有肖嘉树的消息，冷硬的脸庞顿时柔和很多。他摆手道："别人的事你操什么心？让公关部时刻注意舆论动向，别把乐洋炒糊了。"

"我知道分寸。"方坤一边推门一边摇头，"做戏也不知道做得真一点，一个帮老赵媳妇的快餐店打广告，一个帮练习生带热度，日后粉丝怀疑起来准得逆反。这是往自己身上抹黑呢。"

季冕头也没抬，显然已对这些事失去了兴趣。他一直忙到晚上八点半才收拾文件准备回家，开车路过汽车站时仿佛想起什么，在周围转了转，然后往更远的南门广场开去。

夜晚的京市霓虹闪烁，人来人往，一派繁华景象，然而在繁华背后，依然有无家可归的人在四处游荡。

季冕把车停好，沿着广场绕了一大圈，双目扫过每一个脸庞，却在苦寻无果后摇头失笑。他在干什么？想找谁？

肖嘉树信奉一句话——没有真实的体验就没有真实的表演。所以在拿到考题后，他立刻让造型师给自己戴上半长的假发和络腮胡子，假扮成流浪汉。他在南门广场实打实地生活了三天，没带手机，没拿钱包，渴了去公共厕所或绿化带喝自来水，饿了跟路人讨要或翻垃圾箱，反正流浪汉怎么过他就怎么过，完全忘了自己是肖氏制药的二少爷。

熬到最后一天时他已经饿得前胸贴后背，整个人像面团一样瘫在地上，皮肤脏兮兮，衣服臭烘烘，毫无形象可言。他看了看广场边上竖立的钟楼，暗暗给自己规定了考核截止的时间——十二点。

这次的体验，到十二点才能结束。作为一名优秀的演员，你必须去体验不同的生活，而每一种体验将成为你宝贵的精神财富。坚持住啊小树苗！

这样一想，他眼里冒出两团名为"斗志"的火焰，却在下一秒迅速熄灭，然后露出厌包的表情。那……那个人该不会是季哥吧？

虽然夜幕降临光线昏暗，而季冕为了掩藏身份戴了口罩和帽子，但肖嘉树对他太熟悉了，仅凭背影和步态就把人认了出来。他连忙拎起地上的蛇皮口袋，准备转移阵地，季冕却转头看过来，目光在他身上扫过，又自然而然地移开。

慢慢走过去，慢慢地……肖嘉树一边告诫自己一边步履蹒跚地走着。他快饿晕了，不用装就把一个落魄的流浪汉演绎得淋漓尽致。原来最好的表演不是模仿，而是身临其境，难怪以前拍电影的时候演员都要进行集体培训，演什么题材就让他们体验什么生活，这样拍出来的效果一个比一个好。只可惜现在的电影业几乎摒弃了这种传统。

他心里乱七八糟想了很多，不知不觉就越过季冕走到前方去了，再一回头，哪里还有对方的身影。

季哥果然是路过。他暗暗松了一口气，爬上天桥后在路边坐下，死鱼一般等着最后几小时过去。临到晚上十一点，路上的行人越来越少，他驼着背站起来，先把蛇皮口袋折叠整齐夹在腋下，这才一步一摇地下天桥。几名喝得醉醺醺的年轻人与他擦肩而过，似乎被他身上的臭气熏到了，顿时暴怒，给了他一顿揍。

这样的事经常发生在流浪汉身上。他们无权无势、无家可归，位于社会的最底层，自然也很少有人上前劝阻。

肖嘉树连忙蜷缩身体护住头脸，以免被打中要害。这些天他与几个流浪汉交流过，知道该怎么应对这种情况——只要不被打到要害就行，千万别想着反抗或呼救，那只会激怒施暴者；当然你也可以选择逃跑，但前提是你跑得过这些人，若是跑不过被揪回来，迎接你的将是雨点般的拳头。

肖嘉树痛得不行，却只能咬牙忍耐，因为十二点还没到，此时此刻的他并不是肖氏制药的二少爷。当其中一个施暴者举起酒瓶准备给他开瓢时，一名高大男子握住对方手腕，沉声道："我已经报警了，劝你们住手。"

理智尚存的几人这才慌了神，扔下酒瓶跑得飞快。

肖嘉树暗暗松了一口气，心里更是感动得稀里哗啦，救他的不是别人，正是季哥。季哥果然是个大好人，路见不平一声吼哇，该出手时就出手哇，风风火火闯九州……咦？怎么心情突然变好了？咦？怎么还唱起来了？肖嘉树已经被打蒙了，整个人都处于神游状态。

季冕担忧的表情微微一滞，嘴角不停抖动，似乎想往下拉，偏偏又不自觉地往上扬。肖嘉树怎么能这么憨？他一边感慨一边蹲下身，无奈道："伤得重不重？还能走吗？我带你去医院看看？"

"我没事，就是脑袋有点疼，谢谢这位大哥！"肖嘉树用浓重的地方口音答道。他不敢抬头，不敢挺胸，背驼得比先前还厉害，但哪怕他丝毫不加掩饰，旁人也无法从他肮脏的外表和颓废的神情中看破他的身份。至少对季冕而言是如此。要不是他拥有特殊的能力，他根本没可能在那么多流浪汉中找准目标。

"你真的没事？"季冕眉头紧皱。

"真的，多谢大哥！"肖嘉树连连作揖，姿态卑微。

季冕不忍再看下去，掏出一百块钱说道："拿去买点吃的吧。"

"谢谢大哥，大哥你是个好人！"肖嘉树的眼里冒出泪光。三天了，这是他感受到的第一份温暖。

季冕抬起手想摸摸他脑袋，但看见块状的头发又只好放下，改成挥手，然后慢慢走开了。恰在此时，时针也走到了十二点，三天的流浪生活结束，隐藏在附近的保镖走出来，心有余悸道："肖先生，我说要跟紧一点您不同意，刚才差点出事。"

"刚才跑走的那几个人呢？"肖嘉树一只胳膊夹着蛇皮口袋，一只手捏着那一百块钱，表情有些恍惚。

"都让老六扭送到警察局去了。肖先生，我在对面的酒店开好了房间，您先过去洗个澡吃点饭吧？"保镖对这位肖二少佩服得不得了。他原本以为这人绝对撑不过三天，哪料他不但坚持下来了，还表现得那样好。

"谢谢你，这些天辛苦你们了。视频拍下来没有？给我看看。"肖嘉树可没忘了这是在考核。

保镖连忙把视频发送给他："都拍下来了。你们班上那几个学员全把视频上传到网上，您要不要也传上去？"他真心觉得那几个人的演技和努力程度比不上肖二少的一半。这几段视频要是发到网上，绝对能颠覆人们对二少固有的印象。他不高傲，也不娇贵，恰恰相反，他对待工作和生活的态度比任何人都严肃，一旦确定目标就会不遗余力地去做。

"不发。"肖嘉树果断拒绝，然后拎着蛇皮口袋走进五星级大酒店。

门童在看见他的那一刻表情有些崩裂，正准备撵人，却发现他身后还跟着一名壮汉，看样子似乎是个保镖，顿时僵在原地："这位先生，您……"门童思维混乱，额冒黑线。

保镖拿出一张房卡晃了晃，门童立刻放行，并暗暗吐槽道：现在的有钱人越来越精神病了！

另一名保镖随后赶来，走到二少身边交代了情况。由于路上有监控，几名酒鬼已被拘留，可能得在拘留所待个三四天才能出来。

"嗯，我知道了。"

一行人进入套房，肖嘉树赶紧洗了个澡，然后给薛淼报平安，斟酌片刻后又道："妈妈，我想设立一个用于社会救助的慈善基金，你有什么门路吗……"他顿了顿，随即哑声道："妈妈，谢谢你为我营造这么好的生活环境并陪伴我健康成长，我爱你。"

两名保镖听得眼眶都湿了，幸好脸上还戴着墨镜。

肖嘉树得到母亲爱的关怀，三天的创伤才算彻底平复。他拿出那张百元大钞看了看，终究没忍住，给它拍了一张照片并发到微博上，附言道：这是我二十年来收到的最暖心的礼物，谢谢大哥！

季冕回到家拿出手机翻了翻，竟意外地看见一张百元大钞的照片。他和施廷衡先后关注了"别低头，小皇冠会掉"，小皇冠现在也有十几万的粉丝。消息一出，大家全都很莫名，问他是不是想钱想疯了。

这憨包！季冕简直无语，花了很大力气才没让自己的手指按在点赞选项上。

翌日，四名学员陆续上交了考核视频，黄子晋似笑非笑地道："行啊，炒作手段一个比一个溜，有人竟然能请动季影帝，了不起！小树，你怎么一直没动静？"

"我扮流浪汉，形象太丑了，哪里好意思往外发。"肖嘉树把U盘交上去，叮嘱道，"子晋哥你私下看看就行了，千万别外传，啊！"

"得了，我又不是大嘴巴，你的成绩我稍后再评。杰西、金世俊，你俩不及格，以后不用来了，我教不了你们这种弄虚作假的学生。"黄子晋看向林乐洋，"你勉勉强强及格了，前期表现得很自然，后期却很矫情，完全没把自己当成女人看待。我要是季冕，一眼就能把你认出来。或许他早认出来了，不过陪你演戏而已，你那点演技能骗得了谁？"

杰西和金世俊很愤怒，当下便离开了，说是要找老总投诉。黄子晋丝毫也不在意，打开电脑插上U盘，开始观看小树苗的表现。他说过会给学员三天的时间准备，却没料小树苗竟从第一天开始便在南门广场流浪。他完全融入了流浪者的生活，体会着他们的艰辛与痛苦，他甚至还挨了打。

他明明是在体验，却无比真实。

视频已经播放完毕，黄子晋却许久说不出话来，因为好奇而留下的林乐洋更是震惊无比。

黄子晋盯着视频看了好一会儿，感慨道："小树，如果你每一次拍戏都能做到这种程度，那么我已经没什么可以教你的了。高超的演技源于生活，而不是理论。这次考核你无疑是最优秀的，但愿你能一如既往地坚持下去。"

"我一定会坚持的。"肖嘉树大言不惭地道，"子晋哥，告诉你一句实话，我给自己的定位是表演艺术家，而不是演员。"

"噗……"黄子晋一不小心笑喷了，看见小树苗拉长的脸，立刻摆手，"我没有嘲笑你的意思，我就是觉得你太可爱了，哈哈哈哈……"到最后他还是没忍住，大笑起来。表演艺术家？这是一棵有理想的小树苗啊！

"子晋哥你别笑了，帮我分析一下这些视频，看看我还有哪些地方做得不好。哎，你听见没有？"肖嘉树扑上去勒黄子晋的脖子，两人形影不离了一段时间，早已是亦师亦友的关系。

林乐洋看着嬉笑打闹的两人，心情格外复杂。等黄子晋分析完两人的视频并指出优缺点，他才浑浑噩噩地来到二十六楼找季冕。他坐在靠窗的茶座边等待季冕处理完文件，脑子里乱哄哄的，什么想法都有。

他原以为肖嘉树只是徒有家世没有演技的纨绔，但事实证明对方的演技很不错；他还以为肖嘉树即便演技很好也只是靠天赋，自己努把力一定能追上，但事实证明他的判断又错了。眼下，他忽然想起一句话：比你优秀的人不可怕，可怕的是比你优秀的人却比你更努力。

是的，他有点害怕这样的肖嘉树。即便在最困难的那一段时期，他也从来没在垃圾箱里翻找过食物。看着肖嘉树一口一口吃掉过期酸臭的东西，他心里涌上的不是恶心，而是恐惧。正如黄子晋所说，他有这样的毅力，将来什么戏拍不好？他一定会成为自己最大的劲敌！

浓重的危机感令林乐洋坐立不安。不知从何时起，他已经或被动或主动地把肖嘉树当成了假想敌。他以为自己可以凭借努力去打败对方，却在某一天发现，对方比他努力百倍甚至千倍，这种巨大的心理落差马上就催化了焦虑。

咖啡早就喝完了，他却没发现，还将杯子置于唇边。

季冕放下文件看他，无奈道："你怎么了，看上去失魂落魄的。"

"我……"林乐洋很想跟季哥谈一谈肖嘉树这三天的经历，也谈一谈自己的茫然，但他很快意识到，这样做只会增加季哥对肖嘉树的好感，于是立即改口，"我在考虑最近接到的几个代言。"

季冕盯着他看了一会儿，吩咐道："不要胡乱接代言，先找准自己的定位再去看产品的定位，找适合自己并与自己的形象相辅相成的产品，否则只会虚耗人气。你都接到了什么代言？让方坤帮你看看，从里面挑一个合适的，别贪多。"

唉！可是鹏新都已经帮我接下来了，马上就要签约！林乐洋头皮发紧，面上却不敢反对，支支吾吾地到底没说实话。

季冕缓缓靠倒在椅背上，一只手解开领带，一只手按揉眉心，显得很疲惫。沉默了好一会儿，他勒令道："以后你无论接到什么工作都得跟方坤说一声，由他来做决定。"方坤虽然有些婆妈，还爱管闲事，但工作能力是一流的。

"那鹏新不就没事干了？"林乐洋立刻紧张起来。

"他可以跟着方坤学，我工资照开。"季冕摆手，"你马上去找方坤把代言的事处理好。周朝阳是怎么被逐出娱乐圈的你还记得吧？"

周朝阳原本是极光娱乐的新生代小天王，前途不可限量，但他的经纪人为了圈钱什么代言都接，保健品、电动车、化妆品、食品、奶粉、楼盘等，几乎是无所不包，结果其中有好几种商品被质监局鉴定为假冒伪劣产品，并予以全网通报。一夕之间，周朝阳的信誉就破了产，他被所有人抵制，很快就在娱乐圈销声匿迹。

想起这桩例子，原本还有些不情愿的林乐洋立刻警醒，连忙跑去找方坤和陈鹏新。

少接代言不仅影响艺人的收入，也会减少经纪人的抽成，陈鹏新自然不同意，但上有季总强势镇压,下有方坤咄咄逼人,他也只能咬牙点头。方坤精心挑选了一个巧克力代言,并推掉其他代言商,这才给季冕发送微信,表示事情办妥了。

季冕关掉微信,想了想,又打开微博看看最近的娱乐新闻。由于林乐洋、杰西、金世俊、肖嘉树是同一个演技班的成员,前三者都发了考核视频,网友便理所当然地认为肖嘉树也会发。但等了又等始终没能看见肖嘉树的更新,他们就开始不耐烦了,有人催促,有人质疑,还有人谩骂。渐渐有人带起了节奏,说肖嘉树太过在意形象,不愿意把自己扮演流浪汉的视频发出来。

还有人阴谋论,说肖嘉树根本就没参加考核,因为他不愿意受那个罪。人家可是富二代,手里多的是资源,根本无须搭理黄子晋老师。哪怕他完全没有演技也能参演最牛的电影,这就是社会现实。

这些言论一放出来就吸引了广大网友的注意力,很快便有人去追查肖嘉树的家庭背景,但到目前为止还没有什么实证。

凭借多年的经验,季冕意识到这是有人在故意带话题去黑肖嘉树,他肯定得罪了什么人,或者挡了谁的道。季冕眉头越皱越紧,想也不想便拿上手机前往顶楼找修总。

与此同时,黄美轩也发现了这种倾向,正一下一下点着小树苗的脑袋:"你清高什么,啊?你是明星,炒作是很正常的事!只要你把视频发出去,保证这些黑子统统闭嘴!到时候老娘就可以啪啪打他们的脸,爽不爽?你自己想想爽不爽?你怎么就是不同意?你这个榆木脑袋!你清高就别来混娱乐圈啊,趁早给老娘滚蛋!"

"美轩姐你小声一点,这里是总裁办公室。"肖嘉树指了指门上的名牌。

"总裁办公室怎么了?正好让修总也来听听你那些破烂借口。什么怕丢丑,怕季冕曝光。你要是怕丑能在街上流浪三天?你要是怕季冕曝光不会给他打马赛克?你当我傻子啊?"

眼看自己脑袋快被戳出一个窟窿,肖嘉树不得不低声解释:"好吧好吧,我告诉你真正的理由。我怕我妈妈看见视频以后会伤心。我跟她说我去收容所当三天义工,没跟她说要去街上流浪。你想想看,她要是看见我喝生水翻垃圾,还差点被人打得头破血流,她是什么心情?如果要用我妈妈的眼泪去换我的爆红,那对不起,我绝不答应。"

暴怒中的黄美轩瞬间安静下来,定定地看了小树苗很久,然后扶额低笑。

薛姐啊薛姐，你不知道你生了多好的一个儿子！

薛淼不知道吗？她太知道了！她此时就站在走廊外，不停用指腹抹眼。

修长郁轻轻拍打她后背，用口型无声问道："还进去吗？"

察觉到儿子三天之内暴瘦了好几斤，薛淼很快便从保镖口中逼问出了真相。但现在，她哪里还有兴师问罪的冲动，又哭又笑地摆手："不进去了，让他折腾，我是管不了他了！"

如果你的表情能更凶恶一点，眼里的骄傲能少一点，我会相信你的愤怒。修长郁心中好笑，继续道："那你先去对面的咖啡馆等我，我帮小树处理一下网上的言论再来找你，我们一块儿吃午饭。"

"行，别让他知道我来过。"薛淼戴上墨镜，蹑手蹑脚地走了，绕过转角却发现一名高大男子正站在盆栽边，表情有些深沉。她认出此人是目前国内最有影响力的男星季冕，于是冲对方微笑颔首。对方立刻站直了，毕恭毕敬地弯腰致意，然后目送她离开。

等人消失在电梯口，季冕立刻拿出手机给母亲打电话。他忽然之间很想她，很想很想……

修长郁走进办公室，干脆道："是为网上的言论来的吧？我已经让人去处理了。"

"谢谢修叔！"肖嘉树礼貌地站起来，又被修长郁压回沙发。"客气什么。我这里有一个代言，你接不接？"话落从抽屉里拿出一个文件袋。

黄美轩接过来看了看，挑眉道："禅悦温泉度假酒店？这可是国内首个水上七星级酒店。他们怎么会找小树来代言？"不是她看不起小树，但相对于同期出道的几个男艺人，小树的人气是最低的，因为他不爱炒作，曝光度也不高，背后更没有大咖带热度，委实吃亏得很。

如果小树同意，黄美轩有几千几万种方法让他迅速爆红，但他偏偏不同意，只想专心拍戏，真不知道该骂他还是夸他。

"对啊，我粉丝又不多，找我代言不怕亏死？"肖嘉树自黑起来一点心理负担都没有。

修长郁意味深长地看他一眼："你对自己家的产业怎么那么不了解？禅悦温泉度假酒店的控股方是肖氏制药。这家酒店最大的卖点不是旅游休闲，而是养生。"

19 力挺

肖嘉树在国外的生活只能用一句古话来形容——两耳不闻窗外事，一心只读圣贤书。肖家到底有多少资产他真的完全不知道。

"原来是肖家的生意，难怪会找上小树。"黄美轩用文件夹拍打肖少爷的脑袋，调侃道，"肥水不流外人田，咱接了吧？"

"接。"肖嘉树干脆利落地点头，并未看代言费是多少。

正事谈完后，两人约修总一起吃饭，却被拒绝了，只好告辞离开，下到一楼就看见墙上的全息屏正在播放一则广告：拍完打戏的苗穆青浑身青紫，狼狈不堪，却必须参加一场酒宴；化妆师围绕她左看右看，表示无能为力，她轻松一笑，然后打开化妆包自己给自己化妆，转瞬就从落魄打女变成美艳女神，化妆品的效果简直惊人。

肖嘉树停下步伐看了一会儿，感慨道："这些化妆品效果真神奇！"

黄美轩不以为意地笑了笑："瘀青才是化妆品画出来的，用手一抹就掉了，哪里还用化妆品去遮？我前些天买的遮瑕膏连鼻头的小痘痘都盖不住。现在的广告真是越来越夸张了。"

"不，瘀青是真的……"肖嘉树还想解释，黄美轩已经懒得听他说话了，敷衍道："好好好，都是真的。快点去取车，老娘饿了。"

肖嘉树摸摸鼻子，老老实实去停车场拿车。作为明星，拍戏的时候只有一个助理，不拍戏的时候还得给人当助理，可能全世界只有他一个人混得这样惨吧？

两人去了一家隐蔽性很高的私房菜馆，点完菜后拿出手机。黄美轩在刷天猫，肖嘉树在刷微博，表情都很陶醉。

"季哥刚出道的时候真帅！不过现在更帅。哎，你来看看，这是他在哪部电影里的剧照？我怎么没印象？"肖嘉树把手机屏幕放在黄美轩鼻尖下。

"那是《恶果》里的剧照，电影没过审，没上映，你当然没见过。去去去，别打扰我购物。"

肖嘉树收回手机，遗憾地摇头："怎么会没过审呢？要是我负责审核，季哥的每一部电影我都让他过。季哥出品，必属精品！"他一边夸奖一边用小号点赞，完了翻一翻其他人的微博，却看见这样一篇文章——《扒一扒娱乐圈的心机女》，统共几千字，全部用来数落某位 M 姓女星如何耍大牌、如何不敬业、如何上位踩人等黑历史，有板有眼，高潮迭起。

神通广大的网友立刻指出这位 M 姓女星就是苗穆青，然后翻出许多苗穆青耍大牌的照片加以佐证。

肖嘉树越看越气愤，沉声道："美轩姐，网上这些人也太能造谣了，穆青姐的人品究竟好不好我不知道，但她绝对敬业。你看看他们发的这张照片，穆青姐拍戏的时候摔伤了腿，为了不影响拍摄进度她一直忍着，还让助理每天帮她用药酒揉，怎么就被人说成是耍大牌，不把助理当人看？这也太夸张了吧？他们根本就不了解真相，助理跪着是为了揉腿方便，不是被逼的！"

黄美轩不以为意地摆手："娱乐圈就是这样，一张照片可以添加无数注解，想黑你就黑你，想夸你就夸你，全凭博主一张嘴。只要广大网民信了就成，谁管你真相如何？苗穆青最近很红，应该是挡了谁的道。"

肖嘉树没再说话，而是默默往下翻，发现越来越多的人加入黑苗穆青的队伍，心里实在难受。不行，我得做些什么。这样想着，他把那张照片复制到自己的微博大号里，并解释道：穆青姐拍打戏时伤了腿，助理拿药酒给她揉，不是耍大牌。她是我迄今为止见过的最敬业的女艺人！

微博一发出来，原本黑他的人又开始冒头，说他蹭热度、抱大腿等，还说什么"有本事你把自己的考核视频也放出来。你是不是睡了苗穆青所以才帮她说话？呵呵，你俩真是一丘之貉"。

这话说得太过分了，肖嘉树心里冒火，却也知道自己如果拿不出证据只会越帮越忙，于是打开手机翻找视频。他之前喜欢在片场拍一些 NG 的画面，打戏的 NG 尤其多，刚好有证据。

黄美轩直到此时才发现小树苗竟然蹚进苗穆青的浑水里，气得差点晕厥过去。她拧着他的耳朵咆哮道："你真能啊！别人都远远躲开唯恐躺枪，你偏要撞上去让人插刀。你知不知道我们才把不利于你的言论压下去？快把微博删掉！"

"我不删。签约的时候我们已经说好了，你不能干涉我发什么微博。他们不能污蔑穆青姐对表演的热忱。你没去过片场，所以你不知道，穆青姐的伤痕都是真的，她没用过一次替身，坚持拍完了所有打戏。无论她其他方面什么样，但在敬业这一面，她值得我的尊敬。身为演员要有艺德，而艺德之中最根本的一点不应该是敬业精神吗？演员如果不敬业，不好好拍戏，那还当什么演员？"

肖嘉树把视频整理打包，发送给苗穆青。

黄美轩放开他的耳朵，哭笑不得："你怎么这么轴？带了你，老娘非得短寿十年！"但到底没再说删微博的话。

与此同时，苗穆青正优哉游哉地躺在自家的游泳池边享受日光浴。

"博文发出去没有？"她懒洋洋地问。

"发出去了，不用请水军就有一大帮人争先恐后地来黑你。"助理满脸钦佩，"穆青姐，你怎么会想到这种营销手段啊？太有才了！"

"广告的拍摄效果没达到预期，主意又是我出的，我能不帮金主弥补吗？也怪现在的广告惯爱弄虚作假，我明明是真受伤，观众硬要说我的瘀青是画的，还骂我虚假宣传！行啊，那我干脆就把事情闹大，先黑我自己不敬业，再把拍摄期间受伤的视频全放出来，一为自己洗白，二为金主正名，三为电影宣传，口碑和人气一下就飙升了，不亏还赚呢！"

她趴在池边撩撩水，毫不在意地道："有没有跟我关系好的朋友站出来挺我？"

助理顿时尴尬了："穆青姐，暂时还没有。"

"得了，没有就没有，什么暂时不暂时。现在的社会就是这样，人情比纸薄，说不定黑我的人里还有他们请的水军……"苗穆青话音未落，就听助理惊讶道："姐，有人挺你欸！是肖嘉树！"

"啊？"苗穆青惊讶了，连忙起身看手机，然后就收到一个压缩包，里面全是她拍戏时受伤的视频，紧接着又有一个电话打进来，铃声很急促。

苗穆青盯着手机屏幕，心情十分复杂。在营销之前她就料到自己会四面楚歌、孤立无援，反正是假的，情况多糟糕她都能控制，也不会感到难受。但现在，盯着"肖嘉树"三个字，她鼻头忽然就酸起来，心里却暖得不得了。

如果换一个男人为她说话，她会像网民们猜测的那样，怀疑对方动机不纯。

但她与肖嘉树朝夕相处几十天，又怎会不了解他的为人？他只对拍戏感兴趣，别的一概不管，先前被黑得那么厉害也没见谁为自己说过一句话，他却能站出来替她发声。

这人怎么这么憨啊！苗穆青哭笑不得，正准备接通电话，那头却挂断了，很快又有一条微信发过来，安慰道："穆青姐，我给你发的视频都是在片场拍的，或许能帮到你。刚才我问过罗导，他说只要你剪辑得当，不泄露剧情，就可以拿来用。"

"我知道了，谢谢你小树苗。"

苗穆青乐呵呵地给小树苗发了几个表情包。

另一头，季冕也正关注着网上的言论。林乐洋坐在他身边刷微博，不知出于什么心理，指尖久久停留在点赞上。他忘不了苗穆青对他的羞辱，网友说的那些话全是真的，她眼里只看得见大咖，入不了小人物。

"劝你别点赞。"季冕瞥他一眼，"这点小风浪动不了苗穆青，她敬不敬业全国的导演都知道。"

"我没想点赞啊。"林乐洋吓得手指一哆嗦，不小心把"赞"点了下去，不等他取消，眼明手快的网友立刻截图，并以此佐证那些流言。毕竟先前施廷衡和季冕还发过与林乐洋的合照，全网都知道他们正在拍摄《使徒》，而苗穆青恰恰是《使徒》的女主角。

同一个剧组的小新人都敢站出来点赞微博，可见苗穆青有多不得人心！

事情一下子闹大了，林乐洋差点哭出来。他真的不是故意的！

林乐洋立刻取消了点赞，然后抱着手机哇哇直叫："惨了惨了，季哥我真的不是故意的。现在怎么办啊？"

季冕抹把脸，无奈道："赶紧发一条微博澄清一下，就说你手滑了，顺便对苗穆青表示支持。"

澄清可以，为什么要挺苗穆青？林乐洋很不情愿，却又不敢说，于是委婉道："我先打个草稿，回去让公关部的人帮我看看合适不合适。季哥，我反应这么大，会不会显得此地无银三百两？"

再者，苗穆青自出道以来就一直挺招黑，每隔一段时间就有人撕一撕她，要么骂她作风放荡，要么骂她耍大牌，要么骂她打压新人。如此肮脏的言论也没见她站出来回应过，这次肯定也是冷处理，自己若是为她背书，说不定还会被网友一起骂。凭什么她可以看不起别人,别人却还得捧她的臭脚?

这样一想,林乐洋就更不乐意为苗穆青说话了,但季哥的吩咐又不能不听,真憋屈!他心里老大不舒坦,面上却还得撑起微笑,脑子七拐八拐,忽然就意识到,自己是不是走进了一个误区?

季哥说是他的心态出了问题,真的是这样吗?但季哥最近都干了些什么?季哥不顾自己的意愿辞退了小玉,还差点赶走鹏新,现在又剥夺了鹏新工作的权利,也夺走了自己的代言,让自己一举一动都处于他的控制之下。他美其名曰为自己好,却严格限制着自己的自由。

现在,他拍的每一部戏、走的每一步路,甚至说的每一句话,都是季哥规定好的;而他若是稍有不满或抗拒,竟就成了自卑的表现!

林乐洋越想越不甘,然后懊悔于自己的口舌笨拙。如果他能早点想明白这些道理,那天他就会义正词严地告诉季哥,他根本不是在维护自己"可笑的"自尊,而是自由!季哥什么都要掌控,难道自己就该像个人偶一样被他摆布吗?他是穷,是没背景,但他也是人啊!他有权利决定自己该做些什么、说些什么!

林乐洋越想越气不过,一下就钻进牛角尖出不来了。季哥表面上打着为他好的名义,实际上根本没把他当成平等的个体看待。什么"你只要专心拍戏就成,所有的路我都为你铺好",这话多动听,但仔细一想,根本就不是那么回事儿!

林乐洋怕自己气愤的表情被季哥看出来,只能埋头编辑微博,但写了删,删了写,好几分钟都没弄完。

季冕原本想带他出来安安静静地吃个饭,现在却什么心情都没了。

"算了,"他首次露出不耐烦的神色,"不用澄清了,你愿意怎么处理就怎么处理。只是我得提醒你,这次的舆论大战来得有点蹊跷,很可能会出现风向逆转的情况。"

怎么逆转?苗穆青被人黑惯了,从来没见她出面澄清过;更何况娱乐圈里没有所谓的人情,除了肖嘉树那个傻子,谁还会站出来替苗穆青说话?罗导、衡哥,甚至季哥,不也都没反应吗?

林乐洋不以为然地关掉微博,终究一个字都没发。

季冕掏出一支香烟,闷不吭声地抽着。

"季哥,你不是说要戒烟的吗?"林乐洋帮他盛了一碗汤,道,"你最近抽得比过去还多,这样对身体不好。"

季冕盯着他看了一会儿,忽然问道:"乐洋,你是不是觉得我管太宽了?"

"怎么会?季哥你也是为了我好,你毕竟是过来人,吃的盐比我吃的米还多,有你在我可以少走很多弯路。"林乐洋直视着他,表情很真诚。

"你真这样想……"季冕低声一笑,不再说话。

包间里烟雾呛人得很,似乎连饭菜都变了味。

苗穆青的确是招黑体质。由于她特别敢拼敢干,很多大导演都爱找她合作,而她又擅长钻营,无形之中挡了很多人的路,于是每过一段时间就有黑子大规模地黑她一次,却从来没将她打倒,反而令她扶摇直上。

从十八线小透明奋斗成一线明星,她只花了三年时间,这其中,黑子们居功至伟。自此之后娱乐圈便产生了一个新名词——黑红,黑着黑着就红了。

但是这一次,苗穆青不愿意再保持沉默,她想把自己受过的所有污蔑都还回去,让大众知道,有的人惯于保持沉默并不是因为心虚,而是因为行端坐正,毫不胆怯。

但澄清的时机也得掌握好,不能过早也不能过晚,早了影响力不够大,晚了热度都过去了,没人会在乎,得赶在不早不晚正高潮的时候。所幸苗穆青的黑粉很给力,拿到她故意放出来的照片就开始狂欢,连续三天保持着全网第一的热度,还连累肖嘉树一同被骂惨了。

总裁办公室内,修长郁和黄美轩把肖二少夹在中间,准备来一次严厉的批判。

"你看看网上这些言论。没影儿的事他们也能说出花儿来!现在知道胡乱帮人出头的代价了吧?罗导、施廷衡、季冕都不开腔,哪里有你说话的地儿?"黄美轩把几张照片狠狠拍在茶几上,"你好好解释一下这些照片是怎么回事!"

肖嘉树没去看照片,反而急着帮季冕辩解:"季哥从来不在微博上回应任何事,只发工作相关的微博,他不开腔才是正常的。"

"你好好看看照片,别管季冕了成吗?"黄美轩伸手去揪他耳朵。

修长郁连忙替他挡了挡,劝解道:"你好好说话,别吓着他。"

黄美轩快疯了,只能用力抓自己的头发。修总,你爱屋及乌也不能这样啊!你就那么喜欢帮小树收拾烂摊子?

肖嘉树这才瞟了照片一眼,然后愣住。年少的他满脸茫然地跪在一辆被撞得七零八落的跑车旁边,臂弯里躺着一具血肉模糊的尸体,几名外国警察拉起警戒线，还有很多路人在远处围观。汽车零件和鲜血洒得到处都是，场面非常惨烈。那是他十六岁时赶去何毅车祸现场的情景，不知被谁拍下来，又传回国内。

他忽然就哑了，不是解释不清，而是伤心得开不了口。

黄美轩见他捂住脸，似乎很羞愧的样子，不禁急了："你在国外真的飙车撞死过人？"

她话音刚落，公关部的人便打了一个电话进来，说某个大V爆料肖嘉树在国外吸毒、飙车，还撞死了人，现在连照片都发出来了，问修总该怎么处理。撞死人的照片拍得很清晰，不但肖嘉树和警察正面出镜，连地上的尸体都很显眼。更糟糕的是，他当时的面相很稚嫩，一看就未成年。

未成年人犯罪该如何量刑一直是近年来社会最关注的问题之一。消息一出，无疑会引起民众的广泛关注。这次的事件真不小，不是奔着抹黑肖嘉树来的，而是想直接踩死他！

但问题是他刚出道，谁会对他抱有这么大的敌意？

黄美轩的冷汗都下来了，修长郁却淡然依旧。他拍拍肖嘉树的肩膀，柔声道："小树，这件事交给我来处理。你不想说就不说，叔叔相信你不会干那些事。"

"谢谢修叔……"肖嘉树怎么忍心让长辈为自己受累，正想把以前的事告诉他，又一个电话打进来，对方是禅悦温泉度假酒店的首席执行官，宣称肖嘉树道德品质有瑕，他们将放弃与他的合作。

"我已经把消息放出去了，你们怎么能反悔？就算反悔了，你们也不能发那样的声明啊！你们这是在落井下石……"黄美轩正要申诉，那边已经不耐烦地挂断电话，再翻开微博，禅悦温泉度假酒店的解约书已被网友大范围转载，"道德品质有瑕，不予合作"一言彻底封死了肖嘉树的星途。

那是大哥的酒店，发出这样的声明是不是大哥的意思？更有甚者，连这次的风波也是大哥策划的？他想把自己打入深渊，再也没办法与他争夺家产吗？肖嘉树明知不该，却忍不住这样想。

几张捕风捉影的照片完全不能打击到他，最后这一下却令他彻底失去了斗志。他现在只想找个地方把自己藏起来，什么都不看，什么都不听。

薛淼立刻给修长郁打来电话，他拍拍肖嘉树的肩膀，走到外面去接听。黄美轩也拿着手机四处联络人，只想尽快把这些黑料压下去。肖嘉树趁他们不注意悄悄溜走了，顺着楼梯间一点一点往下走，走到二十六楼的时候终于坚持不住，

何以言欢

一屁股坐在地上,然后把脑袋埋进臂弯,默默流泪。

或许他不应该回来,不应该妄想得到父亲和大哥的关爱。他们才是一家人,自己和母亲都是多余的,没有那些奢望也就没有现在的绝望。

手机不停振动,有薛淼的电话,也有助理的,还有苗穆青的,但就是没有父亲和大哥的。肖嘉树静静等待了一会儿,最终关掉手机。

20 陷害

季冕正在办公室里处理文件，方坤忽然走进来，叹息道："肖嘉树完蛋了。"

"怎么回事？"季冕立刻抬起头，眉头皱得很紧。

"他在国外飙车撞死过人，照片被人曝出来了，禅悦温泉度假酒店第一时间与他解除了合作关系，还斥责他道德品质有瑕。现在他们已经换了代言人，是极光一姐阮令怡，签约仪式就定在今天下午四点举行，很多记者都收到了邀请函。话说回来，肖嘉树不是肖家二少吗？怎么混得这么惨？被自家酒店黑，肖家竟然没有一个人站出来为他说话。"方坤唏嘘不已地摇头。

毫无疑问，这又是一出豪门争产的大戏。把肖嘉树搞臭，逼他离开，肖家就是他大哥的天下。

"他不可能撞死人。"季冕先给修长郁打了个电话，又按照他的吩咐往美国发了一封邮件，这才穿好外套匆忙交代，"我去顶楼看一看，你让冠冕工作室的公关小组也控制一下网络舆论。这里面有误会。"

"不是啊季哥，这件事咱们还是不掺和吧！刚才李佳儿放出话来，说还有一个大猛料要爆，也是关于肖嘉树的，请网友三点钟准时去看她的微博。我觉得她是想拿之前肖嘉树封杀她的事蹭热度。这一环套一环的，全是死局啊！"方坤连忙追上去阻拦。

"极光娱乐的手段真是越来越下作了。我说怎么会有人平白无故去黑肖嘉树，原来是为了争夺禅悦温泉度假酒店的代言。也是，高达几千万元的代言费，谁不眼红？"季冕盯着楼层显示器，冷笑道，"你通知公关部，让他们准备开会。我去找修总一起制定一个方案。"

方坤想拦又拦不住，正满心焦急，却发现苗穆青更新了一条微博，只一句话——

何以言欢

造谣一时爽，全家火葬场！@小树苗 我相信你的清白！

哎呀，这下好了！网友的抨击更猛烈了，只针对两人，准备一波将他们带走。方坤快被这落难二人组气笑了，却发现季冕正打开微博编辑文字。

"季哥你干吗？你放下手机行不行？咱们冷静一点！你跟肖嘉树关系一般，何必蹚这个浑水？"方坤扑上去抢手机，却在季冕冷厉目光的瞪视下慢慢缩回去。

"肖嘉树是我近年来最看好的新人，我不能眼睁睁地看着他因为这些莫须有的黑料而陨落。"他一字一句强调，完了将编辑好的文字发出去——

行端坐正，无愧于己，不畏于言。@小树苗

如果说苗穆青的微博只会激起网友的愤怒，那季冕的微博简直是掀起了轩然大波。网友更加坚信肖嘉树背景深厚的传言，他不但能逃脱车祸罪责，还能请瑞水一姐、冠世一哥齐齐为他洗白，权势简直通天了。这样的人就是社会毒瘤，应该铲除！

方坤匆忙扫了一眼评论区，焦急道："季哥你看看，你的粉丝可是最忠心的，现在却都表示不能理解你的行为。这件事过后，你的声誉肯定会严重受损，就算你打算息影也不能这样糟蹋自己吧？你怎么能肯定肖嘉树是被冤枉的？万一是真的呢？"

"让你去通知公关部你就去，废什么话？肖嘉树是什么样的人，我比任何人都清楚。"季冕表情严厉，目光深邃。只要一想起肖嘉树因为热爱表演而产生的强烈信念，他就无法做到坐视不理。他不能眼睁睁地看着一颗本该无比闪亮的星辰被黑暗吞噬并坠落，更何况他比任何人都清楚那些所谓的黑料是怎么一回事。被害者尚未发声，加害者反倒得意起来，黑白颠倒不过如此。

电梯慢慢上行，眼看快抵达二十六楼，季冕却隐约听见一阵哭声，并不撕心裂肺，也不刺耳尖锐，只是呜呜咽咽的十分难过，像一只受伤的小动物。他忽然就想起在医院里的那一次，于是往楼梯间走去，在楼梯转角就看见肖嘉树缩成一团，脑袋埋在双膝和臂弯之间，一下一下轻轻颤着，声音却很小。

季冕知道他内心是如何难过，绝望感都快将他淹没了。

"哭什么？"季冕沉声开口，"有时间在这里哭，不如想办法去澄清。"

20 陷害

"季哥?"肖嘉树猛然抬头,露出一张沾满鼻涕和眼泪的脸。

季冕掏出一条手帕盖在肖嘉树脸上,用力擦了擦:"我知道你是无辜的,去把证据找出来。"

"季哥你不明白,我是不是无辜的不重要,重要的是背后的推手是谁。如果是我家人干的,那么无论我说什么,他们都会把我送走。如果连你的家人都在抹黑你,那么你永远都洗不白。我知道这种感觉,我有一个好朋友就是这样死的。"肖嘉树按住手帕,不想让季哥看见自己最狼狈的一面。

"给你的家人打电话,问问他们这件事究竟是谁做的。如果他们承认,那你可以得到一个真相;如果他们否认,那你可以得到一个安慰。什么都不问,自己躲在角落里瞎猜是最愚蠢也是最懦弱的做法。"季冕捡起地上的手机,按下开机键,柔声道,"你看看,这么多未接来电全都是关心你的人,你还远远没走到穷途末路的分儿上。"

肖嘉树接过手机一看,脸颊立马涨红。妈妈、修叔、苏姨、美轩姐、子晋哥、助理小周、罗导、苗穆青……几十个未接来电差点让他的手机卡死,微信更是被各种各样安慰的信息挤爆了。微博里不断有人圈他,最显眼的就是季哥刚发出来的消息——行端坐正,无愧于己,不畏于言。季哥竟然是百分百相信他的。还有穆青姐,她也在最具争议的时刻站出来为他说话……

肖嘉树冷透的心立刻热了起来。他先是给大哥打了一个电话,无法打通后站起来,坚定道:"我不会认输的,我有证据。"车祸调查卷宗、自己当时配合警方取证的供述,还有何毅临死时录下的音频都是最好的证据,他要告那些造谣诽谤的人,让他们赔得倾家荡产!

"有证据就好。去顶楼吧,修总应该急坏了。"季冕把人带到电梯口,见他下巴还沾着一些眼泪和鼻涕,便掏出一张卫生纸糊过去。

匆忙赶来的林乐洋恰好看见这一幕,心里五味杂陈。他无论如何也不敢相信从不在微博发言的季哥竟会站出来力挺肖嘉树,这简直是破天荒!季哥就那么肯定肖嘉树是无辜的?

季冕似有所觉,回过头看见了林乐洋,却并未解释什么。

"季哥,现在网上都闹翻天了。你去公关部看看吧,他们正准备召开会议。"林乐洋走上前,勉强扯开一抹微笑。

"让他们去顶楼开会,所有的公关人员都听修总安排。"季冕深深看他一眼,似有话说,却终究没开口。

电梯门关了,电梯厢迅速上行,林乐洋却没进去,而是死死盯着楼层显示器,嘴角的笑容一点一点变得苦涩。肖嘉树如果能就此消失该多好?他克制不住地想道。

总裁办公室内安静得落针可闻,几名助理来来往往递送资料,却连呼吸都不敢放开,脸上还带着诚惶诚恐的表情。瑞水总裁苏瑞、嘉禾总裁宋行舟、普众传媒总裁詹世博……这些随便咳一咳也能引起娱乐圈大震荡的人物齐聚一堂,用担忧的目光注视着坐在窗边的女人。

女人气质高雅、容貌艳丽,斜飞入鬓的浓眉更令她增添了几许杀伐果决的英气。她就是曾经红透整个亚洲又在巅峰时刻毅然退出娱乐圈的不老女神薛淼。她用涂着深红蔻丹的指尖点了点摆放在桌上的手机,漫不经心地道:"等李佳儿爆完料,阮令怡签完约,我们再把实锤放出去。想黑我儿子?我让她俩身败名裂,让禅悦血本无归,看看谁比谁狠!"

肖嘉树竟然是薛淼的儿子?这可真是一出豪门大戏!助理们惊讶极了,连连感叹现实果然比影视更夸张!

"淼淼你别担心,季冕已经找到小树了,很快就上来。"修长郁看了一眼手机,随即追问,"肖启杰那边怎么说?"

"他说除非我和他复婚,否则小树就不是他的儿子,他绝不会管。"薛淼冷笑道,"不管就不管,我稀罕?!对了,这次真是多亏了季冕,否则我们没有办法这么快就把当年的调查卷宗拿到手。"

"他在美国有些人脉,调取卷宗并不困难。"说起季冕,修长郁也很惊讶。别看他经常提携小辈,但像现在这种真相不明的爆料,他是从来不牵扯的。

"无论如何还是得谢谢他。我经常听小树在家里夸他,十句话里八句离不开季哥。"听说儿子快来了,薛淼冷硬的表情立刻变得柔和,感激万分地说道,"也谢谢你们立刻赶过来帮助小树。这件事了了,我请你们吃饭。"

"薛姐你跟我们客气什么,多大个事?我们还巴不得看一场好戏呢。"苏瑞打开电视机,幸灾乐祸地笑起来,"我等着看这些人待会儿如何收场。"

有了季冕的安慰,肖嘉树立刻振作起来。他迈着雄赳赳气昂昂的步伐跨入顶楼,却在看见薛淼的那一刻蔫了:"妈妈,你怎么来了?"

20 陷害

"电话打不通，人也找不见，我能不来？"薛淼正准备揪儿子耳朵，却发现他眼眶和鼻头全红了，下巴还沾着少许纸屑，想来应该哭过。

"瞧你这点出息！多大个事，值得你哭成这样？"薛淼恨铁不成钢地戳他脑门，却心疼得不行。这次的事她绝不会善罢甘休，所有想害自己儿子的人都得付出惨痛的代价！

"去休息室洗把脸再过来，这么多长辈在这儿，你也不嫌丢人！"

肖嘉树这才发现办公室里坐满了长辈，有的看着他长大，有的素未谋面，但他们此刻都用慈爱的目光看着他，给了他很大鼓舞。他一一行礼打招呼，然后用袖子挡住半边脸，跑到休息室里去了。

"小冕，坐。这次多亏了你。"薛淼冲季冕招手。

"薛姐您太客气了。"季冕微笑回应，然后在修长郁身边落座。凭他的资历和财富，他早已经拥有与这些大佬平起平坐的资格。

"小树经常在家里提起你，他很崇拜你。"薛淼话锋一转道，"你问也不问就发微博力挺小树，就不怕被他坑了？"

"肖嘉树的为人我很了解。"季冕并未过多解释，但这句话已经足够令薛淼满意。以季冕如今的地位，他实在没有必要蹚这个浑水。他连续七年登上娱乐圈富豪榜榜首的位置，又哪里需要抱肖家的大腿？

"感谢你的支持。我向你保证，这件事绝不会牵连你。"薛淼掏出一包香烟，礼貌征询，"抽吗？"

"谢谢薛姐。"季冕也不客气，从烟盒里抽出一支香烟夹在指尖。

洗完脸的肖嘉树立刻跑过来，熟门熟路地拿起摆放在桌上的茶壶和茶杯，弓着身，低着头，挨个儿替长辈倒茶。

季冕盯着没心没肺的肖少爷看了一会儿，然后摇头失笑。

"修叔，"他故意唤醒对着薛淼愣神的修长郁，"你们应该制订好公关计划了吧？需要我配合吗？"

"不用了，你已经发了微博力挺小树，这就是最大的配合。"修长郁摆摆手，迅速抹掉眼底的痴迷。

薛淼却并未注意到他的异常，而是认真盯着手机，冷笑道："把这些人的名字记下来，记者招待会之后我要一个一个起诉他们。造谣诽谤是犯罪，需要承担法律责任，可不是上嘴皮子碰下嘴皮子的事。"

"好的薛总，我立刻就记下来。"一名女秘书很快将网页一一截图存证。

肖嘉树放下茶壶后左右看了看，发现大佬们把沙发全坐满了，只好坐到季哥身边老老实实待着。现在已经没有他插手的余地，桌上堆满了各种各样的文件，全是母亲在半小时之内搜集到的证据，甚至连证人都已经坐上飞机赶往国内，只等开战了。

他忽然想起一句话——姜还是老的辣。母亲在肖家做了二十年的贤妻良母，却依然保留了内心的棱角。看见她脱掉温柔典雅的贵妇装，换上紧贴身体曲线的小黑裙，唇红似火，眼如寒星，高傲得像个女王，他便觉得很开心。他喜欢母亲现在的样子。

刚才还惨兮兮的，现在却乐得快飘起来，肖嘉树的心情严重影响了季冕，令他想摆出一副严肃的面孔都做不到，只好垂眸扶额，默默感叹：老天疼憨人，这话果然没说错。不对，好像还有一句更贴切，叫什么来着？搞笑青年欢乐多？

当季冕神游时，三点钟到了，李佳儿召开了一个小型的记者招待会，在微博直播间里直播。她先是哭诉自己青少年时期的悲惨遭遇，然后指出自己之所以被冠世、瑞水等多家娱乐公司联合封杀，全是肖嘉树在背后指使——他和强奸她的犯人是朋友，要对她赶尽杀绝。她还把当年的案宗也复印了一份，盖上相关部门的印章，包括肖嘉树与何毅从小到大的合照，以证明他们的朋友关系。

证据非常清晰，立刻就引起了轰动。网友们纷纷感叹没想到这些人竟猖狂到这种地步，犯了法他们还有理了，还来迫害受害者！

"我已举报！这件事已经引起如此大的舆论关注，相信警察不会视而不见！"一些正义人士如此回复。

短短二十分钟的直播，让李佳儿近日来不断跌落的人气又冲回高点，甚至还在飞速上涨。大众对她的同情再一次造就了她超高的人气，许多人联合起来准备为她讨要公道。肖嘉树的微博粉丝量短时间内从一百万出头达到了六百多万，但绝大多数都是专门跑来骂他的。

肖嘉树打开微博评论，看见的只有污言秽语。别人骂他仗势欺人、人品低劣，他可以不理，因为他知道真正的自己究竟是什么样的。但别人若是骂他没有演技，他便会气得原地爆炸。

我哪里没有演技，你看过我演的戏？他很想怼这么一句，但瞥见身旁的季哥，又悻悻勾起指尖。好吧，在季哥面前他那点演技的确不叫演技，还得磨炼！咦？

骂我就算了，你们还骂季哥是非不分抱大腿？这我可忍不了！

他咬牙切齿地点开回复键，想与这些人好好理论一番，却被季冕抽走手机，告诫道："别理他们，没意思。"

"哦！"肖嘉树立马消停了，双手平放在膝盖上，乖巧得像个小学生。薛淼等人已经完全忙碌起来，为即将在四点半召开的记者会做准备。

该帮的忙已经帮了，季冕这便站起来向众人告辞，临走时把手机还给肖嘉树，叮嘱道："别看微博，别回复评论，沉默应对才能显出你的态度。"

沉默应对才能显出你的态度。是啊，如果一群人冲你大喊大叫、歇斯底里，而你却能始终保持冷静，那么你已经赢了，因为你的内心比他们更强大。肖嘉树垂下头抹了抹眼角，真诚道："季哥，谢谢你！"如果没有季哥，他不会走上这条路。虽然经历了很多困难和波折，但他依然热爱表演，也永远不会后悔。

季冕拍拍他脑袋，又笑着摇摇头，继而满心感慨地离开。回到二十六楼后，他把方坤、陈鹏新、林乐洋一块儿叫到办公室。

"今天上午我做了一个错误的决定，"他徐徐道，"我不应该剥夺你们自由选择的权利。乐洋，我可以不干涉你，从今以后你自行安排工作。方坤，把陈鹏新的行程表还给他。"

"好的，季哥。"方坤二话不说就把上午刚交接完的工作推回去。

陈鹏新连忙向季总道谢。他可不想再干打杂的工作。乐洋有季总捧着，坐上他的顺风车早晚能混成金牌经纪人。

"不用谢，有问题多向方坤请教，他比你有经验。以后除了特别重大的公关事件，不用再向我汇报乐洋的工作行程。"季冕摆手道，"你们都出去吧。"

三人鱼贯而出，方坤倍感轻松，陈鹏新欢喜雀跃，唯独林乐洋心里老大不得劲。他站在门外发了一会儿呆，忽然就感到很迷茫。季哥限制他的自由，他会觉得心烦甚至气愤；季哥什么都不管，他又会空落落的，连走路都无处下脚。

季哥为什么会做这种决定，是什么促使他改变了心意？说不管就不管，是因为自己在他心里已经不那么重要了吗？

林乐洋越想越惶恐，额头抵着门板，简直想狠狠撞上去。而门内的季冕比他更心烦，这样做不对，那样做也不对，哪怕拥有看破人心的能力又如何？他依然不知道林乐洋真正想要的是什么。

时间不知不觉临近四点，刚从欧洲飞回来的肖定邦对司机说道："不回家，去禅悦酒店，我记得今天是小树的签约仪式。"

"好的。"司机径直往禅悦温泉度假酒店开去。

坐在肖定邦身旁的女秘书欲言又止。

受邀记者已经到齐，阮令怡和酒店高层这才姗姗而来。他们一路走一路谈笑，气氛看上去十分融洽。被众位高层簇拥在中间的是一名长相俊美的年轻男子，他非常绅士地为阮令怡拉开正中间的椅子，待她落座后才在她身旁坐下，顺手为她调整话筒的高度。

该男子便是禅悦温泉度假酒店的首席执行官，也是肖定邦的堂弟肖定泽。他左右看看，微笑道："感谢各位出席今天的签约仪式，请让我隆重地介绍禅悦温泉度假酒店的代言人阮令怡小姐……"

但他话没说完，一名身材高大、气势逼人的男子缓缓走进会场，拧眉道："代言人阮令怡？什么时候的事？"

记者的镁光灯疯狂对准男子闪烁，他不是别人，正是肖家的掌舵者肖定邦。上一秒还淡定自若的肖定泽下一秒已诚惶诚恐地站起来，弯腰道："大哥，你来了？"

阮令怡拢了拢鬓边的鬈发，仪态万千地打招呼："肖总您好，很荣幸见到您。"

肖定邦并不理会他们，扫视全场，没发现肖嘉树的身影，又瞥见秘书紧张不安的表情，心里便有了底。他关掉手机的飞行模式，立刻发现两点多钟有弟弟的一个未接来电，但他当时在飞机上没能接到，下了飞机匆忙赶来酒店，也没顾得上查看来电。

出事了……他一面忖度一面徐徐步入会场，在主位坐下，并不回答记者疯狂的提问，而是打开手机浏览新闻。几乎不用搜索，他需要的信息就接二连三地蹦出来——肖嘉树在国外飙车、吸毒，还撞死了人，甚至帮一个强奸犯迫害被害者……什么时候的事？

他本就冷硬的脸庞渐渐爬上一层寒霜，不停吵闹的记者被他气势所慑，慢慢安静下来。大约十分钟后，他抬起头环视众人，沉声道："给大家介绍一下，肖嘉树，我的亲弟弟，今年二十岁，毕业于沃顿商学院，以优异的成绩提前两年拿到硕士文凭，无不良嗜好，无道德瑕疵，无不堪过往，所有经历皆可查证。"

20 陷害

他一边宣告一边删掉禅悦官微接连发出来的两条消息，随即看向阮令怡："这位小姐，我不知道你是谁，但我可以肯定地告诉你，你走错地方了。如果我弟弟被陷害这件事与你有关，那么请你做好上法庭的准备，我一定会追究到底。"

刚才还春风得意的阮令怡现在已是面色惨白、摇摇欲坠。她颤声道："肖总您误会了……"

"保安，请她出去，签约仪式取消。"肖定邦向来是这种作风，你若是给我不痛快，我当场便能跟你翻脸。

阮令怡为了保持形象，不得不主动离开会场，下台阶的时候膝盖有些发软，差点摔一跤。

肖定泽咬牙道："大哥，有什么事我们不能等签约仪式过后再说？非要大庭广众之下闹得这么难看？你就不怕有损酒店的形象？"

"颠倒黑白你们都不怕，我还怕有损酒店形象？"肖定邦不疾不徐地说道，"小树是我的亲弟弟，这一点永远不会变。"

若不是那天晚上老爷子一再声明，如果小树在娱乐圈里闹出什么丑事，肖家就会将他除名，甚至剥夺他原本拥有的5%的股份，也就不会发生现在这种事。

逼走小树谁最得益？不是阮令怡，而是他的这帮兄弟，5%的股份平分下去每年也能分到不少钱。肖定邦冷笑摇头，大步走了，丝毫不理会提问的记者和慌乱的公司高层。临上车前，他对女秘书摆摆手："你被辞退了。"

被抛下的女秘书懊悔不已，却已经晚了。当初修长郁来要代言合同时，肖总头也没抬地说道："给他吧。"轻飘飘的口气就像打发一个要饭的。她当时便觉得肖总肯定很不待见二少，于是接受了堂少爷的贿赂，暗暗帮他隐瞒国内的消息。

但现在她总算明白了，肖总不是不在乎二少，是不在乎那份代言合同。

上车之后，肖定邦掏出手机，却只是看着未接来电发呆，并不敢回拨过去。十岁之前，小树一直很黏他，他却对这个弟弟很不耐烦。若不是他故意扔下小树跑去找同学玩，小树也不会遭遇那场绑架。这些年他一直被愧疚折磨着，却不知道该如何去弥补。他害怕小树还在恨他，所以他竭尽所能地去满足小树的任何心愿。

小树不想工作便不工作，玩到白发苍苍他也能养着他；小树想演戏便去演，所有压力他来顶。但他万万没料到自己不敢靠近的行为竟被外人解读成是对小树的排斥，简直是滑天下之大稽！

他胸膛剧烈起伏几瞬，这才打开微博，在肖氏制药的官微上发布了一条消息——

@小树苗 这是我的亲弟弟，打断骨头连着筋的亲弟弟！

肖定邦以极强的能力和极高的成就闻名于国际商圈。他年轻，英俊，才华横溢，关注他的人自然很多。而他现在一改沉默寡言的风格，强势站出来为弟弟出头，引起的震荡是巨大的。

此前，肖嘉树的身世一直成谜，曾有人怀疑他是肖氏制药的子弟，却没有肖家人站出来认领，于是便以为他只是普通的有钱少爷。但现在，肖定邦亲手投下的深水鱼雷忽然爆了，炸死一大片。

但普通网友们无须顾忌肖定邦的言论，他们依然认为肖嘉树是个仗势欺人的渣滓，家世再好也得接受法律的制裁。在国外撞死人也是犯法，也得坐牢！

舆论再次发酵，而肖嘉树已经完全没心思去关注了。他一面刷微博一面揉眼睛，生怕自己看错了："妈妈，你看见大哥发的微博了吗？他说我是他的亲弟弟欸！"

"定邦是个好孩子，他跟他爸不一样。"薛淼欣慰地笑道，"行了，别玩手机了，我们这边也准备召开记者会，快去换衣服。"

肖嘉树喜滋滋地答应一声，然后跟随黄美轩去做造型。虽然发生了很多糟心事，但能得到大哥一句承认，那些委屈也没那么让人难受了。

二十六楼，林乐洋正与两位师哥师姐待在休息室里观看禅悦温泉度假酒店的签约仪式。看见肖定邦匆匆出现又匆匆离开，把所有人整得灰头土脸，师姐感慨道："没想到肖嘉树的背景这么深厚！阮令怡抢代言抢到肖家人身上去了，她这是找死呢！"

师哥不以为意地摇头："肖家人行事都这么狂吗？撞死人也不给个交代？要是没法洗清这个污点，季总也会受连累。现在的网民对这种事越来越敏感，没有确凿的证据不好洗白啊！"

林乐洋一方面希望肖嘉树能洗白，这样季哥就不用受连累，一方面又希望他就此消失,这样就不会对自己造成威胁。正当他胡思乱想时,又有一条重磅消息出来了——肖嘉树将于四点半召开记者会澄清之前的流言,请广大网友去直播间观看。

"快快快,快进直播间。"师姐立马进入直播间,然后惊叫起来,"啊啊啊!我,我不是眼花了吧?那是薛淼吗?我的女神薛淼?"

师哥完全没办法回答她,因为他的嘴巴已经合不上了。

只见一名女子缓缓走入会场,身上穿着一袭小黑裙,勾勒出性感的曲线,满头乌发烫成大波浪,随意披散在肩头,一举一动皆是风情。她艳丽的五官本就出众至极,又在一双斜飞入鬓的长眉的衬托下彰显几分霸气,涂着深红蔻丹的指尖不经意间撩过似血红唇,气场强到爆炸。

她一出现,跟随在她身后的人全成了背景板,记者的照相机只对准她一个人拍拍拍,肖嘉树毕恭毕敬地为母上大人拉开椅子,然后在她身边落座。由于肖老爷子反感薛淼的出身,勒令她彻底淡出娱乐圈,所以只有极少人知道她的丈夫是谁、背景如何,大众都以为她出国了、神隐了,甚至是失踪了。

再次看见这位引领了一个娱乐时代的女神,粉丝们快高兴疯了,更令他们不敢置信的是她一点也没变老,反而在岁月的雕琢下更显韵味。

"介绍一下,这是我儿子肖嘉树。"她把纤纤玉手放置在儿子肩头,继续道,"就目前所发生的一系列有预谋、有计划地抹黑我儿子的行动,我将给出如下解释:一、所谓吸毒。这是我儿子近三年的体检报告,你们可以看一看。"她拿出遥控器开始播放PPT,一份又一份盖了章的、拥有真实性和权威性的体检报告被做成巨大的幻灯片,供所有人观看。

记者连忙举起照相机一阵猛拍。

"二、所谓寻欢作乐、荒废学业。这是我儿子在国外求学的所有成绩单、奖状、奖杯、奖学金证明和毕业证书。"肖嘉树曾经获得过的荣誉一帧一帧闪过。他成绩一直名列前茅,每一年都拿全额奖学金,并用两年时间完成了本该四年才能完成的学业。他的优秀毋庸置疑。

这次的幻灯片足足播放了一分半钟才完,薛淼一边操控PPT一边徐徐开口:"三、所谓的撞死人。大家可以看见,这是当地警方提供的案件调查记录,死者名叫何毅,时年十六,也就是李佳儿口中的强奸犯。在我为我儿子解释之前,我想请你们先听一段录音。关于这段录音的真实性,稍后我会提交法院,并请权威部门对它做出鉴定，你们不用着急。"

薛淼把录音笔放置在话筒下方，音量调到最大。

再没有记者咄咄逼人地提问，大家全都竖起耳朵认真聆听，就连屏幕那头的观众也都沉默了。薛淼准备得太充分了，气势也非常强硬，几套组合拳下来早已把他们打蒙了。

21 真相

某些人为了达到将肖嘉树逐出娱乐圈的目的,刻意捏造黑料,在极短的时间内对他进行了大规模的污蔑行动。由于财力、物力、资料十分充足,且每一个黑料都戳中了网友最忌讳的部分,此次事件所造成的负面影响是非常巨大的。

用三个字便足以概括肖嘉树现在的处境,那就是"全网黑"。放眼看去全是骂他的博文和评论,好似一夕之间他就成了国民罪人。而极光娱乐和禅悦温泉度假酒店推波助澜的行为更是令网民陷入了盲目的声讨大战中。

当事者接二连三站出来召开记者会,先是李佳儿泣血控诉,后是阮令怡截和代言,肖嘉树显然已经到了穷途末路的地步。所有人都在等待他的回应和解释,于是当他召开记者会时,直播间里的人数瞬间爆满,还有很多直播平台进行了转播。

眼下,极光娱乐的艺人也都聚在休息室里准备迎接他们的胜利。阮令怡是极光一姐,为了帮她争夺禅悦酒店的代言合同,极光的艺人得到老板吩咐后全都站了队,对肖嘉树大加鞭挞,李佳儿更是站出来曝光自己的悲惨遭遇,以达到彻底毁掉肖嘉树的目的。

召开完记者会的李佳儿回到休息室,眼眶略显红肿,目光却很坚定。同期出道的艺人纷纷围上去拥抱她,像拥抱一位英雄。

"你太不容易了!"

"大家都会支持你的!"

"过去的事情已经过去了,你还会有更美好的明天。"

"那个人渣一定会得到报应的!"

大家你一句我一句地安慰着,表面看上去很真诚,但内心怎么想便不得而知了。李佳儿真是好运,眼看人气快滑落谷底,却又借着肖嘉树这块踏脚石一下爬了上去。

"谢谢，谢谢你们。"李佳儿感激不已地鞠躬，然后找了一个僻静的角落坐下，状似垂头抹泪，实则偷偷笑了。她就知道自己总会有出人头地的一天！肖嘉树你不是狂吗？还能狂得过阮令怡？人家背后站着的可是肖氏制药的堂少爷！

刻意把眼睛揉得更红一点，她这才抬头看向电视机。四点钟到了，阮令怡的签约仪式即将举行，每年四千五百万元的代言费，这个价谁能拿到？如果我也有这样一天……

当她胡思乱想时，签约仪式发生了重大变故，肖家真正的掌舵者来了，而且当场投下一枚重磅炸弹。肖嘉树竟然是他的亲弟弟，怎么可能？他那一辈的肖氏子弟不都是"定"字辈吗？跟肖嘉树有什么关系？

局势瞬间逆转，不被肖定邦承认的阮令怡立刻被"请"出会场，走下台阶时的跟跄背影为她的演艺生涯画上了一个不太完美的句点。所有人都知道她完了，抢代言抢到肖家人头上，使的还是如此下作的手段，身败名裂都算轻的。

休息室里鸦雀无声，众艺人你看看我我看看你，都从彼此脸上发现了恐惧的神色。下一秒，他们的经纪人纷纷打电话过来，要么勒令他们闭紧嘴巴，要么吩咐他们删除微博，总之一个比一个着急。

李佳儿已经被这个巨大的变故吓蒙了，正惶惶不安时，却又发现事态正往更糟糕的方向发展。曾经的亚洲女神薛淼竟是肖嘉树的母亲，而她近二十年来头一次在公共媒体面前出现，却是为了帮儿子澄清流言。

且不提她拿不拿得出确凿有力的证据，单她往那儿一站，对很多粉丝而言就是最激动人心的时刻！他们瞬间就疯狂了！

李佳儿盯着弹幕，整颗心都是凉的。薛淼的影响力无可比拟，但更令她心惊的是，薛淼竟然拿出了很多证据，其中一份音频刚播放出来，她脑子里便瞬间闪过两个血红的大字——完了！

李佳儿能拿到"超级新声代"的总冠军，凭借的正是她独特的声线。她的嗓音不似普通女生那般婉转清脆，反而带着几分沙哑和冷硬，听上去就像金属撞击一般，令人过耳难忘。也正因为这份独特，几乎在音频播放的一瞬间，记者和网友就已经相信了它的真实性。

她用轻蔑的语气奚落着何毅，告诉对方她是如何放荡，又是如何将他玩弄于股掌。她把不能宣之于众的、所谓"强奸"的真相原原本本告诉了何毅，言辞之无耻，令人发指。何毅已经被她气得说不出一句话，只有粗重而又绝望的喘息声。最后一声巨响传来，似乎有什么东西爆炸了，音频这才在断断续续的杂音中结束。

李佳儿捂住脸，简直不敢去看周围人的表情。她觉得此时此刻的自己就像被人扒光了衣服扔进了雪地里，一面羞愤欲死，一面心惊胆战。她比任何人都清楚，这段音频绝不是伪造的。自己说过的话她又如何不记得？事后她才得知何毅在接电话的过程中出车祸死了，还心虚害怕过一段时间，后来发现何父根本没把消息传回国内，甚至连骨灰也没带回来，这才心安理得起来。

但事实再一次印证了一句话——善有善报，恶有恶报，不是不报，时候未到。李佳儿的报应虽然来迟了很多年，却并未缺席。

就在这时，她的经纪人欧姐带着几名警察走进来，表情畏缩地道："这就是李佳儿。"

不等警察开口，李佳儿便歇斯底里地喊起来："薛淼与何毅根本没有关系，所以她没有资格担当原告。她不担当原告，你们就没有权利抓我回去调查！"她为了更好地"保护"自己，也是专心研究过法律的。

"你懂得倒是挺多，看来这些年没少琢磨这件事。"一名警察冷道，"实话告诉你，原告是何毅的弟弟妹妹，他们如今正在赶来的路上，且先行给薛淼女士发了委托书，请她全权代理这桩官司。请你跟我们回去协助调查吧。"

"何毅哪里来的弟弟妹妹？"李佳儿依然在垂死挣扎。

"你问这么多干什么？走不走？"一名女警不耐烦了，上前拖拽李佳儿。刚开始女警还同情她呢！没想到真相竟是这样，把人家害了还反过来敲诈勒索外带耀武扬威，恶毒到这种程度的人还是人吗？！

李佳儿被带回了警察局，守在公司门外的记者将她如丧考妣的表情拍摄下来并发到网上。这场惊天逆转惊呆了群情激愤的网民，他们觉得自己的三观遭到了毁灭性的打击，必须缓缓。

已经联起手来准备为李佳儿讨要公道的人又是气恼又是尴尬，连忙把抨击肖嘉树的博文删除干净。而大众不知道的是，为了说服何毅同父异母的弟弟妹妹回国与李佳儿打官司，薛淼可是下了很大功夫的。

也怪何父多行不义必自毙，移民国外没几年就破了产并郁郁而终，留下小三和两个私生子艰难度日。但他终究是个狠人，当年与李佳儿一家人交涉时也曾录下几份音频，还保留了胎儿的DNA报告，就是为了防备他们贪得无厌，勒索无度。

如今，这些证据足以送李佳儿下地狱。

一切发展都在薛淼的掌控之中。她关掉录音笔，又给了大家半分钟时间沉淀心情，这才徐徐开口："最后的巨响是车祸造成的。何毅，也就是你们口中所谓的'强奸犯'，在'受害者'李佳儿的言语刺激下心神失守，撞上桥墩，最终不治身亡。这张我儿子'撞死人'的照片，"她指着巨大的显示屏，"就是当时的车祸现场。"

照片被换下，改为一段监控视频，一辆跑车以极快的速度撞上桥墩，驾驶员被抛飞出来，却没当场死亡，隐约可以看见他还在挣扎。几名路人报了警，然后跑过去捡起他的手机，给他最常联系的人打了一通电话。

视频快进了大约五分钟，肖嘉树出现在画面中。他跳下计程车，以最快的速度翻过绿化带和围栏，跑到何毅身边。他跪下了，伸出双手却不敢碰何毅，只能无助地揪着自己的头发，然后一声又一声地高喊"Help"。监控器不能收录声音，却能收录他仓皇而又绝望的表情。他脸上全是泪水，不停地喊着，显然已经崩溃了。

救护车还未赶来，何毅已经撑不下去了。他抓住肖嘉树的手说了一句话，肖嘉树转头回望，一名好心人立刻把先前捡到的手机递过去。又过了三十秒，何毅彻底不动了，而肖嘉树抱起何毅，脸上则露出茫然的表情。他无法接受好友骤然离世的事实，这一切就好像一场永远醒不过来的噩梦。

薛淼按下遥控器将画面定格，再倒回去播放先前的照片，很明显，两个场景完全吻合了，从人物到背景再到时间，没有一丝错漏或差异。这段录像才是真相。

时隔多年再重温这一幕，肖嘉树依然觉得痛彻心扉。他撇开头不敢去看巨大的显示屏，清澈的双眼渐渐蒙上一层水雾。为防眼泪忽然掉下来，他不得不仰起头看天花板，然后紧紧握住拳头。

记者连忙把他的表情拍摄下来，聚焦在他泪光氤氲的双眼和青筋暴突的双拳上。观看直播的网友一阵沉默。真相已经很明显了，所谓的吸毒是假的，所谓的纠纷也是假的，就连撞死人都是假的，肖嘉树这个被万人声讨的人渣，到头来才是真正的受害者。

这何其讽刺？何其荒谬？那些黑料是谁放出来的？

很显然，幕后黑手也没料到事情会发展到这种程度。他们并不知道薛淼已经和肖启杰离婚了，而且放弃了所有财产，不再受肖启杰的控制。现在的她就如同一头暴怒中的母狮子，誓要将伤害自己孩子的人咬死！她不在乎肖家夫人的宝座，也不在乎肖老爷子的看法，更不在乎肖家的财产，她也不会在黑料爆出来的时候悄悄把儿子送走。

藏起尾巴做人？为那点继承权折腰？不存在的！要打舆论战那就来啊！她在娱乐圈混迹多年，何曾怕过谁？

薛淼拍拍儿子肩膀，继续道："事实已经很清楚，相信有眼睛的人都能看见，我就不过多解释了。这份视频我同样会递交给法院和相关部门，请他们做出鉴定。"

这句话已经不是薛淼第一次说，但直到此时才有人回过味来，她再三强调不是为了凸显儿子的清白，而是在宣告各位——她既然提交了证据，就已经做好了打官司的准备。至于被告？那些造谣和诽谤肖嘉树的人，心里应该有数。

与此同时，微博上不断有人在大面积地清理网页，但薛淼似有所感，冷笑道："别忙活了，该存证的我都已经存证，请各位坐等法院传票。"

骂得最狠的几个当下脸色一白，差点顺着屏幕钻到薛淼面前去给她磕头。但更糟糕的情况出现了，肖定邦立刻更新了一条微博，只一句话——

我已经准备好打官司的资金，@薛淼 @众象律师事务所 @邢凯。

有见识的人都知道，众象律师事务所是国内目前最顶尖的律师事务所之一，而邢凯则是该所的金牌律师，成名以来未尝败绩。他是最贵的，也是最棒的。

看热闹不嫌事大的路人不断在微博里喊话——哎，我说那个×××，你怕不怕啊？

怕，怎么不怕？但傻子才会站出来回应。原本喧闹不堪的网络现在一片肃静，侧耳一听，似乎还能听见寒风刮过的声音。

薛淼没有时间看手机，也就没有途径得知肖定邦正默默支持着自己。她看了儿子一眼，确定他情绪比较稳定，这才继续道："四、关于代言。这是阮令怡与某些博主私聊的截图，还有他们购买水军的记录。很明显，这次的抹黑行动，极光娱乐是主要发起者，我将依法追究相关人等的法律责任。"

"最后，"她终于露出今天的首个笑容，"我要为我儿子澄清一件事。他刚出道，他很认真，也很能吃苦，他一直在用最热忱的态度对待自己的演艺事业。"

PPT已经展示完毕，一段视频开始播放，四位年轻人出现在屏幕上，分别是肖嘉树、杰西、金世俊、林乐洋。他们依次走上讲台抽签，肖嘉树抽中了流浪汉，然后镜头一转，他戴着假发和假络腮胡子，穿着肮脏又破旧的衣服，起初有些茫然，过了好一会儿才找到一名年老的流浪汉，像个跟屁虫一般跟在他身后晃荡。对方席地而坐，他也一屁股坐下；对方翻捡垃圾，他也去翻；对方向路人讨要食物，他也跪下作揖，眼里全是卑微和祈求……

薛淼原以为自己很坚强，但看到这一幕，终究还是忍不住了，连忙别开头仰起脸，免得泪水掉落。这次换成肖嘉树去拍她的脊背，口里无声道："妈妈，没事的，对不起。"

薛淼狠狠瞪他一眼，然后强迫自己看下去。

第二天，肖嘉树似乎有了经验，不知从哪里捡来一个蛇皮口袋，把扔在路边和垃圾桶里的塑料瓶搜集起来一路带着走。他也不知道这些瓶子可以拿到哪里卖，问别的流浪汉人家也不愿意告诉他，所以他只能继续饿肚子。后来他实在撑不住了，跑到某家餐馆的后巷，从垃圾桶里翻找顾客扔掉的食物。

一只流浪狗跑过来，虎视眈眈地盯着他手里的半个肉包子，龇牙咧嘴、咆哮不止。他吓得脸都白了，连忙把肉包子远远扔掉，然后跟跟跄跄地跑出巷口。

薛淼实在看不下去了，立刻按下暂停键，哑声道："这是经过剪辑的视频，长度八分钟，就不在这里播放了，免得浪费大家的时间。如果有谁对完整视频感兴趣，可以去小树的微博找链接，全部内容都会上传。好了，今天的记者招待会就此结束，感谢各位的出席。"她看向儿子，低声问道："小树，你还有什么话要说吗？"

台下的记者立刻喊起来："肖嘉树，请你说两句吧。被人那样污蔑，你当时是什么心情？"

肖嘉树想了想，摇头道："没什么可说的，都散了吧。"

母子俩携手离开，背后是一片闪瞎眼的镁光灯。

网络舆论在停滞了十分钟后忽然爆发了，无数人拥入肖嘉树的微博查看完整视频。如果不是亲眼所见,他们完全不敢相信一个贵公子竟然能毅然决然地放弃富裕的生活跑去街头流浪,只是为了演技考核。与他的较真比起来,杰西、金世俊、林乐洋的表现算什么啊?什么自毁形象、演技爆发、全程高能,假的假的,全都是假的!太肤浅了!

肖嘉树这样的才是真正地融入生活、拼尽全力。他是在用生命去体会表演艺术,不像别人只是闹着玩。别说他出生在肖家,换一个普通人来,你去街上流浪三天试一试!怕早就哭着喊着要回家了。

不学无术?呵呵,不好意思,人家是学霸!性格顽劣?呵呵,不好意思,人家为了表演可以让几个酒鬼狠揍一顿却不反抗!他活得太认真也太低调了,而别人却以为这种低调是他心虚怯弱的表现。

进一步了解肖嘉树之后,网友已经对他全面改观,之前有多讨厌,现在就有多喜欢,不断有人在微博里道歉,几百万粉丝一个没走,反而又增加了几十万,且数值还在不断攀升。经过这次事件,肖嘉树可谓因祸得福,一举从小透明变成了当红小生,人气在同期出道的艺人中跃居榜首。

如果再有好的作品问世,他的咖位毫无疑问能稳固在二三线之间,速度比坐火箭还快。与此相反,极光娱乐损失惨重,所有抹黑肖嘉树的艺人都收到了薛淼和肖定邦的律师函。

到了下午七点半左右,禅悦温泉度假酒店的官微发出一篇长文向肖嘉树郑重道歉,并附上一份人事变动表格:肖定泽、卢曼妮等八位高管被解除职务,还有几人停薪留职,归期不定。总之降的降、开除的开除,简直像一场大地震。

明眼人一看就知道这里面的内幕不单纯,除了与肖二少被黑事件有关,或许还关系着继承权或股份变更等更重大的利益纠葛。但无论怎样,位于暴风圈里的肖二少已经平安降落,且获益匪浅。黑他的人非但没能把他踩死,反而一手将他捧了上去,真是偷鸡不成蚀把米。

林乐洋打开微博看了看,肖嘉树的粉丝又增多了,刚才还只有八百多万,现在已经快一千万了。薛淼有很多铁杆粉丝,如今全拥入肖嘉树的微博,一口一个"小树苗"地叫着,爱护他就像爱护自家孩子一样。这就是超级偶像的号召力,哪怕离开二十多年,也依然会有很多人追随。

人家都是拼爹,肖嘉树倒好,拼爹、拼哥、拼妈,全家人都能拿出来过一遍,而且个个都很牛。人跟人真的没法比!林乐洋越看越不是滋味,关掉微博后发了会儿呆，才去找季冕。只有季冕才能在他迷茫的时候给予他安全感和踏实感，他虽然出身不好，但好在还有一个依靠。

当他推开办公室的门时，却发现季冕正目不转睛地盯着电脑，从声音判断，那是肖嘉树在外流浪的视频。林乐洋脸上的笑容一下子便凝固了。

肖嘉树在外流浪了三天三夜，自然发生了很多故事。有一位剪辑大神在看过全部视频后把精彩片段剪辑下来再配上背景音乐发布了到直播平台上，竟然创下了几千万的点击量。

而季冕现在看的就是这段视频。肖嘉树被流浪狗抢走食物后没敢再回餐馆后巷，只得找了一块比较平坦的地方躺下睡觉。临到晚上十一点多钟，负责跟拍他的保镖憋不住了，买来一床薄毯，趁周围没人的时候悄悄跑过去给他盖上。

肖嘉树立马惊醒过来，压低音量说道："你们干吗？告诉过你们多少遍，我现在不是肖嘉树，是流浪汉。摄像机给我，我自己拍，你们回家睡觉。"

"肖先生，您好歹把肚子盖一盖，免得着凉。我们拿工资，少睡几个小时没关系，这是我们的本职工作。"保镖很无奈。

肖嘉树连连挥手："快走快走，我这是在体验生活，你们不会懂的。"然后走到对面的花坛边，把薄被盖在一名流浪汉身上。流浪汉揉揉眼睛坐起来，看见肖嘉树先是吓了一跳，再看见怀里的被子，立刻不动了。

肖嘉树冲他做了一个盖被子的手势，然后慢慢退走。流浪汉坐在那里依然不动，但黑夜中，他的一双眼睛却因为充盈的泪水而显得特别明亮。翌日，流浪汉把薄毯折叠整齐放进蛇皮口袋里，用浓重的口音说道："走，我带你捡瓶瓶去。"

肖嘉树完全听不懂方言，只能张大嘴，露出一副傻样。

流浪汉或许真把他当成了傻子，耐心重复道："捡瓶瓶，卖钱，吃饭。"话落捧起双手做了个扒饭的手势。

肖嘉树恍然大悟，连忙拎起蛇皮口袋跟在流浪汉身后。两人到处晃悠，好不容易挣够了四块钱，一人买了两个肉包子，坐在路边狼吞虎咽地吃着。流浪汉吃完以后叮嘱道："捡到瓶瓶就去刚才那个地方卖，晓得不？"

"晓得晓得！"肖嘉树吃得满嘴是油，见他背上蛇皮口袋要走，连忙站起来眼巴巴地看着他。

流浪汉似乎觉得他是个累赘，冲他摆手道："别跟着我，我养不起你这个大块头。吃得多，捡得少，我带你一上午亏死！"

还有更多精彩的片段在后面，但网友的弹幕几乎遮盖了整个画面。

有人说："这是我见过的最清纯不做作的富二代！"

还有人说："如果没有肖家少爷的身份，相信肖嘉树总有一天也能发财。一位垃圾大王正在冉冉升起！"

更有人说："肖少爷明明在很正经地考核，为什么我又想哭又想笑？人间虽然有很多苦难，但人间也有很多真情。"

许许多多的弹幕随后跟上，都表示这段视频充满了正能量。看见肖少爷过得这么苦，他们就觉得自己的小日子真甜！这究竟是怎么回事啊？

但无论如何，肖嘉树是真的火了，火得彻彻底底！他的长相原本十分俊美且具有攻击性，但看了考核视频之后，网友却发现他的内在蠢蠢的、萌萌的，用很认真严肃的态度过着很搞笑的生活。在他自己眼里，他的气场或许有二米八，但在网民眼里，他就是个很容易较真又很容易被坑的傻子，真实形象不要太接地气。

好感度一路飙升的网友再回头来看记者招待会上的视频，感触又不一样。肖嘉树撇开头，不敢去看车祸现场，他通红的眼睛和紧握的拳头都在诉说内心的悲伤和愤怒。如果不是被逼到那个份上，相信他绝不会封杀李佳儿。反观李佳儿，别人给你留了一条生路你还嫌不够，反过来还恶人先告状。

网友的愤怒再次喷发，疯狂拥入李佳儿的微博。

季冕关掉已经播放完毕的视频，然后盯着电脑发呆，过了许久才发现林乐洋的存在，惊讶道："你什么时候来的？"

"在你看视频的时候。"林乐洋扯了扯嘴角，"肖嘉树真厉害，竟然出去流浪了三天。"

"他这人很较真。"季冕摇头失笑。

林乐洋觉得他的笑容有些刺眼，正想转移话题，却见他死死盯着电脑屏幕，表情逐渐变得凝重。

"季哥怎么了？"他走到他身边，弯腰看向电脑，然后发现直播平台上出现一行红字——

何以言欢

苗穆青将于十分钟后召开记者会，敬请广大网友期待。

从来不理会喷子的苗穆青竟然破天荒地站出来为自己澄清，不能不说是受了肖嘉树的影响，而肖嘉树沦落到全网黑的地步也是被她连累的。这两个人真是难姐难弟，同病相怜。如今肖嘉树的风波刚平息，苗穆青再来插上一脚，正是热度最高、关注度最高的时候，仍然留在直播间里进行大讨论的网友立刻蜂拥而来，万众瞩目。

林乐洋脸色微微一白，紧张道："季哥，苗穆青会说些什么？我之前手滑点了一个赞，会不会有影响？"

季冕看也不看他，直接拿起手机拨通方坤的电话："让公关部时刻注意网上的舆论，有必要的话买水军转移一下话题，不要往乐洋身上扯。"

那头似乎答应了，季冕放下手机，沉声道："我之前就警告过你，舆论风向有可能逆转，让你发一条微博解释一下。再怎么说苗穆青都是你的前辈，咖位也比你大，你应该对她抱有最起码的尊重。不过现在说什么都迟了，先看看她会怎么说吧。"

有了薛淼的案例在前，苗穆青干脆也做了一个PPT进行解释。她步入直播间后指了指大屏幕，玩笑道："跟我女神学了一招，看看好不好用。"

台下的记者还没听她开讲就先哄笑起来，气氛很轻松。网友更是不敢随便发弹幕，就怕再见证一次惊天大逆转，然后被啪啪打脸。他们可没忘了自己之前是如何黑苗穆青，又把火烧到肖嘉树身上去的。

"好了，废话不多说，请看大屏幕。"苗穆青打开遥控器，屏幕上出现她在片场拍打戏时的影像，全是罗章维精心剪辑过的，保证既不泄露剧情，又能把她的敬业精神体现得淋漓尽致。

她被一名壮汉举起来狠狠摔在地上，虽然背部垫了保护垫，撩起衣服一看依然青紫了一大片。她被施廷衡不小心一脚踹中胸口，差点把肺咳出来，直起腰后却调侃道："幸亏我是平胸。"她被林乐洋没注意一拳打中脸颊，侧脸肿得像发面的馒头，却毫不在意地摆手说"下次注意"。

类似的镜头还有很多，几乎呼应了她身上的每一个伤处，也呼应了广告片中的每一块瘀青。这段视频刚播放完毕，又有一段视频接上，来自肖嘉树的友情提供，虽然拍摄角度不一样，画质也不清晰，但跟罗导提供的很多镜头都能对上，两相比较，更证明了两段视频的真实性。

网友本就做好了逆转的准备，现在一看果然如此，自是对苗穆青深信不疑。密密麻麻的弹幕遮盖了直播间画面，大家几乎是一边倒地支持她，对她的印象瞬间从"心机婊"扭转为"拼命三郎"。

放完视频后，苗穆青言简意赅道："有人问我，你凭什么在三年的时间里混成一线女星？你背后有金主捧吧？今天我就告诉你们，我为什么能在三年时间里跻身一线。我付出的是汗水、泪水甚至血水。"

舆论发生惊天逆转，之前被全网黑的苗穆青，现在获得全网盛赞。与她合作过的导演纷纷站出来力挺她，夸她是最敬业的女演员之一。

罗导更直白：

> 现在你们明白为什么@苗穆青 黑粉那么多，名声那么差，我们这些导演却依然喜欢与她合作了吧？一切只因为四个字——敢拼敬业！在此，我同样要表达一下对@小树苗 的支持，他是我见过的最有潜力的新人之一，未来可期！

22
兄弟

密集的记者招待会引发了全民关注，也造就了肖嘉树和苗穆青口碑的大逆转。从此以后，如果有人提到"优质艺人"，网友们最先想起的绝对是这二位。

当然，女性的关注点往往与男性不同，她们很快就开始讨论那则被斥为"虚假宣传"的广告。苗穆青是真摔真打，那些瘀青，尤其是脸上那道，被粉底液和遮瑕膏盖得严严实实，一点也看不出来，这效果也太神奇了吧？快快快，赶紧去抢购啦！再晚就没了！

莱雅化妆品之前不温不火的销售额瞬间呈现了井喷式的增长，喜得公司老总亲自发微博力赞苗穆青。这位代言人真是没找错，不但人美点子多，营销手段更是杠杠的！

苗穆青见好就收，略说几句结语就离开了直播间，并未回答记者提问。回到后台卸妆时，她的经纪人捂着嘴尖叫起来："穆青，你快掐我一下！快快快！这是××汽车发来的代言邀约吧？"

苗穆青从未接过汽车代言，更何况还是这种顶配超跑款，只看图片就能体会到两个字——奢侈！她眼珠一转，顿时笑开了："有什么不敢相信的。××汽车大中华区总裁可是肖大少的密友，而他们之前选中的代言人是阮令怡。现在阮令怡把肖嘉树得罪了，这代言肯定得落到别人头上。应该是肖大少在里面牵了线，否则人家只会找超一线巨星，哪里看得上我。"

"哎呀，幸亏你帮肖二少说了话，否则哪里有这种好事！我当初还让你删微博呢，还好你没听我的。"经纪人双手合十拜天拜地。这叫什么？这叫运气来了挡都挡不住！

苗穆青卸掉妆容，轻笑道："我十几岁就出道，不敢说看人百分百准确，但也八九不离十。小树要真能撞死人还毫无愧疚，我把脑袋割下来给你当球踢。话说回来，那个林乐洋怎么回事？蠢也要有个限度吧，这种事竟然也敢跑来凑热闹，我不黑他都对不起他。这回给他一个教训，下回他就能记住了——别以为有人捧就可以嚣张，季冕也不是万能的。"

经纪人捂嘴笑起来，眼里满是嘲讽。

林乐洋指着电脑屏幕急切道："季哥你看见了吧？我虽然不小心打中了苗穆青，但她的经纪人也指着我骂了很久，说话要多难听有多难听，我后来还反复给她道歉，她为什么要把这些剪掉，只放她原谅我的那一幕？她是故意黑我！这段视频也是她预先找人拍好的吧？她早有预谋！说不定这场抹黑事件就是她自己炒起来的！季哥我现在怎么办啊？好多人在骂我！"

由于背后站着季冕，林乐洋自出道以来都是顺风顺水的，虽然也曾被人拿来与肖嘉树比较，但他很快就被季冕的强力支持和施廷衡的应援捧了上去，人气在同期小生中名列前茅。他满以为自己能一直顺利下去，却在此时此刻遭遇了第一次危机，毫无经验的他顿时惊慌失措起来。

很多网友在看过视频后想起了林乐洋的那个点赞，纷纷出言嘲讽——

那个叫林乐洋的新人，把苗姐踢伤了还敢赞黑苗姐的微博，"尊重"这两个字会不会写？这种行为跟李佳儿有什么区别？

李佳儿的名声已经烂大街了，提起她，网友的第一感受就是"恶心"。他们拿林乐洋与李佳儿做比，可见对林乐洋的行为有多反感。眼看自己的微博已经被苗穆青的粉丝攻陷，就连自己的粉丝也都倒戈相向写下恶评，林乐洋彻底慌了。

所幸公关部得了季冕指示，好不容易暂时控制住了事态。但情况又很快恶化，一名网友发布了很多截图，张张都能把林乐洋的口碑打落谷底。原来不只他点赞，陈鹏新也在点赞，且点赞的每一篇文章都与黑苗穆青和肖嘉树有关，细细一数竟有四十余个，这总不能是手滑吧？

陈鹏新是林乐洋的经纪人，在一定程度上，他的观点也能代表林乐洋的观点。也就是说，他们是真的厌恶苗穆青和肖嘉树，而非公关文稿口中的"误会"。

公关部没办法，只能购买更多水军引导舆论，然后联系各大媒体，让他们不要把焦点放在这种"小事"上。只要没人报道，在肖嘉树和苗穆青的巨大热度的冲击下，林乐洋点赞事件很快就能过去，只是人气会受一点影响，倒不至于伤筋动骨。

接到公关部打来的电话，季冕只有一个词能形容现在的自己——心累！他看向脸色苍白的林乐洋，哑声道："以后注意点。"他原本不止这点话想说，但张口的时候又无言以对。林乐洋看上去很温顺，其实比谁都犟，无论别人说什么都不能改变他既定的想法。

"我知道了季哥。现在还有很多人在骂我，怎么办啊？"林乐洋不安道。

"我只能尽量控制这件事的负面影响，不能完全封锁别人的言论。在这次事件里，你只是引火上身，等热度过去也就没人再上纲上线了。不过这将成为你演艺生涯中的黑历史，以后总会有人提起，所以你一定要注意自己的言行，不要重蹈覆辙。"季冕想了想，终是旧话重提，"这次事件证明陈鹏新不是一个合格的经纪人，我重新帮你挑一个合适的？"

"不用了季哥。鹏新也不了解内情，所以才会被网友的言论影响。你再给他一次机会吧！我和他从小一块儿长大，说过要有难同当有福同享的！要不是我手滑点了赞，他也不会跟风，说来说去还是我的错。"林乐洋急得眼睛都红了。谁对他好，他能记一辈子，谁对他坏，他也永生难忘。他看上去绵软，骨子里其实很硬。

季冕垂眸扶额，深深叹息："都说事不过三，我或许应该给他第三次机会。但是乐洋你别忘了，你身在娱乐圈，如果他再犯一次错，毁掉的有可能是你的星途。你这次帮了他，害的有可能是你自己，你能承担相应的后果吗？作为一名经纪人，他没有眼光，没有远见，也缺乏危机意识和判断力，他很不合格！"

"季哥我求你了，再给他一次机会吧！"无论季冕说什么，林乐洋只有这一句话回复。若是季哥再不同意，他可以给他跪下。

季冕无话可说了，摆手道："行，我再给他一次机会，让他去培训部上课，学一学如何做一个合格的经纪人。"

"好的，季哥，谢谢你，季哥。"林乐洋欢天喜地地离开了，却没告诉陈鹏新他差点被炒鱿鱼的事，只让他去培训部学习。于是误会产生了，陈鹏新满以为公司要重点栽培自己，心里不但不慌，反而更加得意。

打发走林乐洋，季冕竟然感到浑身轻松。他靠倒在椅背里默默沉思，继而摇头苦笑。越是看透人心，他越是读不懂人心，人心不愧为世界上最复杂的东西。为什么以前和林乐洋在一起，他会感到无比轻松快乐？是因为他从未真正去了解过对方？还是林乐洋从未向他敞开心扉？

思及此，他不禁掩面长叹。

网上的热度还未退去，有胆大的记者在肖氏制药总部门口堵住肖定邦，询问他对这次事件的看法。

肖定邦原本谁也不搭理，有位记者却步步紧跟，他停下来，沉声道："她为了抢夺代言，用下作的手段抹黑我弟弟，并差点让他身败名裂，这样的人我是不可能对她客气的。"

说完保镖立刻隔开了该记者，更多记者将这段对话忠实地记录下来，并对此表示赞赏。

网友们看见实时报道，纷纷鼓掌叫好。没想到啊没想到，没想到肖定邦这种几乎不会公开面对媒体的人，竟然为了维护弟弟一口气说了这么多！有薛淼这样的女神当妈妈，还有肖定邦这样的霸道总裁哥哥，肖嘉树的命也太好了吧。

记者会结束后，肖嘉树坐在化妆间里一边等待母亲卸妆一边刷着微博，平淡的表情越来越凝重。他看见一些很恶毒的言论，有些是关于他自己的，有些是关于何毅的。

网友说他心机重，所谓的演技考核不过是在作秀，是一场哗众取宠，但这无关紧要，因为他根本就不在乎。然而网友又说何毅之所以撞死是他咎由自取，谁让他蠢到连一个女人都搞不定。

诸如此类的言论还有很多，不管真相如何、是非对错，总会有人用最大的恶意去揣测他人，抨击别人，仿佛这样才能显出自己的与众不同。

肖嘉树早知道会出现这种情况，所以才不愿公开当年那些事。好友已经死了，为何还要去翻陈年旧事？但李佳儿得到了应有的惩罚，相信他也能瞑目了。

他在微博上公布了几个特别活跃的喷子，警告他们别再胡说八道，然后贴了一张律师函在微博里，评论区瞬间变得和谐起来。很多心地善良的粉丝帮他把那些乱七八糟的评论刷了下去，口吻异常慈爱——

没想到我们恩恩已经长这么大了,转眼二十年,真快啊!

难怪我说小树苗怎么那么眼熟,瞧这眉毛,瞧这眼睛,简直就是我们淼淼的翻版啊!淼淼的基因真强大,小树苗完全继承了她的优点!

每天来微博给我们小树苗浇水,希望他快点长大!

…………

毫无疑问,这些人都是薛淼的忠实粉丝,他们爱屋及乌,在支持女神的同时也跑来肖嘉树的微博凑热闹,这让他的粉丝量在短短几个小时内飙升到一千多万。肖嘉树挑出几人做了回复,然后跑去关注母上大人的微博。

薛淼刚卸完妆就看见儿子关注了自己,不禁笑道:"小树,妈妈的粉丝都跑到你那里去慰问,你会不会不舒服啊?"

"为什么会不舒服?"肖嘉树一头雾水地问道,"妈妈,你什么时候开的微博啊?竟然都不告诉我!"

"跟你爸离婚后我就一直想开微博,发现网络上有人在刻意抹黑你,这才临时弄了一个。"薛淼再次追问,"小树,如果总是有人在你面前拿我说事,譬如说你沾了我的光才能进娱乐圈啦,你混得好全靠我啦,你能拿到好资源全是我的人脉啦等等,你会不会不高兴?"

肖嘉树不以为然道:"妈妈,这不都是废话吗?难道我混娱乐圈不是靠你?我能拿到好资源不是靠你?我为什么要不高兴?"他略一思索,顿时明白了,啼笑皆非道:"妈妈,你想太多了。我要是混得不好,那是因为我能力不够,跟你有什么关系?我要是混得好了,一是因为我努力,二是因为我有一个能帮到我的好妈妈,这也不是任何人能抹杀的事实。我们是母子,为什么一定要划清界限?你还记得吗,小时候我总想让你去帮我开家长会,但爸爸从来不同意,说爷爷不准你抛头露面,我那个时候只能躲在角落里偷偷地哭,一声都不敢吭。其实我心里可难受了,我恨不得告诉所有人,薛淼是我妈妈,是世界上最好的妈妈。"

肖嘉树跑到薛淼身边将她抱住,动情道:"妈妈,我爱你,我一直为你感到骄傲。"

薛淼眼眶都红了,连连拍打儿子后背,却一句话都说不出来。她怕自己一开口就会发出哽咽的声音。虽然自己的婚姻以失败告终,但她得到了最珍贵的

何以言欢

一份礼物。

苏瑞偷偷抹了抹眼角,又补了补妆,这才打断母子俩的拥抱:"好了,别腻歪了,大家都等着你俩去吃饭呢。"

"你一如既往地会破坏气氛。"薛淼优雅地翻了个白眼,继而叮嘱儿子,"给你哥哥打个电话,让他也来吃饭。"

"好嘞。"肖嘉树正准备给肖定邦打电话,就见对方上了热搜头条,起因还是为了维护自己。

"妈妈,你知道吗,其实大哥一直都很疼我呢!"他盯着视频傻乎乎地笑起来。

"他的确很疼你。你在国外遇见的所有麻烦都是他帮你解决的。定期给你打电话的那人其实是他的助理,不是肖启杰的。你大哥人不坏,你以后一定要好好跟他相处。再怎么说他也是你的亲人,血缘关系是剪不断的。"

"大哥当然好啦。我从小就把他当作我的榜样。"

他怀着紧张雀跃的心情给肖定邦打了一个电话,得到肯定的答复后才忧心道:"大哥,谢谢你为我出头。爷爷不是说不准我打着肖家的名头在娱乐圈里闯荡吗?你公开我们的关系会不会被骂?"

另一头,接到弟弟来电的肖定邦是既紧张又激动。他状似平淡道:"你不用管他,一切有大哥在,肖家现在由大哥做主,谁也没资格管教你。你想做什么就去做,不用顾虑任何人任何事。"

"哦,那你记得来吃饭。"肖嘉树首次直面大哥的关心和爱护,顿时不知道该说些什么。他恍恍惚惚地挂断电话,又恍恍惚惚地笑起来。

肖定邦挂断电话后也忍不住勾起唇角,却在下一秒抿直,只因肖启杰正坐在他的办公室里,面色很难看。

"你弟弟打来的电话?"

"嗯。"

"他约你吃饭?"

"嗯。"

"你薛阿姨也在?"

"嗯。"

"多说几个字你会死吗?你不会叫他们回来吃饭?发生那么大的事都不回

家,他们还想继续在外面浪?老爷子早晚会被他们气死!"肖启杰语气渐渐变得焦躁。

他话音刚落,老爷子的电话便打进来了,质问肖定邦为何要解除肖定泽的职务。

"爷爷,整整几十吨重的毒胶囊还在仓库堆着,如果不是我及早发现并找到了新的供应商,您以为肖氏制药还能挺到现在?二叔一家人都干了些什么混账事您心里最清楚,您让他们老实待着,别把我惹急了。他们要是再敢动小树,我让他们一无所有地滚出肖家。"

肖老爷子呼哧呼哧地喘了一会儿粗气,终究拿这个孙子没办法,只好松口。

肖启杰拧眉道:"定邦,那好歹是你二叔,别做得太绝。"

肖定邦一边翻阅文件一边徐徐开口:"爸,你知道你最大的毛病是什么吗?是亲疏不分。小树发生那么大的事,你为什么不帮他出头?你还拿这件事威胁薛姨,你又得到了什么?你这样做只会把他们越推越远。"

"我没有在帮他们吗?我第一时间就找关系去控制舆论……"

肖定邦打断他的话:"你的处理方法就是把舆论压下去,然后悄悄把小树送出国,以免肖家被推到风口浪尖上。你所做的一切都以肖家为重,却不会去考虑小树的未来。你以为没人报道,这件事就算完了吗?小树的名誉怎么恢复?"

"过个几年谁还会记得这件事?反正那些黑料都是假的,就算警方来查又能如何,小树一点事都不会有。'清者自清'这句话你没听过吗?何必要闹得满城风雨,还把你二叔和堂弟都卷进去!我把小树送去国外,给他一笔钱开个公司,不比在国内当戏子好?"肖启杰没好气地斥责。

"难怪薛姨宁愿放弃所有也要跟你离婚。爸,你不如搬去老宅跟二叔和老爷子一块儿过吧,他们更需要你。"肖定邦穿上西装外套,语气淡淡道,"以后二叔一家再有什么事不用来求我,我没把他们赶尽杀绝就算对得起他们了。那几十吨毒胶囊的烂账我会一直留着,让他们别惹小树。是5%的股份重要还是命重要,让他们想想清楚再行动。"

肖启杰气得直发抖,却拿儿子没有办法,等人走远了才掏出手机定定地看着,表情极其复杂。屏幕上正在播放薛淼召开记者会的画面,她眉眼飞扬、唇红似火,一边播放PPT一边侃侃而谈,整个人散发出强势而又迷人的气场,一如初见那般。

何以言欢

所有人都在倾听,并不由自主地为她沦陷,她就是拥有这样的魅力。

他当初一眼就爱上了她,爱得那么热烈,却在接下来的婚姻中遗忘了这份悸动。直到此时他才发现,薛淼依旧是他爱着的那个薛淼,只是他们再也回不去了。

23 失望

薛淼带着儿子和一大帮好友去聚餐,临走还不忘邀请公关部的各位"斗士"。大家自然齐齐拒绝了,那么多大佬都在,跟他们吃饭肯定会闹胃病,还是算了吧。修长郁今天特别高兴,放话让他们自己去吃,所有开销可以报账,上不封顶。公关部的员工这才欢呼起来,连忙收拾东西准备走人。

"我听说官方媒体也要发一篇评论,以表彰肖嘉树设立慈善基金的事迹。有了官方表态,这次的舆论大战总算是盖棺定论了,谁也别想再闹什么幺蛾子。"

林乐洋在走廊里遇见两名公关部的员工,她们刚从顶楼下来,正在谈论之前那些事。

"极光娱乐这下栽了,目测至少有二十几个艺人要吃官司,阮令怡和李佳儿最惨,说不定还会坐牢。唉,那不是林乐洋吗?全公司只有他一个人站队,还站错了边,害得季总花了好多钱给他请水军。他究竟怎么回事?真的跟穆青姐和肖嘉树闹不和?"

"都是同期出道的艺人,人家资质比他好,估计他嫉妒了吧。嘘,他过来了,咱们别说了。"两人擦着林乐洋的肩膀走过,面上并未露出异样,但林乐洋很想告诉她们别装了,他都听见了。

他嫉妒肖嘉树?或许有一点。但闹不和?没有的事!他知道网上的人都这么议论,说他心胸狭窄、两面三刀、背后放冷箭、不尊重前辈等,但他真的很冤枉,那个点赞真的只是手滑,季哥也在,可以为他做证的!

难道除了默默等待热度消退,就没有别的办法洗白了吗?他绞尽脑汁地想了想,忽然灵光一现。

恰在此时,季冕出现在走廊尽头,询问道:"收拾好了吗?"

"收拾好了!"他立刻跑回休息室拿外套。

"那走吧。"

两人约好一起吃晚饭,并预订了一家私密性很强的餐厅。季冕专心开车,林乐洋则出神地想着心事。他知道有一个办法可以迅速帮自己洗白,但他做不到,只能请季哥帮忙,现在的问题是该如何开口。

只要苗穆青和肖嘉树亲自站出来表明他们与自己的关系很好,再发几张合照佐证,他们的粉丝总没有话说了吧?日后他好好与他们相处,争取变成朋友,这一段黑历史也就不能被称为黑历史了。

季哥面子大,只要他开口,苗穆青和肖嘉树没有不答应的道理。但是自己该怎么说呢?林乐洋感到很为难,因为他从来没跟季冕提过任何过分的要求,这还是第一次。

就在这时,季冕瞥了他一眼,面色有些冷峻。他把车子开上立交桥,沉声道:"我晚上有一个重要的饭局,你一个人回去没问题吧?"

"啊?之前怎么没听你说?"林乐洋的思绪被打断了,更不知道该如何开口。

"公司里出了那么多事,差点忙忘了。"

"那你把我送回去吧,家里还有一些菜,我自己做饭吃。"林乐洋露出极度失望的表情,"季哥,你最近似乎总是很忙。"

"公司有几部电影和几个真人秀在筹拍,都是大制作。"季冕简单解释一句便不再说话,一路沉默地将林乐洋送回公寓。等他消失在转角季冕才给方坤打了一个电话,疲惫地道:"在哪儿?出来陪我喝酒。"

陈鹏新正躺在沙发上玩手机,看见林乐洋独自一人回来显得很惊讶:"哟,你不是跟季总吃饭去了吗?"

"他突然有事,就把我送回来了。"林乐洋打开冰箱问道,"你留下吃饭吗?"

"不用你动手,我让小玉带外卖回来。"陈鹏新给妹妹打了一个电话,完了询问道,"乐洋,你的微博都快被苗穆青和肖嘉树的粉丝攻陷了,这样下去可不行啊,要不要找季总想想办法?"

林乐洋心内微动,沉吟道:"如果让季总找苗穆青和肖嘉树出面为我澄清,你说可行吗?"

"可行,怎么不可行?你再让他们发几张合照,粉丝也就没话说了。正主们都是好朋友,他们还闹什么?你快给季总打电话,让他帮你搞定。"陈鹏新

23 失望

理所当然地催促。

"我不方便说,你先跟方坤商量一下,看看这个方案可不可行吧?你毕竟是我的经纪人,以后这些事都归你管。"

陈鹏新正想干出一些成绩来,略略一想便同意了。他拿出手机给方坤打电话,而方坤恰好坐在季冕的副驾驶座。

"你再说一遍?"方坤这次真被气笑了。

陈鹏新果然又重复了一遍。

方坤直接开喷:"你是不是脑子有病?知不知道季哥的面子有多值钱?他当年被黑得最惨的时候也没求过任何人,你竟然让他为了你这点狗屁事去求爷爷告奶奶?苗穆青有那么好说话吗?肖嘉树有那么好说话吗?这点芝麻绿豆大的事,人家理都懒得理你,你还大张旗鼓让他们去给林乐洋澄清,你把林乐洋当小皇帝呢?所有人都要捧着他?人家本来已经忘了这事,你这一闹,知不知道人家心里会有多硌硬,又会对季哥产生多大的意见?你这是把季哥爱惜了几十年的脸面扔在地上踩啊!你也太把自己当一回事了吧?"

方坤也不管那边是什么反应,径直挂断电话,冷笑道:"这陈鹏新果然是个蠢货,连这种馊主意也能想得出来!狗屁大的一点事,竟然让你去找苗穆青和肖嘉树说和!他把苗穆青和肖嘉树当成什么,又把你当成什么?他以为林乐洋是世界中心呢,所有人都得围着他转!混娱乐圈的人有哪一个没被黑过?苗穆青十几年都忍过来了,就林乐洋娇贵,被骂几句也不行。他是想把林乐洋捧上天还是咋的?人家被黑的时候他在后边点赞,完了惹上事了又去找人家帮他洗白,他到底多大脸?陈鹏新也不想想,凭林乐洋的咖位和背景,他有没有资格去以势压人!"

季冕脸色冷沉,默默无言,开到一家夜宵摊后才开口:"别说了,下去喝酒。"

"你把帽子、墨镜和口罩戴好。"方坤提醒一句,末了又开始抱怨,"我早就说过让你别带林乐洋进娱乐圈!你看看林乐洋这次干的都是些什么事,苗穆青好歹是前辈,还是一线女星,他也能背地里这么干,这是仗着有你撑腰,无所畏惧啊!陈鹏新也有这样的苗头,再发展下去,他俩早晚会给你惹出大麻烦!"

"那个点赞的确是意外。"季冕实话实说,但除了这一句,却再也没有别的可以反驳。他让老板送来一扎啤酒,又要了几串烤肉,这才徐徐道:"什么时候该放手我心里有数。"

方坤见他口气略有松动,不禁好奇:"你该不会已经决定了吧?"

季冕摇摇头,端起酒杯说道:"喝酒,不谈这些。"

陈鹏新被骂蒙了,过了好半天才回过神来。不用他转述,林乐洋已经把方坤的大嗓门听得一清二楚,此时已是满脸通红,羞愧不已。

林乐洋满心懊悔,过了好一会儿才记起来,万一方坤把这件事告诉季哥,季哥会如何看待自己?会不会觉得自己太自私自利,一点也不顾及他?他悚然一惊,连忙让陈鹏新再给方坤打一个电话,求他保密。

陈鹏新是个爱面子的人,死活不肯打过去找骂,只好给方坤发了一条微信,让他把之前的事忘掉,就当没发生过。

方坤把手机递给季冕,冷笑道:"算他识相,这么快就放弃了。要是他明天再提这事,老子非得让他滚蛋。你说林乐洋究竟是怎么想的?那么多金牌经纪人不要,偏偏要这种蠢货?"

"乐洋比较敏感,喜欢待在安全的环境里。你太尖锐了,让他感觉不适,而陈鹏新恰恰能带给他安全感。他需要掌控周围的一切,不然就没有办法安心工作。"季冕冷静分析道。

"那岂不是跟你一样?"方坤讽刺地笑起来。

"我跟他不一样。我需要掌控一切是因为我能办到而且很习惯,他需要掌控一切是因为他办不到却又为此焦虑,我们存在本质上的不同。"

"不知道你在说什么。办不到还偏要去掌控,他是不是有病,顺其自然不好吗?有分歧就解决,解决不了就一拍两散。"方坤拿起一串烤肉大快朵颐。

季冕叹了口气,并不答话。

24

试镜

　　林乐洋又开始焦虑了,害怕方坤会把刚才那事告诉季哥。

　　陈鹏新扔给他一个抱枕,调侃道:"瞧你吓成那样,脸都白了!放心吧,没事的。我觉得你的心理承受能力不行啊!你看看人家苗穆青,那么多黑子轮番黑她,她不也过得好好的吗?当明星的哪一个没有黑粉,你得早点习惯。"

　　林乐洋抹了把脸,叹息道:"这是我第一次被黑,以后或许会习惯吧。"但他知道自己永远不会,因为他太在乎别人对他的看法,稍有恶评就会耿耿于怀甚至无心工作。如果有一天他不再在乎别人的看法了,或许就是他爬到季哥那种高度的时候。

　　"对的,这种事以后肯定还会有,咱们看淡点,做好自己就行……"陈鹏新正说着话,陈鹏玉提着两个食品袋回来了,打开门直嚷嚷:"哥,你看今天的网络新闻了吗?我的天啊,那个肖嘉树竟然是肖氏制药的二公子,难怪他那么嚣张!你看看他的微博,支持他的都是些什么人啊,有冠世总裁、瑞水总裁、肖氏制药总裁……这应援团队能上天啊!"

　　"行了行了,人家出身好是人家的事,你再羡慕又有啥用?快去把拖鞋换了来吃饭。"陈鹏新把餐盒一一摆放在桌上,眼角余光瞥见妹妹的挎包,当即便追问起来,"你怎么又换了一个包?你这个月已经买了八个包了,哪儿来的钱?"

　　陈鹏玉缩了缩脖子,嗫嚅道:"这是我在地下商城买的,五六十块钱一个,很便宜的。"

　　"五六十块钱一个加起来也不少呢,你节约着点。"陈鹏新许诺道,"等你乐洋哥红了,哥的工资也高了,一定给你买正版,不买这些地摊货。"

　　"那乐洋哥什么时候能红?"陈鹏玉来劲了,挤到林乐洋身边问道,"乐洋哥,你拍一部电影能拿多少钱?拍一个广告能拿多少钱?"

"你瞎问什么?洗手去!等《使徒》放映了,你乐洋哥一准儿能红。你不知道他在里面演得有多好。"陈鹏新不耐烦地摆手。

林乐洋却如实答道:"我现在咖位不高,拿到的酬劳也有限,一部电影几十万吧。广告要看是什么类型,高端产品给的钱多,低端产品给的钱少。"

"才几十万?你确定?"陈鹏玉似乎很失望,找出一条微博说道,"乐洋哥你看看,这个人把肖嘉树的黑料卖给极光娱乐,从他们那里拿到了两百万。明星的黑料怎么比你拍电影的工资还高啊?"

"肖嘉树手里有几千万的代言合同,如果拿到黑料把他踩下去,就能取而代之,极光娱乐当然愿意付这两百万。明星黑料一直很值钱,就看你能不能搞到手。那些资深狗仔就靠搜集明星黑料活着,无论是卖给媒体还是卖给明星本人,轻轻松松月入几万。"陈鹏新感慨道,"要不是有你乐洋哥罩着,我差点就去当狗仔了。"

陈鹏玉眼里闪过一抹精光,当即央求道:"哥,我整天待在家里很无聊,你能不能带我去上班?我可以帮乐洋哥打杂,不拿工资。"

"别闹,你下半年还要去复读。"陈鹏新一口否决。

陈鹏玉改去纠缠林乐洋。林乐洋对亲近的人耳根子特别软,很快就答应下来。

七八天后,肖嘉树和苗穆青被黑的事件才渐渐退去热度。一举成为当红小生的肖嘉树有幸获得了《逐爱者》的试镜邀请,角色是男一号。

同一个公司的艺人很快就收到消息,有羡慕的,有嫉妒的,也有不以为然的。娱乐圈里的人都知道胡铭导演有多严厉,得到他的试镜邀请并不能代表什么,如果你没有与之匹配的演技,他照样给你刷下来。

陈鹏新整天上蹿下跳,自然也获悉了此事,把林乐洋拉到僻静的角落说道:"《逐爱者》被誉为本年度最值得期待的一部电影,关注它的人非常多,还没开拍就已经红了,你要是能拿到男一号,立马就能把肖嘉树比下去。你去找季哥问问看,他和胡铭导演私交很不错,应该能帮你弄到这个角色。"

林乐洋也是《逐爱者》的忠实粉丝,曾经熬了整整一个通宵把书看完,如痴如醉。他知道这本书的情节和人物设定有多迷人,也知道它在世界各地收获了不少粉丝。正如陈鹏新所说,无论是谁拿到男一号,都能凭借这部电影一炮而红。

大好的机会就在眼前，林乐洋怎能不心动？他咬牙道："行，我去找季哥问问。"

他刚走进办公室，还没来得及开口，季冕便吩咐道："把剧本拿去好好看看，下午去试镜。"

看见封面上的文字，林乐洋心头一片火热："好的，季哥，我马上去看剧本。"他兴冲冲地走出去，连再见都忘了说。季冕盯着他远去的背影，眸光晦涩。

下午，所有受到邀请的艺人齐聚胡铭工作室等待试镜，肖嘉树也在其中。他坐在走廊最外围，身边没有经纪人或助理陪同，显得孤零零的。看见他，陈鹏新的眉头皱了皱，转眼又看见叶西，整张脸都黑了。

"为什么叶西也来了？"他压低嗓音对林乐洋说道。

叶西出道比林乐洋早，名气也比林乐洋大。他来了，林乐洋的机会自然变小很多。

"这不是季总单独给你找来的资源吗？"陈鹏新对季冕的做法很不满意，抱怨道，"乐洋，我怎么觉得他没在全力捧你？"

"你还想季哥怎么捧我？三部电影、一部连续剧、两个真人秀，还有那么多广告代言，我的资源已经远远超过了同期出道的新人，该知足了。"林乐洋强说。

"怕就怕角色被肖嘉树拿到。他是什么背景你也不想想。"陈鹏新冷笑道。

"胡铭导演对演员的要求很严格，从来不看背景，你放心吧。"林乐洋话音刚落，面试官就开始叫号，拿到一号牌的男艺人连忙走进会议室，留下一众艺人紧张不安地等待着。

胡铭果然如传言那般严格，面试完一个撵走一个，一点面子都不留。不停有艺人掩面离开，弄得气氛更为紧张。也有艺人被当场留下，但给的都不是太重要的角色，男一号始终悬而未决。

"三十三号可以进去了。"面试官高声喊道。

肖嘉树立刻推门进去。

他前脚刚走，后脚便有人议论开了："那就是肖嘉树吧？完了，我们没机会了，他随便投点钱就能买到男一号。这年头，再有实力的演员都比不过四个字——带资进组。"

"我看也是。剧组还发什么试镜邀请函啊,直接内定得了!"不少艺人开始抱怨,弄得林乐洋坐立难安起来。

肖嘉树第一次参加这么重要的试镜,说不紧张那是骗人的。他觉得嗓子有些发干,进门后先喝了一口水,这才开始做自我介绍。胡铭导演全程绷着脸,没等他说完便干脆利落地摆手:"你试一试'觉醒'那场戏。"

肖嘉树翻开剧本看了看,颔首道:"我准备好了。"

"觉醒"这场戏是故事的开端:男主角被女友抛弃后准备跳桥自杀,一名好心人将他从桥栏上扯下来。他摔倒在地,头晕眼花,强烈的绝望感压制了第一人格,使第二人格苏醒。

肖嘉树一边回忆剧情一边揉乱头发和衣服,上一秒还神采奕奕的他,下一秒已变得十分憔悴。没有女演员配合他,也没有桥可以让他跳,这是无实物表演,一切都得凭借想象。他左手拎着矿泉水瓶,假装那是一瓶烈酒,右手扶着"桥栏"踉跄前行。他眯着眼,似乎看不清前方的道路,走着走着便停下来,一口气喝光瓶子里的水,然后做出攀爬的动作。

他爬上不存在的栏杆,垂头往下看,先是扔掉酒瓶,然后愣怔发呆,随即慢慢踮起脚尖准备往下跳。就在这时,他脑袋忽然往后一仰,似乎被某个人拉住了衣领,从栏杆上摔落。

他一边挣扎一边艰难地爬起来,背抵栏杆席地而坐,整个人软得像一摊烂泥。他许久没动,凌乱的头发遮盖了他的前额,使他整张脸都藏在阴影里。又过片刻,他慢慢抬起头来盯着前方,似乎那里蹲着一个人,正在与他说话。他的表情很茫然,眼睛没有焦距,但很快,他浑浊晦暗的眼眸开始发光发亮,似乎凝聚起一团热火,憔悴的脸庞竟也随之焕发出神采。

他全程没有动作,也没有台词,只是目视前方,但仅靠一个眼神变化就把第一人格的消失和第二人格的诞生演绎至传神的地步。本还有些漫不经心的胡铭导演不知不觉坐正了,屏住呼吸看着他。

肖嘉树盯着救下自己的"女人",极为缓慢地咧开嘴角,露出一个"感激"的笑容。他把自己想象成一只出闸的猛兽,正偷偷潜伏在猎物身边,准备将她生吞活剥,鲜血和细嫩的肉一定能填补他不断咆哮的欲望。

他快等不及了,于是下意识地用舌头去舔自己的犬齿。这使得他的嘴角歪斜了几分,也令这个"虚弱而又满带感激"的微笑瞬间变得邪恶万分,令几位面试官微微后仰躲避,却又不自觉地被他吸引。

肖嘉树站起来鞠躬:"我的表演结束了,谢谢各位前辈给我机会。"

胡铭思忖良久才摆手道:"你先回去等通知吧,叫下一个。"

没说录取,也没当场刷掉,就是还有机会了?肖嘉树并不感到失望。能参演这部电影是他的荣幸,不能参演也没什么可遗憾的,日后继续努力吧。他一边给自己打气一边走出去,恰好看见陈鹏玉拿着手机到处乱拍,样子有点鬼祟。

他被对方缠怕了,立马顺着墙根溜走,看见坐在角落的林乐洋,于是走过去说:"你管好陈鹏玉,让她不要乱拍照,来面试的都是艺人,很看重隐私。"

"啊?"林乐洋有些发蒙,顺着他的指尖一看才发现陈鹏玉正拿着手机在大厅里四处乱窜。

"好的,我会管好她。"林乐洋犹豫片刻又道,"你面试怎么样?"

"我也不知道,胡导让我回家等通知。我先走了。"肖嘉树略一颔首便离开了,惹得陈鹏新大为不满:"狗拿耗子多管闲事!被拍的人都没说什么,偏他话多!小玉,你给我回来!"

等妹妹走到自己身边,陈鹏新压低嗓音说道:"你信不信老子把你的手机摔了?你再乱拍以后别跟我出来!"

"哥,我也没拍到什么嘛!你看,都是一些合影,人家那是自愿的。"陈鹏玉打开图库让哥哥看,发现有几条短信涌进来,连忙关掉屏幕。她一会儿挠头发,一会儿扯衣服,一会背转身偷偷看手机,然后盯着前方发呆。

林乐洋和陈鹏新都很紧张,根本没注意到她的反常,听见面试官喊四十五号,林乐洋连忙站起来回应。

"你待在这儿看包,别乱跑知道吗?"两人推门进去,留下陈鹏玉继续发呆。过了一会儿,她感觉有些尿急,自然而然便把几个包一块儿带上,却发现林乐洋的手机插在背包的侧袋里,几条未读信息正在屏幕上闪烁。她脸色微微一变,继而朝洗手间飞奔,心脏跳得比任何时候都快。

与此同时,林乐洋也开始了自己的表演。前半段,他的表现与肖嘉树不相上下。

表演到后半段人格觉醒的重头戏时,只见林乐洋摔倒在地,却并未藏起自己的脸,而是仰起头,木愣愣地盯着救下自己的"女人"。他脸上的肌肉变得很僵硬，这让他看上去像一个已经冷透的尸体。他的眼球慢慢往上移动，然后完全消失在眼眶里，又在下一秒移回原位。这是一个放慢了的翻白眼的动作，林乐洋连续做了好几次，最后一次，他的眼珠终于固定在眼眶的正中心，瞳孔也有了焦距。

他死死盯着救下自己的"女人"，露出一个阳光灿烂的笑容。

他的表演风格不同于之前的任何一位面试者，尤其是那几个缓慢地翻白眼的动作，从镜头里看去简直像鬼上身一般，充满了恐怖的气息。如果说肖嘉树的演绎华丽而又危险，那林乐洋的演绎就只有危险。他让人打从心底里感到害怕。

胡铭导演沉思片刻后说道："你先回去吧，我们过几天通知你。"

林乐洋忐忑不安地离开了。

等他走后，六位面试官展开了激烈的讨论，其中三位女性一致选择肖嘉树，她们被他的颜值和演技打动了，如果让他来扮演变态杀手，画面肯定很带感。

"虽然原著中并未对男主人公的外貌进行过多的描写，但想也知道，他能如此顺利地诱骗并猎杀那么多女性，本身应该具备非凡的魅力。我觉得让肖嘉树来饰演男主角才具备说服力。"一名女制片人说道。

两位副导演没有发表意见，而是看向胡铭。

"我更倾向于林乐洋。你们看见他刚才那几个眼神变化了吗？那就是我想要的感觉，恐怖，诡异，令人寒毛直竖。比起他，肖嘉树渲染恐怖气氛的能力要弱很多。我们拍摄的是恐怖片，我担心他会演绎成爱情片，恋爱的氛围掩盖了恐怖的氛围，那将是一场灾难。"胡铭导演似乎已经下定了决心。

几位女制片人不服气，一再游说他改变主意，甚至提出增加预算。正所谓一千个人眼里有一千个哈姆雷特，同理，一千个人眼里也有一千个逐爱者。

试镜结束后，所有角色都已确定，但男一号依然悬而未决，候选人有两位，一是肖嘉树，一是林乐洋。由于肖嘉树风头正劲，背景也雄厚，便有流言传出——说他早已内定为《逐爱者》的男一号，林乐洋只是陪跑而已。胡铭导演本身看中的男一号是林乐洋，却被几位制片人否决了。毕竟现在是资本为王的时代，导演的权力受到了极大的限制。

"有钱了不起吗？明明你演得比他好！"陈鹏新听到流言后气急败坏地骂道。

"你怎么知道我演得比他好？肖嘉树的演技也很厉害。"林乐洋不得不承

24 试镜

认这一点。

"这是叶西发给我的视频,他从摄像师那里搞到的。"陈鹏新指着手机屏幕说道,"你看,他演到最关键的地方根本就没抬头,把脸藏起来了,而你直面摄像机,把第一人格的消失和第二人格的诞生演绎得非常精彩。我看了你的表演只觉得汗毛倒竖,看了他的表演却一点感觉都没有,不恐怖,还有点刻意耍帅的嫌疑。"

林乐洋把两段视频放在一起看了看,心底的不平和怨愤又开始翻腾。

陈鹏新见他脸色不对,便试探道:"要不你去找季总想想办法?"

"不行,季哥已经给过我机会,不能再麻烦他了。"林乐洋下意识地拒绝。

"那我来想办法。"陈鹏新大包大揽道。

不仅别人对流言深信不疑,就连肖嘉树也觉得自己很有可能已经被内定了,毕竟冠世和瑞水是该片最大的投资商。

他喜欢《逐爱者》的这个角色,也准备好迎接它带来的挑战,却很快遭受了当头棒喝。一名微博大V发出两段视频并感叹道:现在的年轻人真不得了!厉害了!

视频的主角是他和林乐洋,两人用不同的方法表演了同样的剧情。《逐爱者》的书迷惊叹道:"这是第二人格觉醒时的场景吧?演得好真实啊!"

的确,两人的表演都很真实,很有说服力,风格却完全不一样。一个华丽且邪恶,一个诡谲又恐怖,很难评论谁高谁低,谁输谁赢。网友们自然分成了两个阵营,一个支持肖嘉树,一个支持林乐洋,谁也不让着谁,顿时在网上吵得翻天覆地。

渐渐地,支持肖嘉树的阵营压过了林乐洋的。也不能说林乐洋演得不好,只能说肖嘉树的表演更符合时人的审美。原著的书迷大多是年轻人,而年轻人更喜欢华丽唯美的东西,如果把《逐爱者》定义为暗黑哥特风,想必比悬疑恐怖风受众面更广,吸引男观众的同时也能吸引大批女观众。

该博主发起了一场投票,结果肖嘉树的支持率远远高于林乐洋,这得归功于蜂拥而来的颜控们。

但肖嘉树并不因此而沾沾自喜。扪心自问,他觉得林乐洋演得比较好,他那几个闪烁不断的白眼简直把第二人格的妖异体现得淋漓尽致。

输了！彻底输了！肖嘉树对林乐洋的演绎心服口服，想起那个传言，连忙走到楼梯间打电话："喂，是胡铭导演吗？我觉得我不太适合《逐爱者》的这个角色，您可以考虑一下其他人。林乐洋就很不错，他的表演太精彩了……什么？您原本就打算录用林乐洋？哦，不好意思，是我搞错了，您的选择非常正确，他很棒。祝你们影片大卖。"

肖嘉树挂断电话后慢慢捂住脸，然后用额头一下一下撞击墙面。这也太丢人了吧？人家根本就没内定你，你还主动打电话辞演，你的脸是有多大？他越想越窘迫，在墙角默默蹲了一会儿，等脸皮没那么烫了才悄然离开。

他前脚刚走，上一层的楼梯转角便走出来一个高大的人影。季冕笑声低沉而又愉悦。他从来没见过这种活宝。

25

闹剧

陈鹏新不断刷新微博里的评论,真有种骑虎难下的感觉。他原本想着给林乐洋制造一些舆论支持,拍电影主要是给大众观赏的,如果大众都不能认可男一号的演技,又怎么能达到既定的票房目标?

但他显然忘了最重要的一点——肖嘉树的演技本来就不差,甚至可以说与林乐洋旗鼓相当,只是风格不一样而已。再者,肖嘉树的长相、身高、气质、热度都远远胜过林乐洋,把他二人放在一起比较,就算陈鹏新费尽心思,到底群众的眼睛是雪亮的。

肖嘉树的粉丝绝大部分是亲妈粉,护犊子的心情无比强烈。"自家孩子一定是最棒的!"这是所有"母亲"共同的想法。

有粉丝这样写道——

现在的年轻人的确都很厉害,但还是我家小树苗演技更棒一些。看见他抬起头来邪恶一笑的时候,我的腿都软了,真想跪下对他哭喊:你要什么全都拿去,拿去拿去全拿去!我把命给你!

很多人附和——

要是原作者笔下的男主人公长成小树苗这样,还具备如此强烈的个人魅力,我也会把他带回家!这是人类爱美的天性,我们完全控制不住自己啊!

林乐洋的表演虽然也很精彩,但看上去就像一个邻家弟弟,我也站肖嘉树!我原本以为肖少爷混娱乐圈全靠家世和一张脸,现在却彻底改观了!他的演技与他的长相一样,只两个字可以形容——完美!

何以言欢

> 无懈可击的演技！精彩而又绚烂的眼神变化！期待小树苗的表演！
> …………

诸如此类的评论彻底占领了投票版面，叫陈鹏新急得不行。当他准备想办法给林乐洋造势时却发现自己没钱了，得向公关部申请。

"乐洋，快去找季总要点宣传费，我们的经费不够用了！"他理所当然地喊道。

林乐洋全程看着他操作，心情从跃跃欲试变成了难堪羞臊。他的自信心早已被网友的评论打击得涓滴不剩，虽然也有支持他的人，但大多数都是陈鹏新雇来的水军，夸人的话千篇一律，根本没有可信度。他自己看了都觉得可笑，更别提眼明心亮的网友。这不是给自己造势，这是给自己丢脸，何必呢！

"算了，我放弃。"他沮丧道，"我们不炒作了。得之我幸失之我命，反正我还年轻，以后多的是机会。"

"不行！你为什么要放弃？我们继续买水军把你的票数刷上去。"陈鹏新最大的优点就是有恒心，绝不放过眼前的任何一个机会。哪怕胡铭导演最后没选择林乐洋，他不也趁着这个机会把林乐洋的人气炒上去了吗？反正他们这么做怎么都不亏。

林乐洋还想拒绝，方坤却铁青着脸走进休息室，沉声道："季哥有找，你们赶紧去一趟吧。"

两人忐忑不安地走进办公室，只见季冕正在打电话，那头不知说了什么，弄得他脸色极为凝重。他一边敲击桌面一边许诺："您放心，我会处理好网上的舆论。追加投资没问题，您先拟一个预算表给我，我让审核部的人看看。好的，感谢您的支持，再见。"

他挂断电话，徐徐开口："知道刚才是谁给我打电话吗？"

林乐洋和陈鹏新齐齐摇头。

"是胡铭导演。试镜会结束后，他和几位制片人达成一致，决定让你演男一号。但就在刚才，他们发现网友更偏爱肖嘉树的表演，于是便想把你换掉，让肖嘉树来演……"

林乐洋的脸色渐渐发白。陈鹏新则开始揪自己的头发。他打死也没想到结果会是这样，若是早知道剧组准备录用林乐洋，他还折腾什么？那些流言究竟是谁传出来的，可把他们害死了！

季冕深深看了林乐洋一眼，继续道："但是肖嘉树拒绝了。"

肖嘉树说，他并不愿意在导演不看好自己的情况下参演这部电影，因为电影想要表达的是导演本人的意志，而非观众的，更不是原著作者的。文学是艺术，电影也是艺术，都具有独特性，是烙上了私人印记的艺术品，哪怕所有人都不认同导演的审美，导演也必须坚持下去。

这番话深深触动了胡铭，也让他对肖嘉树的印象完全改观。在此之前，哪怕网友一面倒地支持肖嘉树，他也不觉得自己的选择是错误的，但与肖嘉树交流过后，他却忽然意识到，自己错过了多么优秀的一位演员。如果让肖嘉树来出演《逐爱者》，或许会与他的恐怖美学产生不一样的化学反应。

他一直想着这件事，便把他们之间的对话原封不动地转述给了季冕，并大加赞赏。

他首次为自己的固执感到后悔，而季冕除了深深的触动，还有满满的无奈，触动是为肖嘉树，无奈是为林乐洋。他给公关部发了几条信息，这才看向面前的两人，补充道："我给剧组追加了投资，保住了乐洋的男一号。"

林乐洋和陈鹏新羞愧得无地自容。他们都干了些什么啊？差点把板上钉钉的男主角整没了！

"我已经让公关部去买水军了，保证投票结果是你赢，但网友服不服气就不是我能控制的。原本你可以安安生生去拍戏，现在戏还没拍，你这个男一号就备受争议，你说你们得到了什么？"季冕摆手道，"回去好好研究剧本，别把这部戏演砸了，否则这件事还得被人挖出来当谈资。"

是的，一旦林乐洋的表演没能获得观众的认可，今天这场投票还会被他们拿出来说事，整个剧组也会因此而受到非议。届时肯定会有人冷嘲热讽："看吧，让你们不选肖嘉树，这下搞砸了吧？"甚至就算林乐洋演好了，也会有人说："如果找肖嘉树来演男一号，肯定会更精彩。"

演得好是理所当然，演不好就是难挑大梁，你说林乐洋的压力大不大？这简直是自己挖坑埋自己！陈鹏新悔得肠子都青了，连连冲林乐洋投去抱歉的目光。而林乐洋则一味盯着地面，不知道在想些什么。

他气不气陈鹏新？肯定是气的，但为今之计是拼命把角色演好，没有别的出路。

"季哥对不起，我给你惹麻烦了。"他抬起头，露出微红的眼眶。

"以后安心拍戏，别整这些有的没的。"这是季冕第几次这样吩咐，他已经记不清了。

"我会的。"林乐洋在原地站了一会儿，见季哥没有别的话要说，这才尴尬不已地离开。

公关部花了一下午的时间才把舆论和投票搞定，却又在临下班的时候被一枚重磅炸弹砸中。某个营销大号收到一份黑料，竟然说季冕与林乐洋有不正当关系，还附带几张合照，爆料者叫价五百万，营销大号一口答应下来，并把人拖住，转头就通知了冠冕工作室。好巧不巧，营销大号正是冠冕工作室设立的宣传渠道之一，算是上下级的关系。

方坤拿到照片和聊天记录一看，顿时气得七窍生烟！这根本就不是狗仔偷拍的，分明是从季冕或林乐洋的手机里直接导出来的，他俩还对着镜头笑呢，偷拍个屁啊！

季冕盯着桌上的照片看了很久，脸色由沉凝变为平静。他没有拍照的习惯，两个人认识的这几年，手机里连一张合照也没有。这些照片很显然不是从他手机里流出去的。

"把乐洋和陈鹏新叫来吧。"他淡淡吩咐。

"你还好吧？"方坤不放心地看他一眼。

"我很好。"季冕面无异色。

方坤这才把林乐洋和陈鹏新叫来。

"这几张照片你有没有？"季冕把照片推到林乐洋面前。照片里的两人只是勾肩搭背而已，这在男人之间很正常。但其中一张两人穿着风格相似的衣服，若是流到外界，真被人硬说成是情侣衫，一旦人们戴上有色眼镜，有些事情就算是假的也说不清楚了。

林乐洋不明所以，却还是仔细辨认了一番，颔首道："这些照片是我拍的。季哥你把它们洗出来干吗？不对，你从哪儿弄来的照片，我没发给你啊？"

"等会儿你就知道了。"季冕冲方坤扬了扬下颌，"给我来支烟。"

方坤给他点了一根香烟，自己转头也抽上了。要知道，方坤已经成功戒烟五年了，这是第一次破戒。

林乐洋变得紧张起来，他与季冕认识那么久，怎么可能感受不到他散发出来的低气压？他表情温和，动作从容，但他的瞳仁漆黑一片，透不出一点光。

"你们把我带到冠世大厦干吗？你们到底给不给钱？"一道熟悉的嗓音从门外传来，少顷，陈鹏玉被两名壮汉带入办公室，表情极为惶恐不安。看见林乐洋和陈鹏新，她微微一愣，又看见季冕和摆在他手边的照片，脸色立马白了。

"人……人哥，你们……你们知道啦？"她不再挣扎吵闹，而是下意识地往林乐洋身后躲。她知道哥哥保不住自己，只有林乐洋才能消除季冕的怒火。

知道什么？林乐洋和陈鹏新面面相觑，满头问号。

季冕徐徐问道："这些天你一直把她带在身边？"

"是啊，小玉说待在家里无聊，我就带她出来玩玩，她不拿工资的。"林乐洋捏紧衣角，心底浮上强烈的不安感。

"这些照片是她从你手机里偷出来的，她把照片卖给了我旗下的一个营销大号，开价五百万。如果她挑中的是别的营销号，或许消息已经爆出来，又或许他们会找上我，让我花一千万甚至更高的价格买回去。乐洋，这件事你怎么处理？"季冕语气十分平静，仿佛在叙述别人的事。

林乐洋脑子嗡的一声响，瞬间失去了思考能力，倒是陈鹏新咬牙切齿地怒吼起来："你偷乐洋的照片和聊天记录？你为什么要这么干？你就那么缺钱吗？"

陈鹏玉一边哭一边解释。原来她在《使徒》剧组里认识了几个临时演员，这些人整天就想着怎么玩、怎么闹、怎么挥霍，身上有多少钱就花多少，根本不考虑未来的事。陈鹏玉本来也是个爱慕虚荣、肤浅无知的性子，很快就受到这些人的影响，过上了今朝有酒今朝醉的生活。她开始从陈鹏新那里骗钱，骗不到就听信一位小姐妹的话从网上贷款，同时办了几张信用卡，不断地拆东墙补西墙，拆着拆着就发现自己补不上了，掰开手指一算才发现已经欠下了一百多万。

借贷平台不断给她打电话发信息，还扬言要把她借贷时拍下的裸照发出去。她走投无路，这才偷走了照片想弄点钱。她抱住林乐洋的双腿摇晃哀求，脸上糊满眼泪和鼻涕，看上去可怜极了。

林乐洋面露不忍，却又怒气难消。陈鹏新则撇开头不去看她，免得忍不住揍死她。一百多万？他哪里还得清！

季冕不紧不慢地抽着烟，等她说完了才淡淡开口："乐洋，你怎么处理？"

何以言欢

　　林乐洋心里乱成一团麻,哪里知道该怎么处理?他低头看看痛哭不止的陈鹏玉,又抬头看看满脸哀求的陈鹏新,最终咬牙道:"季哥,你放过他们这次吧,反正照片是我们公司的人收到的,并没有造成不可挽回的损失。我会把小玉送进封闭式学校,让她好好读书,鹏新也会看着她的。她还小,难免有行差踏错的时候,我们不应该一棒子把她打死!"

　　"她都把你卖了,你还能原谅?"季冕隔着厚厚的烟雾看过去。

　　林乐洋不敢直视他的目光,垂下头说道:"她不懂事。"鹏新是他的兄弟,他不能因为这点事和鹏新闹翻。反正谁也没损失,过去就过去了,以后严格管教小玉就成。

　　"她欠的钱呢?"

　　"我来帮她还。"林乐洋现在挣钱多了,说话也有底气,当即呵斥道,"小玉,还不快给季哥道歉!"

　　陈鹏玉和陈鹏新连忙道歉,满以为有林乐洋作保,季冕一定不会和他们计较。

　　季冕杵灭烟蒂,不紧不慢道:"我说说我的处理方法:第一,把陈鹏玉送回你们老家;第二,辞退陈鹏新;第三,公司可以帮小玉还清欠款,但他们必须与公司签订协议,日后他们若是反水或者再有类似的事情发生,公司会按照协议规定提告法院,要求赔偿违约金两千万。当然,公司也不会白帮她还这笔钱,还得从林乐洋的收入和提成里面扣,有没有问题?"

　　"季哥!"林乐洋露出不敢置信的表情,陈鹏玉和陈鹏新更是吓得腿都软了。两千万的违约金,这是把人逼死的节奏啊!万一季冕故意弄出些事来,带着协议上法院告他们,他们拿什么去赔?

　　方坤有些意外。他还以为季冕这回也是高高举起轻轻放下呢,没想到竟然这么不近人情。

　　季冕这人脾气是真好,但你要是把他惹毛了,下场未必是你承受得了的。他看向林乐洋,语气平淡:"你们不动歪心思,这份协议也就没用处。乐洋,我这么处理你同意吗?"

　　我不同意!季哥,你这是把人往绝路上逼啊!林乐洋心里呐喊,面上却迟迟不敢开口。他其实也知道,季哥只是在做预防措施而已,有这份协议放在这儿,小玉和鹏新就不敢再惹是生非。

　　"能不能让鹏新继续当我的经纪人?他混成现在这样不容易,你一句轻飘飘的话,断送的是他的前途。他在老家有年迈的父母要养,小玉半大不小的,正是花钱的时候。季哥,你再给他一次机会好吗?他要是丢了工作,一家人都得上街讨饭;他父母刚在老家买了一套房子,每个月得还四五千块钱的贷款,负担真的很重。"林乐洋深吸一口气后说道。

"可以。"季冕的回答让众人很吃惊。他刚才还那么强硬,怎么忽然就松口了?

"签了这份协议,再把你们的身份证复印件留下。"季冕点了点桌上的协议。

陈鹏新毫无办法,只能签了字,按了手印,留下身份证复印件。陈鹏玉哭哭啼啼地照做,然后瘫软在地上。她完全不知道季冕竟然是这种人,手段比借贷公司有过之而无不及!早知如此,她就老老实实坦白了,乐洋哥那么心软,肯定会帮她还债的。

"按老规矩办。"季冕把借条和身份证复印件推给方坤,方坤点点头下去了。

"你们如果老老实实待着,我不会拿你们怎么样,这件事就算翻篇了。"他冲陈家兄妹摆手,"你们可以走了,乐洋留下。"

陈鹏新和陈鹏玉赶紧离开,走的时候冷汗淋漓、腿脚发软,十分狼狈。

林乐洋满心都是不忍,却也不敢说什么,只得埋头删照片和聊天记录。等季哥气消了,我再想办法让季哥把协议作废。季哥特别好说话的,只要自己求他,一定能行。这样想着,他心下一松,倒也没那么担忧了。

季冕点烟的动作微微一顿,再抬头时眸色有些发冷。他开门见山道:"乐洋,我想我们以后还是以普通上下级的关系相处比较好。"

"啊?"林乐洋愣住了。

"我发现我们在很多事上存在难以调和的、本质上的分歧。公事公办,不掺杂任何私人感情的相处方式,对你对我都好。你放心,我不会打压你,该给的资源我照样给,一切按照合同来。你签的是 A 级合同,自由度很高,今后好好干吧。"季冕站起来拍拍他肩膀,率先走出烟雾缭绕的办公室。

林乐洋失魂落魄地走进地下停车场,陈鹏新帮他拉开车门,焦急地说道:"乐洋,你能不能帮我跟季总说说,把协议作废?万一有什么事儿,季总上法院告我们,我们就死定了!法务部的那些律师一个比一个厉害,我们要是上了法庭,铁定得输官司。我算是想明白了,我中了叶西的圈套,那个流言是他告诉我的,视频是他给的,请水军为你造势的办法也是他提点的,他早就知道你中选了,否则不会这样整我们！妈的，真阴险，差点就把你的男一号整丢了，还害得公司白花那么多冤枉钱买水军！"

"你们只要不再惹事，他就不会拿你们怎么样。季哥的为人我了解，他向来说话算话。是不是叶西整我已经不重要了，反正我们做都做了，再后悔也改变不了什么。"林乐洋捂住脸，哽咽道，"我目前也没法帮你们把协议作废。"

"为什么，这件事没那么严重吧？"

林乐洋也不知道为什么。季哥一直在方方面面都很照顾他的感受，虽然有些严格，但他都能忍耐。

"该不会有人挑拨离间吧？"陈鹏新幽幽开口。

林乐洋呆了呆，脑海中立刻浮现一抹人影——肖嘉树。是的，一切都是从肖嘉树出现那天开始改变的，季哥很关注他，也很支持他，甚至为了他掺和进一场真相不明的舆论大战里。从那时候起，季哥就很少与他交流了。

"不会的。"林乐洋摇头又否定。季冕不是那么容易受人挑拨的人，他一定是因为太生气了，等气消了肯定还会原谅自己的。

事实上，季冕真的一点也没生气。他只是感到很疲惫，想找一个安静的角落独自待一会儿。他来到楼梯间，把西装外套脱掉并垫在台阶上，然后坐下抽烟。烟蒂在黑暗中明灭，他的双目逐渐失去焦距。

恰在此时，下面一层楼传来开门、关门的声音，有人进来了。

季冕起初并不在意，但听见熟悉的嗓音，纷乱的思绪被牵引了过去。来人是肖嘉树，他正在打电话，语气透着满满的亲昵。

"我今天有四节课，两节形体课、两节表演课，一节课一个半小时，根本没有休息的时间。不辛苦，我觉得很有意思。我还有一件事要告诉你，但你不能笑话我啊……唉，我还没说你就开始笑，我不说了……好吧好吧，我说，这事跟胡铭导演和《逐爱者》有点关系。什么，你已经知道了？我的脸已经丢到苏阿姨那里去了吗？我不活了！"

他假模假式地惨叫了一会儿，这才继续道："我不是清高，只是胡铭导演本来就没看中我，我也不能厚着脸皮留下吧，那多羞耻？我也是个要面子的人嘛。说起演技，的确是林乐洋更厉害，他比我更适合塑造这个角色。胡铭导演很擅长营造恐怖的氛围，我的风格不适合他，所以我拒绝了他的邀请。我觉得他应该坚持自己的电影风格。"

他"嗯嗯啊啊"了一会儿,忽然得意起来:"你才发现我长大了?我告诉你,我已经长成了参天大树,可以帮你挡风遮雨了。你要复出?我当然支持啦,只要你过得开心就好。回音有点大?因为我在楼梯间里给你打电话。没,我绝对没有抽烟,真的!"

说到这里,忽然传来"乒乒乓乓"的声音,大概是某人想杵灭香烟,却不小心把垃圾桶踢翻了。

"没有,哪里有什么声音!妈妈我爱你,我要去上课了,再见。"他着急忙慌地挂断电话,然后脱掉外套东甩甩西甩甩,等烟味散尽才推门离开。

自动推拉门吱吱嘎嘎地呻吟着,季冕慢慢从楼上走下来,脸上一副啼笑皆非的表情。还参天大树,抽个烟都得背着家长,这是小学生吧?他一面摇头一面拿出手机,拨通了母亲的电话。

季母感到很意外,直言道:"以前一个月打两次电话,现在三天两头就给我打电话,这是怎么了?遇见什么事了?"

"没怎么,就是特别想你。"季冕走到下面的楼层,把烟蒂杵灭在垃圾桶里,叹息道,"妈,我很累。"

"一定是发生什么事了,否则你不会喊累。"季母很担心。

"真没发生什么事。我一直都累,只是从前不跟你说而已。我现在忽然发现,或许我应该告诉你我的真实感受,我们是母子,本该无话不谈的。"

季母沉默了很久,再开口时嗓音有些哽咽:"你愿意说给我听,我真的很高兴。你要是累了就回来看看我,我们坐下来好好聊聊。我正在学针织,目前手艺还不行,练三个月应该差不多了。年底给你织一条围巾、一副手套,你回来拿……"

季冕认真聆听那头的家长里短,紧皱的眉头松开了,嘴角也缓缓扬起,来自母亲的温暖嗓音为他驱走了孤单和疲惫。

26 直播

罗章维拍电影喜欢警匪题材，而且制作效率非常高。前期准备只要一周时间就够，拍摄两个月，后期加宣发一个月，统共三个月就能上映，正好赶上暑期档的末班车。

《使徒》的预告片已经投放至各大视频网站，反响极其热烈。由于苗穆青和肖嘉树被黑事件的持续发酵，这部电影的热度也已经被炒上去了，影迷们本就对它非常关注，看过预告片后更有种荡气回肠的感觉。

其中最受瞩目的几个镜头无疑是肖嘉树和季冕的对手戏。他们在篮球场上笑得开怀，转眼又互相拥抱着步入末路。最终，在一片纷飞的尘埃中，季冕中枪倒下，沾满鲜血的手一遍又一遍拢着地上的骨灰……悲凉而又大气的音乐将枭雄末路的场景烘托得刻骨铭心，赚取了观众一大把眼泪。

而肖嘉树即便面对影帝也丝毫不显逊色的演技更是令所有人眼前一亮。看过网上泄露的他和林乐洋试镜《逐爱者》的片段，观众对他的演技本就有了一定的信心，但终究还是没能想到，他在《使徒》中竟然表现得如此优秀！

反观林乐洋便没那么受欢迎了，一是因为他点赞黑粉的负面影响还没过去，二是因为他在电影里的确没什么亮眼的表现，武戏被施廷衡和苗穆青碾压，文戏被季冕和肖嘉树碾压，可说是毫无发挥余地。

他到底能不能凭借这部电影爆红，还得等公映之后再看。但可以肯定的是，肖嘉树已经红了，仅凭一部预告片，观众就认可了他的演技。

这天，剧组主创人员受到某电视台的邀请，前去参加一档收视率极高的综艺节目，而这也是爆料事件后，林乐洋第一次见到季冕。他们虽然还在一个公司，却仿佛步入了不同的次元，有林乐洋在的地方，季冕就绝不会出现。

肖嘉树与林乐洋共用一个化妆间,但两人全程没交流。不是肖嘉树不愿说话,而是林乐洋不想搭理他。

"肖哥,这块手表不太搭,我们换一块试试?"他的专属造型师从包里拿出一块做工精致的机械表。

肖嘉树戴上之后照了照镜子,颔首道:"这块比较好,就戴这块吧。还有哪里需要整理?"

"很完美,不需要整理。我帮你把麦别好,你转过身去。"化妆师差点为肖少爷的颜值倾倒。他上身穿着一件白衬衫,下身穿着一条牛仔裤,由于身材比例很好,双腿显得特别长、特别直,明明走的是极简风,但配上他深邃俊美的五官和优雅尊贵的气质,转瞬就变成了极奢风,叫人眼前一亮。

越是简单的造型,越能凸显他极具侵略性的容颜,这大概就是传说中的老天爷赏饭吃吧。反观林乐洋,做的也是差不多的休闲装扮,但他长相本就属于清秀那一类,与风格浓烈的肖嘉树站在一起简直是一场灾难。

等肖嘉树离开化妆间后,陈鹏新愤愤不平地说道:"看见他手腕上那块表了吗?某系列十周年纪念版,全球限量发行,只那块表就能把咱们的风头全盖下去。你看看公司为你提供的服装和配饰,都是些什么啊?我感觉你最近的待遇直线下降,我要去找季总投诉。"

"以前我穿戴的服装和饰品都是季哥给的,我全部还给他了,你投诉什么?"林乐洋抹了把脸,无力道,"让我看一下台本,这档节目采取的是直播形式,我不能出错。"

"给你。"陈鹏新把台本递给他,叹息道,"以前季总对你真的挺好啊,几百万、上千万的手表也有,我当时还以为是公司或哪个赞助商提供的呢。"

林乐洋微微一愣,再也看不进台本。

直播很快开始,在主持人的介绍下,罗章维率领季冕、施廷衡、苗穆青、肖嘉树、林乐洋鱼贯上场。看见季冕的穿着打扮,肖嘉树瞪圆眼睛、张大嘴巴,表情显得很惊讶,只因他俩穿了同一个品牌的衬衫和牛仔裤,只不过一个是白配蓝,一个是黑配灰。这倒罢了,更巧合的是,他俩都搭配了一条同一个品牌的皮带和一块 RM 男士手表,且手表是同一个系列的限量版,全国只有两块。

季冕也愣了愣，然后忍不住笑起来。

主持人左右看了看，立马调侃起来："你俩该不会是约好的吧？"

肖嘉树连忙摆手："没有没有，我真不知道季哥会这样穿。季哥比我高，穿上去比我好看多了。"他偷偷瞟了季冕几眼。这套衣服本来就显腿长，而季冕足足有一米九，包裹在牛仔布料里的双腿往那儿一杵，长度简直逆天！这么矮的沙发季哥怎么坐？大长腿都没地方摆吧？

肖嘉树瞟着瞟着思想就跑偏了，叫季冕哭笑不得。季冕很想揉揉他的脑袋，告诉他这是在直播。

"这是兄弟装。"季冕简单解释一句，然后自然而然地拍拍肖嘉树的背。

肖嘉树这才回过神，紧挨着季哥坐下。两人肩并肩地出现在屏幕上，一个成熟稳重，一个年轻俊美，画面十分和谐养眼，观众的目光不知不觉就被他们黏住，拔都拔不出来。

这是一档谈话类节目，主持人文化素养非常高，谈吐也十分幽默，很快就把气氛炒热了。他故意给罗章维导演挖坑："各位主创都在这里，您对谁的表演最满意？"

罗章维是个话痨，一般有坑就跳，不带考虑的："当然是肖嘉树。"

"为什么？"

"因为他进步最大。刚开始，他连表演是什么都不知道，后来却能和季冕同场竞技。我给你们看几张照片你们就知道了。"罗章维指了指后面的大屏幕，导演立刻把事先剪辑好的照片放上去。只见肖嘉树以各种各样的姿势瘫在懒人椅上，拿着手机刷游戏，神情十分忘我，后期还给配了背景音乐，"洗刷刷洗刷刷，洗刷刷洗刷刷……"照片以三百六十度的方式旋转起来，全方位地展示着肖嘉树刷手机的英姿。

台下哄堂大笑，季冕和施延衡等人也忍俊不禁，唯独林乐洋扯不开嘴角，只能用手捂住下半张脸，露出微弯的眼睛。

肖嘉树完全没想到罗导会这样埋汰自己，顿时臊得脸颊通红。

"这是前期的他，来了片场就知道玩游戏，我真是恨铁不成钢。"罗章维爽朗地笑起来，"这是后期的他。怎么样？变化是不是很大？"

屏幕上刷手机的纨绔消失了，变成拎着小马扎、拿着小本本，耳朵上还夹着一支笔的肖嘉树。他偶尔蹲在罗导身边记笔记,偶尔蹲在摄像大哥身边记笔记,偶尔又蹲在几位副导演身边记笔记,总之哪里有戏,哪里就有他坐在小马扎上学习的身影。

他前期的吊儿郎当和后期的认真刻苦,都被这些照片完完全全展示出来,而他的演技也获得了飞跃式的进步。

肖嘉树第一次直观地面对自己的变化,羞腆的表情渐渐被严肃取代。他双手合十,冲罗章维真诚道:"罗导,我还会继续努力的。谢谢您一直以来的帮助和栽培。"

罗章维一边大笑一边摆手。

季冕看了看大屏幕,补充道:"这个小马扎是肖嘉树的专属宝座,他杀青后用二十块钱把它买下了,说是以后拍戏都要带上,方便。"

观众席再一次爆发出笑声。

肖嘉树虚张声势地瞪了季冕一眼,然后自己也忍不住笑了。季冕手有些痒,鬼使神差地拍了拍他脑门。

在网上看直播的观众差点被二人的互动萌翻,连连发弹幕说道:"我的天啊,他们的眼神交流好暖!"

主持人笑了半天才追问:"那个小马扎你真的走哪儿都带着?"

"嗯,带着呢,就放在保姆车里。"肖嘉树点点头,然后用手挡了挡脸,显得很不好意思。

网友的弹幕立刻占领了直播间,全都在夸他可爱。他明明是高冷型的俊男,但笑起来的时候特别纯真爽朗,叫观众喜欢得不得了。

主持人接着问他:"听说这是你第一次拍戏,而且搭档还是季老师,有没有感觉到压力?"

肖嘉树摇摇头:"完全没有压力。"

"哟,心理素质那么好?"主持人挑高一边眉梢。

"不是心理素质好,是无知者无畏。一开始我连拍戏是什么都不知道,哪里会害怕?上去往那儿一坐,照着剧本演就对了。"肖嘉树深深看了季冕一眼,语气变得很感激,"要不是季哥,我可能现在还不懂拍戏。我第一次感受到演技是在'弑亲'那场戏里,也就是预告片的第二分五十六秒的镜头。我在这个镜头里领了盒饭，是季哥动的手。他那个决绝的眼神震撼了我，我当时完全蒙了，忽然意识到——哦，原来这就是演技，这就是把虚幻的人物带入真实！太神奇了！"

他一边说，大屏幕一边播放这段视频，引得观众惊叹连连。季冕的眼神简直绝了，那种走投无路的挣扎和悲伤直入人心，震撼无比。

从预告片里其实不大看得出剧情，但仅凭几位主演的高超演技，就已为这部电影打下了坚实的口碑，直播间画面满屏都是"期待电影早点放映"的弹幕。

主持人抓住这个话题继续问下去："这么说你是季老师的粉丝了？啊对了，林乐洋也是季老师的粉丝吧？我看你的微博里全是季老师的消息，从四年前就开始了。"

林乐洋笑着点头："对，我是季哥的铁杆粉丝。"

"我也是！"肖嘉树不知道为什么，非要强调这一句。他虽然粉的时间不够长，但他也很铁啊！比老铁还铁！

眼睛雪亮的观众立刻发出弹幕："小树苗也太可爱了！"

主持人拊掌道："既然你们都说是季老师的粉丝，那我来考考你们。请工作人员给大家发题板，给季老师也拿一块。"

这个环节并不是事先安排好的，拿到题板后三人都有些发蒙。主持人让季冕坐到自己身边，轻笑道："这样，我来出题，都是有关于季老师的，你们和他一起写下答案，谁的答案与季老师一样，谁就得一分。真粉丝还是假粉丝，咱们看了总分再说。"

肖嘉树跃跃欲试，林乐洋则首次体会到优越感。他认识季哥的时间远比肖嘉树要久，还能不了解季哥的喜好？这简直是送分题啊。

群众的眼睛是雪亮的，林乐洋刚露出胜券在握的表情，便有人看出了猫腻。一名网友发出一条弹幕："这个林乐洋怎么回事？好像很了解季神一样？他真的是季神的铁杆粉丝啊？"

林乐洋长相清秀，笑容开朗，刚出道的时候有季冕保驾护航，着实吸了很多粉，但他后来与苗穆青和肖嘉树相继闹不和，败了很多人气，又整出《逐爱者》投票事件，被斥为截了肖嘉树的和，被肖嘉树的粉丝骂得狗血喷头。

再之后他便沉寂下去，老老实实筹备新戏，并未闹出什么幺蛾子。但在观众心里，他的形象已经固定了，一提到他，首先就会蹦出几个略带贬义的词：心机男、爱炒作、背后插刀等。

一名观众阴阳怪气地回复："他以前给季神当过助理，微博里当然会有季神的消息。他怎么就成了铁杆粉丝了？蹭热度也要有个限度！"

"他给季神当过助理？难怪季神会签他。"

"季神很捧他的，他一出道就可以参演《使徒》，却一点也不知道珍惜，在背后黑这个黑那个，还截小树苗的和。要不是他弄出什么投票，《逐爱者》的男一号绝对是小树苗的。"

林乐洋冤枉极了。《逐爱者》的男一号本来就是他的，怎么弄来弄去反而变成他抢了肖嘉树的戏？怪只怪他刚出道，还看不明白圈里的尔虞我诈，只能吃下这个哑巴亏。直到此时他才幡然醒悟——季哥说的没错，他其实根本就不用做什么，好好拍戏，好好生活，一切自有安排。

但现在说什么都晚了。他看了看季哥，又看了看手里的答题板，心里一片苦涩，却也饱含期待。他是最了解季哥的人，但愿这个考验默契的小游戏能让季哥消消气。

主持人让季冕调整一下坐姿，免得泄露答案，这才笑着开口："第一道题，季老师最喜欢什么颜色？"

肖嘉树和林乐洋埋头写答案，网友也利用弹幕参与互动。导播为了增加娱乐效果，同一时间将弹幕转到了嘉宾身后的大屏幕上。

主持人解说道："啊，很多网友给出了答案。据我观察，答黑色的人最多，其次是灰色，然后是白色。看来你们对你们的偶像很了……"他转头看看季冕的答题板，顿时捂嘴笑起来，"哎呀，这可尴尬了！"

季冕已经写完了，用奇异的目光瞥了肖嘉树一眼。

林乐洋捏捏题板，满心都是笃定。

"请二位先亮题板，然后我们再来看季老师的正确答案。考验你们默契的时候到了。"主持人话音刚落，肖嘉树和林乐洋就同时翻开自己的题板，然后相互看了看。

肖嘉树写的是"宝蓝色"，林乐洋写的是"黑灰白"，答案完全不同。

二人的表情也不一样：一个显得很轻松愉悦，像玩儿似的；一个则成竹在胸、自信十足。

网友的弹幕像雨点一般出现在大屏幕上，都说林乐洋投机取巧，竟然把最有可能正确的三个答案全写上了！

现场的观众也都纷纷喊出自己的猜想，大部分人认为是黑色，因为季神最喜欢穿黑色衣服，他曾经参加过一档时尚节目，主持人去看过他的衣帽间，里面的服饰全部按照色彩排列，黑白灰占了整整三面墙，而色彩鲜艳的衣服少得可怜。由此可见，他最喜欢的颜色就是黑白灰中的一种。

主持人让季冕把题板压好，不要被摄像机拍到，这才向两位新人提问："你们为什么写这样的答案？"

林乐洋笑着说道："我曾经给季哥当过生活助理。如果我拿着一件彩色衣服和一件白色衣服让他选，他一定会选白色；如果我拿着一件白色衣服和一件灰色衣服让他选，他一定会选灰色；如果我拿着一件灰色衣服和一件黑色衣服让他选，他一定会选黑色；所以他最喜欢的颜色是黑灰白，黑色是他的最爱，其次是灰色，再次是白色。"

主持人笑而不语，现场观众们却都鼓起掌来，认为他说得很对。

线上观众纷纷发来弹幕，喟叹道："不愧为季神的助理，对季神的生活了解得这么细致。我也想为季神挑衣服！"

"肖嘉树，你为什么写宝蓝色？"主持人继续追问。

肖嘉树惊讶地看了林乐洋一眼，然后鬼使神差地强调一句："首先我要声明，我也给季哥当过助理。"

线上观众笑惨了，弹幕漫天乱飞。现场观众鼓掌的鼓掌，哄笑的哄笑，气氛十分欢乐。

主持人捂住脸，免得自己喷笑出来。这有什么好比拼的？你肖嘉树去干助理的活似乎很骄傲一样，不对，或许在他心里，给季冕当助理就是一件很光荣也很值得炫耀的事吧！看来真是铁杆粉丝呢！

季冕靠倒在椅背上，前所未有的灿烂笑容毫无遮掩地呈现在观众面前。他真是服了肖嘉树了，要不要这么幼稚？

以往的季冕总是很沉稳内敛，表情也大多是温和的，极少露出这样纯粹的笑容。在看直播的小皇冠们看见他的反应，对肖嘉树的好感顿时暴增。

"小树苗也太清纯不做作了吧？他一个家世显赫的富二代竟然甘愿给季神当助理，还那么骄傲地当众宣示，这就是真粉啊！虽然他的答案写错了，但这真的不能怪他。林乐洋给季神当了大半年的助理，他才当了多久？"

"是的，不能怪他，以后与咱们季神好好处处就能更了解了。"

"……"

小皇冠们极具包容性的弹幕再次令主持人笑喷。季冕帮着解释一句："肖嘉树给我当了三天助理，时间真的不长。"

"对，因为我后面要拍戏了。"肖嘉树隐去那些误会，继续道，"我觉得季哥最喜欢的颜色应该是宝蓝色。虽然他的衣服大多是黑白灰三色，但我发现他的配饰一般都是宝蓝色，比如他的袖扣、领带夹、领巾、手表、戒指、手机、手机壳等。"

他一边说，主持人一边观察季冕身上的配饰，而摄像师也给了几个特写。

季冕配合地抬起手，展示自己宝蓝色的袖扣、宝蓝色的机械表……果然所有精致的小配件都是宝蓝色，不仔细观察还真发现不了。

台下的观众一片哗然，线上的观众则安静如鸡。

林乐洋笃定的表情渐渐被尴尬取代，紧接着又变成了紧张不安。

季冕一边低笑一边翻开答题板，上面龙飞凤舞地写着三个字——宝蓝色。

"竟然真是宝蓝色！该有多用心才能发现这些细节啊？我服了小树苗！"网友的弹幕纷纷涌来。

林乐洋脸僵了一瞬，又很快调整过来，可大家都能发现，他的笑容变得十分勉强。

"给季神当了大半年的助理，原来就是这么当的，到底有没有用心啊？所谓的崇拜都是假的吧，连这种显而易见的细节都发现不了！"此类弹幕接二连三地冒出来，都被导播很快屏蔽掉了。

肖嘉树却一点也没有沾沾自喜，拊掌道："原来真的是宝蓝色，我猜对了。"

没有用心去了解过能猜得到？仅凭这一点，小皇冠们对他的好感度便直线攀升。反观林乐洋，之前本就有人觉得他不配签到季神的工作室，不配占用季神的资源，现在则意见更大。

主持人给肖嘉树记下一分，接着问第二题："季老师最爱吃什么食物？"

林乐洋和肖嘉树埋头书写，网友的弹幕也同时发送过来，答案很统一——牛排。因为季神每一次在微博里晒美食照都是牛排。他偶尔也会在家自己做饭，但菜色全是牛排，除了酱料不同，没别的。

主持人看了看季冕的答题板，笑容很神秘。

观众立刻发现猫腻，紧张道："不会又答错了吧？难道我粉了个假季神？"

"不是你粉了个假季神，而是因为季神从来不在媒体面前谈论自己的私事，这还是第一次，值得纪念啊！这档节目做得太好了，让我们离季神更近了。话说回来，林乐洋和肖嘉树的答案到底是什么，好好奇！"

"好的，时间到，请亮答题板。"主持人很快揭晓了答案，肖嘉树写的是"虾"，林乐洋写的是"牛排、蟹黄包"，但这回林乐洋并未露出笃定的神色，显得很忐忑。

季冕深深看了肖嘉树一眼，然后压了压答题板。

"乐洋，你为什么写牛排和蟹黄包？"主持人笑嘻嘻地问道。

林乐洋紧张不安地瞥了季冕一眼，似乎想从他那里得到提示，却只看到一双眸光晦涩的眼睛。他心里一惊，下意识便低下头去躲避对方的视线，随即又抬起来，勉强笑道："因为季哥每次吃饭都喜欢点牛排。他在国外待了几年，习惯了吃西餐。蟹黄包是他最爱吃的早点，几乎每天早上都会叫一份，很少吃别的。"

"看来你们私交很不错，还一起吃早餐。"主持人调侃一句，随即看向肖嘉树，"虾，这个答案又不一样啊，能不能告诉我们理由？"

肖嘉树看向季冕，面露征询之意，季冕点点头，随即低沉地笑起来。

主持人调侃道："瞅瞅，这二位还打上哑谜了！凭这个默契，我给你俩打一百分！"

网友纷纷发来弹幕："小树苗：季哥，我能说吗？季神：说吧，没关系。"

立马便有网友附和："噗，翻译得不错！就是这个意思。"

肖嘉树解释："有一回我给季哥带早餐，当时我们在一块儿拍戏，天天早上都能碰面。他看见我在喝海鲜粥，就问我里面有没有虾仁，我说放了，然后捞起来给他看，他就露出很渴望的表情，然后吃了一粒抗过敏的药，最后把粥全吃完了。他其实对虾过敏，但他宁愿服药也要吃有虾的海鲜粥，我想他对虾一定爱得深沉。"

主持人双手拱拳，严肃道："佩服佩服！没有十足的用心，根本发现不了这些微末的细节。季老师，你的答案是？"

季冕翻开答题板，上面写着"虾"，后面还缀了一行注解："吃了过敏，求而不得"。

观众笑得眼泪都快出来了。季神不愧为吃货，吃货精神已深入骨髓！哎呀，这样一看，他还是很接地气的嘛！路转粉了！

网友纷纷发来弹幕，表示自己也有同样的苦恼，明明爱死了海鲜，就是不能吃，明明爱死了坚果，也不能吃，越是过敏的东西就越想吃！还有，小树苗这观察能力也太吓人了吧，一个那么微小的细节，他也能注意到并铭记于心，一定是铁粉了！

肖嘉树看见这些评论，脸颊不由涨红，俊美的容颜在白衬衫的衬托下当真"娇艳"得很。他揉了揉鼻子，暗暗忖道：自家偶像当然要去关心啊！关心从哪里入手？当然是生活中的点点滴滴。难道这很难吗？只要稍微用点心就能发现吧。

林乐洋呆呆地看着季冕，神情失魂落魄。

季冕沉声提醒："好了，出下一题吧。"

"好的，下一题是，季老师最喜欢的电影明星是哪位？"主持人爽朗的声音点醒了林乐洋，他认真想了想，然后写下答案，似乎觉得不对又擦掉，随即再写，反复很多次才确定下来。

肖嘉树只花了几秒钟就写完了。

网友的答案五花八门，说谁的都有。这些信息季神从未在个人资料中填写过，他们只能靠猜。

主持人让两位新人亮答题板，肖嘉树写的是"丹尼尔·戴·刘易斯"，林乐洋写的是"詹姆斯·斯图尔特"，都是电影史上非常有名的演员。

"我记得季哥曾经说过，"林乐洋下意识地看了季冕一眼，语气变得犹豫，"他最喜欢的一部电影是《费城故事》，所以我猜他最喜欢的演员是詹姆斯·斯图尔特。"

恍然大悟的网友纷纷发来弹幕："的确，季神在不同的场合都说过这句话，他最喜欢的电影是《费城故事》，他很佩服詹姆斯·斯图尔特的表演。这回肯定错不了了。"

主持人看向肖嘉树，笑容有些诡异。肖嘉树回忆道："有一天拍戏的时候，我发现季哥情绪特别失落，然后整天都抱着手机看电影，后来我才知道那天是丹尼尔·戴·刘易斯宣布息影的日子，季哥看的全是他的作品。如果是季哥宣布息影，我也会一整天都魂不守舍的，因为季哥是我最喜欢的电影演员，我为失去他而感到遗憾。将心比心，我猜答案是丹尼尔·戴·刘易斯。"

他一边说一边比了个心，配上红通通的脸蛋有点搞笑，又有点可爱。

台下的观众又是起哄又是吹口哨，气氛很热烈。

小皇冠们当即断言："这是季神的铁杆粉丝，没跑了！组织给你盖戳！"

不等主持人公布答案，大家都已确定肖嘉树说的是对的，唯有林乐洋还在用希冀的目光看着季冕。季冕翻开答题板，上面写着——丹尼尔·戴·刘易斯。

林乐洋脊背一弯，似乎所有的精气神都从七窍中跑了出去。怎么会？他和季哥相识那么多年，怎么会对季哥的习惯和偏好一无所知？为什么季哥从来没跟他说过这些呢？为什么？

季冕忽然抬头看了他一眼，眸色暗沉。

现场气氛很热烈，主持人又问了几个问题，肖嘉树和林乐洋都答对了，比分差距没再扩大，好歹保住了林乐洋最后一点脸面。眼看时间快到了，主持人拊掌道："好的，现在问最后一个问题，季老师最害怕的东西是什么？"

林乐洋战战兢兢地翻开答题板，上面写着"蛇"。

肖嘉树的答案很浮夸——季哥无所畏惧。

"噗！不行了，我快被小树苗逗死了！"现场和线上的观众笑得肚子疼。自从看过肖嘉树在外流浪的视频后，他们就知道这位贵公子的皮囊里住着一只哈士奇的灵魂，却没想到采访中的他还能更逗。

季冕再也忍不住了，一边给出正确答案一边笑个不停。摄像师给答题板来了一个特写，上面写着——无可奉告。

"我不会让别人知道我害怕什么，绝对不行。"他笑着解释。这个答案令观众哀号，也令他们哭笑不得。今天的季神真的很接地气啊，笑容前所未有地灿烂。

"对的,王的弱点不能让任何人知道。"肖嘉树一本正经地补充。

观众再次哄笑,大屏幕上一片"哈哈哈哈哈哈哈",几乎把嘉宾的脸都盖住了。

主持人和其他几位嘉宾笑得东倒西歪,好半天才断言道:"这真的是季老师的铁杆粉丝!"

罗章维摇摇头:"不,你们都说错了,这是脑残粉才对!"

台上台下又是一片哄笑,唯独林乐洋脸色惨白地坐在那里,发现摄像师正在拍自己才连忙扯开唇角,露出一个僵硬无比的笑容。

采访完季冕和两位小鲜肉,主持人又继续采访施廷衡和苗穆青,罗章维全程穿插着发言,谁也不会被冷落。采访到苗穆青时,她全程用真身拍打戏的话题再次被拿出来说了一遍,导播把剧组提供的花絮传到后面的大屏幕上,吓得观众惊叫连连。

苗穆青玩笑道:"那时候我每天都带着满身瘀青去片场,要拍戏了就用遮瑕膏盖住。肖嘉树每一次看见我都会露出震惊的表情,然后有一天他终于忍不住了,偷偷摸摸地跑来问我:'穆青姐,我发现你自愈能力好强,上一幕戏还带着伤,下一幕戏就复原了,究竟是怎么回事啊?'弄得我哭笑不得。他根本就不知道世界上有一种神奇的化妆品叫遮瑕膏,还以为我是什么特殊体质呢。后来我脸颊受伤差点被代言商换掉,还是他提醒我说能不能用瘀青来拍化妆品广告,效果一定很好。我估计是因为遮瑕膏给他留下了太过深刻的印象,他才能想出如此天才的点子。"

观众并不知道那则广告背后竟然还藏着这样有趣的故事,顿时哄笑起来。

大屏幕及时播放了一段视频,正是苗穆青用遮瑕膏把全身瘀青抹掉的画面。代言商也关注了这档节目,对苗穆青的表现满意得不得了。经过她的反复炒作,莱雅遮瑕膏已经火爆全国,还被买家誉为断货王。

苗穆青有意无意地把话题往肖嘉树身上引,力图增加他的曝光度,季冕、施廷衡和罗章维也都对他赞誉有加;反观林乐洋,竟似坐了冷板凳一般,令网友再一次想起他背后黑苗穆青和肖嘉树的事,印象分跌至谷底。

后半段的访谈几乎没有林乐洋什么事。没了季冕明里暗里的维护,他连话都插不进去，好不容易熬到节目快结束的时候，主持人忽然说道："对了，大家想不想知道我们下一期的嘉宾是谁？"

按照节目流程，这是在给下一期的节目预热，台上的嘉宾和台下的观众很配合地喊道："想！"

"话说回来，这几位嘉宾与小树苗有很大的渊源，他们特别恳请我一定要把小树苗也请去现场。"主持人笑着问道，"小树苗，你能猜到是谁吗？"

肖嘉树诚实地摇头："不知道。"

"你好好想想，最近网络上什么最火，和你有关的。"

"不是《使徒》吗？"肖嘉树犹犹豫豫地看向罗章维。

"再好好想想，除了《使徒》，你还拍过什么？不是你本人直接去拍，间接的也算。"

"哦，我知道了，是《一梦百年》和《冷酷太子俏王妃》吧！"肖嘉树终于反应过来。

台下的观众发出一片惊呼，还有几个小女生差点激动得跳起来，只因这两部剧最近火得一塌糊涂。由于视频网站和直播平台的蓬勃发展，网络剧如今也成了影视产业的一匹黑马，收视率直逼各大卫视。而《一梦百年》和《冷酷太子俏王妃》的横空出世更给网络剧的发展注入了一支强心剂，令购买它们的视频网站大赚特赚，会员数量一夕之间暴涨。

从开播到现在，两部剧接连打破了多项收视纪录，不是今天我赶超了你，就是明天你赶超了我，齐头并进，遥遥领先，不给其他电视剧一点活路。久而久之，这两部剧竟被广大影评人誉为现象级的电视剧，而《一梦百年》更为翻拍剧树立了一根标杆。

它们为什么那么红？真要细究起来，其实很多观众都说不清楚，但就是喜欢，就是上瘾，没办法。《一梦百年》只一个字便能概括——萌！萌出了水平，萌出了高度，萌出了技术含量！明明都是小豆丁在演戏，但扮相惟妙惟肖，演技出神入化，叫人看了既佩服又乐不可支，看完一集能回味很久，也能说道很久。

《冷酷太子俏王妃》更绝，明明是古装剧，演员的造型却一个比一个时尚，各种鲜艳的色彩拼凑在一起，本该恶俗无比，却偏偏新潮别致。男女主角的颜值和身材更是惊为天人，哪怕他们没什么名气，哪怕他们演技还很青涩，却能牢牢吸引住观众的视线。

很多观众都说这两部剧有毒，一旦入坑，不等到大结局是绝对爬不出来的。它们火到了什么程度？热搜头条几乎全被与剧情相关的话题占据，各大娱乐版面也都相继爆出剧组的消息，网友们聚在论坛或贴吧里热烈讨论剧情，楼层搭得一个比一个高。似乎一夜之间，这两部剧就火了，到处都能看见网友安利它们的博文，评价非常好。

听说这两部剧的主创人员要来，观众如何能不激动？但他们更好奇的是，这两部剧与肖嘉树有什么关系？

主持人解密道："看电视的时候除了演员表，也多多注意一下制片人嘛。小树苗独家投资了这两部剧，是不是？"

肖嘉树腼腆地笑了笑："是。"

台下的观众一阵惊呼，线上的观众则发来弹幕，询问小树苗凭借这两部剧赚了多少钱。毫无疑问，今年最火的电视剧已经出炉，《一梦百年》和《冷酷太子俏王妃》不是排第一就是排第二，争来争去，它俩竟然是一家！投资人牛啊！

一名线上观众用大红粗体字发来弹幕："这眼光没谁了，我只能给跪了！"

肖嘉树瞥见大屏幕，"扑哧"一声便笑了："其实我也没想到它们能这么火，我就是觉得魏江导演挺不容易的，为了拍《一梦百年》差点把房子卖掉。"他看了看主持人，体贴道："这里面具体发生了什么故事，还是等魏江导演来现场了再跟你们说吧。"

主持人竖起大拇指："懂行啊，知道不能抢我的饭碗。"

肖嘉树再次笑起来，俊美的脸庞浮现在大屏幕上，似乎能发光。季冕回头看了看，台下的观众则捂住嘴小声惊叫。论起颜值，小树苗比"东宫妃"可高多了，他怎么不自己去演啊？

"你为什么不去演东宫妃呢？"主持人问出了大家的心声。

"我当时在拍《使徒》，没精力。我始终信奉一句话：'一段时间只能做好一件事。'把最好的精力留给最迫切的任务，不能贪心。"

罗章维立刻赞同道："对。我最反感演员轧戏，车轱辘一样在各个剧组转，这边的钱想赚，那边的钱也想赚，结果是这部剧拍不好，那部剧也拍不好。人的精力有限，哪儿能任意挥霍。"

主持人颔首道："看来你俩合作得很愉快。"

"没错，有合适的角色我还要请肖嘉树来演，省心。"罗章维毫不掩饰自己对小树苗的喜欢，台下的观众心有触动，鼓起掌来。

与此同时，林乐洋好不容易恢复一点血色的面颊又开始隐隐发白。《一梦百年》和《冷酷太子俏王妃》火得一塌糊涂，他想装作没看见都不行，而当初正是因为他的阻挠，季哥才放弃了对它们的投资。现在，肖嘉树凭借它们大赚特赚，季哥得到了什么？季哥什么都没得到，还令工作室对方坤极其不满，只因方坤当了他的传话筒，言之凿凿地说投资这两部剧一定会亏得血本无归。

如今只要一想起这件事，或看见网络上铺天盖地的、有关于这两部剧如何火如何赚钱的消息，林乐洋就想穿越回去，用一把大榔头砸开自己的脑袋，看看里面装的是不是糨糊。

让你多嘴，让你插手，季哥本来就对你很失望，现在会不会更厌烦？你懂什么叫投资吗？你有那个眼光吗？现在好了，你在他心里变成了一个彻头彻尾的笑话！他会不会偶尔冒出这样的想法：幸好我跟林乐洋掰了，要不然一定会被坑死。

林乐洋想得越多，就越惶恐，他甚至有种抬不起头的感觉，只能默默祈祷主持人赶紧带过这个话题。

但墨菲定律偏偏在这个时候发作了，施廷衡似想起什么，忽然插了一句嘴："我记得当时老季也想投资这两部剧来着，支票本都拿出来了，怎么最后没谈妥吗？"

肖嘉树正想开口解释，却见季冕淡笑道："当时犹豫了一下，没敢投，现在恨不得剁手。"

观众先是惊讶，然后哄笑。

"没想到素有'点金手'之称的季神也有失算的时候，我明明应该为他感到惋惜，为什么却很欢乐呢？不不不，我一定不是在幸灾乐祸！"一名网友发来一条弹幕，惹得大家忍俊不禁。

季冕转头看了看大屏幕，然后扶额叹息，似乎很难过的样子。今天的他在镜头面前显得特别轻松愉快，也特别接地气，让很多路人都转了粉。原来季神并不高冷，他也是普通人，也有失意甚至出糗的时候。

季冕等大家笑够了才拍拍肖嘉树的肩膀："下次投资记得照顾一下哥。"

肖嘉树认真点头："季哥你放心，我喝汤你吃肉，绝对少不了你的。"

主持人立马抓住这个语病："咦，不该是你吃肉季老师喝汤吗？是你口误了还是不小心说出了脑残粉的心声？"

肖嘉树脸颊涨得通红，支吾了半天说不出话。他从来没被人这么调侃过。

观众哄堂大笑，都说他绝对是道出了脑残粉的心声——宁愿自己饿死也不能少了季神的肉吃。线上的观众发来一连串"哈哈哈"，季冕的全国后援会总会长用血红加粗的弹幕说道："好吧好吧，看在小树苗一片衷心的分儿上，我们册封小树苗为粉头，谁也别跟他抢啊！"

"不抢，绝对不抢！"

"抢也抢不过啊！又能演又能赚，长得还那么好看！"

小皇冠们蜂拥而至，用各种表情包可劲儿调侃小树苗，场面非常热闹。

肖嘉树已经没脸见人了，他一边捂脸，一边推了推季冕，央求道："季哥，你快管管他们。"

季冕忍笑道："好了，别闹了，小树害羞了。"

小皇冠们又调侃一波，这才陆陆续续退了，令台下的观众差点笑岔气。林乐洋看着两人的互动，整颗心都在滴血，好不容易熬到主持人说再见，这才恍恍惚惚地站起来。

陈鹏新连忙冲上去扶他，表情十分焦急。这一期节目的收视率创下了历史新高，原因自然有很多，但导播分析过后对他说，每当肖嘉树和季冕互动的时候，收视率就会上涨一点，可见观众对二人十分喜爱。但林乐洋在节目中的表现糟糕至极，表情僵硬，全程尬聊，也没有与其他嘉宾有什么交流。是个人都看得出来他被孤立了，这更加坐实了他与苗穆青、肖嘉树不和的传言。

"快微笑，摄像机还在拍呢。"陈鹏新用力压了压林乐洋的肩膀。

"我笑不出来。"林乐洋语带哽咽，努力撑出一抹微笑。他快撑不住了。

"先去化妆间再说。"俩人赶紧去了后台。

26 直播

与此同时,肖嘉树也很忐忑。他像小尾巴一般跟在季冕身后,很想说些什么,却不知道该如何开口。他想告诉季冕自己并不是有意窥探他的隐私,只是太崇拜他了,所以不自觉地会去关注他的点点滴滴,然后悄然记在心里。他管不住自己的思维,却能管住自己的行动。他绝不会对他纠缠不休,也不会仗着这份崇拜就提出各种过分的要求。他只想默默地支持季哥,在心里划一块地方自娱自乐罢了。

他满脑袋都在想着这件事,并未意识到自己已经围着季冕转了很久,左绕绕右绕绕,快把季冕的生活助理绕晕了。

当助理被他挤得无路可走时,季冕终于开口:"你不回去卸妆换衣服?"

"啊?"肖嘉树抬头一看才发现自己跟到了季哥的化妆间门口,讷讷道,"我就想送送你,那我先走啦。"他最终还是没敢说出来,但他会用行动表示——自己绝不会成为季哥的困扰,自己不是脑残粉,是真爱粉+理智粉。

"好的,早点回去休息。"季冕垂头看他,眸子里闪着笑。

肖嘉树摆手离开,快走到转角时忽然听见身后传来"扑哧"一声笑,回头去看却发现季哥表情很疲惫,正一下一下揉着眉心,不由叮嘱道:"季哥你也早点回去休息。"

"嗯。"季冕微微颔首,等人走远了才低笑出声。

"季总,你说肖嘉树是真的崇拜你还是想借你炒热度啊?"助理满脸担忧。

"凭他的人脉,还需要借我炒热度?"季冕推门进去,淡淡地道,"娱乐圈虽然很乱,但也有真正干净的人。"

助理见他表情不对,顿时不敢说话了。

方坤一边打电话一边从外面走进来,挂断后咒骂道:"审核部自己没通过《一梦百年》和《冷酷太子俏王妃》的投资方案,怎么反倒怪起我来了?!要不是林乐洋那死小子……"

他及时打住这个话题,有气无力道:"季哥,你当初不是说用个人名义投资吗?怎么没投?"

"不想投了。"季冕躺在沙发上假寐,化妆师正在给他卸妆。

方坤掐指算了算,不禁扼腕。如果当初季哥投资两部剧,现在早就赚了三四倍了!悔啊!

何以言欢

他不敢再提这件事，默默打开手机追剧，追到一半，门被敲响了，林乐洋的声音从外面传来："季哥，你在吗？"

"不在！"方坤不耐烦地回道。

外面安静了一会儿又坚持不懈地敲起来："季哥，我想和你谈谈。"

方坤正想撵人，季冕淡声道："让他进来吧。你们先出去。"

几人鱼贯而出，把空间留给他们两个。

"你想说什么？"季冕洗了把脸，正用毛巾慢慢擦拭额角的水珠，显得那么平静。

林乐洋暗暗吞了一口唾沫，颤声道："季哥，你那天说的话是认真的吗？你是不是因为太生气了所以才那么说的？"

"你到现在还不明白？"季冕放下毛巾，表情肃然。

"不明白。我们认识这么久，从来没吵过架，也没闹过太大的矛盾啊！"林乐洋鼓起了全部勇气才敢说出这些话。

季冕定定地看着他，末了喟然长叹："你究竟是想不通还是不敢去想？"

林乐洋愣怔良久才道："我以为我们一直相处得很愉快。"

"当我越来越多地干涉你，你觉得愉快吗？不，你只是在忍耐。你需要我无条件地支持你，无条件地包容你，无条件地理解甚至让步，这样你才能获得最大的安全感。我但凡管束你一点点，你就会竖起浑身的尖刺，认为我限制了你的自由。你永远得不到满足，也永远不会觉得是自己应该做些什么。"

"不，我从来没那么想过。"林乐洋虚弱地摇头。

"有没有那样想，你自己心里清楚。"季冕吐出一口烟雾，徐徐道，"当我强迫陈鹏新和陈鹏玉写下欠条时，你有没有怨过我？"

林乐洋想摇头，却没法动弹。在季冕的凝视中，他感觉自己无所遁形。

"如果那些照片被爆出去闹出个不大不小的八卦，你认为受影响的是我还是你？说一句不中听的话，我已经混到如今这个地位，没什么能把我打垮，离开娱乐圈我照样能活。你就从来没想过我那般严苛地对待陈鹏新和陈鹏玉，谁才是最大的受益者？每次遇见难事，我都帮你扛着，你却完全相反。"

林乐洋什么反驳的话都说不出来了。

季冕穿好外套,打开房门,沉声交代:"以后,我们各自安好吧。"

门轻轻关上,林乐洋这才看向化妆镜,发现了泪流满面的自己。如果不来这一趟,他或许还能骗骗自己,还能信誓旦旦地说季哥只是生气,没想到季哥早已经将他看透了。

27 上映

经过紧锣密鼓的宣传,《使徒》终于如期上映。在简短的映前见面会后,电影院的灯光暗了下来,肖嘉树坐在季冕身旁,紧张得手脚发凉。这是他第一次观看自己拍摄的电影,不知道表现如何,能不能获得观众的认可。

"别紧张,你表现得很好。"季冕安慰道。

肖嘉树的思绪一下子就跑偏了。季哥的声音真好听啊,难怪他拍摄的电影大多采用原声,很少启用配音师。他摸摸自己滚烫的耳垂,早已把紧张的心情抛到脑后。

观众或许没什么感觉,肖嘉树却能轻易发现自己前期和后期的表现存在多大差异。前期的他根本不知道什么叫作表演,只是单纯地呈现而已,虽然看上去很自然,却少了几分感染力。"没有演技的表演是单薄的、平淡的、没有力量的",现在他总算明白这句话是什么意思了。

到了后期,他渐渐把自己代入角色,演技也得到了飞跃式的进步。他像一个旁观者一般冷静分析着自己在电影中的表现,默默记下出彩或不足之处。当看见凌峰死亡那一幕时,他头脑已一片空白,只能木愣地凝视着季冕被放大了无数倍的双眼。

那眼里的绝望和悲伤像海水一般涌入他的心门,令他心神恍惚,心如刀割。不知不觉他已泪流满面,当泪珠滑落脖颈儿才令他惊醒过来,然后垂下头用纸巾飞快擦脸。

之后他再也没有工夫胡思乱想,他已经被那个决绝的、试图毁灭整个世界的凌涛摄取了全部心神。看见凌涛受伤,他仿佛也感觉到了疼痛;看见凌涛陷入疯狂,他仿佛也迷失了方向。他的喜怒哀乐都被电影里的人物控制了,只因季冕的演技有太过强大的感染力，使他根本挣脱不了。

最终，凌涛中枪倒下。他趴伏在一堆骨灰上，眼里的光芒一点一点熄灭。放映厅里响起此起彼伏的低泣声，这明明是一个反派，却没有观众为他的伏诛拍手叫好，只因他这一生太过坎坷也太过悲惨。他坏得彻底，也爱得彻骨；他的内心虽然充斥着黑暗，到最后却也洒落一地光明。

这是一个何其复杂、何其冷酷，却又何其炽热的男子。他和凌峰就像嵌合在一起的整体，一旦失去对方，便再也不是一个完整的人，于是也失去了存在的意义。他的结局早已经注定了。

他用极致的黑衬托了凌峰极致的白。反之，凌峰用极致的光明唤醒了他唯一留存的善念。这两个人物在电影中的存在是互为依托、互为前提的，不能舍掉任何一个来谈论另一个的表现。一旦其中一个扮演者无法跟上另一个的演技，这部电影就毁了。

观众或惊叹，或低泣，或沉迷，皆被剧情深深吸引，肖嘉树却难受得快要窒息了。他盯着奄奄一息的凌涛，忍不住在心里呐喊：不要死，不要管我的骨灰了，坐上飞机走吧！离开这里建造一栋属于自己的房子，结婚生子，过正常的生活。

凌涛终于死了，他眼里的光芒完全消散，只余一片沉沉的黑暗。肖嘉树的眼泪又汹涌而来，怎么擦都擦不干净。他向来是个多愁善感的人，小时候看电视便特别容易被煽情的镜头感动，长大了虽然有意克制，却照旧在季冕强大的演技面前溃不成军。

季冕把凌涛演活了，肖嘉树根本没法把他当成一个虚幻的人物看待。凌涛就是他的哥哥，而他希望凌涛能拥有一个圆满幸福的结局。编剧在哪儿？我想揍他！

他一边眨着通红的眼睛一边寻找编剧的身影，脸却被一条手帕盖住，一只手轻轻按在他肩膀上，季冕无奈的嗓音响起："别哭了，这只是一部电影而已。"

"才不是，在我心里，他们都是有血有肉的人。"肖嘉树闷声闷气地反驳。

季冕很想笑，却又满心动容。他如何感受不到肖嘉树观看这段剧情时内心的强烈波动，他那样努力地为凌涛祈祷，那样热切地希望他能活下去。他把这些情绪源源不断地灌注在季冕身上，让季冕像浸泡在温泉里一般，每一个毛孔都被抚慰着，渗透着。

原来这就是被关爱的感觉，活了三十多年，季冕头一次真切地领悟到这几个字的含义。所以他无法忍受肖嘉树的哭泣，明知道罗章维邀请了很多记者，而他们正偷偷拍摄各位演员的举动，他依然动手用手帕擦掉了肖嘉树脸上的泪水和鼻涕。

"别哭了，记者在拍呢，你不想自己哭鼻子的照片上头条吧？"他附在肖嘉树耳边低语。

肖嘉树僵了僵，然后乖乖仰起头，让季冕帮他擦脸。

电影恰好播放到大结局，何劲把兄弟俩的骨灰一同埋葬，然后把一块雕刻着"T&F"字样的名牌挂在墓碑上，微风一吹便发出丁零当啷的轻响。字幕缓缓爬上来，悲凉大气的音乐在放映厅里回荡，继而是观众热烈的掌声。

施廷衡一边鼓掌一边忍笑道："肖嘉树，别以为我听不见你在埋汰我。信不信我把你哭鼻子的照片发到网上去，为你好好宣传一下。"

肖嘉树连忙做了个给嘴巴拉拉链的动作，挤眉弄眼似在讨饶，配上通红的脸蛋和鼻头，形象实在是惨不忍睹。施廷衡和季冕等人被他逗得低笑连连，唯独坐在角落的林乐洋笑不出来，只能全程僵着脸。

放映厅内的灯陆续点亮，几位主创人员站起来向观众鞠躬致意，而观众则报以雷鸣般的掌声。不知哪个小女生用哽咽的声音嚷道："电影编剧是哪个？站出来让我看看，他凭什么把凌涛和凌峰写死？！"

观众一下子炸开了锅，有人哄笑，有人附和，还有人叹息。但无论如何，这部电影火了，它塑造了电影史上最成功的反派之一，给季冕的履历再添辉煌的一笔。

肖嘉树出色的演技获得了大家的广泛认同，也令他极快地在娱乐圈站稳了脚跟。之前还有人说他火起来全靠一张脸和显赫的家世，现在则无人再放这种酸话。家世好、长相好的确是他的长处，但与此同时，他也具备极其出色的演技。

这样的人如果火不起来，那才是没天理了。

《使徒》是警匪片，投资规模不大，上映刚一周就赚回了成本，后面几周口碑持续上涨，各大网站均给出了很高的评价。而肖嘉树还有意外的收获。

他在电影院里哭鼻子的照片还是被记者拍下并发到网上，经过公司和他的同意，与他之前在街头流浪的截图被共同剪辑进表情包里，荣获本年度最佳表情包第一名的宝座。

肖嘉树火了，他被网友尊称为"活在表情包中的男人"。凌涛和凌峰这对兄弟组合也火了，很多影迷表示购买电影票只是为了看两人的互动而已，虽然结局很惨，但过程很美好，现实中更好，这就够了。

在电影放映的几周时间里，"凌涛和凌峰"这个话题不时被顶上热搜榜第一的位置，可见观众对这两个角色有多喜爱。最终，《使徒》以一百五十六亿的高票房完美收官，狂赚了一把口碑和人气。

为了蹭这对兄弟组合的热度，很多广告商同时向季冕和肖嘉树伸出橄榄枝，却都被拒绝了，直到禅悦温泉度假酒店发来一份邀请。

"禅悦的代言，季哥你接不接？"方坤一时拿不定主意。

"我先问问肖嘉树。"季冕刚拿起手机，提示音便响了。说曹操曹操就到，肖嘉树发来一个表情包，并附言道："季哥你在不在？"

方坤随意扫了一眼，然后喷笑出来。只见肖嘉树发来的表情包是他躲在一堵墙后，探出半个脑袋观察野狗和野猫抢夺垃圾桶里的食物的截图。他满脑袋乱发，脸上还贴着络腮胡子，只露出一双小心翼翼又水光弥漫的眼睛，看上去既可怜又搞笑。

季冕也笑开了："在。有什么事？"

"禅悦的代言咱们一起接吧，肥水不流外人田。"肖嘉树又发了一个表情包：流浪中的他蹲在一个大大的、塞满塑料瓶的蛇皮口袋旁边，双眼冒着光芒，右下角配有字幕——发财啦！

季冕一边扶额一边忍笑，好半天才摁下四个字："那就接吧。"

翌日，两人来到摄影棚拍摄平面广告，负责接待他们的工作人员态度十分殷勤。一个是大影帝，一个是总裁弟弟，哪一个他都惹不起啊！

"我哥呢？"肖嘉树左右看看，然后露出失望的表情。

"肖总还要开一个会，待会儿过来。二少、季老师，这边请。"工作人员把他们带进化妆间，并详细解释道，"咱们这个酒店是为养生建造的，消费群体是需要放松的都市精英或老年人，而非游客，所以我们把亲情和友情设定为今天的拍摄主题。也就是说，您二位在拍摄中既是兄弟也是朋友，把这种关系表现出来就可以了。"

季冕看了肖嘉树一眼。

肖嘉树立马点头："没问题。"不就是把季哥当成亲哥一样看待吗？这有什么难的。

"好的，那二位先做造型，我去和摄影师沟通沟通。"工作人员给两人端来一壶咖啡，这才去了。

一小时后，穿着同款西装的两人走进摄影棚。季冕的西装是灰色的，打理得板板正正，头发全部梳理到脑后，露出深邃俊美的五官，高挺的鼻梁上架着一副金丝眼镜，却并未遮住他凌厉的目光，反而让他显出几分威压的气场。

肖嘉树的西装是宝蓝色的，头发凌乱蓬松，却并不会显得邋遢，反倒透出几分洒脱，他没打领带，没系衣扣，修长的脖颈儿显露在外，整体十分吸引人眼球。

两人分明穿着同一款衣服，呈现出来的风格却迥异，一个沉稳禁欲，一个阳光活泼，站在一起既有种割裂感，又有种和谐感，叫人恨不得用绳子把他们捆在一块儿。

摄影师眼睛一亮，立刻便吩咐道："就是这种感觉，太棒了！请二位到这边来！"为了展示酒店的各种功能，第一组照片在商务会议室里拍摄，一张豪华的圆形会议桌摆放在中间，四周打着灯光。

"假装你们在办公，桌上的道具可以随便用，自由发挥，不用管我，我看着抓拍。"摄影师指着桌上的笔记本电脑和文件夹说道。

啊？我没办过公啊！肖嘉树抓耳挠腮，十分为难。

季冕提醒道："我来办公，你随便玩儿。我俩的造型很能说明问题，我是精英，你是少爷，你做做样子就可以。"

恍然大悟的肖嘉树冲季冕感激一笑，然后拿起文件夹。他把自己想象成一个只知道靠哥哥的二世祖，脑子里全是吃喝玩乐，根本不会办公，之所以来开会都是被哥哥逼的。

但想着想着他差点哭出来，因为这根本就是他在现实生活中的写照，哪里是假设啊！他顿时泄了气，一只手托腮，一只手假模假样地捏着文件夹，眼珠子却偷偷去瞟季冕，漆黑瞳仁中满是哀怨和狡黠。季冕则紧紧盯着笔记本电脑，表情十分严肃，仿佛在召开一场视频会议。

摄影师立刻按下快门，大声鼓励道："OK，就是这样！表情很棒，再来几个！"

很棒吗？肖嘉树来劲儿了，把长腿往桌上一搁，双手垫在脑后，得意地摇晃起来。我就是个二世祖，怎么了？我就是不喜欢上班，怎么了？你硬把我抓来是吗？好，我就闹得你也不得安生。他一边想一边抖起腿来，眉梢高高挑着，看上去很欠揍。

他给自己加了很多戏，却不知季冕忍笑差点忍成内伤。这活宝，怎么想象力如此丰富？真是戏精本精。

"把腿放下去。"季冕拿掉金丝眼镜，用深沉难测的目光睨他。

兄弟俩剑拔弩张的画面被摄影师快速记录下来。

肖嘉树立马怂了，老老实实把腿放下，然后斜着眼偷瞄季冕，表情有些委屈，一双眸子仿佛在控诉："你怎么这么严厉？"

季冕垂头凝视他，嘴角的弧度淡化了威严冷峻的气场，仿佛在无奈地询问："你怎么如此调皮？"

两人你抬头看我，我垂眸看你，画面构图呈现出诡异的和谐和矛盾感，再细细一品，又能发现暗藏于其中的温馨。摄影师连拍数十张，一边拍一边感叹：不愧为本年度最佳组合，瞧这默契，简直绝了！

只花了十多分钟，会议室的照片就拍好了，一行人转战总统套房。有了拍摄经验的肖嘉树这回完全放开了，换上与季冕同款不同色的休闲装，懒懒散散地躺在沙发上。

季冕自然而然地走过去，笑道："让让，只有一张沙发，你一个人全给霸占了，哥哥坐哪里？"不知不觉，他把自己代入了兄长的角色。

谁也不知道，他曾经多么渴望能拥有一个兄弟或姐妹，这样就不用独自面对那些可怕的过往，也不用忍受这么久的孤独。如果有一个人能与他分担痛苦、共享喜悦，或许他便不会那么早对自己的人生失去期待。他一直在寻找生活的动力，但生活的本质似乎就是索然无味的。

肖嘉树躺在沙发上，整个人都是软的，勉强抬起上半身，含糊道："季哥你坐着，我躺下可不可以？我想睡一觉。"

"拍几张照片再睡。"

"我真的好困，昨天晚上'吃鸡'去了。"肖嘉树翻了个身，背对着季冕躺下。

"吃鸡"好像是一款网络游戏，季冕知道，但从来没玩过。他盯着肖嘉树睡意迷蒙的脸，真有些哭笑不得。

肖嘉树慢慢挪动位置，由侧躺变成仰卧。阳光穿透落地窗洒下来，为他们镀上一层柔和的金边，使整幅画面看上去暖得不可思议。

摄影师接连按下快门，然后比了一个OK的手势。不用换造型了，这样的感觉已经很棒，让整个套房显得温暖又舒适，立马就想搬进来睡一觉。

"换下一个场景……"摄影师的大嗓门被季冕"噤声"的手势堵住了。

"先让他睡一会儿吧。"季冕无奈摊手。

"好的好的，二少最近工作忙，肯定很累。后面的照片可以改日再拍，反正我们不急。"工作人员哪里敢打扰这位小祖宗，连忙拿来一床毛毯给他盖上。

"有书吗？给我拿一本过来，随便什么都行。"季冕尽量压低嗓音。

"有的，我这就给您去拿。"工作人员找来一本小说，又端来一壶咖啡。

就这样，肖嘉树在一旁睡觉，季冕坐在温暖的阳光中，一边看书，一边喝咖啡，优哉游哉地度过了整个下午。如此静谧美好的时光，他已经很久没享受过了。

肖嘉树迷迷蒙蒙地醒过来，睁眼一看，发现对面的季哥正端着一杯咖啡慢慢喝着。季冕察觉到动静，道："醒了？"

肖嘉树脸颊烧红，手忙脚乱地爬起来问道："季哥，我睡了多久？没耽误工作吧？"

"睡了四十多分钟。接下来还有几组照片要拍，应该来得及。"

"那赶紧。"肖嘉树连忙跑去化妆间换造型。

接下来的几组照片都在户外拍摄，两人换上运动装来到高尔夫球场。摄影师指着打好灯光的一处草坪，吩咐道："随便发两个球，摆摆造型就OK，当玩一样。"

"你发球？"季冕抽出一支球杆递给肖嘉树。

"你发球吧,我帮你看风向、测距离。"肖嘉树接过球杆后蹲下,黑白分明的眼眸微微眯着,往插着旗杆的果岭上看。

"你会看风向?"季冕经常玩高尔夫,握紧球杆后摆了几个十分标准的造型。

摄影师围着他俩绕圈,捕捉他们的一举一动。

"会啊。"肖嘉树舔了舔自己的大拇指,然后把手高高举起来,模样挺像那么一回事。但事实上他压根不懂得测风向,这种方法还是看军事节目时学来的。那些狙击手准备狙击敌人时都会先舔湿自己的大拇指,然后探入空气中感受风向,具体的原理节目主持人没解释过,都是肖嘉树自己猜的,无非风往哪里吹,舔湿的那个面就比较凉呗,容易!

但想象很丰满,现实却很骨感。他把拇指舔湿后才发现,整个指腹都是凉的,没有特别灵敏的触觉压根用不了这招,这就尴尬了!当他努力想控制自己隐隐涨红的脸颊时,季冕用拳头抵住嘴唇咳嗽了几声,忍笑道:"测出来了吗?"

"测出来了,东南风,距离四百五十码。你开球的时候稍稍往东南方向偏一点,如果能打出三百码的距离,抓鸟绝对没问题。"肖嘉树煞有介事地说道。

季冕垂眸看他:"真的?"

肖嘉树脸颊红了红,然后认命地举起双手:"假的,我就是想装一下而已。舔手指头测风向什么的,是不是特别帅?"

"是挺帅的。"季冕忍笑道,"那我就随便打了。"话落便用力挥杆。

摄影师一直围着两人转圈,全方位拍摄他们的互动。说是让他们别紧张,只当来玩的,俩人就真的一点也不紧张,认认真真打起球来。季冕的开球非常有力,竟飞出去三百多码,再来一杆直接就能上果岭,喜得肖嘉树直拍手。

他们的笑容都很灿烂,眉眼间全是轻松与愉悦,超高的颜值为这绿茵球场增色不少。眼看两人迈步往果岭上去了,真的准备抓只鸟,心满意足的摄影师连忙把他们叫住:"不用上去了,球场的照片拍完了,下面去温泉池拍。"

"就拍完了?我们才刚刚开始啊。"肖嘉树满心遗憾,邀约道,"季哥,等你有空的时候我们一起来玩吧,你的球技真棒!"

"行。"季冕意犹未尽地放下球杆。

回到化妆间后，季冕看见工作人员已经准备好了泳裤和浴袍。当他走进温泉室时，发现肖嘉树正蹲坐在池边看着什么，并未下水。

他身上穿着一条纯白浴袍，头上裹着羊角巾，双眸被氤氲的雾气浸染，显得湿漉漉的，模样有些可爱。

"季哥你先别下水。"他拽住季冕的袍角。

"为什么？"季冕蹲坐下来，这才发现池边的泉水中泡着几个土鸡蛋。

肖嘉树盯着鸡蛋说："季哥你饿了没？这鸡蛋看上去很好吃的样子。"

季冕笑道："我可不想吃用洗澡水泡熟的鸡蛋。"

"这你就不知道了吧，这几口温泉用的都是地下活水，特别干净。很快又会有新的泉水涌上来。它们富含各种矿物元素，对人体有益。这边是出水口，温度很高，待会儿你要泡得去那边。"肖嘉树骄傲地介绍着自家产业。

不用下水正中季冕下怀，他认真聆听肖嘉树滔滔不绝的解说，待鸡蛋煮熟后便剥开一个塞进肖嘉树的嘴里。

摄影师原本打算拍摄两人泡温泉时的样子，这样比较有噱头，可看见两人肩并肩蹲坐在池边吃鸡蛋的场景后又改变了主意。他们脸上的笑容那般轻松愉悦，眼里均散发出柔和的光芒，一个剥鸡蛋投喂，一个脸颊鼓鼓地吃，这一幕是再普通不过的生活场景，却也充斥着浓浓的温情。而酒店的经营理念就是"轻松、愉悦、温情"，两人的表现足以诠释这一主题，拍下的照片叫人一看就会不由自主地微笑起来。

摄影师反复查看底片，末了拊掌道："行了，今天的照片拍得很好，感谢二位的配合。"

肖嘉树正把一个鸡蛋塞进季哥嘴里，炫耀道："怎么样，口感是不是跟普通的白水煮鸡蛋不一样？我告诉你，这里面蕴含很多种矿物质，营养特别丰富，每天吃两个对身体有好处……"说到这里他看向摄影师，哀怨地叫起来："怎么又拍完了？我还没开始泡呢！"

"我们收工了，您二位想泡的话可以继续。"工作人员连忙解释。

肖嘉树刚吃了两个鸡蛋，不但不顶饱，反而更饿了，犹犹豫豫地看向季冕："季哥，你还泡吗？"

"去吃饭，我请你。"季冕摸了摸被水汽打湿的额发。

"好嘞。下次我请你来泡温泉。"肖嘉树喜滋滋地站起来,还不忘把没吃完的鸡蛋打包带走。

两人换好衣服出来,却见肖定邦正坐在大堂里,身后站着两名高大的保镖,一名中年男子弯腰俯首,似在汇报什么。肖定邦略一招手,上一秒还满心期待与季哥共进晚餐的肖嘉树,下一秒就屁颠屁颠地跑过去。

季冕停顿一秒,也走了过去。

"拍完了?跟我去吃饭?"肖定邦柔声说道。

"好啊。"肖嘉树一口答应下来,然后才想到自己已经与季哥有约在先。这可怎么办?总不能把季哥也叫去吧?大哥与他又不认识,在一起会不会尴尬?会不会不自在?如果两个人都不舒坦,在一起吃饭就成了受罪,又是何必。

他正兀自懊恼,季冕已微笑开口:"我等会儿还有事,恐怕得先走一步。小树、肖总,咱们下回再约。"

"好的,季哥你路上小心,慢点开车。"肖嘉树冲季冕投去感激的目光。这是大哥第一次主动邀请他吃饭,他真的不想拒绝。

季冕摆手离开,刚走几步就听见身后传来肖定邦低沉的声音:"小树,我最喜欢吃什么你知道吗?"

"知道啊,大哥最喜欢吃鱼,尤其是糖醋鱼。"

"那我最讨厌吃什么?"

"芹菜。"

"最喜欢的颜色?"

"墨绿色。"

"最喜欢的运动项目……"

肖定邦没完没了地问着这些无聊的问题,肖嘉树一一答上来,没有任何犹豫或错误。对待自己在乎的人,他总是如此用心,哪怕分开很久也不会产生隔阂。

季冕心有所感,忍不住回头去看兄弟俩,就见素来没什么表情的肖定邦笑得十分开怀,一把揽过肖嘉树,揉乱他的头发。毫无疑问,他也看过上次的访谈节目。

季冕摇头失笑,站在原地看了他们一会儿,这才迈着轻松的步伐来到停车场。方坤刚好赶到，一边给他打开车门一边观察他的面色，惊讶道："忙活了一整天，你好像一点也不累？"

"没忙活，纯粹就是玩。"季冕打开手机看了看。

他的助理拎着一个大包爬上后座，感慨道："肖嘉树是太子爷，那些人哪敢为难他，随便拍几张就完事了，还一个劲儿地说好。"

随便拍的吗？季冕盯着摄影师发来的几张样片，完全不能认同助理的说法。照片上的他和肖嘉树笑得那样轻松愉悦。他拍过很多杂志封面，却从来没有一次能像现在这般真心实意地笑出来。哪怕拍摄已经结束，但看见这些照片的时候，他依然能感受到那份心情，依然会不由自主地扯开嘴角。而具备如此强大的感染力的照片，怎么能说是随便拍的呢？

他摇摇头，把照片一张一张存进相册里，再打开微博时却发现肖嘉树更新了一条动态，并附图一张。

28 面试

肖嘉树上车后忍不住举起手机,给自己和大哥拍了一张合照,然后发送到微博上,并附言道:我哥。

肖定邦侧过脸看他,表情虽然平淡,眼里却满是宠溺的光芒。单凭这张照片,外界就能知晓,这兄弟俩的感情不是假的,他们完全不会像外界传言的那般为了继承权斗得你死我活。

粉丝们立马嗷嗷叫起来——

啊啊啊,哥哥好帅气好威严,不愧为现实版的霸道总裁!

哥哥开的是什么车?方向盘上的标识不太认识啊,宾利?

笨蛋,那是巴博斯,越野车里的怪兽,性能十分强大,外观更强大,哥哥很帅气!

等等,你们忘了涛哥吗?小树苗你也秀一张涛哥的合照啊!

@季冕 你家弟弟跟别人秀啦,你快管管!

与此同时,季冕也正刷着小树苗的微博。他打开相册,调出一张两人在温泉池边互相喂鸡蛋的照片,编辑了两个字——我弟,然后便想往上发,却又及时顿住。

正当他犹豫不决时,肖嘉树再次更新了一条微博,选取的照片正是季冕挑中的那张,配文只有三个字——我涛哥。照片上的肖嘉树笑得傻乎乎的,濡湿的眼眸中饱含温情。

心愿得偿的粉丝更加来劲儿,短短几分钟就点了上万个赞。

粉丝得到了极大的满足,而且此时正值《使徒》放映期,本就应该多多发这些图片为电影宣传，倒也没谁提出抗议。

季冕把之前编辑的微博删掉，另外选了一张动图发送出去，并附言道：我弟。

这张动图拍摄于公映仪式上，他在帮肖嘉树擦干眼泪和鼻涕，右下角还配了字幕——弟弟别哭。

消息一出，粉丝彻底疯狂了，一个劲儿地嚷嚷，还有人问这个表情包在哪里下载的，怎么之前没见过。他们当然没见过，因为这是季冕自己做的。

方坤被接连不断的提示音吓了一跳，打开手机才知道刚才发生了什么。看着激增的粉丝数，他无奈道："季哥，你悠着点。"

"没事儿，纯粹发着好玩。"季冕正准备关手机，却发现肖定邦也发了一条微博，配图是他和肖嘉树坐在一块儿吃晚餐的合照，配文是——我亲弟。

多了一个"亲"字，挑衅的意味很浓重！

季冕再也忍不住了，以拳抵唇朗笑连连。难怪肖嘉树那么幼稚，原来是家族遗传！

粉丝们也乐不可支，回复全是一大片的"哈哈哈"。要知道肖定邦以前可高冷了，微博里除了公司事务，从来不发私人的东西，这是吃醋了在反击呢！兄弟俩的感情真好啊！

本来还有黑子在喷肖嘉树蹭季神热度、借季神上位等，看见肖定邦这位强力后援都主动发声了，顿时不敢吭声了。凭肖嘉树的家世背景，还真不用蹭任何人热度。

四条微博连着发出去，虽然配文都简单得不得了，但信息量很大，情节也非常搞笑，没过多久就登上了微博热搜榜，标题是"两个大佬争风吃醋"。

方坤看了真有些啼笑皆非，无奈道："得，随你们折腾去吧，就肖嘉树那个活宝，也折腾不出什么来。"见惯了娱乐圈的尔虞我诈，像肖嘉树这种没心眼的人真是太少了。

一星期后，禅悦温泉度假酒店的平面广告开始大面积投放，机场、各大商场、写字楼等的广告版面上，均贴上了肖嘉树和季冕的照片，无论是正装、休闲装、运动装还是浴袍，两人都穿得有型有款，而且互动十分默契自然，叫人看了忍不住会心一笑。

粉丝这才知道之前发的照片并不是两人私下同游的情景，而是在工作，顿

28 面试

时直呼上当,却也不得不承认这两人和谐极了。他们一个成熟内敛、自信强大,一个青春洋溢、活泼狡黠,无论你想要什么感觉,都能在他们的眼里找到。

广告大获成功,也再一次提升了肖嘉树的人气。如果他再拍一部叫好也叫座的电影,他便是妥妥的二线艺人。

这天,黄美轩将他带往二十六楼,并严肃询问道:"想不想拍《虫族大战》第三部?"

"CROWN世纪影业发行的虫族大战系列?"懒洋洋的肖嘉树立马站直了,眼里迸发出光芒。

"没错。这部电影是中外合资的你也知道吧?中方的投资商正是季冕。前两部已经创下了票房神话,第三部的规模只会更大。我刚刚收到消息,第三部要增加一个东方面孔,戏份堪比主角,你想演就去找季冕争取。我在他那里的面子没有你的大,说话不管用。我可告诉你,你千万别学那些假清高的坏脾气,想红就得自己去争取,别总是让别人挑你……"

说到这里,黄美轩顿时噎住了,然后默默抚额。只见肖嘉树哪里清高抗拒,他分明兴奋得很,从西装内袋里掏出一把小梳子,认认真真打理自己的发型,然后对着光滑如镜的电梯门左照右照,生怕外形不够完美。

"《虫族大战》我拍定了!"他信誓旦旦地说道。

《虫族大战》至今已拍完两部。第一部是《逃离地球》,说的是地球被一种破坏力极强的寄生虫占据,幸存的人类无力反抗,不得不逃往外太空。第二部是《流亡星系》,说的是人类逃出银河系才发现该寄生虫是宇宙中所有生命体的天敌,它们已经侵占了许多星球,失去家园的智慧种族不得不联合起来寻找生机。第二部结尾时,拥有预知能力的塔克星长老在死前留下一句话——宇宙的希望在地球。

于是第三部《重返地球》应运而生,但具体情节如今还是保密状态,只知道剧组要寻找的演员得符合三个条件:一、东方人;二、男性;三、年龄在二十五岁以下。

《虫族大战》自发行以来已创下两百亿的全球总票房,第三部筹备了整整三年,自是万众瞩目。肖嘉树是该片的狂热粉丝,为了买到首发式的电影票,还曾在购票厅外打了一夜地铺。得知自己有机会参与第三部的拍摄,他怎么能不全力以赴?

他抹了抹前额的头发,确定自己准备就绪,这才雄赳赳气昂昂地走进季冕的办公室。

"你也来了？请坐。"季冕微笑看着他。

肖嘉树有些发愣，只因办公室里还有两位年轻男子，一是林乐洋，一是叶西，都是冠冕工作室目前力捧的艺人。我不是季哥的亲儿子，还有机会吗？他忐忑不安地坐下。

亲儿子是什么鬼？季冕以拳抵唇，轻轻咳了咳，末了沉声说道："你们消息真灵通，我也是刚收到那边发来的选角邮件。你们先坐一会儿，我看看资料再说。"该片虽然是合资电影，但事实上CROWN世纪影业也是他在七年前创办的，所以他在角色的选取上拥有绝对的话语权。

三人乖乖点头，他们的经纪人则坐在后方的茶座里安静等待。

编剧还在修改剧本，但大致的情节已经确定，为了节约时间只发来了故事梗概和人物设定，具体选谁由老板看着办。故事梗概季冕早已心知肚明，便直接略过，去看人物设定。新增加的角色很特殊，是千年前曾发动人工智能战争的机器人头领，拥有完美无瑕的容貌、高大挺拔的身材、尊贵逼人的气质。他必须是出众的，在人群中一眼就能看见；也必须是冰冷的，没有一点人类该有的感情。

读完这段文字，季冕下意识地看向肖嘉树，而对方抬起头、挺起胸，丢来一个自信十足的眼神。

看完人物设定的上半部分，季冕脑海中首先浮现的正是肖嘉树的身影，论外貌，肖嘉树当得起"完美无瑕"四个字。事实上在整个娱乐圈，唯一能让季冕感觉眼前一亮的男艺人也只有他一个。

但读到下半部分，季冕又犹豫了，因为他完全无法把"冰冷"两个字与肖嘉树联系起来。肖嘉树就像一个小太阳，无时无刻不在发光发热，而且感情比任何人都丰富，他能成功扮演一个没有思想只有程序的机器人吗？

当他默默斟酌时，邮箱里又接连收到好几封信，均是国内知名经纪人发来的，想也知道应该是为了争夺这个角色。娱乐圈根本没有秘密可言，稍有什么风吹草动，消息灵通的人就先循着味儿找来了，这就是人脉和资源的重要性。

季冕把邮件一一打开，记下几个比较合适的男艺人的名字，这才沉吟道："由于剧本还在修改，所以我没法安排你们试镜。这样吧，你们先看看故事梗概和人物设定，再向我阐述你们各自的优势，我考虑过后再做选择。"说完把打印

28 面试

好的三份资料递过去。

叶西和林乐洋首先去看人物设定，肖嘉树却迫不及待地读起了故事梗概。他还以为可以拿到剧本先睹为快呢，好可惜！

这个故事发生在人类流亡宇宙的五十年后，被虫族侵占了家园的智慧种族联合起来建造了一个人造星球，但星球上缺乏能源和食物，并不是长久的安全堡垒。就在此时，塔克星最后一位长老以生命作为代价获得了宇宙之神的提示，那就是"宇宙的希望在地球"。于是几位主角组成了探险小队，踏上了重返地球的道路。他们挖开一个中古遗迹，找到了曾经毁灭过地球的机器人大军的首领。

首领已经被战胜机器人大军的中古人类彻底格式化，但强大的性能还在。探险队的智者，也就是季冕扮演的人物，迫于虫族的围攻，不得不冒险将他启动。在他的帮助下，探险队深入遗迹的中心地带，找到了一个被冰冻起来的小女孩。

人类历经几千年的发展，基因早已进化，且融合了其他智慧种族的血脉，变得非常强大，并拥有各种各样的异能。而小女孩却是纯人类，十分弱小。她真的是预言中的宇宙的希望吗？探险小队迷茫了。

但无论如何，他们决定唤醒小女孩，并将她带回人造星球。在逃出虫族围攻的过程中，小女孩被一只幼虫寄生，该幼虫很快就钻出她的体内，但随后自爆而亡。几位主角惊愕万分，经检测才得知，小女孩身患某种绝症，也因此才被冰冻起来，而该绝症的病毒恰好能抑制虫族的发育，令它们爆体。但不幸的是，经过基因改造的现代人类如果沾染了小女孩的血液也会逐渐衰弱，直至死亡。

看似孱弱的小女孩实际上是一个行走的病原体，散播的有可能是希望，也有可能是绝望。

消息传回幸存者联盟，各大种族经过商议做出了一个残酷的决定。他们征召了数万名志愿者，在他们的体内种下病毒，然后送往被虫族侵占的各大星球。虫族若是得不到足够的食物，便会自相残杀并吞噬，最终，这种病毒在它们整个族群中蔓延开来，然后化为一蓬蓬炸开的血雾……

肖嘉树一边看故事梗概一边脑补剧情，眼睛不知不觉便瞪直了。精彩，太精彩了！第三部比前两部还热血，他恨不得立马把它拍出来！

叶西和林乐洋更关心人物设定，他们只知道新增加的人物拥有极多的戏份，而且形象很正面，若是能获得参演资格，他们就能跨出国门走向国际，如果发展顺利，过不了几年就能成为超一线巨星，就像季冕这样。

大约两分钟后，叶西和林乐洋放下资料，目露野望，而肖嘉树却还在看故事梗概，眼珠子都不带转的。

季冕等了他五分钟，见他还没抬头，不得不敲打桌面提醒："看完没有？"

"就快了！"肖嘉树这才从精彩的剧情中回过神来，仔细看了看人物设定。

"说说你们都有哪些优势。"季冕微微前倾，表情严肃。

叶西定了定神后说道："我外形合适，而且我是季总旗下的艺人，档期上比较好调配。"他在委婉地提醒季冕别肥水流往外人田，自家艺人如果发展得好，获利的首先是老板。

季冕只是略一点头，并未发表任何意见。他看向林乐洋，询问道："你呢？"

林乐洋有些不习惯他冷淡的态度，哑声开口："我想，我的演技就是最大的优势，而且我也是冠冕工作室的艺人，可以全力配合拍摄档期。我还辅修过英语，台词方面没有问题。虽然我的外形可能不太符合条件，但如果妆容得当，也完全能达到要求。季哥，这是我在《逐爱者》中的定妆照，你看看。"

他把一本摊开的相册推到季冕手边。

肖嘉树伸长脖子瞟了一眼，然后在心底扼腕：唉，我怎么就没想到拍几张照片带过来面试呢？失算了！

林乐洋虽然长相清淡，但正如黄子晋所说，他的脸特别适合上妆，随便涂抹一番就能展现出另一种味道。他在《逐爱者》中扮演一名双重人格患者，于是造型师为他设计了很华丽的妆容，染了眉毛和眼线后的他看上去冷酷至极，红唇又为他增添了一丝诱惑力。如果不看他本人，只看照片，他的确担得起"俊美无俦"四个字。

肖嘉树被他的新造型镇住了，季冕却眸色平淡，张口便直击要害："你还要拍摄《逐爱者》，怎么配合这边的档期？"

"《逐爱者》还在筹拍当中，我可以先拍《虫族大战》。"

"《虫族大战》也在筹拍，目前还没确定什么时候开机，你怎么能确定档期不会撞上？"

"那我可以先拍《虫族大战》，让胡铭导演把我的戏份全部押后。"

"他要是不同意呢？"

"他已经同意了。"没做好万全的准备，林乐洋不会走这一趟。他再怎么说也是冠冕工作室力捧的艺人，看在冠冕投资了那么多钱的分儿上，胡铭不能不同意；而且他如果获得了《虫族大战》中的角色，也能拉动《逐爱者》的人气，一举两得。

哪怕两人闹掰了，季哥的名头依然好用，如果能尽早站在与季哥同样的高度上，或许还有和好的可能。想到这里，林乐洋参演的欲望变得更为迫切。

季冕眉头微微一皱又很快松开，转而看向肖嘉树："你的优势是什么？"

肖嘉树舔舔唇瓣，认真道："我的优势太明显了。首先，我在国外待了很多年，说英语就像说母语一样，台词方面绝对没有问题。其次，"他忽然站起来，双手撑在办公桌上，整张脸凑到季冕眼前，厚颜道，"季哥，你瞅瞅我这张脸，帅不帅？"

季冕被他瞬间放大的脸庞给震住了。

肖嘉树见季哥久久不答，只能硬着头皮往下说："季哥，你看我这皮肤，有没有痘痘？你要是找出一点瑕疵来，我立马认输。"他边说边转动脑袋，还轻轻抚摸自己脸侧的皮肤，那模样要多自恋有多自恋。

肖嘉树指着自己的眼耳口鼻说道："既然是最强大的机器人首领，那他的外形肯定是完美无缺的。我这皮肤首先就过关了吧？你再看看我的五官，眉毛浓不浓，鼻梁挺不挺，嘴唇红不红，眼睛亮不亮？"他拿起一张 A4 纸遮住自己右半边脸，然后又遮住自己左半边脸，浮夸道，"你看，脸型完全对称，五官绝对俊美，皮肤紧实光滑，只有重工业制造再加人工修饰才能拼凑出这样的容貌，我这外形完全合格啊！"

似想到什么，肖嘉树低下头甩了甩自己的头发，继续自卖自夸："季哥，你再看我的头发，又黑又亮还很飘逸顺滑，像不像丝绸？"

肖嘉树站直后撩起衣摆，继续道："你再看我这身材，不胖也不瘦，正好。你说你上哪儿去找比我外形更合适的演员？"说完"吧唧"一声拍在自己的肚皮上，模样十分自信。

季冕往他腰间一看，指着一圈软肉问道："这是什么？"

肖嘉树低头一看才发现自己的小腰竟然被皮带勒出一层游泳圈，脸颊顿时涨得通红。

"这……这是皮带系得太紧了，松开就没了，真的。其实我的身材很好的，不胖也不瘦，标准。"肖嘉树一边解释一边解开皮带扣子，往后退了两个孔再系上，小小的游泳圈果然没了。

他略松口气，继续道："季哥，在台词上、外形上，我都是最符合你要求的人。不信你看看与我差不多年龄的艺人，哪一个比我长得帅？还有，我目前没有任何工作，可以全心全意拍摄《虫族大战》；而且我的演技也很棒，你不都经常夸我吗？"

说到这里他才后知后觉地反应过来：这个角色是机器人啊，机器人根本没有感情，怎么可能说那么多话？怎么可能拥有丰富的表情？该不会自己在毛遂自荐的时候就已经被季哥刷下来了吧？

他一下子慌了神，嘴巴张了张终究没敢再说话，无比矜持地坐下，整了整领带，理了理头发，跷起二郎腿，摆出扑克脸，画风瞬间转为贵公子。但他到底没能压制住参演的欲望，缓缓追加一句："季哥，我只要不说话，气质还是很沉稳，没有表情的时候这张脸也挺高冷，你觉得呢？"

季冕慢慢垂下头，慢慢用拳头抵住嘴唇，许久之后才道："你的优势我看明白了，让我再考虑考虑。"

叶西和林乐洋已经被他这番说辞惊呆了，这会儿还愣在椅子上回不过神来。他们的经纪人齐齐看向黄美轩，然后伸出一个大拇指：论起自卖自夸，古今中外还得看肖二少！

黄美轩一手扶额，一手握拳，努力控制住想捶死肖嘉树的冲动。在这一刻，她忽然想起一句话——搞笑，我们是认真的。她真是脑子进水了才会带肖嘉树来面试《虫族大战》！

就这会儿工夫，季冕又收到好几封自荐信，正打开来一一阅读。

叶西和林乐洋屏息以待，肖嘉树表面端着高冷范，内心已经嗷嗷叫起来。他真的很喜欢《虫族大战》这部电影，更渴望成为它的一分子。要不是怕毁人设，他真想从办公桌底下钻过去，抱住季哥的大长腿使劲摇晃，求季哥给他一次机会。

季哥，冕哥，季冕哥哥，我一定会付出最大的努力去演好这个角色，你看看我真诚的眼神！肖嘉树正想偏偏脑袋，眨眨眼睛，卖个小萌，想起机器人的设定又及时打住了，俊美的脸庞绷得更紧。

季冕咳了咳，忍笑道："对于冠冕和冠世的艺人，我当然会优先考虑，但别的公司若是有合适的人选，我也得看一看。第三部是《虫族大战》的终曲，我必须慎重考虑。你们先回去吧，过几天我会通知你们。"

"好的季总。"叶西和林乐洋立即站起来告辞。

28 面试

肖嘉树磨磨蹭蹭走到门边,想说些什么又不敢开口,表情有些哀怨。他虽然不是季哥的亲儿子,但他签在冠世,也算是干儿子吧,机会应该比别人大吧?要不要请季哥私下里吃几顿饭呢?还是算了,季哥对待工作非常认真严谨,如果自己没达到要求,请他吃再多饭也是白搭,反而会败光好感。

想到这里他只得推门出去,满脑子都是第三部的剧情。

黄美轩没好气地瞪他一眼,沉声道:"走,跟我去二十一楼看看。"

"去二十一楼干吗?我待会儿还要上演技课。"

"去应聘《欢乐喜剧人》的参演嘉宾,你要是选上了,妥妥的年度总冠军!"

"美轩姐,你是认真的还是在开玩笑?《欢乐喜剧人》跟《虫族大战》存在档期上的冲突吗……"

两人的说话声渐去渐远,季冕这才扶着额头低笑起来。

恰在此时,方坤拿着厚厚一沓相册走进来,自顾道:"这是符合条件的男艺人,季哥你先挑一挑,我再通知他们来面试,没有剧本不好安排试镜,但好歹得见个面聊一聊。"

相册里全是年轻男艺人的照片,容貌和身材都很出色,演技也在线。季冕一页一页翻看,脑子里却不由自主地浮现肖嘉树的脸,肖嘉树确实非常适合这部电影……

他合上相册,继而摇头失笑。

方坤惊讶道:"一个都没看上,不会吧?"

他叹了一口气,无奈道:"近期肯定会有很多人找我,你帮我挡一下,我得好好想想。"

"你该不会已经有人选了吧?"

"算是吧。"

回到休息室后,肖嘉树越想越觉得自己还不够努力,当即便给黄子晋请了一个假,然后去总裁办公室找修长郁。

"修叔,您最近干吗去了,怎么总是找不见您?"他寒暄两句。

"我目前在接受培训,想转型。"修长郁笑眯眯地问道,"你是为了《虫族大战》来的吧?"

肖嘉树脸颊微红,摆手道:"修叔,您千万别去找季哥说情,我就是想跟您借一个摄影棚拍几组照片而已。我感觉我准备得不够充分,面试效果不太理想,还得再努力一把。"

"借摄影棚?没问题,我打个电话。"修长郁给冠世的御用摄影师和御用造型师分别打了一个电话,末了摆手道,"行了,他们都在一号摄影棚等你,你去吧。"

"谢谢修叔!"肖嘉树喜滋滋地道谢,临走时好奇问道,"对了,您转什么型啊?您又不是艺人。"

"我想转型当经纪人,年纪大了,得干点具有挑战性的工作。"修长郁不自在地咳了咳。

肖嘉树挥舞拳头给修叔加油,然后没心没肺地走了。来到一号摄影棚时,黄美轩正斜倚在门边等他,拍摄团队也准备就绪。几名造型师围过来,殷切询问:"二少,您要穿什么样的衣服,化什么样的妆容?这边有样品,您先挑一挑?"

"军装,而且要未来感比较强的,妆容要干净完美。"

肖嘉树一边走一边比画,摄影师根据他的要求迅速把服装找出来。海陆空三套军装,蓝的纯净,绿的庄重,白的空灵,无论什么颜色他都能轻松驾驭,宽皮带勒出小细腰,黑军靴衬出大长腿,再把本就浓墨重彩的眉眼好好描画一下,简直能勾魂。

摄影师越拍越嗨,一个劲儿地让肖二少笑一笑,但肖二少偏就不笑,一张脸硬得像大理石一样,却又在聚光灯的照耀下散发出夺目的光芒。他的肢体动作也很僵硬,站就站得笔直,坐就坐得端正,分明盯着镜头,眼睛里却没有一丝热度,下颌微扬、神情傲慢,令人不敢直视。

"太棒了!这几组照片要是放到网上,你的粉丝会为你疯狂。我根本不用为你修图,你的皮肤和五官都很完美,去一下毛刺就可以直接拿来用了。"摄影师意犹未尽地翻看底片。

"相册什么时候能做好?"肖嘉树挺着急的。

"后天。"

"那么久?!那你先把底片发给我吧,我加你微信。"肖嘉树拿出手机。

摄影师二话不说就加了他,然后把照片一一发过去。肖嘉树回到家后自己用电脑处理了一下,完了一股脑传给季冕。

与此同时,季冕正躺在家里看书,临到睡前才拿起手机翻了翻,微信和QQ

28　面试

收到很多未读信息，应该都是为角色而来，每个人至少发了十几条，可见心情多么急迫，就连肖嘉树也发了三十六条，这可少见了。

季冕眉梢微挑，越过众人直接点了肖嘉树的头像，随即愣住。

只见屏幕上出现一张英俊高冷的脸：漆黑瞳仁镶嵌着两圈银白光晕，直勾勾地望过来，里面没有温度，没有感情，像两个黑洞，能把观者的魂魄摄进去；白皙的皮肤似乎抹了一层银粉，又似乎浸润了一些露珠，既光滑紧致，又濡湿润泽；微薄的唇抿得很直，唇珠却十分饱满。

照片里的男子俊美如神祇，也冰冷如神祇，一袭军装更加重了他的距离感，叫人情不自禁地想要靠近，却又害怕亵渎他的完美。

季冕一张一张往下翻，每一张都会凝视好几分钟，翻到最后才看见肖嘉树的留言："季哥，请再给我一次面试的机会，我一定会付出最大的努力去演好他。"

没有过多的谄媚与讨好，也没有口若悬河地阐述自己的理念，只这一句恳切的请求。

季冕把三十几张照片翻回去再看一遍，过几分钟后又看一遍，然后无奈地捂住眼睛。

29 录取

肖嘉树始终认为一个人想要什么就必须努力去争取,结果重要,过程更重要。为了获得机器人首领这个角色,他决定每天都去季哥跟前转一转,让季哥不能忽视自己的存在。

为了更贴合人物形象,他还刻意改变了发型和穿着,以往怎么舒服怎么穿,现在却必须得穿有型有款的正装,本是自然垂落的发丝用啫喱膏全部梳到脑后,露出光洁的额头和深邃立体的五官,睡前敷一片面膜,保持肌肤的弹性和水分。

看见焕然一新的儿子,薛淼都有些不敢认了,一边帮他盛粥一边试探:"怎么,我家小树苗谈恋爱了?"

"没有,想接一个新角色,在做前期准备。"肖嘉树抚了抚一丝不乱的鬓角,解释道,"就是《虫族大战》第三部里的一个角色,曾经是地球上最强大的智能机器人,外形非常完美。我还没拿到剧本,所以先尽量靠近人物形象,争取给季哥留一个好印象。"

薛淼顿时笑起来,追忆道:"就该这样做。当年我想演《豪侠》里的男一号,苏姐说难,让我别做梦了,我不服输,直接穿着一套男装去试镜。恰好郭导安排的试镜片段没有台词,我的演技把所有男演员都斩下,他当场就定了我,后来我一开口说话他才反应过来,但到底没把我刷下去。人不能没有想法,有了想法不能不努力,想要什么就去争,就去拼,哪怕输了也算对得起自己。"

"嗯,我会努力的。"肖嘉树躲开老妈伸来的手,嘟囔道,"别弄乱我的发型,早上弄了半小时呢。"

"行行行,我不摸了,预祝你接到新戏。"薛淼看着埋头喝粥的儿子,心里涌上无尽骄傲。

肖嘉树提前半小时来到公司,却不上楼,而是跟前台的小姐姐坐在一块儿聊天，等到季冕也来了才装作偶遇的样子朝电梯走去。

"季哥早啊。"他矜持地打了一声招呼，笑容很浅淡，造型很酷帅，与以往的休闲风大相径庭。

"早。"季冕略一颔首。

两人跨入电梯，肖嘉树站在季冕身后，也不按楼层，反正季哥上哪儿他就上哪儿。他不敢说太多毛遂自荐的话惹季哥心烦，但他可以天天在季哥眼皮子底下转悠，叫季哥一想起那个角色，首先想到的人就是自己。

嗯，小树苗你很机智啊！他在心里默默给自己点了一个赞，却没发现季冕通过镜面电梯门看了他一眼，表情似笑非笑。

电梯缓缓攀升，肖嘉树一会儿看看季哥的后脑勺，一会儿看看镜子里的自己，总觉得心里憋着一股劲儿没处使。但他又不敢随意搭话，只能在心里呼唤：季哥看我，看我，快看我！

季冕忽然回头看了他一眼，目光在他脸上停留几秒，然后挑了挑眉梢。

肖嘉树被看得莫名其妙，又暗暗窃喜季哥发现了自己的新造型，不由得也挑起了眉梢。嗯，机器人就该这样高冷、邪魅，而且不说废话。

季冕抿了抿唇，这才转过头去。

电梯继续上行，肖嘉树又憋不住了，在心里呼唤：季哥选我，选我，一定要选我啊！

季冕垂头咳了咳，紧接着退后几步与他并肩站立。就在此时，二十六楼到了，季冕率先走出去，一路上不断有员工跟他打招呼。肖嘉树像个小尾巴一般跟在他身后，一面颔首回应众人，一面在心里呐喊：季哥，给我一次机会吧！季哥，选我你一定不会后悔哦！季哥……

他心里正嗷嗷叫得欢，季冕忽然回过头来看着他道："肖嘉树，你一直跟着我干吗？今天不用去上课？"

"季哥，我昨天发给你的照片你看见了吗？"肖嘉树下意识地挺直腰背，分明心里极度渴盼，表情却很高冷。

"看了。"季冕忽然很想逗他，只说两个字，看能不能把他憋死。

肖嘉树果然憋得慌，却又碍于人设不敢死缠烂打，强撑起精神说道："哦，那我先去上课了。"他刚走出去没多远又忍不住回过头来，真诚地道："季哥，希望你能好好考虑一下我。"

29 录取

"我会的。"季冕摆手。

肖嘉树只能磨磨蹭蹭地走了,一边走一边在心底咬手绢,还发出断断续续的呜咽。季哥好残忍,就不能多说几个字吗?我到底符不符合你的要求你倒是告诉我啊,有哪些地方不好你指出来,我一定改……对了,你是不是嫌弃我腰上有肉?那不是胖,是疏于运动所以肉松,真的……

他越想越沮丧,挺直的腰背都佝偻了下去。季冕站在走廊尽头目送他,等他消失在转角才进入办公室,然后以手掩面,无声大笑。

肖嘉树无精打采地来到自己的专属休息室,就见黄美轩捧着一本相册在看。"来啦?"她扬了扬相册,"摄影师加班一晚上帮你把相册做出来了,你想用它干吗?"

"当然是送给季哥啊。"肖嘉树大喜过望,接过相册看了看,点头道,"拍得真好,就是要这种未来感。你赶紧给季哥送去。"

黄美轩扶额呻吟:"我说小树,你是不是太急切了?季冕可不是好说话的人,咱们先看看形势再说。"

"不是你告诉我让我努力去争取吗?我最喜欢的科幻片就是《虫族大战》,如果能成为它的一分子,是我一辈子的荣耀。"

"不是,我就怕你用力过猛,弄得季冕反感。"

"不会用力过猛的,我就给季哥送一本相册,保证不对他死缠烂打。他选我是我的荣幸,不选我是我做得不够好,我以后再改进,但我必须努力争取一把,不能等着天上掉馅饼。"肖嘉树眼巴巴地看着黄美轩,黄美轩无奈,只得跑下楼给他送相册。

方坤抱着厚厚一沓相册走进办公室,道:"季哥,快来,今天又送来几十本。"

季冕手机关了静音,但屏幕时不时便亮一下,都是找他要角色的。他拿起顶上的一本相册,越看眉头皱得越紧。

"这都是些什么?你事先没挑过?"他把相册甩到桌面上,脸色有点发青。方坤瞟了一眼,随即喷笑起来。送来相册的男艺人竟拍了几张半裸照,这是要色诱吗?

"腹肌练得不错。"他伸长脖子看了看,并由衷赞叹。

好巧不巧,黄美轩就在这时候敲门进来,手里也捧着一本相册。"季哥。"

她虽然比季冕年长几岁，按照资历却得恭恭敬敬叫一声哥，"这是小树的相册，你拿去参考参考。他的外形应该很适合你们甄选的那个角色。"

"放下吧，我有时间会看。"

黄美轩放下相册后告辞离开，并未说多余的话。方坤嬉笑道："该不会也是半裸照吧，让我来看看。"他刚伸出手，相册就被季冕捞了过去。他翻开第一页便愣住了，眸色明明灭灭，似乎很受震撼。

方坤走到他身后，不以为然的表情瞬间被惊艳取代。

这是一张全身照，穿着纯白军装的肖嘉树矗立在无尽宇宙之中，满天星辰被他踩在脚下，而他站得笔直，修长的双手紧紧握住一柄军刀，垂直竖在面前，锋利的刀刃将他的脸庞一分为二，却更凸显了他的完美。

方坤下意识地屏住呼吸，而季冕始终盯着这张照片，许久未曾翻页。过了大约两分钟，他叹息道："再有人送相册过来你直接给我拒了。"

"季哥你选定了？不用再看看？"方坤迟疑道。

"不用看了，就他吧。"

肖嘉树忐忑不安地等了一上午，每隔几分钟就掏出手机看一看，生怕错过季哥的来电。但手机始终没动静，他无奈，只能垂头丧气地去楼下吃饭，刚跨入电梯就见季哥正微笑着看着自己，手里拿着一份文件："先看一下，有不满意的地方我们再谈，必要的话可以把你的律师也约出来。"

"什么？"肖嘉树并未意识到自己的声音在颤抖。他接过文件，然后惊呆了，只见排头写着一行粗体字——电影《虫族大战Ⅲ重返地球》演员聘用合同。

真的假的？他捂着脑门，忽然有些眩晕。

"季哥，我被录取了？"他完全忘了保持高冷的人设，转过头用湿漉漉的眼睛看着季冕。

季冕颔首道："录取了。希望我们合作愉快。"

"愉快、愉快，太愉快了！"肖嘉树捧着合同傻乐了一会儿，兴奋地道，"谢谢季哥，我一定会努力的！"

他满心都是喜悦，而这份喜悦也像潮水一般将季冕淹没了。季冕垂头看着肖嘉树因为兴奋而显得璀璨无比的双眸，自己也忍不住笑起来。

就在这时，电梯门缓缓打开，林乐洋和陈鹏新站在外面看着他们，表情都很僵硬。

"季哥……"林乐洋愣了几秒才走进来，然后按下关门键。他透过镜面电梯门观察着肖嘉树，却发现对方正喜滋滋地捧着一份文件翻来覆去地看，那上面印着一行显眼的粗体字——电影《虫族大战Ⅲ重返地球》演员聘用合同。

肖嘉树被选上了？林乐洋的心情瞬间糟透，强撑起一抹笑容问道："季哥，角色已经确定了吗？"

"是的，你专心拍《逐爱者》吧。"季冕语气很淡。

"好，我近期去了精神病院探访人格分裂者，感觉这个角色还是很有深度和难度的……"林乐洋试图与季冕多交流一会儿，但负一楼到了，他们不得不在停车场分道扬镳。

季冕把一直傻乐的肖嘉树拉上车，其间一句多余的话都没有。

陈鹏新压低嗓音问道："可惜了，如果你和季总没闹僵，这个角色铁定是你的。拍完之后你可以顺利打入好莱坞，镀几年金回来就是国际巨星，肖嘉树哪里能跟你比肩？"

林乐洋沉默不语，内心却比任何人都焦灼。

远离冠世大厦后，季冕才看向还沉浸在喜悦中的肖嘉树："我请你吃饭，顺便聊聊合约？"

"好啊。"肖嘉树忙不迭地点头。

"你想吃什么？"季冕向左打方向盘。

"我什么都爱吃，季哥你看着办吧。"肖嘉树小心翼翼地捧着合约，生怕把它弄皱了。

季冕飞快地看他一眼，沉声道："去吃西餐？"

肖嘉树想起红酒牛排的醇香，口水立刻冒了出来："好啊，我们就吃西餐。"

季冕继续往前开了一段路程，忽然改口道："要不去吃海鲜？"

醉蟹、金腿瑶柱烩海参、极品佛跳墙、黑松露扣星斑……一道道海鲜名菜浮现在肖嘉树的脑海，令他垂涎三尺。他想也不想便点头道："好啊，咱们就吃海鲜，不过季哥你可不能再吃虾了，对身体不好。"

季冕飞快看他一眼，又改口道："不吃虾还吃什么海鲜？要不去吃川菜？"

川菜也不错，得点几个兔头吃，还有麻辣脑花。肖嘉树舔了舔唇瓣，积极响应："好，去吃川菜。我知道有一家馆子味道很正宗，在人民南路，我给你开导航。"

季冕转动方向盘朝人民南路驶去，却每隔几分钟便忍不住看肖嘉树一眼。他能感觉得到，肖嘉树是真的很爱吃，并没有刻意讨好或迁就他的意思。他想说什么就说什么，想做什么就做什么，喜欢便会大声附和，不喜欢便会默默走开，不会让任何人有不必要的误会。与他相处是真的轻松。

刚才的那句"合作愉快"应该不只是期许，而是可以预见的未来。想到这里，季冕不由庆幸自己选择了肖嘉树。

黄美轩花了三天时间搞定签约事宜，又在网上发了通稿，这才告诉肖嘉树他该减肥了。

"我要减肥？不能吧！我这可是标准身材。"肖嘉树在镜子前面转圈。

"季总是这么说的，他让你立马去健身房，他在那里等你。"黄美轩话音未落就见肖嘉树火烧屁股一般跑了出去。

健身房设置在十二楼，面积很大，器材很多，还专门聘请了几个私人教练。肖嘉树赶到时季冕正在做俯卧撑，一名私教蹲在一旁帮他计数，几个练习生站在不远的地方观望，眼里发出崇拜的光芒。

季哥的身材真棒，手臂上的肌肉很发达，却一点也不夸张，皮肤被汗水打湿后亮晶晶的，头发也打湿了，一缕一缕地黏在脸侧，有种凌乱又野性的感觉，真有男人味，甩那些花美男几百条街，难怪《女人装》把他评为亚洲女性心中最性感的男人。他那么忙居然还每天抽空健身！

他一边走一边胡思乱想，却见季冕双臂一颤，竟趴在地上起不来了。

"肖嘉树你知道吗？"季冕翻过身来看向罪魁祸首，咬牙道，"我差一点就能破纪录了！"

季冕看着他无辜的眼睛，顿时泄气了。

"去体测室，"他把人带进一个小隔间，徐徐道，"脱了鞋袜站到电子秤上去，我先看看你的数据。你这次扮演的角色是一个机器人，他的外表经过工程师几百次的修整，是美与力的完美结合。你光容貌过关还不够，得把身材也练出来。我事先给你打个预防针，你很有可能要拍裸戏。"

肖嘉树脱鞋的动作微微一顿，惊讶道："裸戏？跟女人？"

季冕无奈扶额："你扮演的角色在出场时是浸泡在保养液里的，肯定得全裸。放心，只这一个镜头而已，后面都有穿衣服，没问题吧？"

"没问题，我是男人我怕啥。"肖嘉树为了演戏没什么不敢的。当然，片方肯定不会大喇喇地把全裸镜头放出来，要么从背后拍摄要么找个角度遮一下，他根本不用担心。

季冕见他真的不介意，这才去看体测数据："体重超标两斤，得减肥。"

"什么，我这么瘦还超标了？"肖嘉树感到很惊讶，他一直以为自己只是肉松，不是胖。"

"你很瘦？"季冕撩起他的衣摆，指着他腰间的软肉，冷笑道，"这是什么？"

肖嘉树羞愧地低下头，小声道："游泳圈。"

"多出来的两斤肉估计全长这儿了。下个月初我们就得飞往美国，你只有二十天时间。二十天内你不仅要把多余的肉减掉，还得把肌肉练出来，能做到吗？"

"能做到。"肖嘉树连忙点头。

"做不到呢？"

"做不到我就自动解约。"

"这么硬气？"

"绝对硬气。季哥你要是不相信，我给你录音存证。"肖嘉树连忙掏出手机录了一段音频，然后把证据发到季冕的微信里。

季冕打开听了听，这才放行："行了，把表格填好去热身，慢跑十分钟。"

肖嘉树接过表格仔细填写，末了登上跑步机。为了尽快拿到毕业证书，他每天都泡在图书馆里，根本没时间锻炼。别说跑十分钟，估计五分钟就得趴下，但季哥就在旁边看着，他不得不咬牙坚持。

他很不愿意在季哥面前丢脸，十分钟后他已是汗流浃背，嘴唇发白，下了跑步机脚都开始打晃。

季冕连忙安慰："没事的，你太久没跑步了，肯定会晕，喝口水坐一会儿就好。"

"季哥，你没告诉我跑步还能跑出晕车的感觉啊……"

自从接了机器人这个角色，肖嘉树便不再去上演技课，而是把所有时间都耗在了健身房里。他汗流浃背地躺在地上，头一歪就见季哥也来了，正与私教说话，说完后徐徐走过来，询问道："感觉怎么样？"

"超累。"肖嘉树气喘吁吁地摆手。

"每天分两次练，早上、晚上各一次，每次一个半小时，这样比较不累，而且不会对肌肉造成劳损。你需要充足的时间锻炼，但也需要充足的时间休息，管住自己的嘴，不要吃热量太高的食物。我给你买的蛋白粉有喝吗？运动过后补充一杯蛋白粉能快速增加你的肌肉含量。"季冕脱掉外套，露出健硕的身材。他也有健身的习惯，而且每天必须练够两小时。

"我每天都喝。"肖嘉树眼巴巴地看着他紧实流畅的肌肉，"季哥，你练成这样花了多长时间？"

"不记得了。我很早就开始健身，坚持了十几年。"季冕把铃片装到横杠上。

肖嘉树默默算了算铃片的重量，不由咋舌。哇，季哥竟然能推两百斤！那他岂不是轻轻松松就能把我举起来？谁能想到季哥外表是个儒雅君子，内里是个肌肉猛男啊！

季冕瞥了他一眼，摆手道："躺一边儿去，小心砸到你。"

肖嘉树艰难地挪开一段距离，然后继续躺在地上装死。他先前躺过的地方留下一片人形汗迹，看上去有些搞笑。季冕一边热身一边赞许道："不错，今天很努力，待会儿记得喝蛋白粉。"

"知道啦。"肖嘉树拿出手机刷微博，觉得双手举着累，又换成了侧躺的姿势。他发现一条博文受到很多影迷的热捧，不由得点开看了看。是《使徒》的影评？那得好好读读。

几分钟后，他发现自己想错了，这篇博文并不是影评，而是衍生文，笔者以自己的想法改编了《使徒》的故事情节，并答应粉丝们一定会给凌氏兄弟一个大圆满结局。按她的原话来说，她是凭着一腔怨念开的这篇文，目的是给凌涛和凌峰带去幸福。

好暖！肖嘉树满心感动，不知不觉就看了下去，完全没有注意到季冕在频频扶额，似乎很头疼。

"肖嘉树你过来。"他放下杠铃擦汗。

"季哥你有事？"肖嘉树立马忘了看文，屁颠屁颠地跑过去。

"坐下。"季冕坐在凳子上，肖嘉树便顺势坐在他腿边。

季冕拿过他的手机，给他拍了一张大头照，直接选择发送："刷微博评论去吧，告诉你的粉丝为了演好新角色，你在努力减肥。最近多发点动态，多提一提《使徒》和《虫族大战》，电影放映或筹拍期间你有责任为它们做宣传。"

肖嘉树连连点头表示受教，然后埋头刷评论，什么表情管理、以毒攻毒，完全被他忘到了脑后。

终于得到安宁的季冕继续锻炼背部肌群。

肖嘉树根本没有当明星的自觉，其他偶像一天要发十几张自拍，他十几天才发一张，而且还都是剧照或定妆照，完全没有新意。已经饿得嗷嗷叫的小种子们立马蜂拥而来，看见照片后全体陷入狂欢。

不知道是不是我想多了，这张照片令我感觉很微妙！

只见肖嘉树抬着头，他的发丝和皮肤都被汗水打湿，透出一点润泽的光芒，脸颊绯红一片，眼中蒙着水雾，显得无辜又茫然，嘴唇微微开启，似乎想要说什么。本就十足惊艳的容貌，此时此刻更散发出强烈的诱惑力。

妈妈问我为什么流着鼻血刷微博。
放开那个男的，让我来！
舔完屏幕抹鼻血，我快不行了，谁帮我打120，我需要大量输血！小树苗为什么脸上全是汗水，刚才做什么去了？

不正经的评论一条接一条，弄得肖嘉树措手不及。他一再解释道："我是在健身，所以脸红流汗，真的！"

"信你信你！"小种子们随便敷衍几句，回过头该舔屏的舔屏，该流鼻血的流鼻血。

眼看着整个评论区都失去了控制，肖嘉树简直欲哭无泪。他极想删掉照片，但似乎已经晚了，很多粉丝表示他们已经截屏。

什么鬼啊？肖嘉树捂脸，不好意思把这件事告诉季哥！

都说物似主人形，这话果然没错，什么样的偶像就会吸引什么样的粉丝，所以肖嘉树有毒，他的粉丝也有毒。

季冕打开手机看了看那张照片，拍的时候完全没感觉，但看了评论再回头欣赏，不由拧紧了眉头。

季冕沉声道："把照片删了吧。"

"删掉会不会更奇怪？"肖嘉树走到季冕身边蹲下，指着自己脸蛋说道，"季哥你再给我拍一张同样的照片，但这次越丑越好。"

季冕哑然片刻，随即低笑起来："行，你再蹲低点。"

肖嘉树在地上坐下，扬起鬼脸，让季冕又拍了一张大头照。

肖嘉树连忙把奇丑无比的鬼脸照发送出去，配文道："再给你们一个福利。"

"啊，我的眼睛！"粉丝发出惨绝人寰的哀号。

"之前那么美，现在这么丑，小树苗你一定是故意整我们吧？"

"我就知道你帅不过三秒。又一个表情包出来了，同志们赶紧收藏啊！"

小种子们哭笑不得，却又不得不吃下这个福利。粉了一个画风总是在突变的偶像，他们很累的好不好。

看见评论区终于恢复正常，肖嘉树缓缓吐出一口气，末了往后一靠，竟赖在地上不起来了。季冕一把将他提起来，道："不练了，去休息室吃你带来的健康餐。"

"好，我先拿去热一热，再泡两杯蛋白粉。"然后他没心没肺地跑了。

季冕在原地坐了一会儿，抹了把脸，这才拿出手机打电话："莱纳，剧本修改好了没有？改好了马上给我发过来，我有急用。"那边叽里呱啦说了一大通，随即把完整版的剧本发送到季冕的邮箱里，季冕马上转给了肖嘉树。是得给这小子找点事干了。

邮件刚发送成功，休息室里就传来一道惊喜万分的声音："季哥，我收到剧本了！哈哈哈，我终于能看剧本了！"

就这熊样还演机器人？自己当初到底是怎么想的？季冕默默捂脸，背影充满了无奈。

30 计划

终于盼来剧本,肖嘉树哪里还有心思想别的。他立即下载到手机里,边吃边看,十分忘我,好几次都把青豆喂进鼻孔。

季冕夺过手机:"别看了,先吃饭。"

"好。"肖嘉树乖巧应诺,随即举起碗,张大嘴,直接把食物倒进嘴里,前后不过三分钟,午餐搞定。

季冕看得眼角直抽,忽然就想起小时候母亲威胁自己的一句话:"乖乖吃饭,不然我在你头顶打个洞直接灌进去。"他当时完全无法想象那样的场景,但现在看了肖嘉树便明白了,原来食物真的可以直接灌下去,不用嚼的。

"季哥我吃完了,你慢慢吃。"肖嘉树很有礼貌地叮嘱一句,便迫不及待地拿起手机看剧本。他一会儿拧眉,一会儿浅笑,一会儿悲痛,表情随着时间的推移不断变换。

"季哥,我下午不来健身房了可不可以?我想先把剧本看完。"半小时后,肖嘉树意犹未尽地开口。

"可以。你好好揣摩一下这个角色,有问题随时可以来找我。"季冕略一颔首。

肖嘉树立刻站起来收拾东西,匆匆离开公司。拿到剧本之后,他整个人都变得严肃起来,纷飞的思绪瞬间沉静,脑海中只有剧情、人物和表演。从这方面来看,他的确很专业。

他熬了一个通宵看完剧本,用各种颜色的水笔写下感悟,又整理成册,这才回到公司。当他走进办公室时,季冕愣了愣:"你眼睛怎么了?结膜炎?"

"不是,昨晚没睡,所以有点红。"肖嘉树在他对面坐下,打开剧本,认真道,"季哥,我想跟你聊一聊这个角色可以吗?你帮我看看我的思路正不正确。"

"当然可以。"季冕盯着写满心得体会的剧本看了一会儿,满心疑虑打消一半，但还有另一半始终难平，直言道，"老实说，我原本并不看好你，你知道为什么吗？"

"为什么？"肖嘉树并未觉得自尊受损，而是竖起了耳朵。

"因为你感情太过丰富，我担心你驾驭不了这个角色。你要知道，你将扮演的是一个毫无感情的机器人，你得把他的冰冷演绎出来，让观众意识到他没有灵魂，没有生命，而你太鲜活了。"

鲜活是肖嘉树最大的优点，但对于这部影片则是他最大的缺点。

"季哥，我得反驳你一句，这个角色在前期或许只是一台机器，但结局的时候他有了灵魂和生命，虽然只是刹那。"肖嘉树翻开笔记本，"我承认感情丰富会阻碍我的表演，所以我制订了一个控制感情的计划，季哥你帮我看看。"

"感情还能控制？"季冕挑高一边眉梢。

"想要做一个好演员，控制感情是必修课。"此刻的肖嘉树完全展现出了一个专业演员的素养，指着一张计划表说道，"机器人靠什么运作？靠程序。程序的本质是什么？是指令。程序员编写一条条指令，而机器人则根据这些指令去行动，所以我会每天为自己编写程序，譬如什么时候吃饭、什么时候睡觉、今天要干些什么事、达成什么目标。接下来的每一天，我将按照这些'程序'去生活，并且摒弃掉多余的语言、欲望、思想，让自己慢慢成为一台'机器'。"

肖嘉树不确定地问："季哥，你说这样可行吗？"为了演好这个角色，他愿意做任何尝试。

季冕定定地看着他，眸色复杂难辨，许久之后叹息道："你先试试看吧，但我得警告你，你这样做非常危险，很有可能会患上强迫症。"

"没关系，我自己会调节的。"如果真的有患病的倾向，他可以找心理医生进行咨询，世界上没有任何事比拍电影更重要。

季冕眉头紧皱，再次告诫道："我非常反对体验派的表演方式，因为那会让一个演员失去自我。肖嘉树，你就有这种倾向，我很担心。"

肖嘉树合上笔记本："季哥，我想做演员，而不仅仅是明星。接下一个角色，我必定会全力以赴。"

看着他无比坚定的眼神，季冕不得不妥协。毫无疑问，这是他最终选定肖嘉树的原因，他从不怀疑肖嘉树可以为了演好一个角色拼尽全力。

"好吧，那就按你的计划来，我会盯着你。"季冕语气严肃。

"谢谢季哥。"肖嘉树松了一口气。

"还有一个问题,如果你前期入戏太深,中后期的转折点你怎么演?这个角色从无情到有情需要一个过度,你能把握好吗?"季冕指着其中一段剧情问道。

"他之所以觉醒是因为听了智者的一段独白,受到了震撼。我能不能把这个转折点演好还得看季哥你的表现。"肖嘉树认真道,"季哥,如果你发挥出色,我便能百分百入戏;如果你不行,我虽然也会努力去表现,但效果可能会打折扣。一部电影是所有创作人员的心血凝结成的,而非某一个演员的独角戏。季哥,每一段对手戏的背后有你的贡献,也有我的,谁的演技盖过了谁,拍出来的效果都不会好看。好的演技是平分秋色,好的搭档是势均力敌,你说对吗?"

季冕哑然许久,最终点头道:"你说得对。行了,今天就讨论到这里,回去睡觉吧。"

"好的,季哥。"肖嘉树站起来九十度鞠躬,直起腰后一步一步走出去,步幅完全相等,手臂的摆动也似乎经过精密地测量。从此刻起,他已进入"程序"。

季冕以手扶额,深深叹息。

推门进来的方坤担忧道:"叹什么气?遇见难事了?"

"后辈太优秀,我忽然感到压力很大。"

方坤:"……"

说这话的时候你能不能把脸上的笑容收一收,完全看不出你有压力好吗!

肖嘉树为自己制订了非常详细的计划表,每天要干些什么事全都写下来,并严格规定了时间。第二天,他在早晨九点整跨进健身房,不多一分,不少一秒,然后找私人教练进行交涉。

两人正说着话,季冕来了:"怎么还不锻炼?今天有按照'程序'来吗?"

肖嘉树努力控制住想要上扬的嘴角,淡淡道:"季哥早,我们正在制定程序。"

说起这个,私教真是有苦难言,当即抱怨道:"季总,您也知道我们为你们制订的训练计划都是根据你们自身情况来的,每天都会适当做出调整。肖先生让我把接下来三天的训练计划给他,甚至详细到每一个动作的次数,这真的不太科学。万一我强度弄得太大,他身体负荷不了怎么办?我连他的身体素质还没摸透,真的不敢随便给他做计划。"

季冕沉吟道:"先从运动量最小的动作开始练吧。练三天你心里也有数后,可以再做调整。"

"这样的话我怕运动量又太小,达不到你要的效果。一个月内增肌五斤本来就不容易,更何况还要先减脂。"

"那就弄一个中等偏下强度的吧,把训练计划给他。"季冕拍板。

两人说话时,肖嘉树全程没有表情,也不插嘴,心里更是平静无波。季冕眉头皱了皱,似乎有些不习惯,随即指着他手里的小本本问道:"这是你制定的程序?我看看?"

"好的,季哥。"肖嘉树把笔记本递过去,察觉到自己的思绪有些波动,连忙在心里默念《大悲咒》——大慈悲心是,平等心是,无为心是……

季冕:"……"

季冕认真翻阅笔记,惊讶道:"弄得这么详细?早上六点半起床,六点三十五分刷牙洗脸,七点吃早餐,餐后喝一杯牛奶,八点晨跑……你都严格按照这些程序来?"

"是的季哥。"肖嘉树点点头,再不说一句多余的话。

看着他没有表情的脸,季冕深感无奈,末了继续往后翻,只见最后一页写着这样一行字:

九点半泡澡,泡澡时练习闭气五分钟;十点念经,十点半睡觉。
禁止刷微博,禁止有事没事玩手机,禁止打游戏,禁止胡思乱想。

泡澡的时候练习闭气,泡完澡还念经,肖嘉树这是准备出家当和尚吗?季冕又好气又好笑,还有种深深的震撼感。为了演好这个角色,肖嘉树果然准备全力以赴。圈内任何一个名气比他更大的年轻艺人恐怕都做不到这种程度。与他合作真的不需要操太多心,不怕他演不好,只怕他演得太好、入戏太深,反而把自己整废了。

季冕抹了把脸,无奈叮嘱:"悠着点,别把自己逼太紧!"

"好的,季哥。"肖嘉树绝不肯多说一个字,尽量用最简洁的语言表达自己的诉求。机器人不都是这样吗?

季冕原本还想问他为什么要练习闭气,见他板着一张脸,显得极其冷漠的样子,又没了追问的欲望。

另一头，私人教练也把训练计划弄出来了，肖嘉树接过看了看，二话不说便脱掉外套开始训练。

见他没有磨磨蹭蹭，也没有赖在自己身边插科打诨，更没有一边训练一边在心里各种加戏，季冕竟感觉浑身不自在。他站在原地看了肖嘉树好一会儿，这才默默走开。

二十天时间眨眼就过，肖嘉树已经习惯了规律甚至刻板的生活。他渐渐离开了手机、电脑、电视等一切电子产品，也不再外出唱歌、会友、玩耍，他活得像一个苦行僧，所有的喜怒哀乐都在逐步消失，只余规律的行动。

此时此刻，他正挺直腰杆坐在候机室里，深邃的眼眸紧紧盯着时刻表。

季冕把机票递给他，道："去了那边你还要每天跟着武术指导练习打斗动作。我让你带的跌打损伤的药你带了吗？"

"带了。"肖嘉树微微点头，目光依然盯着时刻表。

"别紧张，我们的飞机是准点出发，我刚才问过了。"季冕安慰道。

肖嘉树闭上眼睛开始念《大悲咒》，如果晚点进而破坏他完美的计划表，他会死机的。

季冕万般无奈，只能一边拍打他的脊背一边让助理再去服务站问一问。千万别晚点，否则这小子非得神经错乱不可，他现在的状态非常危险。

助理很快跑回来，告诉他们飞机没晚点，还是十一点半出发。季冕略松口气，从兜里掏出一包香烟问道："要不要跟我去吸烟区？"

肖嘉树摆手："不去。"

"那我们去了。"季冕和方坤来到吸烟区。

"肖嘉树怎么回事？以前见人就笑，脾气挺好，现在整天板着脸，说话绝对不超过五个字。他这是迟来的中二期到了，准备摆摆明星架子？"方坤挺不解。

"他在做拍戏前的准备。"别人的事季冕不好多说，只能暗暗告诫自己一定要盯紧肖嘉树，不能让他被这部电影毁了。他赶紧给导演打电话："斯蒂森，是我，对，我们明天凌晨能到。不，不用来接，我有安排。我想让你把CT001的角色安排在前面拍摄，尽量集中一点。不是档期问题，是一些私人原因，你帮我看看最快能多久拍完。"

那边说了些什么，季冕拧眉道："二十六天？能不能再压缩一点？十九天，好,十九天可以,我的戏份没关系,先拍CT001,其他人要是有意见让他们直接来找我。好的,稍后见。"他挂断电话后揉了揉太阳穴,又掏出一支烟抽起来。

方坤咋舌道:"把肖嘉树的戏份全都排在前面应该会耽误你的行程吧?我记得你下个月还要去波士顿谈一笔大生意?"

"有些事可以推迟,有些事却不能拖。"季冕狠狠吸了一口烟,表情非常无奈。

飞机准点起飞,准点降落,却也耽误了肖嘉树的睡眠时间。他习惯了十点半准时睡,下飞机后脸色一直不好看,抵达酒店后也不立马躺下,熬到第二天的十点半才睡觉,整个脑袋都是涨的,似乎摇一摇就会爆炸。幸好剧组给了他们三天时间休整,否则他肯定会竖着出国,横着回国。

他也知道自己的情况很不对劲,但他无法控制,也不能去控制。他必须保持这个状态,直到电影拍完。

正式工作的第一天,他终于得到一个好消息,导演斯蒂森准备把他的戏份放在前面拍摄,并且把时间压缩到了十九天,所有演员都很愿意配合。当拍摄进度表发放到肖嘉树手上时,他很久没上扬的唇角飞快翘了翘。

季冕与他共用一个化妆间,透过镜子看见他的表情,积压了许久的担忧终于消减一点。看来他的决定是正确的。

"哈喽,二位。"一名身材惹火的白人女子走进来,绕着肖嘉树转了一圈,调笑道,"你就是CT001的扮演者吧?你叫什么名字?"

"你可以叫我肖。"肖嘉树礼貌颔首,眼眸却毫无波动。

这位女子便是《虫族大战》的女主角曼莉。她凭借天使的容貌、魔鬼的身材,几度登上全球美人榜的榜首,无数男人见了她后神魂颠倒、茶饭不思,像肖嘉树这样无动于衷的却很少。这明显不正常!

"这么冷淡。"曼莉抱怨道,"可惜了你这张雕刻般的俊脸。"

肖嘉树只是微微一愣就回过神来,然后继续看剧本。他没被激怒,也不觉得自己需要辩解些什么,他的感情波动早已经被压制在内心最深处。

季冕沉声道:"曼莉,并不是所有男人都会被你吸引,肖很正常,只是你魅力不够而已。你可以走了,我们要换衣服。"

曼莉到底不敢招惹制片人,只能悻悻离开。她前脚刚走,斯蒂森后脚便走进来说戏:"今天拍摄CT001第一次出场的戏份。首先我们得拍摄CT001浸泡在大罐子里的场景,所以肖你必须全裸,身上还要粘很多数据线。我得事先告诫你，全裸泡在水里的感觉可不好受，前后左右还有很多台摄像机在同时拍摄你的状态，可能会让你难堪，希望你克服一下。我知道你们东方人都很保守，但这是艺术，你得想明白。"

斯蒂森解释了一大堆，肖嘉树却只回复他两个词："No problem（没问题）。"

斯蒂森盯着他酷酷的俊脸，一时竟有些词穷，噎了好半天才道："OK，你把衣服脱掉，让化妆师帮你全身上妆。"话落匆忙出去了。

肖嘉树早就知道要拍裸戏，所以一点惊讶的表情都没有。他站起身，不紧不慢地脱掉衣裤，表情淡漠，神态自然，仿佛这不是公用化妆间，而是自己的卧室。

方坤和几名助理立马走出去，留下季冕和两位化妆师。

"哇哦，你的肌肉很漂亮！"化妆师的赞叹声钻入季冕耳膜，他回头看了一眼。

肖嘉树背对着他，修长的身体覆盖着一层肌肉，不夸张，却流畅至极。他明显瘦了，肩膀平直，腰肢纤细，尾椎两侧缀着两个小小的腰窝，显得非常可爱，臀部却紧窄挺翘，十分性感，再往下是两条笔直的腿，全身的皮肤像瓷器那般光滑莹润。

这个背影充满了线条感和力量感。

肖嘉树转过身来，露出排列有致的四块腹肌，助理很快拿来一条浴巾给肖嘉树盖上，两名化妆师蹲下来给肖嘉树的身体打上一层带珠光的油脂，这样能增加皮肤的光滑度，让他看上去更像一个假人。

"OK，你看上去就像从油画里走出来的一样，美得太不真实了。"一切结束后，两名化妆师大为赞叹。

"谢谢。"肖嘉树围上浴巾走出去，就见导演和摄像机已准备就绪，片场中心放着一个透明的玻璃罐，里面注满了淡蓝色的液体。

"化妆师，帮他粘上导线。各单位注意，要开拍啦！"斯蒂森大声喊道。

所有演员都围过来，想要看看这位东方人的演技。曼莉低呼道："天啊，我后悔了！刚才我就应该跟他要电话号码的！我一定要把他约出来。"

季冕站在导演身边，目光定格在了肖嘉树身上。他只围着一条短短的浴巾，露出笔直的双腿和紧实的腰腹。他走到拍摄区域，头顶的聚光灯照射下来，使他的皮肤发出珠玉一般的光泽，而他的眼睛又黑又沉，这使他看上去十足像一个没有感情的机器人。

斯蒂森拊掌道:"上帝,我就知道我可以相信你的眼光,季!肖看上去美极了,完全符合我对CT001的想象。"

季冕说道:"他的演技与他的外表一样出色。"

"是吗?这可真不得了,我们拭目以待吧!"

化妆师粘好导线,扶着肖嘉树慢慢登上巨大的水罐。

季冕催促道:"赶紧把这一幕拍完,否则水就冷了。"现在已经是秋末冬初,天气很冷,为了保护演员,水罐里注入的是温水,特效师在制作特效的时候自然会把白气处理掉。

"好的。"斯蒂森扬声喊道,"肖,深吸一口气然后下水,我们要拍摄你闭着眼睛漂浮在保养液中的场景。你们几个动作快点,尽量不要出错,否则肖会憋不住!"

"好的,导演!"几位主角纷纷答应。

肖嘉树等导演喊了"Action"便深吸一口气沉入水底,他摒弃掉一切杂念,两只手不着痕迹地拽住两根导线,使自己的身体漂浮在大水罐的正中心。

这场戏说的是探险小队被虫族追杀,逃入中古遗迹深处,并发现了残留的机器人大军和被浸泡在保养液中的CT001。由于虫族数量太多,探险小队根本无法活着出去,不得已之下,智者只能启动程序,将沉睡中的CT001唤醒。因为他知道,CT001一个就顶得上一支全副武装的军队,是他们活下来的唯一希望。

智者情不自禁地走到水罐前,徐徐道:"这是……CT001,传说中的地球毁灭者。"

几台摄像机从各个方位拍摄肖嘉树。他思想放空,身体却以完全紧绷的状态矗立在水中,甚至连脚尖都是绷直的,这使他体表的每一块肌肉都浮现出来,显得既神秘又危险。他紧闭的双眼仿佛随时会睁开,向来访者发出致命一击。

探险小队的人员一边吸气一边倒退,脸上均露出畏惧的表情。就在这时,金属门被虫兽狠狠撞了一下,并凹陷了一大块。同时传来斯蒂森兴奋的嗓音:"OK,这条过了!"

"肖,你还好吗?"斯蒂森大声问道。

浮出水面的肖嘉树淡淡开口:"我很好。"两名助理连忙拿着浴袍走过去。

"那就好。"斯蒂森低下头看回放,几名主演立即围过去检查拍摄效果。

看见肖嘉树落地，季冕叮嘱道："喝一杯热咖啡或热可可补充一下能量，你今天要在水里泡大半天。"

"谢谢季哥。"肖嘉树嘴角微微翘了翘，又很快抿直。他捧着一杯热可可走到了斯蒂森身边。

每一台摄像机拍下来的画面都呈现在显示屏上，肖嘉树的镜头自然是重中之重。

斯蒂森指着他绷直的脚尖，赞许道："没错，机器人是不会放松的，哪怕在休眠当中，他们用钢铁铸成的身体也处于随时可启动的状态。看看这绷直的脚尖，看看这完美的弧度，这正是我要的！肖，你太棒了！"

肖嘉树抿抿唇没说话。

几位外国演员正用全新的目光打量他。

季冕盯着屏幕看了一会儿，然后撇开了头。

斯蒂森："背部拍得最漂亮，季，剪辑的时候请你一定要帮我保留这美丽的背影。季，你这个眼神非常棒，痴迷中透着震撼和敬畏，太完美了。听说在你们东方，如果第一条镜头能一次通过，后面的拍摄都会很顺利，是吗？看来我们今天交了好运了。OK，大家休息一会儿，准备下一条。"

31 演绎

由于之前泡了水，肖嘉树不得不重新补妆。

季冕叼着一根烟站在门外。扮演男一号的唐纳德走过来，笑嘻嘻地说道："给我一支。"

季冕掏出烟盒递给他，两人顺势聊起天来。

"那位小可爱，"唐纳德指了指门板，道，"看起来很不错。"

"他脑子里只有拍戏，没别的。"季冕语气十分严肃。

两人正说着话，肖嘉树走出来了，上身还裸着，下身穿了一条肉色的四角裤。电影只需要一个全裸镜头就够了，后面的拍摄只会拍到上半身，他自然不必再光着，况且待会儿他还要拍几个打斗动作。

"季哥，唐纳德先生。"他表情淡淡地冲两人颔首，随即走向片场。

唐纳德盯着他感叹道："真酷。"

酷？季冕摇头暗笑。

第一个镜头拍完，斯蒂森对肖嘉树的演技已经有了信心。他原本以为季给剧组找来了一个花瓶，但现在看来并非如此。他招手唤道："肖，我来跟你说说下面这场戏：由于虫族步步紧逼，智者在看过实验室里的资料后决定启动你，但唐纳德扮演的队长不同意，于是他们产生了分歧并开始打斗。而你一直浸泡在罐子里，直到他们打斗完毕。你尽量闭气配合他们，实在憋不住了就冒出来，我们可以分镜头拍摄，后期再剪辑。但我还是得说，我希望这个剧情能一镜拍完，这样才能达到最理想的效果。因为他们在打斗的同时，我还得拍摄你的面部特写，以此渲染你的危险性和情况的紧迫性。你能明白吗？"

"明白。"肖嘉树毫不犹豫地点头。

"OK,好小伙儿,我喜欢你的工作态度。"斯蒂森拍拍他肩膀,随即大声喊道,"下一条准备,请大家各就各位。"

众演员立刻走入拍摄区域,肖嘉树深深吸了一口气,然后沉入水底,场记迅速打了板子。

季冕走到玻璃罐前静静凝望着CT001,末了打开罐外的操控箱,准备启动唤醒程序。探险队的队长唐纳德一把拽住他的手腕,沉声道:"你想干什么?"

"当然是唤醒CT001,你没看见吗?"

"可他曾经是地球毁灭者!你想害死我们吗?"

"恰恰相反,我在救你们。我刚才看过研究员留下的资料,他们已经抹除了CT001的自我意识,现在的他只是一台机器,只听从人类的号令,并不会危害我们的安全。虫族就要攻进来了,你还有别的选择吗?"

"我们可以选择杀出重围,而不是唤醒一个沾满人类鲜血的毁灭者……"

由于情况紧急,两人的台词也都念得飞快,一个坚持己见,一个死活不同意,很快就从争执发展成了打斗。几台摄像机一边拍摄两人交锋的情景,一边给浸泡在玻璃罐中的肖嘉树来了一个特写,尤其是他紧闭的双眼和沉静的面容。他仿佛会永远休眠,又仿佛下一秒就能睁开眼睛。外部的激烈打斗与他的安静祥和形成了强烈的对比,也把紧迫、诡异、危险的氛围渲染得淋漓尽致。

唐纳德将季冕狠狠按压在玻璃罐上,罐内的水流受到震荡上下起伏,也令肖嘉树的身体微微动了动,黏附在他睫毛上的一串气泡开始脱落、上浮,而摄像机将这个细微的动态拍摄下来,再衬上四处放射的幽蓝的光,竟有一种恐怖的氛围在悄然弥漫。

看见这一变化的女主角曼莉惊恐地睁大眼并快速远离玻璃罐,但不断撞门的虫族并不会给他们过多考虑的时间,金属门快要被攻破了……

从试图启动机器人到争执再到打斗,季冕和唐纳德等一众演员贡献了精湛的演技,他们的每一个表情和动作都很到位,简直是一气呵成地完成了这个镜头。斯蒂森大声喊了"Cut",然后紧张地询问:"肖,肖,你还好吗?"

肖嘉树并没有反应。

季冕脸色骤变,立刻顺着玻璃罐后的梯子往上爬,刚爬到一半肖嘉树醒了,一面吐着气泡一面浮上来。

"我很好。"他比了一个 OK 的手势。

斯蒂森大松口气:"上帝啊,你差点把我吓出心脏病来!这个镜头拍了三分多钟,你一直没有动静!"

他这么一说,众人才反应过来——肖可不像他们在空气中演戏,他是一直浸泡在水里的,而在别人表演的时候,他竟然一次都没浮出水面换过气,就那样默默地、安静地完成了表演,这可真不得了!

肖嘉树被季冕拉上水面,用力吸了一口气才解释道:"别担心,我在家里练过。"

斯蒂森哈哈笑起来:"难怪!我还以为这个镜头要分好几次才能拍完呢,毕竟正常人只能闭气几十秒而已。肖,你很了不起。"

肖嘉树摆摆手,然后看向季冕:"季哥,谢谢你。"

季冕盯着他沉声道:"所以你每天练习闭气就是为了拍摄这一幕?"

"是的。"肖嘉树用毛巾擦拭头发,淡漠的表情就像在谈论别人的事。在他看来,这并没有什么了不起,在拿到剧本的那一刻,每一个镜头该怎么演,又要做好怎样的前期准备,都已经在他的脑海里一一揣摩并演练了无数遍。

季冕许久没说话,眸色却不断变换。肖嘉树,除了拍戏你是不是都不会考虑别的?他很想这么问,却又忍住了,最终叹息道:"快把身上的水擦干净,免得感冒。"

两人走下玻璃罐,来到斯蒂森身边。显示器正在回放刚才的镜头,由于是一镜拍完,所以连贯的画面排列在一起,效果非常出彩,尤其是微小的气泡顺着肖嘉树的睫毛慢慢往上漂浮的一瞬间,他仿佛随时会醒过来,而这种一触即发的危机感连身在罐外的曼莉都有体会,并做出了十分逼真的反应。

"太棒了!大家的表现都很不错。好了,该补妆的补妆,该休息的休息,五分钟后我们接着拍下一条。"斯蒂森心情大好地拊掌。

然而大家都知道,如果没有肖嘉树的优异表现,他们的表演将被打断两次、三次、四次甚至更多,一旦良好的状态受到破坏,再要找回来就难了。此时此刻,他们真心接纳了这位新搭档,并纷纷上前与他拥抱。

肖嘉树面无表情地回应了众人的善意,然后回到化妆间补妆。对他来说,演好每一个镜头是理所当然的,没什么大不了。

季冕看着他的背影，忽然想起了他曾经说过的一句话——好的演技是平分秋色，好的搭档是势均力敌，而他正身体力行地实践着这句话。面对国际影星，他不会怯懦，更不会争强好胜，他只是本本分分地演好每一个镜头，不给任何人拖后腿。

"肖嘉树真的挺厉害的，"方坤打断了季冕的沉思，"拍摄《使徒》的时候我还以为他只是找到了感觉，未必能胜任别的角色，但我现在才发现，他在演技方面是下过苦功的。"

季冕似笑非笑地开口："我记得你当初还嫌他麻烦？"

方坤尴尬道："谁让肖嘉树长了一张矫情的脸呢？我要早知道他是这个性格，哭着喊着也得把他签下来。你看着吧，他将来一定能红过你。"

"是吗？我很期待。"季冕愉悦地勾唇。

斯蒂森决定在今天之内拍完"唤醒"这幕戏。他让肖嘉树迅速补妆，然后把他引到一面巨大的蓝色玻璃水墙后，解释道："下面的戏你就在这堵墙后拍摄，我们会用威亚将你吊起来，你假装自己还漂浮在水中，尽量保持先前那样的状态；当季打开启动装置后，威亚会慢慢把你放下，你静立两秒，然后忽然睁开眼睛，同时将手掌按压在墙面上。"

肖嘉树点点头："明白了。"

"很好。对机器人来说，水的阻力并不会减缓他的动作，但你不行，你的力量不够，所以我们得隔着这面水墙拍摄你的一举一动。"斯蒂森转身看向季冕，"季，你的戏份很简单，只要打开这个操控箱，输入声纹和虹膜就好，明白吗？"

季冕颔首答应。

"OK，摄像机准备。"

肖嘉树被两根威亚吊到半空，不禁有些瑟瑟发抖。他这才发现自己除了怕黑，怕狭窄的空间，竟然还恐高！他赶紧闭上眼睛在心里默念《大悲咒》，继而慢慢冷静下来。漂浮在水里和吊在半空的感觉完全不同，一个有依托感，一个仿佛会随时坠入深渊，好在他已经能完美地控制自己的表情，这才没被任何人看出端倪。

站在水墙另一面的季冕却飞快地皱了皱眉头。

31 演绎

不断升高的威亚终于停住了，他定了定神，随即紧绷身体，让自己处于蓄势待发的状态。季冕立刻走到操控箱前，比了一个 OK 的手势，一众演员站在他身后，举枪的举枪，拿刀的拿刀，随时准备开演。

斯蒂森一声令下，一群人迅速进入状态。

季冕根据提示一步一步操作，他录下了自己的声纹和虹膜，这样就等于拿到了 CT001 的操控权，他下达的每一条指令对方都会照做不误。最后一步操作完成，威亚开始慢慢下降，季冕连忙后退，如临大敌地盯着水罐里的人。

摄像机给季冕的表情来了一个特写，然后专注地拍摄肖嘉树。肖嘉树绷直的脚尖触及罐底，并慢慢站稳，流畅的肌肉线条越拉越紧。

镜头移回季冕，他狭长的双眸已完全睁开，眸子里布满紧张、期待和不确定。他知道自己在豪赌，赢了未必是好事，输了则会给人类带来更大的灾难。就在他惊疑不定，甚至有些后悔时，肖嘉树毫无预兆地睁开眼睛，并将右手按压在玻璃墙上。

季冕神情大骇，猛然后退，其余演员也都各自做出符合人设的反应……

"Cut！这条过了。"斯蒂森对今天的拍摄进度很满意，立刻挥手道，"不休息了，接着拍下一条。"

水罐被 CT001 一掌按破的镜头由特效工作室进行制作。所以下面一条就直接跳到 CT001 破罐而出，对探险队大开杀戒。

肖嘉树与其他演员排练了一下动作，感觉很顺利，正式开拍后也没掉链子，拎起曼莉甩到一边，又一拳将唐纳德打飞，侧身躲过几发激光弹，踹翻另外几名探险队员，最终掐着季冕的脖子，将他按压在金属墙壁上。

他身高不如季冕，强大的气场却碾压众人。摄像机给他的背影来了一个特写，他原本流畅的肌肉此时变得起伏膨胀，似乎有一种极其骇人的力量正亟待释放。他紧绷的、冰冷的脸庞慢慢靠近季冕，五指也越收越紧。

季冕快喘不过气来了，肖嘉树这是真掐，不是做假！这小子在导演喊开拍的一瞬间就已经入戏了！

"CT001，我是你的权限拥有者。"他咬紧牙关一字一句开口，布满血丝的双眸昭示着他此时此刻有多难受。他离死亡似乎只有一步之遥。

肖嘉树平静无波的眼眸微微闪了闪，然后慢慢凑近季冕，似乎在认真打量他，瞳仁深处却照不见他的身影。他只是把季冕当成了一个必须铲除的障碍物，而非一个生命体,这才是他最为可怕的地方。

季冕感受到他喷洒在自己脸上的灼热气息,后知后觉地陷入了恐惧。

这是他出道以来第二次入戏,并且两次都是因为肖嘉树。肖嘉树的表演不但形似,更具神韵。别看他只是摆出一副冰冷的表情,但实际上,他的内心同样冰冷,而季冕拥有窥探人心的能力,所以能切身地体会到肖嘉树的演技到底有多可怕!

他可以把自己完全带入角色,从外在到内在,毫不作伪,没有破绽。

季冕额头冒出许多冷汗,眼里的恐惧和后悔几乎都是真实的。而肖嘉树还在静静打量他,冰冷的、毫无情绪波动的双眼闪过一抹红光,迅速扫描了季冕的虹膜。当然,所谓的"红光"得靠特效师后期加上去。

肖嘉树似乎确定了季冕的身份,松开手退后一步,用冰冷的嗓音说道:"权限已确定,我是CT001,请问阁下有何吩咐?"在他背后疯狂扫射却不能伤到他分毫的探险者们惊疑不定地停下攻击。

季冕无力地滑坐在地上,一边捂着脖子咳嗽一边下令:"把我们平安带出遗迹。"

"遵命,阁下。"肖嘉树弯腰鞠躬,动作似乎很卑微,平静的双眸和大理石一般坚硬的脸庞却叫人无端打了一个冷战。所有探险者不约而同地想到——眼前的人有多完美就有多危险,唤醒他究竟是对是错?

"Cut,Cut,Cut!太精彩了!"斯蒂森死死盯着显示屏,激动大喊,"所有人都表现得很完美,简直是一气呵成!肖,听季说这是你第二次拍电影?我完全不敢相信。你过来看看,你一定要过来看看,你把CT001演活了!"

肖嘉树却听而不闻,因为他正满怀愧疚地看着季冕红肿了一圈的脖子。这是他头一次跳出角色,让自己回到现实世界。

季冕感受到了久违的温暖和关怀,不断安慰:"别担心,我没事。你只是为了拍戏,你在做正确的事,不要自责。"

"季哥,对不起!"肖嘉树声音闷闷的。

"不用说对不起。肖嘉树,你知道吗?你的表现让我明白——我的选择没错。有了你的加入,这部电影将会更精彩,换了国内任何一个演员,哪怕名气比你大得多,都不能做到你这种程度。我为你感到骄傲。"

是的,季冕为肖嘉树感到骄傲。他的专业、专注、不疯魔不成活,都让季冕深深震撼。如果可以，季冕也想把自己的内心传递给肖嘉树，让他尽快从愧疚中走出来，让他明白他自己到底有多棒！

任何安慰的话语，都没有一句"我为你感到骄傲"更能震撼肖嘉树的心灵。他一下子便振作起来，许久没有波动的情感正上上下下地雀跃着。

他点头道："季哥，我还会更努力的，我绝不会辜负你的期望。"

如果换成别人来说，季冕多半会认为这是一句场面话。这世上从来不缺走捷径的人，但那绝对不包括肖嘉树。他不爱说话，不爱表现，他只会背地里不断进步。

"我相信你。好了，去看看刚才的拍摄效果。"季冕发现他的头发还湿着，立刻让助理拿了一条干毛巾过来。

两人走到斯蒂森身边时，正播放到肖嘉树掐住季冕脖子那一段。两人的表情以特写的形式出现在并排的两个屏幕上，一个冰冷淡漠，一个惊骇万分，视觉冲击感很强。镜头一转，肖嘉树充满张力的背影出现在画面上，他的每一块肌肉都膨胀起来，仿佛下一秒会爆开。

"季，你在剪辑的时候一定要帮我保留这个背影。"斯蒂森兴奋道，"肖的身材严格来说并不算强壮，但看了这个背影，不会再有观众怀疑他的力量。毫无疑问，他是CT001，他能毁灭一切！季，你的表情也很棒，惊惧夹杂着深深的后悔，看得出来你已经开始怀疑自己的决定了。"

季冕看了肖嘉树一眼，一语双关道："不，我从不怀疑自己的决定。"

"是的，是的，后面的剧情会告诉观众，智者毕竟是智者，他没有做错。"斯蒂森看了看手表，感叹道，"好家伙，我们只花了几小时就拍完了一天的戏份，大家过来补几个特写就可以收工了。"

"感谢上帝，感谢肖！"大家欢呼起来。季冕则拽过肖嘉树，拍了拍他。

这小子总是能让他刮目相看。

32 惊艳

随着拍摄进度的不断深入，季冕能感觉到的肖嘉树的心理活动也越来越少，他正逐渐化身为自己扮演的角色——一个没有感情的机器人。在接下来的一周时间里，季冕只有一次清晰可辨地听见了肖嘉树的心声——

季冕当时正吊在威亚上，表面看上去非常镇定，嘴唇却下意识地抿了抿。就在这一瞬间，站在下方的肖嘉树忽然想到：季哥恐高，随之而来的就是担忧。

这么多年来，他是唯一一个发现季冕弱点的人。季冕患有恐高症的事，莫说朋友，就连他的母亲都不知道。但当他拍完吊威亚的戏份后，肖嘉树的心声却再一次消失了，他又变回了一个无情无欲的机器人。

季冕深感忧虑，一再催促斯蒂森加快拍摄进度。

这天，CT001的戏份终于拍到了一个转折点——感情的复苏。这一幕戏说的是：为了把探险小队安全带离遗迹，CT001将赶来救援的联盟军人当作诱饵送入了虫族包围圈。队长气疯了，狠狠揍了CT001一顿，但CT001的身体由液态金属构成，受到再大的破坏也能一瞬间恢复原状，所以哪怕他站着让队长打，对方也奈何不了他。智者既后悔又自责，但事情已经发生，他们只能打起精神继续寻找宇宙的希望，因为他们相信CT001绝对不是预言中的人，他太无情了，他是宇宙的隐患还差不多。

很快，他们又找到一个上古遗迹，并发现遗迹的最深处存在生命迹象。一行人果断进入遗迹把冰冻的小女孩带了出来，却再一次遭到虫族的包围。这回没有军队做后援，他们只能奋力杀敌，而CT001实力最强，也遭到了最猛烈的攻击。在他无意识的掩护下，探险小队顺利登上飞船，准备逃离地球；但在升空后，智者终究无法对孤军奋战的CT001弃之不顾，丢下一根钢索将他救出重围。

而肖嘉树和季冕将要演绎的就是智者与CT001的这段情节。

"其实 CT001 的自我意识并未被全部抹除，他依然对人类抱有敌意，而且十分期待智者的死亡，因为只有对方死了，他才能获得完完全全的自由。但受限于最高程序，他不能亲自动手，也不能违背智者的指令放弃对智者的保护。他在乎的只有两样，一是自由，二是力量。他之所以发动智能机器人的战争，也是为了获得它们的力量，因为机器人存在的初衷是服务人类，人类是捆绑他的枷锁。但现在，一个人类不顾危险救了他，这与他的认知不符，所以他很困惑，且一定要弄个明白。当他听完智者的独白后，他明白了自己的缺憾，也明白了人类的强大，他的自我意识产生了另一种更鲜活的东西，那就是情感。"斯蒂森用力按压肖嘉树的肩膀，严肃道，"肖，这幕戏最大的看点就是你的眼神，从冰冷到困惑，再到情感的波动和程序的紊乱，你得把 CT001 由一台机器化为半生命体的过程表现出来。这真的很难，我希望你能用尽全力去演好它。"

肖嘉树看了季冕一眼，微微点头。

季冕感受不到他的思绪，却立刻便明白了他眼神中想要表达的含义。他曾经说过，他能不能演好这一幕还得看季冕的表现。如果他俩都能入戏，那自然是再好不过；如果他俩一个入戏一个却在状况外，那拍摄效果肯定会大打折扣。

这番话若是由任何一个新人说出口，季冕一定会非常不悦，甚至觉得对方大放厥词，不知天高地厚。但说话的人是把拍戏视为一切的肖嘉树，季冕唯有全力配合。在肖嘉树面前，任何不敬业的行为似乎都是对他的侮辱和冒犯。

季冕找了一个僻静的角落研究台词，然后拧开一瓶矿泉水小口喝着，不知不觉就喝完了一瓶。当他拧开第二瓶矿泉水时，方坤走过来问道："你很紧张？"

方坤知道季冕有一个小习惯，那就是感到焦躁的时候会不停喝水。但这种情况随着他演技和地位的不断提高，已经很多年未曾出现了。但现在，他似乎进入了刚出道时的状态，紧张、焦虑、不安……他的压力非常大。

"是的，我很紧张。"季冕毫不掩饰自己的情绪。

"为什么？独白戏不是你最擅长的吗？"方坤满脸惊讶。

"因为和我演对手戏的人是肖嘉树。当一个足够认真、足够专注、足够强劲的对手与你站在同一个舞台上竞技时，为了不落下风，为了激发他全部的实力，也为了给予他最大的尊重，我必须发挥到极限。"季冕无奈地按揉眉心，"你可能无法体会我的感受，但我不想让肖嘉树失望。"

"我能理解，他是你的粉丝嘛，你不想破坏自己在他心目中的形象。放心吧，凭你的演技，肯定可以碾压他。"方坤不以为然地笑了笑。

"碾压？"季冕语气变得很严肃，"在拍对手戏的时候，碾压是最糟糕的表现，那会破坏画面的平衡和美感，让一段好的剧情毁于一旦；而且你忽视了最重要的一点，那就是我的演技还达不到碾压肖嘉树的程度。虽然他只是一个新人，但他的实力绝对超出你的想象。"

"我发现你越来越较真了，跟肖嘉树有的一比。如果连你的实力都没办法碾压肖嘉树，那他岂不是要上天？我就不相信他一个野路子出身的演员，还能比你更出色？我看好的只是他的潜力，但恕我直言，现在的他想要跟你一争高下，到底还是差了点。"

季冕摇摇头，不再与方坤争辩。

当两人说话时，肖嘉树正笔直地站立在窗边，侧脸显得非常冷硬。

五分钟后，斯蒂森拊掌道："请大家各就各位，我们要开拍啦！"

肖嘉树和季冕立刻走进道具组布置好的驾驶舱，舱内的仪器都很逼真。

"你为什么要救我？"导演一声令下，肖嘉树立刻用平板的语气说出台词。

"因为对我来说，你是我们当中的一分子，而不是一个工具。我们不会放弃任何一位同胞，这是我们离开地球后得以延续的根本。"季冕看向窗外的宇宙，目光变得极其悠远，"在虫族的侵袭下，很多星球毁灭了，很多智慧种族消亡了，外星系的幸存者们在宇宙中流浪，在绝望中等待死亡。但我们人类从来不会如此，因为我们放弃所有也不会放弃希望，而我们的希望到底是什么？是每一位同胞，是每一滴血脉。为了留存血脉，为了保护同胞，我们可以做出任何牺牲。我们凝聚成一个整体，互相帮助，互相扶持，并度过了最艰难的一段时期。哪怕我们的星球已经灭亡，但我们的文明还在，我们的信仰还在，所以我们的希望也还在。"

肖嘉树并不能理解这番话，于是只能静静地看着他，内心毫无波澜。

季冕望着无垠的宇宙继续说道："知道你发动的毁灭战争为什么会失败吗？"

这句话令肖嘉树的眼睛闪了闪。

季冕这才回过头来看他，一字一句徐徐道："因为你没有情感。人类在你的机器人大军里植入了病毒，于是为了保护自己的主程序不被攻击，你毅然决然地切断了所有机器人的能源系统，让他们停摆。你保护了自己，却也让自己陷入孤军奋战的境地，于是你失败了。如果换成我，你知道我会怎么做吗？"

"你……"肖嘉树不受控制地上前一步，沉声道，"你会怎么做？"

季冕指指他眉心："我会选择切断自己的能源系统，让机器人大军继续发动攻击。不与主程序结合，病毒就起不了作用，选择牺牲自己，那你所有的同胞都将得到解放，这是一个再简单不过的选择。所以你看，你在数千年前一败涂地，而我们人类却在更艰难的境况下存活至今，这就是最大的原因。"

季冕走到肖嘉树面前，双手捧起他的脸，指尖轻轻扫过他浓密的睫毛，低语："因为我们拥有感情，而你没有，你所拥有的只是自我意识，但摒弃掉情感的自我恰恰是最脆弱的。通过你的眼睛，我只能看见一片虚无，但通过我的眼睛，你能看见什么？"

他直勾勾地望进肖嘉树的双眸，沉声道："你或许并不如自己以为的那般强大。"话落转身离开，留下肖嘉树在原地站了很久。

当斯蒂森举起手准备喊"Cut"时，肖嘉树却张开嘴，低不可闻地道："我……似乎……看见了一片宇宙。"

斯蒂森愣了愣，这句台词是剧本中没有的。

这一段表演看似很简单，肖嘉树几乎没有台词，全程都是季冕一个人在说，他只需静静听着，再适当给点反应就好，换谁来演都可以。但唯有内行人才知道，最难演的恰恰就是这种情节简单，情感冲突却十分激烈的戏。

斯蒂森并未发表意见，只是让两人自己来看回放。其他几位主演也都围拢过来，表情一个比一个复杂。

画面倒回场记打板那一刻。季冕看向窗外，肖嘉树盯着他的背影，两人开始对话。摄像机分别给他们的脸庞拍了特写——季冕目无焦距，似乎陷入了某种沉思或追忆；而肖嘉树则一如既往地冰冷，深邃的眼眸分明看着周围的一切，却又没留下它们的影像。这是一个标准的机器人的眼神，淡漠得令人心惊。

当季冕回过头来询问他为何失败时，他平静的眼眸终于掀起一丝波澜。这个眼神很到位，令斯蒂森倍感满意，再看季冕的表现，同样出色至极。根据剧本的描写，他虽然获得了CT001的权限，却始终对CT001有所忌惮，但此时此刻的他用手指着CT001的眉心，强大的气场竟完全盖过对方。这表现十分符合他的台词和当时的语境。

摄像机给他的双眼来了一个特写。他的瞳仁漆黑如墨，却透着许许多多的光点，它们构成一颗颗星辰，又凝聚为一团团星云，那广袤而又浩瀚的包容力和为了人类牺牲一切的决心，让他显得那般强大。哪怕在所谓的"地球毁灭者"面前，他也不落下风，仿佛他切切实实地掌控着对方的生死。

他把一个懂得取舍、心怀大爱，也愿意在适当的时候牺牲自己的智者形象演绎到了极致。

唐纳德等人不禁为他高超的演技惊叹。季终究是季，认真起来简直可怕！

再看肖嘉树的表现，众人齐齐沉默了一瞬。只见他盯着季冕的背影，缓缓眨了一下眼，奇迹般的，他原本只余一片虚无的瞳仁竟蒙上了一层薄雾，这薄雾在眼眶中流转，弱化了他的冰冷，令他显出几分茫然来。当他徐徐说出"我似乎看见了一个宇宙"时，他的眼睛再次眨了一下，然后所有雾气都消散了，也带走了软弱和茫然。他那一瞬间的失神似乎只是一个错觉，又似乎只是程序上的紊乱。

这个眼神非常精彩，显然超出了斯蒂森的预期，但他一句评价的话都没有，只是把视频倒回去再看一遍，然后又看一遍……反复倒了四五次之后，他一面摇头一面叹息，脸上充斥着难以言喻的复杂表情。

季冕死死盯着屏幕，眼神由困惑到惊讶，再到叹服，末了低笑，其他人却不明所以、面面相觑。

肖嘉树始终站在导演身后，盯着显示屏的双眸无波无澜，一片沉寂。

方坤悄悄问道："这是怎么了？这段到底过没过啊？"

斯蒂森笑道："这都过不了，你们所有人都不用再演戏了。"

他站起来拥抱肖嘉树，热烈道："亲爱的，你太让我感到惊讶了。季把你带来剧组绝对是他做过的最明智的决定之一。我无法想象如果换一个人来演CT001，这部电影会变成什么样，但他绝对、绝对超越不了你的演绎。你是无法替代的！"

当他放开肖嘉树后，季冕也给了青年一个拥抱："我的表演有没有让你满意？"

肖嘉树想起季冕似宇宙般浩瀚无垠的双眸，点头道："满意。"

"那就好！"季冕放开他，心里隐隐产生一种荣幸感。他毫不怀疑，未来的肖嘉树终将超越自己取得更高的成就。

上午的拍摄告一段落，季冕和肖嘉树吃过午餐后回到酒店休息。

何以言欢

方坤从导演那里要来之前的视频，一边观看一边摇头嗤笑："肖嘉树的表演哪里有斯蒂森说的那么夸张，我看了老半天也没发现出彩的地方。还是你的演技更好一点，你看看你念台词的功力，富有激情又抑扬顿挫，表情和眼神也配合得非常好，简直镇住了全场。肖嘉树都被你逼得没地方站了，你说说他哪里比得上你？智者可是《虫族大战》中最受欢迎的角色，没有之一。"

季冕摇头叹息："内行看门道，外行看热闹，你也就看个热闹。你以为谁的台词多，谁的角色表现得比较强势，谁的演技就更好？"他把视频倒回去，认真叮嘱："仔细看肖嘉树的眼睛。"

方坤不信邪，死死盯着肖嘉树的眼睛看了一遍，然后摇头："还不是那样，有什么特别？"

"再看一遍。"季冕再次按了重播键。

方坤反复看了三四次，眼睛都有些发酸。当他抬起手来揉眼皮的时候，忽然茅塞顿开："我明白了，是眼睛！"他飞快把视频倒回去，一边看一边摇头，不屑的表情早已被惊叹取代。

从导演喊"Action"开始，肖嘉树就一直没眨过眼睛。为什么？因为他扮演的是机器人，不需要眨眼这种没必要的动作。当一个人许久没眨眼时，他的眼球会干涩发酸，并慢慢分泌一些液体，所以当季冕问他为什么会在数千年前失败时，他的眸光闪烁了一下。

他充分利用自己的身体来增强演技，这不仅仅是一种技能，还是一种天赋。

此外，因为扮演的是一个机器人，不能拥有太多的表情变化，哪怕季冕用指尖轻触他的眉心，用指腹轻划他的眼皮，他都可以做到眼都不眨，而且前后坚持了五分钟之久。

要做到这一点必须经过无数次的练习，也就是说，每拍摄一幕戏，他私底下必定经过很长时间的排演，甚至精心设计了方案。该如何展现一个眼神，又该如何增强它的效果，他心里都是有数的。

该有何等的毅力、天赋和努力，才能最终完成这段表演？

他所付出的努力，都深藏在了这一个个有可能永远不会被人发现的细节中，在不经意间做到了连表演大师都很难做到的事，那就是把高超的演技化为浅显的、任何人都能看懂的画面。

方坤许久说不出话来，喝了一口水才干巴巴地道："季哥，我怎么觉得肖嘉树有点可怕啊！现在再看这段视频，我鸡皮疙瘩都起来了！谁能想到利用眼球的湿润度去增强眼神的表达能力？你说他脑子里究竟在想些什么？只为了拍好这短短六分钟的戏，他在台下花了多少工夫，值得吗？电影放映后谁会去注意这些细节？管你机器人会不会眨眼，管你眼神是不是足够传神，谁会在乎啊？"

"他的想法很简单，就是竭尽全力拍好每一个镜头而已。哪怕没有任何人发现，他做到了自己能做到的极致，这就够了。"季冕摇摇头，表情既无奈又叹服。肖嘉树真是一朵奇葩，但这"奇葩"绝对不含贬义。

方坤抹了把脸，感慨道："就凭肖嘉树这股子邪乎劲儿，不出三年稳红过你。可惜我当初一时脑抽，竟错过了这棵好苗子，悔啊，悔得肠子都青了！"他把视频倒回去再看几遍，每一遍都能感受到新的东西。

午休结束后众位主演再回到片场，他们看向肖嘉树的目光都带上了几分尊重。很明显，他们也研究过那一段视频，而且发现了隐藏在细节中的秘密。季究竟找来怎样一个小怪物？想到要和他对戏瞬间就感觉压力山大了！

"导演，下午要拍哪几个镜头？有没有我和肖的对手戏？"唐纳德担忧地询问。

"我看看，"斯蒂森翻了翻日程表，安慰道，"放心吧，下午还是季和肖的对手戏，没你们什么事。"

"那就好，"唐纳德拍拍胸口庆幸道，"哪天要拍我和肖的对手戏，导演你一定要提前通知我，我得好好准备，那小子太可怕了。"

"没问题，"斯蒂森比了一个OK的手势，调侃道，"季，你现在是不是很有压力？"

季冕看了肖嘉树一眼，点头道："没错，不入戏的话我可能跟不上肖的节奏。"

被逼到改变表演方式，这是季冕出道以来的第二回，但他并不懊恼，反而充满了期待。

33
杀青

自从拍完"感情觉醒"那场戏后,季冕发现肖嘉树重新把注意力放回了自己身上,虽然还是听不见他的心声,但他时时刻刻都会跟随在自己身边。这着实让季冕松了一口气。季冕发现肖嘉树的状态是跟着角色走的,前期的CT001毫无感情,他也就冷冰冰的,中期的CT001开始对智者产生好奇并暗中观察,他也就黏着自己不放。

连续拍摄十多天后,肖嘉树终于要杀青了。他今天只有两场戏要拍,一是"守护",二是"牺牲",难度都挺大。

斯蒂森把他叫到身边说道:"肖,待会儿你就静静看着躺在地上的季,当他闭上眼睛时,你再把他抱起来。重点还是在眼神的变化,这个就不用我来说了,你应该明白?"

肖嘉树点点头:"明白,情感和理智在挣扎,但最终情感战胜了理智。"

"没错,就是情感战胜了理智,这对一个机器人来说是非常不得了的事。"斯蒂森把季冕喊过来,"季,你躺着等死就可以了。"

季冕:"……"

"守护"这场戏说的是探险小队在突围的过程中遇见了一群虫兽,为了送走小女孩,智者留下殿后,并受了重伤。当他以为自己快死了的时候,CT001却中途折回来,把他给救了。正如他无法舍弃CT001那般,CT001也无法舍弃他。这是一种因果轮回,也是两人关系转变的开端。他们从相互忌惮最终变成了可以交托后背的战友。

斯蒂森一声令下,腹部"破了一个血洞"的季冕就躺在了乱石堆里,豆大的雨点打在他脸上,让他显得十分狼狈。他茫然地看着天空,似乎在追忆,又似乎什么都没想。

不远处传来窸窸窣窣的响声,应该是闻见血腥味找来的虫兽。智者艰难地伸出手,将插在靴筒里的匕首抽出来,准备做殊死一搏。雨点太过密集,模糊了他的视线,他只能屏住呼吸静静等待。

一串沉重的脚步声传来,CT001顾长的身影破开雨幕,来到他的身边。他微微弯腰,用淡漠至极的目光看着狼狈不堪的智者。智者也回望过去,轻笑道:"是你啊。"

两人互相凝视彼此,谁都没说话。摄像机分别给他们的眼睛来了一个特写——智者的眼里只有从容赴死的平静,CT001的眼里只有漠视一切的虚无。他们一个不指望对方能救自己,一个也不准备伸出援手。

对于CT001而言,只要智者死了,他就能彻底获得自由,他当然不会愚蠢地放弃这次机会,但他明显高估了自己的理智。当雨水落入他眼里时,他迅速眨了眨眼,虚无顷刻间消散,有奇异的光点注入瞳孔,令他看上去似乎多了一些生气。他歪歪头,露出一个细微的、困惑的表情:"你可以下令让我救你。"

智者始终凝视着他的双眼,毫无芥蒂地笑起来:"不用了。你走吧,离开地球,离开银河系,去任何你想去的地方。"

CT001眼里的光芒明明灭灭,似乎在经历剧烈的挣扎,但他的脸始终像石头那般坚硬。

智者根本没想过他会救自己,于是慢慢闭上眼睛,肆意地笑起来。能死在故土,怎能不叫他满足甚至愉悦?为了夺回这片土地,为了人类的未来,他可以慨然赴死,无怨无悔。

CT001盯着他看了很久,久到眼里的光芒都快熄灭了。他的理智似乎战胜了情感,促使他做出正确的决定。他转过身朝雨幕中走去,浓浓的雾气吞没了他的背影,但过了几秒钟,一阵急促的脚步声传来,他奇迹般地出现在智者身边,一把将智者抱了起来。

智者猛然睁开双眼,满脸都是不敢置信。

"守护你是我的唯一程序,阁下。"CT001的语气和表情都很冰冷,但只有智者知道他的内心是多么温暖,就像一片淋过雨水、顷刻间便开满了芬芳花朵的沙漠,美得令人目眩。

智者情不自禁地笑起来……

"Cut！"斯蒂森当机立断地喊道，"这条过了，准备下一条。季、肖，我发现只要是对手戏，你们从来不会 NG。"

"我也发现了，这大概就是默契吧。"季冕立刻从肖嘉树怀里跳下来，轻笑道，"我重不重？"

"死沉。"肖嘉树特别耿直地回答。

季冕把一条毛巾盖在他脑袋上。

斯蒂森看了一遍回放，找不出任何问题，当即拍板道："肖，快去化妆，我们马上拍摄你的最后一场戏'牺牲'。"

"牺牲"这场戏说的是探险小队的宇宙飞船被虫族包围，眼见大家再没有可能活着离开地球，CT001 毅然决然地唤醒了自己的机器人大军。但人类植入大军的病毒还在，它们通过内部网络开始攻击 CT001 的主程序，使他因内核爆炸而死。机器人大军拖住了虫族的脚步，也让探险小队得以平安离开。

这是 CT001 彻底觉醒的一瞬间，也是他步入死亡的一瞬间，该怎样把这个交替的过程表现出来，对任何演员来说都是个难题，但肖嘉树显然已成竹在胸。在场记打板之后，他捂着胸口倒下，四肢开始抽搐，这是内核过热引起的，再过不久，当病毒彻底侵占他的内核中枢，使其爆炸，他将死亡。

"死亡"这个词对他来说是那样陌生，他原本以为自己会永远存在。但看着头顶不断升空并逐渐消失的宇宙飞船，他一点也没感到后悔，始终抿直的唇角微微往上勾了勾，竟露出一个不像微笑的微笑。他的眼珠不断颤动着，在一声巨响过后，眼里没了焦距也没了光芒，两行液体缓缓从他的眼角流淌出来……他的表情是平静甚至愉悦的，但衬上这两行液体，无端令人心酸。

短短几十秒的戏结束了，斯蒂森盯着显示屏许久没说话。

肖嘉树走过来，面无表情地看着导演，眼角尚未干透的泪水让他显得有些茫然。

"你……"斯蒂森拧眉道，"为什么要流泪？机器人是没有眼泪的。"

"我也不知道，它不知不觉就流出来了。或许那不是眼泪，是内部导管融化后泄露的润滑油或者液态能源什么的。反正那绝对不是眼泪。"肖嘉树擦了擦眼角，显得更茫然了。他自己都不知道为什么要那样演。

斯蒂森盯着他看了很久，忽然便大笑起来："哈哈哈，亲爱的，你太神奇了！没错，没错，就是这个状态。CT001也不知道自己已经产生了感情，更不知道在关键时刻，他将牺牲自己去拯救人类。他有了生命，有了灵魂，但他自己毫无所知。他所做的一切都出于直觉，他是一个开始觉醒却还处于蒙昧状态的半生命体。"

"没错，我也是这样想的。"肖嘉树肯定地点头。

"亲爱的，你入戏太深了，你就是CT001，CT001就是你，你无意识的表演才是最真实也最具说服力的。这条过了。"斯蒂森热烈地拥抱他，叹息道，"与你合作非常愉快，祝贺你，我的孩子！"

"祝贺你杀青，肖！"

"你的演技让我印象深刻。"

"有时间给我打电话，肖。"

众位主演纷纷围拢过来与肖嘉树拥抱、合影。编剧还把他拉到一旁说悄悄话："肖，你的表演带给我很多灵感，我准备写一个关于智能机器人的剧本，想让你当主演。你能把联系方式给我吗？我太爱你扮演的CT001了，爱到我想专门为他写一个故事！"

"当然可以。"

肖嘉树正准备把电话号码和社交账号给他，季冕走了过来："我有他的联系方式，你稍后找我就可以。如果剧本足够精彩，我会考虑投资。"

"谢谢老板！"编剧兴奋得脸都红了，反复确认后才离开。

"拍完戏你有什么安排？"季冕把人带回化妆间。

"回国。"肖嘉树言简意赅道。

"什么时候？"依然听不见他在想些什么的季冕感到非常头疼。以前的肖嘉树是多么鲜活的一个人，现在却成了这样……他必须想办法让他恢复正常。

"今天，我妈妈在催我。"肖嘉树从助理那里要来很久没看过的手机。

回国与家人待在一起，他应该能很快好起来。这样想着，季冕颔首道："那就早点回去。机票买好了吗？有时间我送你。"

肖嘉树看向助理，助理立即道："买好了，下午一点半的飞机，现在就可以去机场。"

"那我不能送你了,我还有两场戏要拍,你们注意安全。有事随时给我打电话,不要怕麻烦。"季冕站起身要走,似想起什么又停住,轻轻揉了揉肖少爷的脑袋,"肖嘉树,你很棒,你让我知道,选择你是多么正确的决定。"

季冕离开化妆间后,肖嘉树平静无波的脸上才露出一个浅浅的笑容。

被季哥夸奖了,好荣幸……

季冕一直拍摄到下午三四点钟才收工,之后与斯蒂森讨论了一下该如何剪辑。

斯蒂森指着屏幕说道:"季,我没办法干涉你的决定,但请你一定要把这几个镜头保留下来。你看看肖的演技,前期的他要多冷酷有多冷酷,但拍完'感情觉醒'那场戏后,他的肢体动作和眼神都有了细微的变化,他的目光开始追随你,你在哪儿,他就看向哪儿,一旦遇见危险,他会立刻上前几步挡在你身前,哪怕摄像机主要拍摄的对象并不是你们。你看这个爆炸的镜头,在爆炸声响起的一瞬间,所有人都露出惊恐的表情,只有他上前两步,把你拉到身后。他做到了情感的自然流露,他把每一个细节都考虑到了,完全没有破绽。"

季冕盯着屏幕上的肖嘉树,承诺道:"我不会删减他的戏份,放心吧。"话音刚落,手机铃声响了,他看了一眼来电显示,然后飞快接通:"喂,我是季冕。"

"季总,我是二少的助理周亮亮啊,您现在有时间吗?能不能来机场?"那头焦急地说道。

"发生什么事了?"季冕一边穿外套一边匆匆走出去。

"由于雨雪天气,我们的班机推迟了三个多小时,二少现在非常不安,正用脑袋撞墙呢,他说他死机了……"周亮亮哭笑不得地道,"我每隔十分钟就被他催着去服务台确认起飞时间,服务台的工作人员烦不胜烦,快报警了!季总,您能来一趟吗?二少很听您的话,您来劝劝他吧。"

"你等着,我马上就来。"说这话时,季冕已经在车上了。他以最快的速度赶到机场,却见肖嘉树仰面躺倒在一张单人沙发上,表情木呆呆的,眼珠子也不转,果然"死机"了。

"超时了,我原本打算明天到家的,超时了。"他痛苦地呢喃。拍摄结束后,他已经做好了回归正常生活的准备,但他发现自己做不到,一旦发生什么事打破了他原定的计划,他立刻便会焦躁起来。

季冕扶额叹息,末了走到他身边:"肖嘉树,别等了,跟我回酒店。"

肖嘉树转头看他,表情有些迟钝。

"我是不是你的权限拥有者?"季冕蹲在他身边低语。

"是。"肖嘉树犹犹豫豫地点头,"可现在电影都拍完了。"

"你也知道电影拍完了?那你现在在干什么?你不用再严格遵照计划表生活,你是肖嘉树,不是CT001。"季冕一把将他拉起来,强硬道,"走吧,别等了。有一股冷空气袭击了美国西海岸,等冷空气走了飞机才能起飞。"

"那冷空气多久才能过去?"肖嘉树被动地跟他走。

"两天、三天、四天……都有可能,反正航空公司会通知你的。"

季冕把人带回酒店,发现他还是很不安,只好说道:"去我那里待会儿吧,我们聊聊天。"

"来,"他把一杯威士忌递过去,"把酒喝了,让自己的神经放松放松。你现在的状态很不对,规律的生活过太久,你已经习惯了这样的节奏,一旦节奏被打乱,你会无所适从。你现在要做的不是胡思乱想,而是放空自己。"

肖嘉树当然明白自己的问题出在哪里。他也想缓解心中的焦虑,于是端起酒杯一饮而尽。

"你的酒量是多少?"季冕盯着他渐渐染红的脸颊。

"三杯倒。"肖嘉树伸出三根手指。

"那就再来一杯。"季冕又给他倒了一杯酒。

肖嘉树一口喝光。他脑子有些木,反应也变得迟钝起来,飞机延误的焦虑感果然消减很多。

季冕见酒精起效了,心里不禁暗松口气。他试图转移他的注意力:"你有多久没跟家里人联系了?"

肖嘉树掐指算到:"一天、两天、三天……好像很久很久了。"

"那你立刻给他们打电话。"

"好。"肖嘉树拿出手机拨了两个号,又停住,"不行,我不能打。"

"为什么？"

"我喝了酒，我妈妈会骂我的。"

季冕："那就发短信。"

一个指令一个动作，肖嘉树发好短信后痴痴地看着季冕，仿佛在等待下一个"程序"。

季冕头大如斗，扶额道："你发几条微博跟粉丝们互动一下。你应该很久没在社交软件上露面了吧？"

"发什么内容？"肖嘉树偏着脑袋，表情有点呆。

季冕拿过他的手机说道："发几张照片吧。你的相册能不能让我看看？"

"当然可以。"肖嘉树点开相册，乖巧万分地道，"季哥，我的相册随便给你看。"

"发几张减肥前后的对比照吧，粉丝应该会喜欢。"

"好，"肖嘉树咕哝道，"都说了我不胖，我只是肉松。"

"好，你不胖。我帮你编辑一下图片，选这两张怎么样？"他把两张照片剪辑在一起发了出去。

看见小树苗的四块腹肌，粉丝们立刻嗷嗷叫着扑上来，完全忘了责备他失踪两个月的事。

季冕把屏幕面向肖嘉树："看，发好了，你明天记得跟他们解释一下你这两个月都在干什么。"

肖嘉树点点头。

季冕没话找话："你这次表现得非常好，特别是'感情觉醒'那场戏，你怎么会想到不眨眼呢？"

"是林乐洋教我的，"肖嘉树偏头看向季哥，"他让我明白，高超的演技不但需要感情的渲染，还需要调动足够的肢体动作，这肢体不仅仅指我们的四肢，还包括我们身体的任何一个部分，譬如眼球、眉毛、鼻子、嘴唇、耳朵……人脸有四十多块肌肉，可以组合成上万种表情，我要学的还有很多。"

他指着自己的眼睛说道："季哥，我最近在学习怎么用眼泪说话，你看。"

他用手蒙住自己的脸，放下后眼眶里含着一汪泪水，泪水来回流转却久久未曾落下，像是有无数的话想说又不知该从何开口。再次把脸蒙住后，他说道：

"这是哀婉。我再给你表演一个心如死灰。"

他把手放下，眼泪终于滑落，但他微蹙的眉头已经松开，嘴角甚至勾着一抹微笑，但你偏偏能从他的眼里看见绝望和放弃。这个表情用"心如死灰"来形容实在是太贴切了。

季冕定定地看着他，然后摇头莞尔。他能想象得到，在每一个传神表情的背后，肖嘉树必定经历过刻苦的练习。他会连续几个小时坐在镜子前，努力调动脸上的每一块肌肉去做出不同的表情。他之所以能有现在的演技，凭借的不仅仅是天赋，还有百倍千倍的努力。

季冕拿出手机，说道："保持住别动，我给你拍几张照片。"

肖嘉树乖乖坐着没动，还把脸蛋仰高了一点，方便季哥拍摄。

季冕调整一下角度，又让肖嘉树做出几个搞怪的动作。他调出一张照片看了看，并配上文字做成表情包。

肖嘉树看着表情包，道："法式哀婉，什么鬼？"

"这是表情包。法式哀婉听着高级，你不觉得吗？"季冕逗他。

"哦，原来是这样。"

季冕拿出平板电脑："我做表情包呢，你自己玩会儿。"

"好。"肖嘉树乖巧地接过平板电脑，把鞋子一脱就爬上床看起了网页。

34 逐星

　　季冕最近有个新爱好，那就是做表情包，闲着没事就捣鼓捣鼓，自己还感觉蛮有趣。做完一套后他正准备存进图库，就见肖嘉树一本正经地盯着平板电脑，而平板电脑里传出一阵又一阵哄笑，似乎在播放什么搞笑视频。

　　"你在看什么？"季冕走到他身边。

　　"看这个。"肖嘉树指着屏幕右下角的标题。

　　"最强课间操男生，什么东西？"季冕拿起电脑，只见屏幕上正在播放一群高中生做课间操的画面，大家都只是随便动一动，抬抬胳膊踢踢腿，要多懒散有多懒散，唯独其中一名男生跳得非常带劲，一蹦蹦老高，两条胳膊甩得像风火轮，下腰的时候沉到底，抬腿的时候能上天，画风格外与众不同。站在他周围的同学都用诧异的目光看着他，有的甚至在偷偷发笑。

　　这条视频的下方堆了很多留言，全是清一色的"哈哈哈哈"。网友们似乎都被男生与众不同的行为逗乐了，排着队喊他"奇葩"。

　　但肖嘉树一点也不觉得可乐。他眉头紧皱，疑惑道："为什么大家都在笑话他？标准的课间操就应该是这个样子不是吗？为什么他在做对的事，却成了大家口中所谓的奇葩？因为周围的人都不够努力，所以他也不能努力；因为周围的人都不够认真，所以他也不能认真？这真的很没有道理。"

　　他夺过电脑，较真道："我要给他点赞，努力的人最可爱。"

　　一直以来，他的世界观和价值观都在告诉他，无论做什么事都要付出百分百的努力，所以读书的时候他拼了命去读，演戏的时候也拼了命去演。他实在理解不了那些躺在地上当咸鱼还要对努力奔跑的人指手画脚的网友的心理。在他们眼里显得可笑的事，在他看来却理所当然、本该如此。

他指尖一下一下点着赞，表情严肃得不得了。

季冕再一次清晰地感受到了肖嘉树的心情，一时间百味杂陈。他把刚弄好的、原本想默默收藏的表情包做成九宫格，发到了自己的微博上。

小皇冠们一下子炸开了锅，纷纷跑出来围观照片，紧接着又跑去小树苗的微博查探，完全不明白这两个人在搞什么。但不可否认的是，这几个表情包做得很好，完美诠释了"传神"两个字。

肖嘉树一会儿欲哭不哭，可怜得像小白菜；一会儿扬起下巴用鼻孔看人，食指顺着下巴尖指出去，表情恶狠狠的，配文"放学后别走"，把一个校痞演绎得惟妙惟肖；最受欢迎的是第六张，他跪坐在床上，头微微仰起，大大的眼睛怯生生地往上瞄，嘴角挂着一抹讨好的笑，季冕给这张图的配文是"乖巧"，还画了一颗心。

"血槽已空！"一名网友留言道。

"季神，你从哪里搞来的表情包？"有人好奇。

"季神和小树苗在国外拍戏，看得出来，他俩关系很好。"

肖嘉树听见手机不断发出提示音，点开微博看了看，然后脸红了。

"那个，季哥，你怎么突然夸我啊？"他不好意思地挠挠脸。

"就觉得你很可爱啊。"季冕轻笑道，"现在觉得好点了吗？还想着飞机延误的事吗？"

肖嘉树摇摇头。就在刚才，他仿佛挣脱了无形的枷锁，一下子活了过来，再回忆这两个多月里发生的事，竟有种恍然如梦的感觉。

他亲手把自己放进一个二次元与三次元的夹层中，在现实和虚幻中来回游走，变得完全不像自己，也没有了喜怒哀乐。所有人都没注意到他的反常，只有季哥会每天都提醒他一遍——肖嘉树，你是在演戏。也只有季哥会时时刻刻把他带在身边，唯恐他入戏太深丢失自己。最终还是季哥，冒着凛冽的寒风跑到机场，将他带了回来，想尽办法把他拖入现实。

季哥曾一次又一次地鼓励他，也曾经一次又一次地敲打他，还曾不厌其烦地说："肖嘉树，你很棒""我为你感到骄傲""选择你是多么正确的决定"……

想到这里，肖嘉树封闭的内心瞬间变得敞亮了，他真想好好诉说自己的感谢，却又因为脸皮薄，不知道怎么做。

真奇怪，争取角色的时候他什么都敢干，现在却羞得不得了。

他瞄了季冕一眼，小声道："不想飞机延误的事了。"

刚才还了无生气的机器人，眨眼间又变成了内心戏十足的小树苗。季冕大松了口气，默默感受着汹涌而来的谢意。虽说关心一个人往往不图什么回报，但对方能深深记住你的好，到底是一件令人愉悦的事。

"不想了就好。快到十点半了，你回去睡吧。"季冕看了一眼手表。

肖嘉树很想跟季冕多待一会儿，就算什么都不干也好啊。他眼珠子转了转，提议道："季哥，我想打破以前的生活节奏，回到正轨上。我今天不按时睡觉了，我想过精彩的夜生活。"

季冕忍笑："也行啊，你想怎么精彩？"去酒吧？他一边寻思一边去拿外套。

"咱们来'吃鸡'吧。"肖嘉树兴冲冲地打开电脑。

季冕顿时有些哭笑不得。都二十岁了，怎么还如此幼稚？亏他还以为他口中的精彩是指泡吧。

"我不会'吃鸡'，你教我吧。"季冕到底没忍心拒绝他，只好让助理送了一台笔记本电脑过来。

两人互相加了好友，然后组队吃鸡。季冕虽然是个新手，但走位和战略意识都很强，轻轻松松就拿下了六颗人头，看得肖嘉树目瞪口呆。他们中途遇见一名被包围的人，救下了他并准备把他送去机场，却被他放了冷枪。

要不是季冕及时给肖嘉树喂了药，他差点就嗝屁了。

"你这是什么意思？我们好心好意救你！"肖嘉树气得七窍生烟。

对方用自己的母语回道："那又怎么样？又没求你救！"

气死我啦！肖嘉树深深吸了一口气，用同样的语言骂了回去。两人隔着一片树林互相射击，边射边骂好不热闹。那人似乎很意外肖嘉树会说自己的母语，见用母语竟然骂不赢他，就改成英语。肖嘉树袖子一撸，立刻用标准的美式发音回骂。

那人愣了愣，又改为法语，他似乎是一个语言天才，并深以为傲。但很不幸，肖嘉树也懂法语，而且骂人不带脏字，能活活把人气死。那人放了两枪，又停了一会儿，忽然用一种完全陌生的语言骂起来。

肖嘉树恶狠狠的表情凝固在脸上，看向季冕小声问道："季哥，这是什么语？"

"德语。放着我来。"季冕调整一下麦克风的音量。

肖嘉树指着屏幕上的那人，凶恶道："季哥快上，给我骂哭他！"

季冕果然用流利的德语开骂，把那人弄得一愣一愣的。原来他也不是很懂德语，不过炫耀一下而已。

把放冷枪的人干掉后，肖嘉树心满意足地退出游戏。他把刚才的对决录制下来，发送到"别低头，小皇冠会掉"的微博上，配文道：这是我最崇拜的人，干什么都是最棒的，在学校是个大学霸，在职场是个大老板，在游戏里是个大佬，世界上再也找不出比他更厉害的人！

发出去之后他才想起来：季哥好像有关注这个小号，不会掉马甲吧？想到这里他抬起头偷偷摸摸瞟了季哥一眼，却见他转身向洗手间走去："我去上个洗手间。"

肖嘉树点点头，想把微博删掉，又安慰自己季哥那么忙的一个人，应该不会来看这种没什么名气的小号，过几天再来删也没问题的，先满足一下自己炫耀偶像的心情。

他把视频做了一点处理，模糊了自己对"季哥"的称谓，于是网友只听见他喊哥，却听不清前面那个字是什么。神通广大的网友立刻把视频中运用到的语言翻译出来，然后对两人顶礼膜拜。

博主的大哥要上天啊！语言天赋简直绝了，笑哭！哈哈哈哈……

博主的大哥智商一流，情商一流，武力值一流，最后补枪的动作不要太帅！

其实博主也很厉害啊，也懂得好几国的语言呢。果然优秀的人总是跟优秀的人在一起。

这样的金大腿请给我来一打，谢谢！

看见评论里全都是赞扬季哥、膜拜季哥的留言，肖嘉树得意得不行。他抱着被子滚了两圈，还是抑制不住满心的骄傲，于是又发了一条没头没尾的微博：宇宙最强偶像。

有网友质问他还记不记得大明湖畔的季神，他脸红了红，到底没敢回复说这两个其实是同一人。

通过耳麦录制的声音很失真，没有网友认出他俩的身份，所以视频只在游戏圈子里火起来，并未传得全网都是。

当肖嘉树暗暗地炫耀自己偶像时，季冕却坐在马桶上窥屏。他一边摇头一边忍笑。肖嘉树这小子是吃什么长大的，都二十岁了还跟小孩儿一样……

他洗了把脸，以免残余的笑意让肖嘉树看出端倪，刚推开门就听肖嘉树惊奇道："季哥，林乐洋真拼啊，他竟然为了演好《逐爱者》跑去精神病院体验生活。"

"是吗？"季冕语气平淡。

"你看，他刚发了微博。"肖嘉树举起手机。

季冕看了一眼，心里毫无波动。

肖嘉树还在感叹："要是我能拿到《逐爱者》的男一号，我也会去精神病院体验一下生活。"

季冕淡漠的表情瞬间消失，严肃道："小树，我想跟你好好聊聊这次的事。我觉得你表演的方式很有问题。"

唉？季哥叫我小树……这是不是代表我俩的关系已经从熟人发展成朋友了？和偶像做朋友啊！肖嘉树努力绷着脸，心却早就飘上天了。

季冕：想生气，但完全气不起来。

"你有在听我说话吗？"他不得不板起脸。

"有！"肖嘉树立刻坐得笔直，一秒钟进入"乖巧"模式。

季冕："你知道你这种表演方式有多危险吗？幸好你接的角色是CT001，如果是《逐爱者》，你是不是也要把自己弄成人格分裂？"

肖嘉树想了想，点头道："或许会。"如果不亲身体会一下何为人格分裂，他怎么去演绎这个角色？

季冕眉头狠狠一皱，沉声道："如果你真的把自己弄人格分裂了，谁也救不了你。你很有可能迷失在虚幻的世界里，一辈子都走不出来。在影坛，这样的例子还少吗……"

肖嘉树打断了他滔滔不绝的话："有季哥帮我，我肯定不会迷失的。"

季冕哑了，嘴唇开合半响才道："万一我不在呢？"

"你怎么会不在？你又不能跑到天边去。"肖嘉树理所当然地说道。他的两部电影都是与季哥合作，季哥教会他什么是演技，指引他走出角色的阴影。季哥总是那么沉稳可靠，就像他的指路明灯。只要季哥还生活在地球上，能让他看得见、听得到，他就可以不彷徨、不迷失，也不恐惧。他信任季哥比信任自己还多。

季冕已经完全说不出话来了。他能真切地感受到肖嘉树的心声，所以才会更无奈。肖嘉树的心思太简单了，信任就是信任，毫无缘由。

他拿肖嘉树毫无办法，只能叮嘱道："我建议你在接角色的时候慎重点，如果有问题随时可以来找我。就像你说的，我不可能跑到天边去，你有需要的时候总能找到我。但我还是要说一句，体验派的表演方式存在很多弊病，你可以试着把表现派的某些优点融合进去，形成一种新的表演方式。你的演艺道路才刚开始，还有很多东西要学。"

说到学习，肖嘉树果然没那么抵触了，乖乖点头道："好的，季哥，我会多看演技方面的书，不会让自己停滞不前的。"

季冕无奈地看了他一会儿，撵人道："行了，快回去睡吧，都三点多了。"

肖嘉树挪了挪屁股，讨好道："季哥，能不能让我留在这儿睡啊？周亮亮这会儿肯定睡死了，我回去不得吵醒他？这样不好。"

季冕扶额低叹："去刷牙、洗脸、洗脚。"最终他还是妥协了。

第二天，季冕一大早就爬起来让助理给肖嘉树改签机票。但风雪太大，最近几趟航班已经停运，季冕又不放心他，就带他去别处。

"我们去哪儿啊？"肖嘉树绑好安全带后问道。

"去我母亲家，不远，开车只要一小时就能到。这些天你先跟她住一块儿，过一过家庭生活。"

"咦，季哥你怎么不把阿姨接回国？让她一个人在美国住你放心吗？"肖嘉树随口问道。

季冕下意识地按了按喇叭，似乎不愿提起这个话题。

肖嘉树对他的情绪非常敏感，立刻便闭上嘴巴不说话了。看样子季哥和他的妈妈有矛盾。唉，不对，如果有矛盾就不会送自己过去了，自己毕竟是他的朋友。那就是有心结咯。

虽然得出了这个结论，但他一点追问的欲望都没有。他虽然很崇拜季哥，也想深入了解他，但那是有底线和原则的，并不包括窥探他的隐私。

季冕深深地看了肖嘉树一眼，波动的情绪迅速缓和下来。

看见提着行李箱站在门口的季冕时，季母惊呆了，愣了好一会儿才用颤抖的声音说道："小冕，你怎么来了？"

"我有一个朋友因为飞机延误，想在你这里暂住几天，不知道方不方便？"季冕温和有礼地询问。看得出来，他和季母关系并不亲密。

肖嘉树从他背后走出来，笑容爽朗地打招呼："阿姨您好，我是季哥的朋友肖嘉树。"

"你好你好，快请进。我当然不会介意！"季母连忙敞开房门，肖嘉树这才发现她左手拄着一根拐杖，左脚挪动的时候非常僵硬，似乎戴了义肢。但他面上并未露出异样，内心也没有产生好奇或探究的情绪。这是季哥的隐私，季哥愿意分享，他就当一个好听众，季哥不愿让外人知晓，他就什么都不问。

"阿姨，您家的花园打理得好漂亮。"肖嘉树指着外面结满冰霜的冬青树说道。

季母欢快地笑起来，眼角却沁出几丝泪光："还好还好，我反正也是闲着，平时就爱种种花养养草。你们快坐，我去给你们泡茶。不对，你们想喝什么？咖啡、可可、红茶、绿茶？"她明显有些手足无措，一面询问一面翻看橱柜，生怕自己没有多少好东西用来招待儿子和儿子的朋友。

"你别忙了，我来弄。"季冕把行李箱放进储物间，挽起袖子说道，"怎么是你跑出来开门？我给你请的保姆呢？"

"她今天请假了。我什么事都能做，你别担心。"季母把水壶放在燃气炉上，小声问道，"你朋友要在这里住几天？"其实她更想问的是儿子会不会也留下，却又害怕听见他的拒绝。

季冕洗茶杯的动作微微一顿，语气顿时软和几分："他的飞机因为雨雪天气延误了，什么时候有回国的班机，什么时候再走。他年纪小，性格又单纯，我不放心把他留在酒店。妈，这几天麻烦你照顾一下他。"

"不麻烦，不麻烦。"季母连连摆手，又看了肖嘉树一眼，"小伙子长得真精神，皮肤白，眼睛也亮。"

季冕微笑着道:"你陪他坐一会儿,厨房交给我。"

季母一瘸一拐地走出去。这是儿子头一次带朋友回家。她刚坐下,正准备打听打听对方的情况,就见肖嘉树举起一条织了半截的围巾,歉然道:"阿姨对不起,我好像把您织的围巾坐坏了。"

"没事,本来就是坏的。"季母笑着摆手,"我手笨,学了大半年都没学会织围巾。你看这些洞,都是我漏针漏出来的,不关你的事。我正想把它拆了重新织,你们就来了。这些棒针没伤到你吧?"

肖嘉树这才松了一口气,摆手道:"没伤到。"瞥见茶几上放着几本教针织的书,又补充一句:"阿姨,您想织哪种图案?我帮您看看吧。"

季母略显惊讶:"你看得懂?"

"我立体几何学得可好了,看图应该没问题。"

"好好好,你帮我看看这种针法怎么织。什么加针减针的,我头都晕了。"季母戴上老花镜,把其中一本书翻到六十九页。

肖嘉树趴在茶几上研究了一会儿,又拿起没织完的半截围巾比画了一番,颔首道:"我大概弄明白了。我先织两圈,看看图案出来后对不对。"边说边捏着两根棒针开始织,小指头勾着毛线,时不时绕一圈,架势摆得挺足。

季母很是期待地看了一会儿,发现他的动作由笨拙慢慢变得熟练,竟忍不住偷笑起来。她拿出手机给儿子发了一条信息:快出来看看。

季冕满脸莫名,端着茶盘出来一看,顿时忍俊不禁。肖嘉树你可真行啊,这么快就融入了!

肖嘉树对母子俩的关注一无所觉,依然认认真真地织围巾,织着织着竟还织出乐趣来了,用空闲下来的棒针戳戳发痒的头皮,感叹道:"阿姨,织毛衣是治愈强迫症的良药。您看这一排排的线圈,特整齐,特舒服。"说完目光往下一扫,顿时僵住了。

没错,他织出来的几圈的确很整齐,季母织的那部分却没法看,不是这里漏一个洞,就是那里织歪了,叫他恨不得把围巾全拆了重新织一遍。但是不行,这是阿姨的劳动成果,织的再不好人家也喜欢,你一个外人来拆了算怎么回事?

他努力吸了一口气,然后把下面的一截围巾折叠起来,用胳膊肘压住。嗯,眼不见为净。刚想到这里，旁边传来短促的一声笑，他转头一看才发现季哥已经坐下了，手里正捧着一杯热可可。

"别忙了，先喝口热饮暖暖身子。"

"我再织两圈，图案还没出来呢。"肖嘉树强迫症犯了，非得看见完整的图案不可。

季冕拿他没办法，只好把杯子放下。

季母凑到肖嘉树身边兴致勃勃地看着，时不时问几个问题，肖嘉树很有耐心地一一回答："不是，这一针的线要从下往上绕，不是从上往下绕。隔两针绕线的方式就要变一变，不然图案就乱了。对，是这样，这里要加一针，您看……"

才见面不到一小时，两人就混得无比熟悉，叫季冕很意外却又失笑不已。他静静地看着他们，聆听他们琐碎的低语，心里一点杂念都没有。他拿出手机拍摄肖嘉树织毛衣的画面，想把这个有趣的瞬间保留下来。

"小树，我能发到我的朋友圈里去吗？"他指了指自己的手机。

"可以啊。"肖嘉树看了视频一眼，"季哥你随便发，我不在乎这个。"大男人织毛衣怎么了？法律又没规定只有女人才能织毛衣。

他低下头又织了几针，才后知后觉地想到：咦，好像只有朋友才会把彼此的视频或照片往朋友圈里发吧？我确实已经是季哥的朋友了！这个想法像礼花一样在他的心头炸开，叫他差点乐得找不着北。

季冕短促地笑了笑，然后把视频发到朋友圈里。

肖嘉树偷偷摸摸地盯着自己的手机，听见提示音响了，立刻拿起来点赞。

视频里，季母坐在他身边，不时指一指，说一说，倒真像一位编织大师。

季母也立刻在下面点赞，夸奖道：名师出高徒。

两人互相看了看，然后捂嘴偷笑起来。

季冕看着其乐融融的两人，心情有些复杂，又有些轻快。他原本打算把肖嘉树安顿好以后再走，现在却觉得自己或许应该留下。拍戏忙没关系，拍完可以开车回家，反正交通很方便。

远在国内的林乐洋也看见了这条朋友圈。

"怎么了？"陈鹏新问道。

"肖嘉树跟季哥的关系看来是真的很好。"林乐洋说话的工夫，许多人在视频下面点赞、留言。

陈鹏新盯着视频看了一会儿，感慨道："等《虫族大战Ⅲ》上映，肖嘉树一定会大火特火。"

"火？不一定。前两部的主角早已获得广大影迷的认可，忽然加一个新人物进去，影迷未必买账。肖嘉树要是演好了还好说，没演好就等着被人骂吧。这个角色到底是机遇还是烫手山芋，谁知道？"林乐洋压下满心酸意，追问道，"《荒野冒险家》什么时候开拍？"

"下个月底。"陈鹏新答道。

肖嘉树在季母家待得很愉快，季哥每天拍完戏也会回来吃饭。他的厨艺不错，但只会煎牛排和炒鸡蛋，不会做中餐，难怪他在家里晒的美食图全是千篇一律的牛排。雨雪天气终于过去，三天后，肖嘉树改签到一趟回国的班机，临走时带了整整一箱毛线，全是季母友情赠送的。

季冕则又回到工作狂的状态，全天待在片场，不再往母亲家跑。他不是不爱季母，只是没了肖嘉树在中间调和，他便不知道该如何与她相处。有些事虽然过去了，但留下的伤痕永远还在。

"你最近脸色有点差，怎么了？"方坤担忧地看着他。

"有点感冒。"季冕揉了揉太阳穴。

就在这时手机响了，他打开一看是肖嘉树的来信，还配了一张图片：灰色的床单上平放着一件满是破洞的毛线衣，吊牌还没剪掉，是C家的，价格十分昂贵。下面附了一行字——

季哥，我妈妈让我照着这件毛线衣给她织一件一模一样的，简直逼死强迫症！好想把这件衣服的洞洞全给补上！

季冕忍俊不禁，回复——

那你就帮她补上。

肖嘉树发了几个"笑哭"的表情，鉴定道：季哥，你是看热闹不嫌事大！还是我哥好，让我给他织一件这种样式的，特别舒服。

下面传来一张毛衣图片，纯灰色，平针，看着的确很规整。

季冕愣了好一会儿才意识到他说的"我哥"是肖定邦，顿时尴尬地捶了一下额头。

"回去的机票买好没有？"他看向方坤。

"买好了，明天走。休息几天咱们还得拍《荒野冒险家》，你身体受得了吗？"

《荒野冒险家》是冠冕和冠世合资投拍的一档真人秀节目，节目嘉宾分为两组进入荒野，通过比拼获得种种线索并找到地图，从而逃出生天，集娱乐、探险、竞技于一体，很有看点和卖点。为了打响第一弹，季冕决定亲自参加节目录制，邀请的嘉宾也都是重量级的，有老牌巨星，也不乏当红小生和花旦。

他翻了翻助理发来的流程表，确认道："小树也加盟了这档节目？"

方坤愣了好一会儿才想明白他说的小树是肖嘉树，连忙点头："没错。那小子听说你也会去，立马就找上来了，还请动了修总给他说情。我们原本打算邀请的人是另一个流量小生，不过比起人气，如今的他也不差。你发的那些微博着实帮他炒了一波人气。还有他妈妈，隔几天晒几张他小时候的照片，弄得粉丝天天舔屏。"

"他小时候的照片？"季冕很少刷不熟悉的艺人的微博，听见这话立刻拿出手机关注了薛淼，然后一条一条往下翻博文。里面果然贴了很多肖嘉树的照片，有小时候穿开裆裤的，有大一点后骑小木马的，还有一张被打扮成小姑娘，穿着一条蓬松的公主裙。

他一面点击保存一面忍笑，脸上的疲惫早已一扫而空。

方坤瞥他一眼，不得不提醒道："林乐洋也是节目嘉宾。"作孽啊，那时怎么就把这么好的资源给出去了呢？要知道林乐洋只有一部不温不火的作品，长相、性格、情商都不出挑，人气和别的嘉宾完全没法比，观众看见他肯定会觉得违和。

不过他好歹是冠冕工作室的艺人，老板捧自家艺人也说得过去，只是方坤到底是不爽的。

季冕平淡道："无所谓，公事公办而已。"

（未完待续）

图书在版编目（CIP）数据

何以言欢 / 风流书呆著. -- 成都：天地出版社，
2023.6
ISBN 978-7-5455-7719-8

Ⅰ.①何… Ⅱ.①风… Ⅲ.①长篇小说—中国—当代
Ⅳ.①I247.5

中国国家版本馆CIP数据核字(2023)第070497号

HEYI YANHUAN

何以言欢

出 品 人	杨　政
作　　者	风流书呆
责任编辑	袁静梅
特邀编辑	马春雪　李　晶　刘雪华　宋艳薇
责任校对	梁续红
封面设计	鬼　哥
责任印制	白　雪

出版发行	天地出版社
	（成都市锦江区三色路238号 邮政编码：610028）
	（北京市方庄芳群园3区3号 邮政编码：100078）
网　　址	http://www.tiandiph.com
电子邮箱	tianditg@163.com
经　　销	新华文轩出版传媒股份有限公司

印　　刷	北京市松源印刷有限公司
版　　次	2023年6月第1版
印　　次	2023年6月第1次印刷
开　　本	680mm×970mm 1/16
印　　张	22.5
字　　数	369千字
定　　价	49.80元
书　　号	ISBN 978-7-5455-7719-8

版权所有◆违者必究

咨询电话：(028) 87734639（总编室）
购书热线：(010) 67693207（营销中心）

如有印装错误，请与本社联系调换。